지금,
이 길의 아름다움

* 일러두기

순서는 지역별로 정리하였습니다.
지역은 지역 번호순으로,
차례는 지역권의 거리순으로 정하였습니다.

지금, 이 길의 아름다움

이야기가 있는 문화생태탐방로

문학동네

차 례

01

김영록

우리 문화유산에 관심이 많아 전국을 누비며 답사를 다녔고 본격적으로 걷기에 관심을 가진 뒤로 나라 곳곳을 열심히 걷고 있다. 앞으로도 걷기 좋은 길이나 숨어 있는 우리나라의 아름다운 길을 찾아서 소개할 계획을 갖고 있으며, 언젠가는 옛적 고구려 사람들이 개척했던 위대한 '초원의 길'을 복원하여 걸을 생각이다. 펴낸 책으로 『주말이 기다려지는 행복한 걷기여행』, 참여한 책으로 『대한민국 여행사전』 『대한민국 걷기사전』 『대한민국 감동여행』 등이 있다.

토성산성
어울길

○
○
○
○
○

물길은
토성으로 흐르고
발길은
산성으로 이어지네

김영록

백제라는 나라가 있었다. 근 700년에 가까운 기나긴 세월 동안 건재했었지만 역사의 승자가 아니었기에 우리에게서 잊혀지고 또 우리가 잃어버린 나라다. 더구나 우리가 백제라는 나라를 말하면서 떠올리는 것은 의자왕, 삼천궁녀, 낙화암, 백마강, 계백장군, 황산벌, 오천결사 같은 망해버린 나라의 애달픔이 담긴 말들뿐이다. 어디 역사상 망하지 않은 나라가 있겠는가마는 우리가 아는 백제의 마지막은 유난히 쓸쓸하고 애절하다. 이는 나라가 망해가는 모습이 너무나 극적이고 계백장군으로 대표되

는 오천결사대의 비장한 죽음이 더없이 강렬했던 때문일지도 모른다. 그러나 장구한 역사의 백제는 그렇게 힘없고 나약한 나라만은 아니었다. 오히려 풍요롭고 찬란하고 아름다운 문화를 이룩했던 나라였는데 남아 있는 문헌이나 유물 유적이 적기도 하고 또 우리의 공부가 모자랐기에 그저 잃어버린 왕국 정도로 치부해버리고 말았던 것이다.

그런 백제를 추억하고 만져보러 길을 나선다. 그때 우리의 발길이 향하는 곳은 으레 공주와 부여다. 그러나 사실 따지고 보면 백제의 근 700년 역사에서 단지 186년만을 보낸 곳이 공주와 부여이고 500년에 달하는 역사는 하남위례성이 있었다는 한성백제의 역사다. 그 한성백제가 서울 도심에 있다. 너무나 찾기 쉽고 가까이 있기에 소중함을 모르며 무심히 지나쳤던 몽촌토성, 풍납토성, 백제초기적석총 등이 모두 그 시절의 유적들이다. 그중의 한 곳. 몽촌토성을 걷는다.

▌ 하남위례성은 어디에

걷기 시작하는 곳은 올림픽공원 입구에 있는 평화의 문부터다. 평화의 문은 1988년 서울올림픽 당시에 세워졌는데 굳건하게 대지를 딛고 있는 네 기둥 위에 금방이라도 하늘로 날아오를 것처럼 날개를 활짝 펼친 날렵한 지붕을 얹었다. 평화의 문 아래에는 아직도 당시의 성화가 활활 타오르고 있다. 몽촌토성의 해자 위에 놓인 곰말다리를 거쳐 토성 위로 오른다. 몽촌토성이란 이름은 백제시대부터 부르던 이름은 아니다. 그때는 다른 이름으로 불렀겠지만 아직은 확실하게 밝혀진 것이 없다. 예전부터 이 동네의 이름을 한자로는 몽촌夢村으로, 순우리말로는 곰말 혹은 꿈말이라고 불렀기에 붙여진 이름이다.

백제의 산수문전 문양처럼 부드럽게 휘어지고 굽어지며 오르내리는 토성을 걸으며 백제를 생각한다. 백제의 역사는 크게 세 시기로 구분하는데 기원전 18년부터 기원후 475년까지의 한성백제, 475년부터 538년까지의 웅진백제, 538년부터 멸망하는 660년까지의 사비백제로 나눈다. 세 시기의 백제 중에서 한성백제시대가 백제 전체 역사를 통해서 가장 강성했고 영광스러운 시기였다고 하는데 이때의 도성이 하남위례성이다. 이 하남위례성의 위치를 놓고 아직까지도 학자들 간에 의견이 분분하지만 대략 네 군데의 후보로 압축된다. 하나는 『삼국유사』의 일연스님이 언급한 천안 위례성, 또하나는 다산 정약용 선생이 비정한 지금의 하남시 춘궁동 일대, 다른 하나가 몽촌토성, 마지막 하나가 풍납토성이다. 한동안은 이 몽촌토성이 하남위례성이라는 학설이 유력할 때도 있었지만 몽촌토성을 본격적으로 발굴하고 또 성내천 건너편에 있는 풍납토성의 일부가 발굴된 뒤로 몽촌토성이 하남위례성이었을 것이라는 학설은 조금 뒤로 후퇴한 상태이고 현재는 풍납토성론이 가장 유력한 학설로 대두되고 있다. 풍납토성은 전체 길이가 대략 4km 정도로 몽촌토성보다도 훨씬 컸던 곳이지만 지금은 성곽 모두가 남아 있지는 않다. 그렇더라도 한 번은 다녀가야 할 곳인데 아쉽게도 이번 걸음은 거기까지는 닿지 않기에 다른 날 다른 계획을 세워야 한다.

▌ 드넓은 벌판에 홀로 고고한 나무

　　2.7km 둘레의 몽촌토성을 가장 확실하게 걷는 방법은 토성의 흔적을 따라가는 것이다. 토성은 자연적으로 생겨난 구릉이나 언덕의 능선을 따라 쌓았는데 높은 곳은 지형을 그대로 이용했고 낮은 곳만 성곽을 쌓아올렸다. 그래서 토성을 따라 걸으려면 일단 토성 위로 올라선 뒤에 주변에서 제일 높은 곳만을 이어 걸으면 된다. 그러나 토성 보호를 위해서 일부 구간은 출입을 막은 곳이 있는데 이런 곳은 성벽 아래로 난 길을 따라가야 한다. 토성 남쪽에서 출발한 걸음이 토성 북쪽 지역까지 이르게 되면 넓디넓은 분지들판을 만나게 되는데 이곳에 유명한 나무 두 그루가 있다. 하나는 600년 가까이 나이를 먹은 커다란 은행나무인데 나라에서 보호수로 지정한 족보 있는 몸이고, 다른 하나는 동료 나무들과는 뚝 떨어져서 홀로 서 있는 자그마한 향나무인데 사진을 좋아하는 사람들이 '왕따나무'라는 이름을 붙여주고 피사체로 사랑하는 나무다. 물론 무리에서 이탈하여 들판에 혼자 서 있는 모습에서 '왕따'라는 이름을 붙였겠지만 사실 왕따라기보다는 홀로 고고한 나무라는 편이 맞을 것 같고 실제로도 그렇게 보인다. 2010년 9월 초 엄청난 위력으로 서울을 할퀴고 간 태풍 곤파스의 위력에 주변에 서 있던 크고 작은 나무들 여러 그루가 사정없이 뽑히고 부러지고 만신창이가 되었지만 우리의 작은 왕따나무는 그 무서운 바람과 온몸으로 맞서고서도 여전히 홀로 고고하다.

옛적 백마가 마시던 물이 다시 흐르고

남한산성이 있는 청량산 자락에서 시작한 물줄기가 임경업 장군이 백마를 얻었다는 마산을 지나고 몽촌토성 기슭을 돌아 풍납토성 발치를 지나면 한강으로 들어가게 되는데 이 물길이 성내천이다. 성내천은 성내城內 곧 성안의 마을을 흘러내린다고 붙은 이름인데 몽촌토성을 돌아온 걸음은 곧바로 이 물길을 따라 거슬러오르게 된다. 성내천의 전체 길이는 대략 10km 정도인데 이곳도 다른 도심의 하천과 비슷한 과정을 거쳤다. 그냥 마셔도 될 만큼 맑은 물이 흐르던 곳에서 도시화의 여파로 오염되어 악취를 풍기거나 아예 물이 흐르지 않는 메마른 건천이 되었다가 생태하천 조성사업을 통해 복원된 곳이다.

성내천에는 다른 도심의 냇물과는 조금 다른 표정이 있다. 몽촌토성 영역을 벗어나 올림픽아파트 단지 부근에 이르면 물길은 두 줄기로 나뉜다. 그곳부터 성내천 본류를 따라 500m 정도 더 걸으면 오륜초등학교 아래를 지나게 되는데 그곳에서는 도시 속의 농촌 풍경을 볼 수 있다. 아직도 논과 밭이 남아 있는 것은 물론이고 철에 맞춰 농사를 짓고 있기에 가을이면 벼가 누렇게 익어가는 모습도 마주할 수 있다. 이런 공간이 언제까지 남아 있을지는 모르겠지만 오래도록 볼 수 있는 풍경이었으면 좋겠다는 생각을 하면서 걸음을 옮긴다. 냇물에는 징검다리가 여러 곳에 놓여 있어 이쪽저쪽으로 자유롭게 오갈 수 있는데 양쪽의 표정이 사뭇 다르므로 꼭 한쪽만 고집할 이유는 없다. 물길은 계속 오금동과 거여동 구간을 지나 마천동으로 향하는데, 마천동에 접어들어 조금 더 이어지던 물줄기는 이내 끝을 보이고 걸음은 마천시장을 거쳐 청량산으로 향하게 된다. 옛날옛적 임경업 장군이 남한산성 아래를 지나다가 나지막한 산 근처에서 백마 한 필을 얻었다고 하는데 백마를 얻은 산이 마산馬山이고 그 백마가 물을 먹은 곳이 백마물 곧 마천馬川이라는 것이다. 이것이 오래전부터 이곳에 전해오는 마천동의 유래다.

▌남한산성길, 천년의 요새로 가는 길은 땀 흘려 올라야 한다

남한산성은 해발 500m가 넘는 험준한 지형에 병풍을 두르듯 산세와 능선의 굴곡을 따라 장장 30리에 걸쳐 돌로 쌓아올린 석성이다. 북한산성과 함께 서울을 남북에서 지켜내던 곳이고 영광과 고난이 공존해온 곳이다. 서울 가까이에 위치한 까닭으로 늘 많은 사람들이 붐비는 곳이지만 남한산성의 역사적 사실이나 문화유적을 찾아보는 답사장소로서의 인식보다는 등산의 대상으로 또는 외식이나 가벼운 나들이를 목적으로 찾는 행락지로서의 역할에 더 충실한 곳이 되어버렸다. 세월이 지나면 산성의 용도도 그렇게 바뀌어가는 것일지도 모른다. 그러나 남한산성은 그렇게 가볍게 보아넘길 수 있는 곳이 아니다. 통일신라시대로부터 우리 겨레와 운명을 함께해온 1,300년의 역사가 숨 쉬고 있는 장소이기 때문이다.

남한산성으로 오르는 길은 지금껏 걸어온 몽촌토성과 성내천길처럼 쉽게 걸을 수 있는 곳이 아니다. 한 발 한 발 땀 흘려 올라야 하는 곳이고 숨이 턱에 찰 만큼 등산을 해야 하는 곳이다. 그렇게 힘들여 올라 도착하는 곳은 수어장대 근처의 암문이다. 암문이란 적의 관측이 어려

운 외진 곳에 설치하여 적병의 눈을 피해 물자를 운반하거나 은밀하게 병력을 이동할 때 이용하는 일종의 비밀통로인데 남한산성 전체에는 모두 16개의 암문이 있다.

바위 위에 앉은 매는 슬피 울고

　암문으로 나와서 수어장대守禦將臺로 향한다. 장대란 군대를 지휘하고 적을 감시할 목적으로 성 안의 높은 곳에 세운 건물이다. 남한산성에는 동서남북 네 군데와 외성에 한 곳 해서 모두 다섯 장대를 두었으나 현재는 이곳 수어장대만 남아 있고 동남북 및 외성의 장대는 주춧돌만 전한다. 수어장대는 서쪽에 있다 하여 서장대라고도 한다. 수어장대가 위치한 곳은 남한산성에서도 높은 곳이기에 수어장대에 오르면 이곳의 목적에 걸맞은 시원한 눈맛을 보장받는다. 또 병자호란 때에는 인조가 이곳에서 45일 동안 직접 군사를 지휘하면서 피어린 항전을 벌인 역사의 현장이기도 하다. 수어장대는 2층 누각 형태의 목조 팔작지붕집인데 바깥쪽 편액은 수어장대, 안쪽 편액은 무망루無忘樓라고 이름하였다. 무망루라는 편액은 병자호란 당시 인조가 겪은 모진 고통과 시련 그리고 볼모로 심양까지 잡혀갔다가 8년 만에야 돌아온 효종의 비통함을 잊지 말자는 뜻으로 영조가 붙인 이름이다. 현재 무망루 편액은 수어장대 옆에 별도로 보관하고 있다.

　수어장대로 오르기 전 늙은 향나무가 지키고 있는 마당에 자그마한 사당 하나가 있다. 이회 장군을 모신 청량당이라는 곳인데 이곳에는 사연이 전해진다. 조선 인조 2년(1624) 남한산성을 축성할 때의 일이다. 산성은 구역을 나누어 쌓았는데 동남쪽은 이회가 책임자였다. 그러던 어느 날 이회는 공사비를 횡령했다는 모함을 받게 되고 결국은 사형을 당하게 되는데 죽기 전에 "나에게 죄가 없다면 내가 죽을 때 매가 날아올 것이다"라는 유언을 남기고 눈을 감았다. 그런데 정말 이회가 죽는 순간에 매 한 마리가 날아와 사형대 근처의 바위에 앉는 것이었다. 그것을 본 사람들이 사건을 재조사하여 결국 이회는 누명을 벗게 되었고, 억울하게 죽은 이회를 위하여 사당을 지어 넋을 위로했다. 그후부터 당시 매가 앉았던 바위를 매바위라고 부르는데 수어장대 마당 왼쪽 구석에 있는 바위가 그것이다. 청량당은 기도효험이 있는 곳이라는 소문으로 무속인들이 많이 찾아와 촛불을 켜놓고 기도를 하기 때문에 평소에는 문을 잠가서 안으로 들어가볼 수 없는 것이 흠이라면 흠이다.

▌ 솔바람과 동무하며 걷는 길

수어장대를 나와서 다시 성벽을 따라 걷는다. 걷다가 문득 성 밖으로 고개를 내밀면 방금 떠나온 도시가 그곳에 있다. 멀리는 삼각산의 우뚝한 모습도 볼 수 있고 가까이는 이제껏 내가 걸어온 자취를 확인할 수도 있다. 이곳에 산성을 쌓은 이유를 짐작하게 하는데 이렇게 서문 부근에 서면 서울의 모습이 한눈에 잡히기에 이곳을 '국민야경포인트'라고 하는가보다. 해가 서쪽 하늘을 물들이는 저녁 무렵의 서문은 또다른 목적으로 남한산성에 오른 사람들로 분주하다. 삼각대에 카메라를 올려놓고 서울 전경에 불이 켜지기를 기다리는, 사진을 좋아하는 사람들이다. 특히 전날이나 오전에 비가 내리다가 그쳐 서울 하늘을 덮고 있는 스모그가 걷히고 파란 하늘을 볼 수 있는 날이면 카메라를 세울 수도 없을 정도로 복잡해진다.

남한산성에는 모두 네 개의 대문이 있다. 그중 서쪽에 있는 서문은 이름이 우익문右翼門인데 사대문 중 가장 작지만 제일 높은 곳에 있다. 병자호란 당시에 인조 임금이 청나라에 항복을 하면서 삼전도로 내려갈 때 나간 문도 바로 이 서문이었다. 서문을 지나 늘씬한 노송들이 군락을 이룬 솔숲을 걷는다. 가슴이 서늘해지도록 청정한 소나무숲길이다. 이 소나무숲은 대략 70년에서 90년생의 소나무들이 군락을 이루고 있는데 서울과 경기도 일대에서 이만한 노송집단은 이곳이 거의 유일하다고 한다. 이 모두가 일제강점기에 마을 주민이 힘을 합쳐 국유림을 불하받은 뒤 벌채를 금지하는 금림조합을 만들어 보호한 덕분이다.

우리나라 사람들처럼 소나무를 좋아하고 의지하는 민족이 세상에 또 있을까. 애국가 가사에 소나무가 들어가는 것은 물론이고 태어나서 죽을 때까지 먹고 자고 하는 일도 소나무로부터 자유로울 수

가 없다. 소나무로 지은 집에서 태어나면 금줄에는 생솔가지를 꽂는다. 아이를 낳은 산모는 솔가리로 끓인 미역국을 먹고 하객에게는 솔잎으로 담근 송화주와 송홧가루로 만든 다식을 낸다. 흉년이 들어 어려울 땐 소나무 껍질로 만든 송기떡을 먹었고 추석에는 솔잎에 쪄낸 송편을 먹었다. 그렇게 한평생을 살다가 죽으면 소나무로 만든 관에 들어가 솔숲에 묻힌다. 어디 그뿐이랴. 추사의 〈세한도〉처럼 산수화에는 으레 소나무가 그려지고 속리산 정이품송처럼 벼슬을 제수받은 소나무가 있는가 하면 예천의 석송령처럼 재산을 상속받은 소나무도 있고, 청도 운문사의 처진소나무는 1년에 열두 말의 막걸리를 받아 마시기도 한다. 이런 소나무가 한동안은 솔잎혹파리에 시달리더니 요즈음 들어서는 '소나무의 에이즈'라는 소나무재선충 때문에 멸종할 수도 있다고 하니 참으로 안타까운 일이다.

푸른 이끼 내려앉은 성벽을 따라서

싱그러운 소나무숲길을 지난 곳에 북문이 있다. 마찬가지로 북문은 편의상 부르는 이름이고 전승문戰勝門이라는 제 이름이 있다. 이쯤까지 오면 힘도 제법 빠졌고 지도를 보면 산성종로로 내려가는 가장 빠른 길이 이곳이라는 것을 알게 된다. 더구나 눈앞으로 보이는 북문에서 계속 이어지는 길은 경사가 몹시 급한 오르막이다. 당연히 그만 마치고 편히 쉬고 싶다는 유혹이 따른다. 그러나 남한산성길에서 가장 비밀스럽고 아름다운 오솔길이 저 고개 너머에 있으니 아무리 힘이 들더라도 넘어야 한다. 허위단심으로 비탈길을 오른다. 숨이 가쁘고 힘이 드니 주변의 풍광이 눈에 들어오지 않는다. 인내심이 바닥날 무렵에야 더이상 오를 곳이 없음을 알게 되고 허리를 펴며 깊은숨을 몰아쉰다. 이렇게 남한산성을 종주하는 것은 쉬운 일이 아니다. 어느 정도의 체력은 뒷받침되어야 가능한 일이다. 그 옛날 의사소통방법이라고는 오로지 연락병의 두 발에 의존해야 했을 때 연락임무를 맡았던 병사는 어지간히 힘이 들었을 것이라는 엉뚱한 생각을 하며 성벽을 내려간다.

옛날 동장대가 있던 부근에 암문이 있다. 이 암문으로 나가면 벌봉으로 갈 수 있는데 이 주위가 본성을 보강하기 위하여 조선 숙종 때 쌓은 외성인 봉암성蜂巖城이다. 벌봉은 커다란 바위인데 옛날부터 이 바위에 벌들이 집을 짓고 살았다고 해서 벌바위나 벌봉으로 불렀다고도 하고 벌봉 옆에 있는 암문으로 나가서 보면 바위의 모습이 마치 벌처럼 생겼다 하여 붙은 이름이라고도 한다. 병자호란 당시에 이 지역을 청나라 군대에게 빼앗겼기 때문에 청나라의 화포공격을 받을 수밖에 없었고 청태종이 조선의 기를 꺾으려고 벌봉을 깨뜨렸다고도 하는데 그 흔적인 듯 바위가 갈라져 있는 모습을 볼 수 있다. 남한산성의 본성에서 이곳 벌봉까지 다녀오는 길은 비밀스럽고도 사랑스런 길이다. 여태껏 걸었던 본성의 길과는 표정이 확연히 다르다. 길은 조붓한 오솔길이라서 길동무와 어깨를 나란히 하고 도란거리기에 더없이 좋고 숲은 햇빛 한 줌 들어오기 어려울 정도로 우거졌다. 나뭇잎이 연두색에서 녹색으로 변해가는 5월 초의 이곳은 황홀한 비밀의 정원이다.

넌 제왕에 길들인 교룡

벌봉을 다녀오면 한참 동안은 내리막이고 언덕을 다 내려가면 장경사를 만난다. 장경사는 남한산성을 석성으로 고쳐 쌓을 당시인 조선 인조 시절에 산성을 쌓는 것을 돕던 승려들이 머물던 곳이다. 남한산성에는 이런 절이 아홉 개나 있었는데 일제강점기중 일제에 의해 여덟 절은 모두 파괴되었고 그중 참화를 가장 적게 당한 장경사만이 살아남았다. 장경사 경내로 올라서면 제일 먼저 길손을 반기는 것은 커다란 은행나무다. 은행나무 아래에는 수량도 풍부하고 물맛도 좋은 약수가 있어 나그네의 갈증을 풀어준다. 약수 한 모금으로 갈증을 풀고 더위를 식혔다면 등산화를 다시 질끈 묶고 마지막 여정을 준비해야 한다.

동문은 남한산성 내에서 제일 낮은 곳에 있다. 이곳도 다른 문과 마찬가지로 동문은 별칭이고 좌익문左翼門이라는 본명이 있다. 조금 후에 찾아볼 남문처럼 중앙에 홍예문을 두고 문루 위에는 팔작지붕을 올렸다. 동문을 가장 아름답게 볼 수 있는 곳은 성문 밖 30m쯤 되는 곳이다. 동문을 지나면 오르막이다. 제법 숨 가쁘게 올라야 하는 곳이지만 언덕을 다 오르면 늘 그렇듯 힘들여 올라왔던 보상을 받는다. 푸르고 허연 이끼가 내려앉은 성벽 돌에서 천년 세월의 흔적을 읽다보면 건듯건듯 부는 바람에 땀은 금방 식는다. 장대터 주춧돌에 앉아 이육사의 「남한산성」을 몇 번이고 되뇌어본다.

남한산성

이육사

넌 제왕帝王에 길들인 교룡蛟龍

화석 되는 마음에 이끼가 끼어

승천하는 꿈을 길러준 열수洌水

목이 째지라 울어 예가도

저녁놀 빛을 걷어올리고

어디 비바람 있음 직도 않아라.

▌ 효종국과 산성소주

    남옹성을 지나 남문까지는 내리막이다. 오를 때보다는 내려갈 때가
더 신경이 쓰이기는 하지만 크게 어렵지 않은 길이다. 남문은 남한산성
의 정문 노릇을 하고 있는 곳인데 지화문至和門이라는 이름을 가졌다.
병자호란 당시 인조 임금이 산성으로 피신을 할 때에도 이곳을 통과했
다고 한다. 홍예문 위에 날렵하게 올라앉은 팔작지붕의 누각이 그림처
럼 고운 곳인데 성 밖으로 나가보면 묵은 나무들 사이로 아기자기한 작
은 공원도 만들어놓았다. 외지에서 자동차를 타고 남한산성으로 직접
들어와서 산성만을 한 바퀴 돌아보려고 할 때는 대개 남문을 출발점으

로 삼는다. 남문을 지나면 마지막 걸음이고 그 걸음의 끝은 행궁이다. 행궁이란 임금이 서울의 궁궐을 떠나 도성 밖으로 행차할 때 임시로 거처하는 곳이다. 특히 이곳 남한산성 행궁은 전쟁이나 내란 등의 이유로 도성의 궁궐을 비워야 할 위급한 상황을 대비한 피난처로 건립되었는데 종묘와 사직까지 갖춘 유일한 곳이다. 인조 4년(1626)에 건립한 행궁은 일제강점기를 거치면서 파괴되었는데 그동안의 노력으로 복원이 되어 탐방객들을 기다리고 있다.

효종국이라고 하는 서울식 해장국이 있다. 갈빗살, 해삼, 전복, 배춧속대, 콩나물, 표고버섯, 소뼈 등에 된장을 풀어 하루 종일 고아낸 술국인데 '효종국'이라는 이름이 붙은 데는 사연이 있다. 새벽부터 저녁까지 고아낸 술국을 항아리에 담아 솜이불에 싸서 밤중에 남한산성을 출발시키면 새벽종인 효종曉鐘을 칠 때쯤 한양에 도착했다고 하여 그런 이름이 붙었다고 한다. 그런 효종국의 고향이 바로 이곳 남한산성이다. 그동안은 말로만 전해졌던 음식이라 맛을 볼 수 있는 기회가 없었는데 조만간 산성 안에서 만들어 팔 계획이라고 하니 기대해봐도 좋겠다. 또 남한산성에는 조선 선조 때부터 만들어 임금님께도 진상을 했다는 산성소주도 있다. 전통방식으로 밑술을 만들어 소줏고리에서 고아낸 술인데 40도쯤 되는 독주다. 행궁에서 걷기여행을 마쳤다면 근처에 있는 산성종로로 내려와서 산성소주에 효종국으로 뒤풀이를 하는 것도 제격이 아니겠는가.

　　　　　성안에서 자라는 나무는 톱날을 면했다. 성 밖에서 사는 것도 서러운데 톱날 세례라니, 참 원통키도 하겠다 싶은 살풍경. 그나저나 400여 년 전에 쌓은 성벽은 마치 그 자체로 자연인 것처럼 도드라짐 없이 보기에 편안하다.

　　　　　이 세상 모든 길이 향하는 곳은 집이다. 그러므로 집으로 가는 길이 곧 삶이다. 집으로 가는 길, 그 길은 멀고도 가까워서 사람들은 곧잘 길을 잃는다.

　　　　　1년 중 성곽을 가장 또렷하게 볼 수 있는 것이 겨울이다. 춥다고 싫어할 일만은 아니다.

　　　　　연주봉 웅성에 올라서면 멀리 동장대 터까지 이르는 성곽길이 한눈에 들어온다.

겨울엔 해가 무거운 쇳덩어리를 몸에 매단 듯 급하게 진다. 그만큼 산은 빠르게 어두워지고, 노쇠한 햇살이 눈길에 스러지면 길을 걷는 이 마음은 조급해지기 마련이다. 한줌 햇살이 아쉬워지는 것이다. 이래저래 산은 많은 것을 가르쳐준다. 곁에 있을 때 소중하게 생각하라는 것은 산이 전하는 일부일 뿐이다.

소나무 가지에 쌓인 눈은 그 무게로 자칫 소나무를 부러뜨릴 수도 있다. 그 짐을 덜어주는 것이 바람이다. 바람이 불지 않는다면 우리는 소나무가 보여주는 우아한 모습을 더이상 볼 수 없게 되는지도 모른다.

침탈과 치욕으로 점철된 역사가 밟는 흙마다, 눈길 가는 나무 한 그루마다 고스란히 남아 있는 남한산성. 오늘 해가 지고, 내일 다시 해가 뜰 것을 아는 것처럼, 올곧은 역사는 다시 세워지고 청산해야 할 역사는 반드시 그렇게 될 것임을 오늘, 100년 만에 제 모습을 되찾은 행궁에서 깨닫는다.

02

신정섭

건국대학교 생물학과 및 동 대학원에서 식물생
태학을 전공했다. 국립환경연구원과 한솔기술
원을 거쳐 현재 한국생태문화연구소 소장으로
있다. 습지 생태를 주로 연구하며 생태와 문화
가 만나는 지점을 찾으려 생태문화를 공부하고
있다.

여주
여강길

함께 가면
즐거운 길

신정섭

▌ 강에서 만나는 생명들

강은 흐른다. 잠시 머물러 갈지언정 바다에 이를 때까지 결코 멈추지 않는다. 그 때문에 흐르는 강과 함께 가는 강길을 걸으며 생명을 떠올리는 것은 당연한 일일지 모른다.

이제 막 터미널에 도착한 버스의 발판을 밟으며 여주 땅에 발을 내린다. 서울에서 버스로 한 시간 십 분여, 터미널까지 가는 수고를 합하여도 두 시간 안쪽이면 어렵지 않게 도착하는 곳이 여주다. 여주터미널 내에 있는 커피숍에서 여행자 여권을 받는다. 문화체육관광부에서 지정한 '이야기가 있는 문화생태탐방로' 중 세 곳 이상을 걸으면 '도보여행 인증서'를 받을 수 있다. 무엇이든 받는다는 것은 즐거운 일인가보다. 아이처럼 흐리게 박힌 도장을 정성들여 다시 찍어 선명한 모습이 드러나게 한다.

여강길은 세 구간으로 구분된다. 1구간인 옛나루터길은 여주터미널에서 도리마을회관까지 이어지는 15.4km의 구간이고, 2구간은 도리마을회관에서 법천사지를 돌아 흥원창에 이르는 17.4km의 세물머리길, 그리고 3구간인 흥원창에서 바위늪구비를 거쳐 신륵사에 이르는 22.2km의 바위늪구비길이다. 여강길이 세 구간으로 구분되듯 3일에 거쳐 걸으면 여유 있게 강의 문화를 읽을 수 있다. 하지만 바삐 사는 생활인들이 3일의 시간을 내기가 어디 쉽겠는가. 그러니 날짜를 나누어 기회가 될 때마다 천천히 걷는 것도 괜찮다. 또한 4대강 공사로 인해 강길의 변화가 많아 새로운 길이 계속 개발되고 있으므로 길을 떠나기 전 현지의 전문가들에게 충분한 도움을 받는 것이 좋다. 여강을 수도 없이 다녔지만 새로운 길이 익숙지 않은 나도 여강길의 박희진 선생님과 정귀영 선생님, 김윤희 선생님이 함께해주셔서 즐거운 시간을 가질 수 있었다. 함께 길을 걸어준 강승훈 선생도 힘을 더해주었다. 사람이 제힘만으로 산다는 것이 얼마나 어려운 일인가를, 부담스럽다 해도 가끔 신세를 지는 것이 새로운 인연을 맺거나 함께하는 즐거움을 깨닫게 해준다는 사실을 이번 탐방에서 다시 알게 되었다.

흐르는 강물은 상류로부터 모래를 싣고 내려와 여울을 만들기도 하고 깊이 구멍을 파 소를 만들기도 한다. 그곳에 눈에 보이지 않는 작은 생명들이 기초를 닦고 식물이며 곤충 들이 만든 작은 세계에 큰 생명들이 얹혀살며 생명이 가득한 세상을 만든다. 오늘 강길을 걸으며 그 많은 생명들을 나는 만날 것이고, 그 안에서 산다는 것에 대한 고마움을 새삼 느끼리라. 그게 사는 것이고 인생이다.

▌ 엄마야 누나야 강변 살자

여주터미널 앞에 있는 큼지막한 안내판은 여강길을 일목요연하게 보여줘 낯선 길에 대한 두려움을 줄여준다. 살면서 이런 안내판 같은 멘토를 길목마다 만날 수 있다면 얼마나 좋을까? 옛나루터길의 첫번째 방문지인 영월루까지의 길은 막힘도 쉼도 없이 금방이다. 영월루가 있는 영월근린공원에는 커다란 비에 글이 새겨진 여흥 민씨 관향비가 탐방객의 눈길을 끈다. 여주에서는 여흥 민씨의 집안 내력을 알고 있으면 보다 재미있는 길을 걸을 수 있다. 여강길의 곳곳에 여흥 민씨와 관련된 사연들이 얽혀 있기 때문이다. 여흥 민씨의 시조는 고려 중엽 중국에서 사신으로 온 민칭도閔稱道가 귀화해 여흥에 정착하면서 민씨의 조상이 되었다. 여주 지역의 전설에는 민씨의 시조가 영월루가 있는 마암에서 태어났다는 이야기가 있는데 이것은 여주 지역에서 민씨 집안이 미친 영향력을 짐작할 수 있는 사례 중 하나이다. 영월루에 올라 하류로 눈길을 돌리면 강 건너 강변이 보인다. 그 옛날 이 강변엔 팔대장림, 팔대수라 불리던 숲이 있었다. 세월이 흐르면서 수많은 사연들을 안고 있던 숲은 사라지고 물억새와 갯버들, 환삼덩굴 같은 식물들이 드문드문 숲을 이루는 강변둔치로 변했다. 하지만 지금은 그마저도 사라지고 하도를 가른 공사장에 모래 실은 차들이 왕래하며 둔치를 다지고 있다.

영월루를 내려와 은모래금모래유원지로 향한다. 영월루 앞 아스팔트길을 따라 걷다 강변으로 나가면 조포나루가 나오고 강변유원지 주차장에서 금은교를 건너면 강변유원지이다. 이곳엔 한 아름 되는 느티나무들이 숲을 이루고 있다. 유원지를 조성하며 심어졌을 이 나무들의 굵은 가지에는 파랗고 빨간 끈들이 매어져 있다. 값어치가 되는 이 나무들을 베어버리지는 않을 터인데 무엇에 쓸 요량일까? 4대강 공사가 있기 전 은모래금모래강변을 찾으면 항상 떠오르던 노래가 김소월의 시에 작곡가 안성현이 곡을 붙인 〈엄마야 누나야〉였다. 은모래 가득한 강변을 걸으면서 되뇌곤 하던 이 노래를 나중에 다시 이곳을 찾게 돼도 떠올리게 될까? 트럭들이 바삐 왕래하는 강변을 바라보는데 전에는 눈에 띄지 않던 작은 비가 하나 들어온다. 다가가서 살펴보니 '이선영 조난 추념비'라고 쓰여 있다. 1973년 여강에서 목숨을 잃은 막내아이의 넋을 위로하기 위해 이듬해 가족들이 세운 비이다. 근 40년 전의 이야기이건만 바로 어제 일처럼 다가온다. 눈에 넣어도 아프지 않을 정도로 어여쁜 막내아이를 물에 떠내려보내야 했을 부모와 형제의 마음이 오죽했을까? 먹먹한 가슴을 안고 길을 재촉한다.

예전에 모래밭과 농경지가 있었던 강변을 닦고 갈고 하니, 어디가 어딘지 사위 구별이 잘 되지 않는다. 공사용 차들이 다니면서 만들어놓은 도로 위를 걷다 예전에 큰 벌과 들이 있던 곳에 도착하니 잘 조성해놓은 수변공원이 있다. 여러 안내서를 보면 수생야생화단지라고 표시

해놓은 곳이 있는데 바로 이곳인가보다. 그런데 수생야생화단지라는 이름이 영 거북스럽다. 수생식물단지나 야생화단지라고 부르는 것이 옳을 듯싶고, 내가 보기에는 그냥 수변공원이라고 부르는 것이 적합할 듯하다. 벌과 들이었던 이곳을 복원할 계획이었다면 배후습지를 조성하는 게 가장 어울리지 않았을까? 수생야생화단지를 지나 마을로 들어간다. 공사가 한창 진행중인 강변은 지나갈 길이 마련되어 있지 않아 도로를 따라 연양리를 지나 신진리를 거쳐 단현리로 간다.

▌ 산길로 이어지는 강길

  옛이름이 부라우마을인 단현리의 입구에는 느티나무 노거수가 한 그루 서 있다. 대개 마을 입구의 노거수는 그 마을의 연륜을 이야기해준다. 마침 지나가시는 마을 어른께 느티나무에 대해 여쭤보니 얘기 끝에 느티나무 아래 놓인 연자맷돌에 대한 이야기까지 해주신다. 1972년에 여강 일대에 큰비가 내렸는데 그때 방앗간 건물은 떠내려가고 맷돌만 남아 있어 윗돌을 옮겨다 이곳에 놓은 것이고, 아랫돌은 너무 무거워 옮겨오지 못했는데 아마 근처의 흙 속에 묻혀 있을 것이라고 하신다. 어르신은 이 지역 민씨 집안 이야기며 마을 이야기를 마치 구슬을 쏟아내듯 하시는데 길동무들이 기다리고 있어 마냥 듣고 서 있을 수만은 없었다. 부라우마을의 여강변에는 '행복4강'이라는 이름을 걸고 있는 4대강 홍보관이 자리잡고 있다. 요즘은 춥고 눈이 많이 와 찾아오는 이들이 적다고 한다. 4D로 제작된 홍보영화를 보고 열기로 훈훈한 2층의 전시실을 돌고 나니 바깥공기로 차가워졌던 몸이 데워져 자연스레 목도리를 풀게 된다.

　부라우는 붉은 바위라는 뜻이다. 강가에 있는 붉은 바위들을 보고 이름이 붙여진 것으로 지금의 마을 이름인 단현리도 같은 말뜻이다. 부라우마을의 입구로 되돌아와 부라우나루로 발걸음을 옮긴다. 부라우나루에서 우만리나루까지의 산길을 가기 위해서다. 산길을 가기 힘든 이라면 부라우마을에서 돌아나와 345번 지방도로를 따라 우만리나루까지 갈 수 있다. 여강의 길들은 강을 따라 걷는 길이 주지만 이것이 어려울 때는 돌아가는 것도 한 방법이다. 하지만 강길에서 강을 보지 못하고 걷는다는 것이 아쉬움으로 남게 된다. 마을에서 강으로 나가는 좁은 길을 지나면 아름드리 느티나무숲이 있다. 숲을 이루는 느티나무 사이에는 은행나무와 소나무가 함께 자라고 있어 이 숲이 사람에 의해 관리되던 숲임을 짐작하게 한다. 이곳은 조선시대 인현왕후의 오빠인 민진원(閔鎭遠, 1664~1736)의 구십여 칸짜리 집이 있던 곳으로 숲의 기원은 17세기까지 올라갈 수 있다. 강변에 집을 지은 그가 홍수가 날 때 범람하는 물로부터 피해를 줄이고 흙이 유실되는 것을 막기 위해 강변에 나무를 식재하였을 것이다. 그후로는 마을 숲이 되어 그 기능을 하다 세월이 지나면서 화려했던 집도 없어지고 찾는 사람도 줄어들면서 숲은 그 흔적만을 유지하고 있는 것이리라. 민진원은 바위가 많은 이곳 강변에 침석정沈石亭이라는 누각을 세우고 노후를 보냈다고 한다. 돌이 물에 잠긴다고 한 것을 보면 홍수철이면 정자의 일부가 물에 잠기곤 했음을 짐작할 수 있다. 지금도 바위에는 그의 호인 단암丹嵒이라는 글자가 남아 있어 그 옛날을 되돌아볼 수 있는 근거가 되고 있는데, 단암이라는 글자 아래쪽의 붉은 바위에 쓰인 다른 글들은 훼손되어 있어 그 내용을 읽기가 쉽지 않다. 바위의 갈라진 틈에는 지난여름 벗어놓은 뱀의 허물이 유난히 눈에 띄고, 또다른 바위틈에는 개부처손이 빼곡히 자리를 잡고 있다. 눈이 쌓인 침석정 주변을 살피다보니 일부러 판 듯한 여러 개의 구멍이 있는데, 마치 고인돌의 성혈 자국처럼 보였다. 전문가의 판단이 필요하지만 이것이 성혈이 맞다면 이 지역은 고대부터 지속적으로 사람들이 생활해오던, 사람이 살기 좋은 요지였음을 짐작할 수 있다. 강이 잘 보이는 바위 위에는 누군가 가져다놓은 술병과 향이 강을 바라보고 있다.

침석정을 지나 얼마 가지 않은 곳에 논이 나타나는데 이 논 앞길의 강변에 지난여름 강변을 뒤덮었을 가시박의 흔적이 가득하다. 귀화식물인 가시박의 자라는 속도는 워낙 빨라 주변에 다른 생물들이 들어올 여지를 주지 않는다. 키 큰 나무인 교목들마저도 가시박에 뒤덮이게 되면 광합성을 하지 못한 가지들이 쉽게 죽기도 한다. 이곳에서 층층둥굴레가 자라는데 층층둥굴레는 가시박이 채 자라기 전에 꽃을 피우고 열매를 맺어 중요한 생장기간을 가시박과 겹치지 않게 하는 전략으로 살아남고 있지만 언제까지 갈 수 있을지 걱정스럽다. 논을 지나면서 산길이 나온다. 이곳의 삼림은 대부분 식재수종인 리기다소나무가 차지하고 있다. 자생수종이 아닌 리기다소나무는 숲의 종다양성이 풍부하지 못하고 자연도가 떨어지는 단점을 지니고 있다. 그렇다고 해서 숲속 산길이 지니고 있는 호젓함과 숲에 사는 생물들의 다양한 소리를 듣지 못하는 것은 아니다. 숲은 그저 숲일 뿐이다. 그 숲의 질을 따지는 것은 단지 학자들의 몫일 뿐 걷는 이들에겐 큰 의미가 없을 수도 있다. 나 또한

그 어떤 숲이고 간에 세월의 연륜을 머금은 숲은 아름답다고 이야기하고 싶다. 비록 숲을 구성하는 나무는 자연도가 떨어질지 몰라도 그곳에 사는 생물들은 나름대로 다양한 생태계를 이루고 살아가고 있을 테니까 말이다.

영동고속도로가 지나가는 남한강교가 멀리 보이는 곳에서 잠시 숲길을 빠져나와 강가의 암반으로 내려간다. 이곳에는 달뿌리풀과 물억새가 우점하는 두 개의 하중도가 위치하던 곳이다. 지금은 하중도를 이루는 모래를 파내 하중도는 섬 한쪽 주변의 윤곽만 유지하고 있을 뿐이다. 과거를 잊지 못한 철새들이 물살이 느려진 곳을 찾아와 옹기종기 모여 있다. 그 와중에도 흥에 겨운 듯 몇 마리의 비오리들은 물살을 타며 놀이를 하고 있다. 걸음을 서둘러 산길을 벗어나니 강변의 농가가 나온다. 과수원의 배나무에는 과실을 모두 빼앗긴 노란 봉투들이 부적처럼 나무에 매달려 바람이 불 때마다 흔들리며 햇빛을 반사하고 있다. 강변의 길은 강변에 멋스럽게 지어진 집에 막혀 돌아가야 한다. 포장된 농로를 따라 걸어 강가에 도착하니 커다란 느티나무가 한 그루 서 있다. 이곳이 우만리나루터이다. 우만리에는 원래 소가 많았다고 한다. 여기서 소는 가축인 소牛가 아니라 물이 깊은 소沼를 말한다. 삼합리에서 섬강과 청미천을 합한 강은 여강으로 흐르며 강의 남쪽은 깎아내고 북쪽엔 모래를 퇴적시켜놓았다. 물살에 깎여나간 강의 남쪽은 단단한 바위가 있는 산지여서 물속으로 깊은 소들이 많이 만들어졌는데 이 소가 소리만 전해지다 우만리로 된 것이라고 한다. 하지만 원주에 있는 소장수들이 우만리나루터를 경유하여 여주장과 장호원장에 소를 내다 팔았다는 이야기도 있으니, 나루터 명칭의 정확한 기원은 좀더 고민을 해야 할 듯싶다. 언제부턴가 이 나루터에 자리잡고 앉아 오가는 사람들을 바라보며 그들의 물길에 안녕을 기원해주고, 강가에서 살아가는 사람들의 웃음과 울음을 함께 나누던 느티나무는 이제 300년이 다 된 고목이 되어 말없이 서 있다. 사람이 살아가기 버거운 나이를 살았지만 수세는 아직 청년 같다. 이제 한껏 위용을 드러내며 사람들을 살펴보아줄 수 있는 모습인데 찾는 이들의 발길이 예전만 못하니 나무는 아쉽기만 할 것이다. 나무는 저리 늙어도 푸른 잎을 매년 쉬지 않고 내는데 왜 사람들은 나무의 절반에도 미치지 못하는 나이에 스스로 손을 놓고 늙었네 하며 살아야 할까?

우만리에서 흔암리나루터까지 이르는 길은 남한강교에서 시작해 산길을 타야 한다. 작은 오솔길 주변으로 분포하고 있는 식물은 리기다소나무 식재림으로 숲의 자연성은 그리 높지 않은 편이다. 하지만 밤나무, 상수리나무, 신갈나무 같은 나무들이 함께 자라고 있어 숲길의 아기자기함을 보여준다. 부라우나루터에서 우만리나루터를 거쳐 흔암리나루터, 도리마을로 이어지는 여강길은 대부분이 산길이다. 이 지역은 산과 강이 맞붙어 있어 도로처럼 잘 닦인 길이 없다. 여강길의 제1구간이 옛나루터길인 것도 이런 지리적인 위치와 깊은 관계가 있다. 벼랑으로 계속 이어지는 강변을 따라 길이 만들어질 수 없으니 당연히 나루터가 발전하고 사람들은 물길에 더 의지할 수밖에 없었던 것이다. 나루터를 이어주는 산길은 배를 이용할 수 없거나 이용할 필요가 없는 사람들이 다니던 길로 좁고 험하다. 이러한 산길은 지금도 그 특성이 남아 있으니 여강의 옛나루터길을 걸을 때에는 여럿이 함께하는 것이 좋다. 혼자 산길을 여행하다가는 위험한 일을 당해도 주변에 도움을 요청하는

것이 어렵기 때문이다. 다행히 여주 지역의 길에 뜻을 두고 있는 이들이 모여 만든 '여강길'이라는 모임이 있으니 그분들께 연락을 하면 많은 도움을 받을 수 있다.

　전원주택단지가 들어서고 있는 선사1길에 접어드니 토지 분양이 끝난 지 얼마 되지 않았는지 몇 채의 집만 들어선 채 나머지는 터를 닦아놓은 그대로 겨울의 을씨년스러움만 가득하다. 그나마 지어진 집에서조차 인기척이 없어 걷는 이들의 눈 밟는 소리만 뽀드득거리며 울려 퍼진다. 리기다소나무와 밤나무, 상수리나무가 뒤섞여 있는 높지 않은 산을 넘으니 강이 보이는 트인 곳이 나온다. 이곳에서 다시 도로를 타고 산을 우회하면 흔암리 선사유적지가 나온다. 선사유적지의 모습을 재연하기 위해 움집을 지어놓은 이곳을 들러 그 옛날 여강변에서 살았을 선사인들을 그려보는 것도 즐거운 일이다. 오늘은 알려진 길을 가지 않고 최근에 새로 개척했다는 산길을 따라간다. 일본잎갈나무와 리기다소나무가 이어지며 숲을 이룬 이곳은, 수종은 그리 다양하지 않지만 침엽수의 독특한 향을 맡으며 고요한 숲길을 걷는 즐거움이 있다. 새로 찾은 길이라 그런지 숲길의 끝은 급경사면이다. 조심스레 발길을 옮겨 흔암리나루터에 도착하니 해가 저문다. 아직 1구간이 채 끝나지 않았지만 저무는 해를 잡을 수도 없고 해서 내일 남은 길을 마저 가기로 하고 하루의 여정을 정리한다.

▌ 쉬어가는 길

　여강길의 박희진 선생님 일행이 마련해주신 차 덕분에 여주까지 어렵지 않게 되돌아올 수 있었다. 하루 종일 걸은 길이 차로는 얼마 걸리지 않고 금방 지나쳐버리는 것을 보면서 문명의 이기 없이 사람이 할 수 있는 영역이 얼마나 좁은 것인가를 새삼 느끼게 된다. 그러면서도 한편으로는 그렇게 빨리 지나가는 길들에서 우리는 얼마나 소중한 것들을 무심히 지나쳐왔는가도 생각해본다. 시작점과 끝점만을 정해놓고 가는 길은 얼마나 삭막한가? 우리의 인생도 시점과 종점만을 강조한다면 사는 의미가 과연 무엇일까? 길의 길이가 얼마이든 간에 온전히 하루를 투자해 걷기 시작하면 사람이라는 것에 대해 인생이라는 것에 대해 되돌아보게 된다. 그래서 길이 도道인가보다.

　오늘밤은 신륵사에서 머물기로 했다. 신륵사에서는 템플스테이를 하는 이들을 위해 요사채를 마련해 머물 수 있도록 하고 있다. 신륵사의 주지스님인 세영스님을 만나 커피를 몇 알 넣은 묽은 알커피로 몸을 녹이고 인사를 드린 뒤 짐을 풀었다. 신륵사는 여강의 홍수와 관련된 전설을 지니고 있는 곳으로, 여강의 급한 물줄기를 다스리고 주민들의 안녕을 위해 지어진 비보사찰이다. 여강길의 마지막 코스에도 포함되어 있으니 가능하다면 신륵사에서 하룻밤 묵으며 여강과 신륵사에 감추어진 이야기들을 찾아보는 것도 의미 있는 일이다. 생태학을 공부하는 나는 신륵사에 들를 때마다 부처님의 이야기가 서려 있는 목이며, 은행나무, 향나무, 상수리나무 고목 들을 찾아 그 나무들이 보아온 여강의 역사를 함께 느껴보려 애쓰곤 한다. 나옹화상의 묘역에 있는 석비와 석종형 부도, 석등을 보러 오르는 짧은 산길 주변의 소나무숲과 우후죽순처럼 일어서 넓은 잎을 펼치는 쪽동백의 아름다운 경관을 찾는 것도 잊지 않는다. 조금만 걸음을 늦추면 자연의 아름다움은 나의 눈을 적시고 가슴으로 스며들어와 또하나의 생명으로 살아 숨 쉬게 된다. 등이 따뜻한 구들에서 하룻밤 자고 나니 몸이 개운한 아침 신륵사 경내에는 눈가루들이 아침을 맞고 있었다. 햇살이 닿을 때마다 반짝거리며 빛을 내는 눈가루는 얼굴에 닿으면서 바람에 날아온 물방울처럼 시원하게 스며든다. 산뜻한 아침이다. 물길을 바꾸며 4대강 공사가 진행중인 여강에는 목욕탕의 온탕처럼 물안개가 가득 피어올라오고 있다. 오늘의 일정이 시작되는 흔암리로 가기 위해 여주대교를 터덜거리며 건넌다.

1구간의 끝부분인 흔암리의 아홉사리고갯길에서 도리마을회관에 이르는 길을 가기 위해 눈이 녹지 않은 산길로 어제 걸었던 일행과 함께 접어든다. 모두들 발걸음이 가볍다. 경상과 충청, 강원 지역의 유생들이 과거를 보기 위해 여주를 지나가며 넘던 이 산길에는 신갈나무와 소나무가 많다. 식재수종인 리기다소나무와 일본잎갈나무도 숲속에 섞여 있지만 신갈나무와 소나무가 이루어놓은 경관을 해칠 정도는 아니다. 이 나무들이 손끝에 박힌 가시처럼 신경이 쓰이긴 하지만 이 숲의 큰 흐름을 방해하지는 못할 것이다. 중학교 도덕선생님이시라는 정선생님과 함께 숲을 걸으며 이야기를 나누었다. 나무와 새, 그리고 방금 오줌을 누고 간 고라니의 흔적까지도 우리 대화의 주인공이 되었다. 우리가 살며 인간 아닌 다른 종들의 작은 움직임이나 흔적 들을 보면서 기뻐하고, 이야기를 나누며 행복해하는 것이 일 년에 몇번이나 될까? 아홉사리고갯길의 산길을 가다보면 자주 강을 바라볼 수 있다. 그 옛날 지금보다 더 한적했을 강변의 벼랑길을 걸으며 사람들은 무슨 생각을 했을까? 긴 여정의 끝이 될 서울까지의 남은 거리를 환산하며, 강이 잘 보이는 언덕에 앉아 땀을 식혀가지는 않았을까? 산길의 중간에 있는 계곡 끝에는 키 큰 산뽕나무들이 무리지어 있는데 노루의 발자국이 어지러이 흩어져 있다. 도리에 사시는 분께서 최근까지 이곳에 깨나 콩을 재배하셨다는데 그래서 나무들이 없이 평편한 이곳을 고라니들이 놀이터로 삼고 있는 듯하다. 이곳에서 잠시 강가로 나간다. 강 건너편인 바위늪구비에는 산더미 같은 모래가 쌓여 있고 강에서 파낸 골재를 트럭들이 실어나르느라 바쁘다. 공사가 진행되지 않은 강의 남쪽과 북쪽의 모습은 천지차이다. 강변에 앉아 물속을 보니 큰 말조개 껍질이 가라앉아 있는 옆에 작은 말조개 한 마리가 움직이지 않고 있다.

강을 떠나 다시 산길을 부지런히 걷는다. 산길은 낮게 이어지는 골의 안쪽에 위치해 포근한 느낌을 준다. 길도 나무도, 고라니까지도 모두가 안정되어 있는 아름다운 이 길이 언제까지 계속될 수 있을지에 대해서는 걱정이 앞선다. 숲이 끝나는 곳에 여흥 민씨의 가족무덤인 듯한 무덤 10여 기가 층을 이루고 있다. 이곳에서 도리까지는 마을길로 편안히 걸을 수 있는데 무덤 앞을 지나며 이어진 혼불 이야기가 마을의 입구에 이르기까지 꽤 오랫동안 지속되었다. 도리마을회관은 여강길을 걷는 이들에게 정류소 같은 곳이다. 잠시 마을회관에 들러 이장님과 어르신들께 인사를 드리고 쉬어간다. 도리마을회관에는 할머니보다는 할아버지들이 대부분이신 것이 다른 마을과 다른 점이었다.

법천사지의 느티나무

도리에서 흥원창가까지 이어지는 세물머리길은 남한강과 섬강, 청미천이 만나 하나가 되는 구간으로 강에서 좀 떨어진 법천사지구간을 제외하고는 모두 강을 바라볼 수 있는 곳이다. 하지만 지금은 4대강 공사로 하루가 다르게 변하는 지형 때문에 강을 따라가는 여정을 잡을 수가 없다. 최근까지 여강코스로 표시되어 있던 도리에서 삼합리에 이르는 구간 역시 파헤쳐지고 공사 차량들의 통행로로 이용되고 있어 일반인이 걸을 수 없는 구간이 되어버렸다. 점심시간인지 강변의 모래언덕 옆에 세워져 있는 중장비를 바라보다 발길을 돌린다. 청미천이 감싸고 흐르는 중근이봉의 산길을 넘어 335번 지방도로를 따라 부론면 법천리까지 갈 수 있으나 그동안 계속 이어진 산길을 피해 도리에서 335번 지방도로로 나가 법천사지의 당간지주 입구까지 지루한 길을 한걸음에 달려간다. 절집에서는 행사나 의식이 있을 때마다 절의 입구에 깃발을 내걸어 표시를 했는데 이 깃발을 거는 장대를 당간이라 하고 당간이 쓰러지지 않도록 지지해주는 역할을 하는 것이 당간지주이다. 이 당간지주의 위치와 법천사지터의 거리가 300m가 넘으니, 통일신라시대 때 지어졌다 임진왜란 때 소실되어 터만 남은 이 절의 규모를 짐작할 수가 있다. 법천사는 전란에 희생되기 전까지는 흥원창과 쇠락을 같이했을 것이다. 법천사지는 복원작업이 한창 진행되고 있는데 이곳에 있던 지광국사현묘탑은 국립중앙박물관으로 이전되고 탑비만이 남아 방문객을 반기고 있다. 법천사지의 주변에는 리기다소나무가 숲을 이루고 있는데 저 나무들이 우리 고유종인 소나무였으면 어땠을까 하는 바람을 가져본다. 리기다소나무는 오래된 주춧돌과 건물의 기단들 사이에 깔끔하게 마감처리된 화강암처럼 어색하기만 하다. 법천사지를 통과하는 길가에는 오래된 느티나무가 한 그루 자리잡고 있다. 얼마나 오래 살았는지 나무 속이 텅 비어 껍질만 남아 있다. 그래도 나무는 죽지 않고 봄이면 싱싱한 잎을 낸다. 나무의 나이를 알 수 있는 나이테 부분이 모두 썩어 사라진 이 나무에서 범접할 수 없는 세월의 흐름을 느끼게 된다. 돌을 쌓고 나무를 세우고 기와를 얹어 만든 건물이 사라져버린 자리를 변함없이 지키고 있는 고승 같은 나무에 경건한 마음이 든다. 법천사지를 떠나 당도한 흥원창 역시 4대강 공사가 한창 진행중이다. 높디높은 제방벽을 허물고 커다란 돌을 넣어 석축 토대를 쌓고 있는 현장을 황급히 떠나 강천리로 향한다. 섬강을 옆구리에 찬 자산 위 소나무는 깎아지른 절벽에 매달려 말없이 강을 내려다보고 있다.

▌기다리는 강길

　흥원창을 지나면서 여강의 제3구간인 바위늪구비길이 시작된다. 섬강을 내려다보는 자산의 북쪽으로 나 있는 지방도를 따라가다 자산의 끝자락에 나 있는 길을 따라 강 쪽으로 나가면 다시금 산길을 만날 수 있다. 섬들에서 강천리마을까지 이어지는 이 산길을 닷둔리 해돋이 산길이라고 부른다. 강천리의 윗마을에서 흥원창 쪽을 바라보면 아침해가 뜨는 것을 볼 수 있다. 이 산길을 걸으며 세물이 만나 이루는 삼합리의 아름다운 풍광을 볼 수 있었다. 윗마을을 지나 강천교회 앞 너른 마당에 서면 바위늪구비가 눈앞에 펼쳐진다. 너른 모래밭과 자갈밭이 뒤섞여 있고 그 안에 버드나무며, 물억새, 단양쑥부쟁이가 분포하던 곳이다. 지금은 모래를 퍼나르는 트럭들만이 넓은 평원에서 부지런히 오갈 뿐 원래의 모습을 찾아볼 수가 없다. 멸종 위기 식물인 단양쑥부쟁이도 많은 논란 속에 복원과 보전 사업 등이 진행되고 있으나 원래 있던 자리는 모두 깎여나가 있다. 이곳에서부터 남한강교까지가 사람들에게 가장 먼저 알려진 여강길 구간이었다. 끝없이 이어지는 모래밭길이 장관이었던 이 길 역시 지금은 공사장이 되어 있다. 남한강교에서 고노골—선백이들—동양개들—범바위들까지 이어지던 가야리 앞들의 강변에는 물억새가 장관을 이루던 강길이 있었지만 이 길도 지금은 볼 수가 없다. 이제 물억새와 함께 억새, 선버들, 갯버들, 왕버들이 뒤섞여 있던 가야리 강길을 자주 찾아갔던 기억 속에 있는 느낌을 되새기려면 얼마나 기다려야 하는 것일까? 강길의 실종은 신륵사에 이르기까지 계속된다.

원래 모습을 잃은 여강의 동쪽과 북쪽의 길들은 이제는 마을을 가로지르는 아스팔트 도로로 대체되었지만 가기가 쉽지 않다. 별도의 인도가 조성되어 있지 않고, 지나다니는 차들은 빠른 속도로 위험하게 옆을 스쳐 지나가기 때문에 언제나 사고의 위험에 노출되어 있다. 어쩔 수 없이 강천리에서 신륵사까지는 자동차를 이용해야 했다. 자동차를 이용할 경우 중간경유지인 여성생활사박물관이나 목아박물관을 들러 그곳에 전시된 생활유물들을 관람하는 것도 즐거운 일일 수 있으리라.

사흘을 걸어야 하는 여강길을 이틀 만에 갑자기 끝내려니 서운한 마음이 서로의 가슴에서 한숨처럼 새어나왔다. 여주군청 주변의 강이 보이는 카페에 들러 피자에 생맥주 한 잔을 곁들이며 서로의 감회를 나누었다. 지금 여강길은 계속 수정이 되고 있다. 4대강 공사로 인해 기존의 강길이 없어져 새로운 길을 찾아야 하기 때문이기도 하지만 그 덕분에 그동안 잊혀져 있던 길들을 다시 살려내기도 했다. 여강길은 정해져 있는 코스만을 주장할 필요가 없는 길이다. 여주의 신륵사를 중심으로 해 법천사지와 고달사지 등을 포함한 불교의 성지순례길을 지정하거나, 4대강 이후 바뀔 환경에서 새로운 코스를 찾아내는 등 해야 할 일도 많다. 변화하는 여강길을 모니터링하는 것도 중요한 일이다.

길을 찾는 이들이나, 걷는 이들 모두 아름다운 이들이다. 그들은 길에서 만나고 쉽게 서로의 마음을 연다. 사람 사는 것도 하나의 길이기에 길에서 만나는 시도가 끊임없이 이어지길 바랄 뿐이다. 여강으로 지는 해가 아름다운 시간이다.

영월루는 원래 여주군청 정문이었다가 1925년경 현 위치에 다시 세워진 누각이다. 입구에는 여주 창리·하리 삼층석탑 두 기가 마주한 채 서 있는데 둘다 고려시대 석탑으로 추정된다. 두 탑 모두 원래 자리에서 옮겨온 것이지만 처음부터 이곳에 있었던 것처럼 당당한 기품을 보여준다.

조선시대 4대 나루터 중 하나였던 조포나루터를 지키고 선 나무들 머리에 상고대가 꽃처럼 피었다. 이미 사라졌을지도 모를 풍경. 다시는 보지 못할 꿈속 같은 풍경.

금모래 은모래 다 사라진 강변 유원지를 지나 단현리에 들어서 고샅길 끝 야트막한 언덕을 가뿐하게 넘으면 부라우나루터. 강변 바위들이 온통 붉은색을 띠고 있다 해서 부라우라는 지명을 얻었다는 이곳은 강 건너 강천면 강천리, 가야리, 적금리, 간매리 사람들이 여주 읍내로 들어오는 지름길이었다. 바위에 서서 쓸쓸한 겨울 강을 내려다볼라치면 한편에 새겨진 '단암(丹巖)'이란 글자가 눈에 들어오는데, 조선 숙종대왕 계비 인현왕후 민씨 친정오라비 민진원이 새긴 자신의 호다.

강물이 가는 길은 우리 삶이 가는 길이다. 강물이 흐르지 못하고 막히면 우리 삶도 더이상 흐르지 못하고 막막해질 것임은 당연한 귀결이다.

산 아래로 내려다보이는 다리가 남한강대교
다. 이를 중심으로 왼편에 보이는 곳이 강원도 원주시
부론면 법천리고 오른편 위쪽이 충주시 앙성면 단암리
의암마을, 그리고 보이지 않는 아래쪽이 경기도 여주
군 점동면 삼합리다. 삼합리는 말 그대로 강원, 경기,
충청 3도가 접하고, 세 å강(남한강, 청미천, 섬강)이 몸
을 섞는 곳이다.

국립중앙박물관에 있는 지광국사현묘탑(국
보 제101호)은 원래 이곳 법천사지(사적 제466호)에
있던 것이다. 통일신라시대에 창건돼 고려시대에 융성
했던 사찰로 추정되며, 임진왜란 때 소실된 이후 중창
되지 못하고 지금에 이르고 있다.

모두 다 잊어버린 장바닥을 돌아
한산한 대합실 나무의자에 앉아
읍내로 가는 시외버스를 기다린다
바람아 너는 잊었구나 그 이름
그 그 설움을.

_신경림 詩, 「개치나루에서」 중에서

산천은 저 스스로 의구하기 힘들어 모습이
바뀌어도 신륵사 강월헌 옆 삼층석탑은 저녁놀빛에 물
든 채 물끄러미 남한강을 내려다보고 있다. 어디선가
들려오는 울음소리는 얼음 밑을 흐르는 남한강에서 일
어난 물소리일까?

03

김기택

1989년 한국일보 신춘문예를 통해 시로 등단했다.
시집 『태아의 잠』 『바늘구멍 속의 폭풍』 『사무
원』 『소』 『껌』, 동시집 『방귀』가 있다. 김수영
문학상 현대문학상 이수문학상 미당문학상 경희
문학상 등을 수상했다.

강화
나들길

○
○
○
○
○

살아 있는
역사박물관을
거닐다

김기택

우리의 호흡과 심장 박동과 생각은 걸음의 속도와 박자와 친숙하다. 이 속도에 맞추면 몸이 활발해지고 마음도 편안해진다. 현대의 생활은 대개 이 속도와 어긋난다. 빠른 속도는 시선을 앞으로만 향하도록 요구한다. 옆과 뒤를 돌아보지 않는다. 속도가 빠르면 길이 중심이 되고 주변에 있는 것들은 소외된다.

나는 직장생활을 하면서 시를 썼다. 늘 바쁜 내게 시 쓸 여유를 준 것은 걷기와 대중교통 이용하기였다. 출퇴근시간이나 외출시간에 걸을 때, 버스나 전철에서 하릴

없이 있을 때, 속도에 지친 마음은 조금씩 아문다. 걷는 동안은 의무와 책임으로부터 자유로워지고 상상력은 활발해진다. 내 심장과 걸음의 박자로 사는 것들이 비로소 보이기 시작한다. 내가 강화 나들길을 걷기로 한 것은 내 생활의 속도에 제동을 걸고 싶었기 때문이다. 바쁜 일상에서 완전히 노는 하루의 시간을 빼는 것도 나에게는 쉽지 않았다. 해야 할 일들이 자꾸 나를 압박하고 방해했다. 천천히 걷기는 속도에 대한 소극적인 저항인 셈이다.

강화 나들길을 걸으면서 곳곳에 문화재와 옛사람들의 손때와 생각이 담겨 있는 흔적이 '숨어' 있음을 보았다. 천천히 걷는 사람들의 눈에만 띄는 것들이 있다. 급한 사람들의 눈에는 보이지 않는 것들이 있다. 걸으면, 옆과 뒤를 부지런히 둘러보면, 구석구석 숨어 있는 것들이 하나둘 나에게 온다. 강화 나들길 걷기는 강화도가 숨겨둔 보물찾기이다. 숨어 있는 보물은 대화를 할 때 비로소 살아난다. 서로 이야기가 통하는 순간 깨진 돌멩이와 낡은 목조와 평범한 자연 풍경은 갑자기 보물이 된다. 이 보물들은 살아 있는 역사의 두께를 지니고 있으며, 오랜 시간의 거울로 지금의 내 모습을 새롭게 비춰준다.

100여 년 전에 강화도의 보물을 찾아다니며 시에다 담아두신 분이 있었다. 화남 고재형(1846~1916) 선생이시다. 일 년 넘게 말을 타고 돌아본 후에 칠언절구 시집 『심도기행』을 썼다. 심도沁島는 강화도의 다른 이름이다. 강화 나들길은 그분의 기행에서 아이디어를 얻었다고 한다. 2009년에 1~4구간(총 52.25km)이, 2010년에 5~8구간(75km)이 선정되었다. 이 길을 따라 나들길 이정표와 지도가 있다. 이정표에는 두루미 모형이 있어 금방 눈에 띈다. 이 길을 다 걷고 싶었지만, 아쉽게도

시간이 나를 놓아주지 않았다. 못 걸은 길은 아끼며 즐기고 싶은 숙제로 남겨두었다.

제1코스 심도 역사 문화길

강화읍을 거쳐 동쪽 해안도로로 가는 길이다. 강화산성으로 둘러싸인 곳은 고려시대에 38년간 우리나라 수도를 대신했던 강화도 안의 강화도다. 그 길로 들어가는 첫 문은 망한루望漢樓라는 현판이 붙은 강화산성 동문이다. 강화산성은 몽고군에게 항전하기 위해 고려가 고종 19년(1232)에 수도를 개경에서 강화도로 옮기고 궁궐을 지으면서 쌓은 내성이다. 몽고와 굴욕적인 화친을 맺으면서 몽고군의 요구로 고려궁과 산성을 우리 손으로 무너뜨렸다. 조선 숙종 때 돌로 쌓았으나 다시 무너진 것을 2003년 복원하였다.

마을길로 이어진 언덕 위에 낯설고도 친숙한 건물이 나타났다. 1900년에 세웠다는 우리나라 최초의 성당 '성공회 강화성당'이다. 구한말과 현대, 기독교와 불교의 건축양식이 흥미롭게 결합된 건물이었다. 얼핏 보면 흔히 보는 절 같다. 그러나 구석구석 눈여겨보면, 태극 문양과 십자가 문양이 결합된 장식이 그려진 대문, 기와지붕 위에 세워진 십자가, '천주성전'이라는 현판, 낯익은 붓글씨체로 쓴 주련들이 보인다. 성당을 보는 순간, 110년 전의 시간과 구한말의 역사, 막 이 땅에 들어온 낯선 선교사, 기독교를 품은 우리의 전통이 한꺼번에 느껴졌다. 건축물로 육화한 역사가 눈앞에 조용히 앉아 있었다. 사찰의 건축양식과 서구 기독교 사상이 서로 침범하거나 방해하지 않으면서 형제처럼 껴안고 있었다. 몸은 조선이고 마음과 생각은 기독교인 건축물이었다. 조선이 되려고 애쓰는 기독교였다. 영국 성공회가 아직도 조선에서 토착화과정을 진행하는 중이었다.

강화성당에서 나오니 바로 앞에 '용흥궁龍興宮' 후문이 있다. 철종(1831~1863)이 왕이 되기 전 열아홉 살까지 살았던 집이다. 규모도 크지 않고 좁은 골목에 있지만 기품과 위엄이 느껴졌는데, 원래는 세 칸짜리 초가집이었단다. 강화도령 이원범이 철종이 된 후에 강화유수가 현재의 모습으로 지은 것이다. 사도세자의 증손인 철종에게 강화도는 유배지였던 것이다. 그를 왕으로 모시기 위해 강화도로 신하가 왔을 때, 이원범은 자신을 죽이러 오는 줄 알고 산으로 도망갔다고 한다. 신하에게는 살려달라고 애원하기까지 했다고 한다. 목숨을 부지하기 위해 아버지는 일부러 그에게 공부를 시키지 않았다고 한다.

강화성당과 용흥궁은 '용흥궁공원' 안에 있다. 공원 주차장 입구에는 '김상용 순절비'가 있다. 병자호란(1636~1637) 때 강화도로 쳐들어온 청나라군과 싸우다 폭탄더미 위에서 자폭한 김상용 장군(1561~1637)을 기린 비다. 거기서 100m쯤 떨어진 곳에는 고려궁지가 있다. 용흥궁공원과 그 주변에 고려와 조선, 구한말의 유적이 함께 있는 것이다. 섬 전체가 자연발생적인 박물관인 강화도는 이런 곳이 많다.

고려궁지는 몽고의 침략 때 고려의 고종(1192~1259)이 개경에서 강화도로 수도를 옮겨 지은 궁궐의 터인데, 규모도 작고 고려궁의 흔적도 별로 없다. 고려궁이 파괴된 자리에는 조선시대의 관아인 유수부 동헌과 이방청 그리고 외규장각이 들어서 있다. 그것도 병자호란과 병인양

요(1866) 때 소실된 폐허를 1977년에 보수 정비한 것이다. 이처럼 강화
의 유적들은 우리 민족이 당한 수난과 상처를 안으로 깊이 품고 있다.
그래서 과거의 이야기가 아니라 현재진행형인 역사 같은 실감을 갖게
한다. 『심도기행』에는 "공터 4, 5리 안에는 담장, 산재한 주춧돌, 붕괴
된 기와, 깨진 옹기 등이 군데군데 밭 사이에 쌓여 있다"고 기록되어 있
다. 과연 뒤쪽에는 고려궁지 발굴현장이 있었다. 옛 기와와 석축의 파
편이 쌓여 있는 곳 옆을 고라니들이 한가하게 뛰어다니고 있었다.

2003년에 복원했다는 외규장각 안에서는 슬픈 약탈의 역사를 영상
과 글로 알리고 있었다. 조선시대에 왕이 열람하는 책과 왕실 유물을
병인양요 때 프랑스군에게 약탈당했던 것이다. 내 몸이 다친 듯 마음이
거북했는데, 강화도를 다녀온 뒤에 프랑스에서 유물을 반환하기로 했
다는 반가운 뉴스가 보도되었다.

고려궁지 왼쪽에 왕자정묵밥집이 있다. 도토리를 갈아 만든 부드러
운 묵과 밥에 육수를 말아 먹는 맛이 별미다. 고려궁지에서 강화산성 북
문 방향으로 가는 넓은 벚꽃길을 두고 나들길 표지판은 수령이 680년
된 은행나무 쪽 골목길을 가리키고 있다. 돌아서 가는 길이지만 명성황
후가 지었다는 관우사당인 북관제묘, 강화향교, 샘터와 빨래터인 은수
물 등을 보는 즐거움이 있다. 은수물을 지나 좁은 등산로로 올라가니
진송루鎭松樓라는 현판이 붙은 북문이 보였다. 『심도기행』에는 성문에
서 내려다보면 "눈 아래는 일천 채의 기와집과 초가집"이 보인다고 했
는데, 그 아름다운 그림이 머릿속에 그려질 것 같았다.

북문에서 산성을 따라 북장대로 올라갔다. 북장대 표지판이 있는
곳에는 야트막한 언덕에 방공호 하나만 있었다. 『심도기행』에서는 "송

악의 정상에 사방을 볼 수 있어서 돌을 쌓아 북장대를 지었다"고 했는데, 정말 강화도 동쪽의 너른 벌판, 염하鹽河, 연미정, 그 너머 멀리 북한 땅까지 한눈에 보였다. 산길을 따라 오읍약수터로 내려가니 한겨울인데도 약수를 뜨는 사람들로 붐볐다. 약수는 달고 시원했다. 약수터에서 연미정 가는 길에는 송학골 빨래터와 대산리 고인돌이 있다. 송학골 빨래터는 문화재는 아니지만 그냥 지나치기 아까운 아름다운 곳이다. 큰 나무 아래 샘물로 빨래하며 도란도란 이야기하는 옛 아낙네들의 모습이 보일 것 같았다. 대산리 고인돌은 청동기시대의 대표적인 북방식 고인돌인데 오랫동안 돌무더기에 묻힌 채 밭에 방치되어 있다가 발견되었다고 한다.

절벽 위에서 염하를 굽어보는 연미정은 월곶돈대 안에 있다. 양옆에 아름드리 느티나무를 끼고 있는 정자인데, 작고 낮으면서도 위풍당당하다. 연미정은 임진왜란, 정묘호란, 병자호란, 한국전쟁 등 네 번의 전쟁을 겪으면서 부서지고 보수하기를 반복했다고 한다. 『심도기행』에는 물건을 실어나르는 배들이 삼남지방에서 한꺼번에 몰려들어 연미정 앞을 지나갔는데 수많은 "연미정의 돛배"는 강화도 10경의 하나였다고 한다. 지금은 바닷가에 군사시설이 있고, 내륙 쪽으로는 민통선 출입을 통제하는 검문소가 있다. 바다 건너 북한 개풍군이 보일 만큼 북한과 근접해 있기 때문이다. 하지만 연미정과 그 주변 풍경은 늠름하고 아름다운 품위를 지니고 있었다. 연미정 아래 검문소에서 30m쯤 떨어진 곳에 연미정밥집이 있다. 간판도 없고 허름하지만 김치찌개와 생선조림 등 푸짐한 반찬과 할머니의 정성스런 손맛이 별미다.

제2코스 호국돈대길

　강화도 동해안과 김포 사이를 강처럼 흐르는 바다(염하)를 따라 연미정부터 초지진까지 가는 길이다. 23km에 이르는 이 길에는 강화외성이 있었으나 지금은 '진'과 '보'와 '돈대'만 남아 있다. 해안도로를 따라 뚝방길이나 자전거도로를 걸으며 염하를 볼 수 있다. 염하에는 유빙들이 수면을 가득 덮은 채 흐르고 있었다. 염하와 나들길 사이에는 이중으로 삼엄하게 설치한 철조망이 있다. 이 철조망은 강화도가 북한과 그리 멀지 않다는 것, 몽고와 청나라, 그리고 서양의 침략을 받았던 슬픈 역사가 북한의 위협으로 이어지고 있는 현실을 실감나게 느끼게 해준다. 철조망은 염하를 조금 가리기는 하지만, 오히려 '호국돈대길'과 잘 어울린다.

　강화대교 아래를 지나니 천주교인들이 박해를 당했던 갑곶성지와 강화역사관이 보였다. 강화역사관 앞에는 '하점면 고인돌공원으로 이전되어 2010년 10월 13일자로 폐관되었다'는 표지판이 붙어 있었다. 갑곶돈대는 그 옆에 있는데, 정원처럼 잘 꾸며져 있고 강화대교와 염하가 한눈에 보인다. 이곳은 몽고군이 "갑옷을 쌓아 건널 만하다"고 했을 만큼 육지와 가까운 곳이다. 그러나 유빙이 흐르는 속도를 보니 물살이 얼마나 빠른지 알 것 같았다. 강화도는 서쪽과 남쪽 해안이 갯벌이어서 적의 배가 쳐들어오기 어렵다. 염하로 오는 게 유리한데, 여기는 물살이 빠르고 조수간만의 차가 크다. 그래서 천혜의 요새인 것이다. 몽고의 침략 때는 잘 견뎠으나 병자호란과 병인양요 때에는 청나라군과 프랑스군에게 이 갑곶돈대가 가장 먼저 뚫렸다.

병자호란 때 인조(1595~1649)는 강화도로 피난하려다가 실패하고 남한산성으로 피해 두 달이 넘도록 버텼지만 강화도가 청나라군에게 함락되었다는 소식을 듣고는 항복했다. 병인양요 때는 프랑스군의 무기가 월등해서 쉽게 뚫렸다. 갑곶돈대에는 사정거리 700m인 대포와 300m인 소포가 전시되어 있는데, 대포에는 '화약의 폭발하는 힘으로 포탄은 날아가나 포탄 자체는 폭발하지 않아 위력은 약하다'는 설명이 붙어 있었다. 우리 대포는 적에게 닿기도 전에 떨어졌으나 프랑스군의 대포는 쏘는 대로 명중했다고 한다. 게다가 그들의 대포는 사정거리가 8km나 되었다고 한다.

가리포에 이르니 뚝방길 옆에 넓은 쉼터도 있고 고깃배도 보였다. 거기서부터 좌강돈대와 함께 있는 용진진, 화도돈대, 오두돈대를 차례대로 보면서 걸어 광성보에 이르렀다. 광성보 일대는 규모도 크고 복원도 잘되어 있었다. 광성보와 함께 광성돈대, 손돌목돈대, 용두돈대, 광성포대, 쌍충비각, 신미순의총 등이 아름다운 공원으로 꾸며져 있었다. 산책하며 쉬기에 더없이 편안하고 좋은 이 아름다운 곳은 병인양요와 신미양요(1871)가 있었던 비극의 현장이다. 신미양요는 조선과의 통상을 요구하다 대동강에서 침몰당한 제너럴셔먼호에 대한 조사를 요구하며 미군이 군함과 여러 척의 배로 쳐들어와 강화도를 점령한 사건이다. 광성보 전투에서 어재연, 어재순 장군을 비롯한 많은 병사들이 희생되었는데, 쌍충비각은 그들을 위한 순절비이며, 신미순의총은 그들의 묘이다.

용두돈대는 물살이 매우 거센 바다 위 가파른 절벽에 세워져 있어서 한눈에 봐도 방어는 쉽고 공격하기는 어려운 요새임을 알 수 있었다. 그래서 미군 함대는 먼저 초지진을 공격하여 점령한 후에 광성보로 쳐들어왔다. 미군은 먼저 대포를 쏘아 조선군의 사기를 떨어뜨린 후 상륙하여 육박전을 벌였다. 이 싸움에서 어재연 장군을 비롯한 300여 명의 조선군이 희생당했다. 이 일대의 유적은 두 번의 양요를 겪으면서 대부분 파괴되었다가 복원된 것이다. 바닷가로 이어진 길을 따라 광성보에서 덕진진과 초지진으로 갔다. 초지진에는 늠름하고 아름다운 소나무 두 그루가 서 있는데, 그 소나무와 석벽에는 미군이 쏜 포탄 자국이 선명하게 남아서 전투가 얼마나 격렬했는지 증언해주고 있다.

▍제3코스 능묘가는 길

강화도 남쪽 내륙을 걷는 길인데, 시골길과 산길이 많아 유적이 걸어오는 말을 생각하면서 걷기에 좋다. 화도버스터미널에서 정족산성으로 둘러싸인 전등사로 향했다. 『심도기행』에 의하면 산에 정족(鼎足: 솥발)이라는 이름이 붙은 것은 "세 봉우리가 솥발처럼 대치하고" 있기 때문이라고 한다. 또한 "단군이 세 아들을 시켜서 각각 한 봉우리씩 쌓게 하였는데 하룻밤에 완공했다 하므로" 삼랑성三郞城이라고도 한다.

정족산성 동문으로 들어가니 바로 양헌수 승전비가 있다. 병인양요 때 강화도는 프랑스군의 우수한 무기 앞에 일방적으로 무너졌지만, 조선군이 이긴 기록도 있다. 그것도 전투경험이 별로 없는 사냥꾼 부대로 싸워 이겼다고 한다. 승리를 거둔 장군이 바로 양헌수(1816~1888)이고 그 싸움이 벌어진 곳이 바로 이곳 정족산이다. 이기긴 했지만 프랑스

군은 철수하면서 외규장각의 보물을 약탈하고 관아와 민가에 불을 질러 큰 피해를 주었다. 북문으로 가는 길에는 전등사, 가궐지, 정족산 서고 등 볼 만한 유적이 많다. 고구려 소수림왕 때 창건한 고찰 전등사 안에도 보물 제178호 대웅보전, 보물 제393호 범종, 대조루 등이 있다.

조선 광해군 때 다시 지었다는 대웅보전이 말을 걸어왔다. 네 모서리 기둥 위에 네 개의 벌거벗은 여인상이 무거운 지붕을 머리에 이고

있었다. 사연은 이렇다. 도편수가 절을 짓는 동안 주막집에서 만난 여
인과 사랑에 빠져 혼인까지 약속했으나 여인이 그를 배반하고 돈까지
챙겨 도망갔다. 분노와 절망감으로 괴로워하던 도편수는 그 여인에게
무거운 추녀를 떠받들면서 죄를 씻으라는 뜻으로 이 나녀상을 만들었
다. 벌거벗은 수치와 지붕을 인 중벌을 당하고 있는 나녀상은 사는 일
이 예나 지금이나 고행임을 온몸으로 보여주고 있다.

　　역사는 시간과 나누는 이야기이다. 내가 살지 않았던 시간이 자꾸 나에게 말을 걸어온다. 그 이야기는 대화를 하자마자 오늘이 되고 현실이 된다. 따지고 보면 그 이야기는 모두 나와 우리에 대한 것이다. 길을 걸으면 이야기는 발끝에서 내 몸으로 온다. 혼자서 아무리 조용히 걸어도 수다쟁이가 된다. 전등사 범종은 일제시대 말기에 무기를 만들기 위해 징발되었다가 부평 병기창에서 도망나온 사연과 중국 종인데도 보물로 지정된 사연을 들려주었다. 정족산 사고는 임진왜란 때 왕조실록이 수난당한 사연을 들려주었다. 왕조실록 중에서 유일하게 전쟁의 화를 면한 것은 전주서고에 있던 것인데, 이곳 정족산 사고에 옮겨놓았다가 일제에 빼앗기고 만 것이다. 해방과 함께 되찾아 지금은 서울대 규장각에 보관하고 있다고 한다.

정족산성 북문으로 가는 길에는 수목장지가 있는데, 2007년에 작고한 오규원 시인과 김영태 시인도 여기 누워 있다. 두 분 모두 새로운 언어로 나의 습작 시절에 큰 영향을 준 선배 시인이다. "한적한 오후다/불타는 오후다/더 잃을 것이 없는 오후다/나는 나무 속에서 자본다" 오규원 시인이 영면 열이틀 전에 제자의 손바닥에 쓴 시다.

북문을 지나 정족산 산길을 내려오니 온수리 성공회성당이다. 성공회 강화성당보다 6년 늦게 지어졌는데, 우리의 건축양식과 서양의 교회 건축양식이 아름답게 결합된 '동서 절충식 강당형의 목조건물'이다. 한옥의 대문에 서양의 종루를 세운 문루도 볼 만했다. 본당은 '성안드레성당'이라는 현판이 붙어 있고 용마루에 십자가를 세웠다. 지금은 기념물로 보존하고 있고 그 옆에는 커다란 현대식 성당이 있다.

강남중학교와 길정저수지 옆을 지나 이규보묘로 가는 길. 숲속에 고즈넉이 들어앉아 있는 연등국제선원에서 잠시 쉬었다 간다. 여름에 와본 적이 있는데, 넓은 정원에 갖가지 꽃과 연못과 정자가 어우러진 숲 속의 공원 같았다. 그 사이를 외국인 스님들이 지나다녀서 잠시 현실에서 벗어난 기분이 들기도 했다. 나들길이 이 길을 지나가서 참 좋았다.

이규보묘에서 곤릉, 석릉, 가릉으로 가는 길은 고려인물기행이다. 이규보(1168~1241)는 고구려 주몽의 탄생에서 건국까지의 이야기를 담은 우리나라 최초의 서사시 「동명왕편」과 뛰어난 시와 문장을 쓴 고려시대의 대표적인 문호다. 그 명성에 걸맞게 묘의 규모가 크고 관리가 잘되어 있었다. 묘소 주변에는 이규보문학비, 이규보의 사당인 '유영각遺影閣', 별장 '사가재四可齋', 공부도 하고 가르치기도 하는 '백운정사白雲精舍' 등이 있다. '사가四可'는 '밭이 있으니 갈아 식량을 마련하기에 적합하고, 뽕나무가 있으니 누에를 쳐 옷을 마련하기에 적합하고, 샘이 있으니 물을 마시기에 적합하고, 나무가 있으니 땔감을 하기에 적합하다'는 뜻이라 하니 별장 이름에서도 큰 문인의 풍모가 느껴진다. 이규보는 아홉 살에 이미 중국 고전을 줄줄 읽고 글재주가 뛰어난 신동이었지만, 무신정권기에 살아 벼슬길은 순탄치 않았다. 그래서 술과 시와 거문고를 벗하며 살았겠지만, 옛글을 답습하지 않고 자유분방하게 민중의 마음을 담아낸 글을 썼기에 역사에 남는 인물이 되었다. 고려가 강화도로 천도한 후에 강화도에 와서 14년간 살다가 묻혔다.

곤릉은 고려 22대 강종(1152~1213)의 비 원덕태후의 묘이고, 석릉은 21대 희종(1181~1237)의 묘, 가릉은 24대 원종(1219~1274)의 왕비인 순경태후의 묘이다. 우리나라에 있는 6기의 고려 왕릉 중에서 4기가 강화도에 있다. 다른 하나는 국화리에 있는 23대 고종의 묘 홍릉이다. 무신시대에 무인들에게 권력을 빼앗기고, 몽고의 침략으로 섬에서 유배생활을 해야 했던 불운한 왕들이 이 쓸쓸한 곳에 있기 때문에 38년 간 수난당한 고려 수도의 흔적을 더욱 실감할 수 있다. 강종은 재위기 간이 2년밖에 안 되었으며, 희종은 무신 최충헌을 제거하려다가 실패 하여 왕위를 빼앗기고 강화도에 유배되었다가 용유도에서 최후를 마 쳤다. 이 왕릉들은 파괴되어 폐허가 된 것을 1974년에 복원한 것이다. 묘로 가는 산길에는 눈이 쌓여 사람 발자국은 별로 없고 여러 짐승들의 발자국만 어지럽게 나 있었다. 불행한 왕들이 감당해야 했던 역사의 상 처와 굴욕은 하얗게 탈색되어 마치 현실에서 멀리 벗어난 곳에 와 있는 것 같았다.

▌ 제4코스 해가 지는 마을길

가릉에서 출발하여 해가 지는 서해안을 따라가는 길인데 강화 나들 길 중에서 가장 짧다. 오후에 해가 지는 시간을 따라 걷는 이 나들길에 도 고려와 조선의 이야기가 풍부하게 담겨 있다.

가릉에서 나와 처음 만나는 유적은 유학자 정제두의 묘다. 정제두 는 조선시대에 강화도에서 양명학을 꽃피운 인물이다. 양명학은 명 나라 때 왕양명(1472~1529)이 완성했는데, 특히 지행합일知行合一을 강조한다. 정몽주의 후손인 정제두는 61세에 강화도로 와서 양명학 연 구와 저술활동을 하는 한편 많은 제자들에게 양명학을 가르쳐 이른바 '강화학파'를 이끄는 인물이 되었다. 그의 사상은 당대에는 물론 조선 후기의 학자 이건창이나 구한말의 학자이자 독립운동가인 정인보, 신채호, 박은식 등에게도 큰 영향을 주었다. 높은 벼슬에도 올랐으나 "거처하는 초가집이 비바람을 막지 못하여" 강화유수가 집을 지어줄 정도로 생활은 검소하였다. 묘는 도로변에 있어서 찾기도 쉽고 관리도 잘되어 있었다.

하일마을에서 하우약수터를 지나가면 강화도의 학자 이건창의 묘가 있다. 좁은 마을길을 두리번거리며 걷다가 언덕 위의 집 뒤에 숨어 있는 이건창묘를 지나칠 뻔했다. 묘는 봉분 하나만 있고 비나 상석조차 없어서 평범한 동네 사람의 묘로 보였다. 이건창은 강화 출신으로 '조선의 마지막 문장'이라는 칭송을 받는 구한말의 대학자다. 불의와 부정을 용납하지 않아 '지방관이 올바른 행정을 하지 않으면 이건창이 찾아간다'는 말이 생겨날 정도였으나, 그 때문에 권문세가의 모함을 받아 벼슬길은 순탄치 않았다고 한다. 양명학은 앎과 행함의 불일치에서 생기는 가식과 허위의식을 버리고 양심에 따라 진실되게 행동하기를 가르치는데, 이건창은 이 사상을 생활에서 직접 실천한 진정한 양명학자이다.

이건창묘에서 조금 걸어나오니 해변도로 옆에 널찍한 쉼터가 있고 건평나루가 있었다. 바다를 보며 다리를 쉬기에 좋은 곳이다. 철새인 오리들이 햇볕을 쬐고 있다가 인기척에 놀라 유빙이 떠다니는 바다로 들어가 헤엄을 쳤다. 건평나루부터 외포리선착장까지 가는 나들길은 해안을 따라 이어진 자전거도로다. 외포항 젓갈시장과 새우젓시장을 구경하면서 신선한 비린내를 실컷 마시고 나왔다. 망양돈대로 가는 길은 횟집과 모텔 사이에 숨어 있다. 표지판이 작은데다 커다란 다른 표지판 사이에 묻혀 있어서 차를 타고 가면 거의 볼 수 없다. 그러나 천천히 걷는 사람에게는 잘 보인다.

해가 지는 마을길이 끝나는 망양돈대 입구에 '삼별초군호국항몽유허비'가 바다를 끼고 서 있었다. 최씨 무신정권의 친위부대 삼별초는 고려가 몽고와 화친을 맺었는데도 개경으로 환도하지 않고 끝까지 몽고에 항거하기 위해 진도로 천도했다. 배중손이 승화 후 온溫을 왕으로 세우고 진도를 향해 떠난 곳이 바로 여기 외포항이다. 그때 출항한 배가 1,000여 척이었다니, 외포항 앞바다가 온통 배로 덮여 있었을 것이다. 그러나 결국 삼별초는 여몽연합군에 패하고 말았다.

그 뒤로 좁고 가파른 언덕으로 오르니 바다가 훤히 보이는 망양돈대다. 망양돈대는 조선 숙종 때 지은 돈대인데, 안내판에는 원형돈대라고 되어 있으나 실제로는 정사각형이었다. 돈대는 조용한 소나무숲으로 둘러싸인 채 지는 해를 바라보고 있었다.

차가 다니는 도로를 길이라고 부르기엔 차
마 입이 떨어지지 않는 것은 시멘트나 아스팔트로 포
장되었기 때문이다. 흙이 전해주는 포근한 물성을 느
낄 수 없다면 그 길은 이미 죽은 것이라 해도 지나침이
없다. 모름지기 생명이 걷는 길이라면 무르고 딱딱하
고, 때론 질퍽거리기도 해야 걷는 '맛'이 난다.

길은 걸을 수 있는 강이다. 강물이 그러하
듯, 길은 좁아지거나 넓어지며 마을과 마을을 잇고, 지
역을 잇고 마침내 마음을 잇는다. 한 번이라도 걸어본
사람이라면 쉬이 길을 떠나지 못하는 까닭이다.

하늘 아래 그림자 드리운 채 심심한 오상리
고인돌. 망자는 바위를 천장 삼아 누웠지만 살아 있는
누군가는 저 바위를 평상 삼아 잠시 다리쉼하며 이마
의 땀방울을 훔치기도 했을 터다.

마을로 들어서는 길에서 걸음을 시작해 산
길을 지나고, 이제 밭둑길 따라 앞으로 조금만 더 걸
으면 다시 마을길이 나타나고 그 앞에 물 빠진 갯벌 바
다가 나타날 참이다. 이처럼 강화 나들길은 코스가 많
은 것만큼이나 길의 생김새도 다양하여 지루함을 느
낄 사이가 없다.

고려시대 팔만대장경을 판각했다는 선원사지. 그 어느 절터라도 마찬가지겠지만, 이리저리 둘러보는 눈길마다 일주문과 불이문이 서고, 중문을 지나 해탈문이 서는가 하면 금세 대웅전과 대광보전이 우뚝 들어서는 것 같은 감흥을 느낄 수 있는 절터야말로 비었으나 더없이 충만한 공간이 아닐까.

바람 한 점 없이 고요한 해넘이, 그 애잔한 햇살이 물들인 광성보 손돌목돈대.

서해로 가라앉는 해가 내뿜는 붉은 기운 아래 길은 그 형체를 점점 잃어가지만 여행자의 발걸음은 그만큼 더 또렷해진다.

내가 지금 걷고 있는 길이 억겁 세월 이전에는 천길만길 바다 밑이었을 수도 있다는 생각. 내가 걷는 이 길이 언젠가는 바다 밑이 될 수도 있다는 생각. 바다가 넓고 깊어진 까닭은 수많은 생각들 때문인지도 모른다는 부질없는 생각.

04

함성호

1990년 『문학과 사회』를 통해 시로 등단했다. 1991년 건축 전문지 『공간』에 건축 평론이 당선되어 건축 평론가로도 활동하고 있다. 시집으로 『56억 7천만 년의 고독』 『聖 타즈마할』 『너무 아름다운 병』 『키르티무카』, 건축 평론집 『건축의 스트레스』 외 산문집 『허무의 기록』 『만화당 인생』 『당신을 위해 지은 집』 『철학으로 읽는 옛집』 등이 있다. 현대시작품상을 수상한 바 있으며, 현재 건축설계사무소 EON을 운영하고 있다.

쇠둘레
평화누리길

오랜 지질시대와 이야기하며 걷는 길

함성호

어떤 사람에게 길을 걷는다는 것은 역사와 문화와 만나는 것일 수도 있고, 또 어떤 사람에게는 자기 상념과 만나는 일일 수도 있겠지만, 나에게 있어 길을 걷는다는 것은 돌과 나무와 산과 강과 대화하는 일이다. 하는 일이 건축설계이다보니 자연스럽게 땅을 오래 바라보는 습관을 가지게 된 탓이다. 땅을 오래 보고 있으면 자연스러운 질문들이 새록새록 솟아난다. 저 돌은 어떻게 여기에 있게 되었을까? 왜 여기에 있는 돌과 저기에 있는 돌은 색깔이 다른가? 이런 토양에는 이런 나무들이 많고, 저런 토양에는 저런 나무들이 잘 자라는구나, 하는 생각. 그리고 산과 강이 솟고, 흐르고, 깎아, 만들어진 산세들을 보면서 나는 이 땅이 지나온 세월들을 생각하게 된다. 거기에 의미를 부여하면서 내 건축은 시작되는 것이다. 처음에는 이런 일들이 그저 묵묵하게 이루어졌다. 그러다 아는 것들도 좀 생기고, 이해도 빨라지면서 같이 가는 사람들에게 말하게 되었고, 그 사람과 함께 의견을 나누면서 재미는 더 배가되었다. 나도 지질을 전공한 사람은 아니라서, 서로 이런저런 억측(?)을 나누면서 서로 합리적인 선을 찾다보면 그게 또 정확히 들어맞는 경우가 많았다. 그렇게 길을 걷다보면 아주 먼 과거의 시간에 그 길은 바다였다가, 숲이었다가, 강이 되기도 한다. 나는 바다 밑을 고생대의 물고기들과 같이 걷기도 하고, 중생대의 고사리숲을 걷기도 하며, 용암이 흘러내리는 강을 건너뛰기도 한다. 길을 걷는다는 것은 수억만 년의 세월을 느껴보는 시간여행과 같다. 길에는 모든 시간이 있다. 그 시간들이 걸어오는 말을 들으며 걷는 길은 즐겁고, 아득해진다. 지금 여기에서 다른 공간이 순식간에 나를 압도하기 때문이다. 길을 걸을 때 음악을 듣는 사람들이 많다. 귀에 이어폰을 꽂고 걷는 사람들은 그 음악 속을 걷는 사람이다. 피아노로 물드는 나무의 잎사귀, 오보에로 빛나는 바위들, 바이올린처럼 쏟아지는 햇살. 길가의 나무와 돌과 시냇물을 시간의 페이지처럼 넘기며 걷는 길도 그와 같다. 그러나 거기에는 지금의 시간도 있다. 지금 여기의 아름다움.

강원도 철원의 쇠둘레길은 지금의 아름다움과 과거의 시간이 가장 환상적으로 펼쳐진 길이다. 무려 38억 년 전의 시간부터 지금까지 쇠둘레길은 고스란히 우리에게 그 비경을 감추지 않고 보여준다. 한반도 어디에서도 볼 수 없는 독특한 길이 한탄강을 따라 파노라마처럼 펼쳐진 길. 나는 그 길을 30년 만의 한파라는 추위 속에서 걸었다.

철원의 풍수지리

　드넓은 철원평야는 흰 눈에 덮여 있었다. 의정부, 포천을 지나 한탄대교를 건너니 탁 트인 넓은 들이 나온다. 얼핏 봐도 평야 저편에 산들이 갑작스럽게 느껴진다. 들과 산의 중간지대가 없이 들이 끝나는 곳에서 바로 산이 시작된다. 심상치 않다. 한반도의 들은 산에서부터 흘러온 하천의 물이 평지를 만나면서 선상지라고 불리는 넓은 부채꼴 사면을 만들어낸다. 이 부채꼴 사면에는 강이 싣고 온 쇄설물이 착실히 쌓여 논농사나 밭농사에 적합하다. 그러나 한반도는 워낙 늙은 지형이라 이런 선상지가 남아 있는 지역은 그리 흔치 않다. 오랜 침식작용이 계속된 탓이다. 그렇다 하더라도 그 흔적이 남아 산과 들의 경계를 자연스럽게 해주는 것이 바로 이 침식된 선상지인데 철원의 지형에는 그런 것이 없다. 산은 산이요, 들은 들이다. 평야지대에 서면 항상 내가 물 위를 걷고 있는 느낌을 받는다. 산이 대지에서 솟아오른 게 아니라, 평야가 산골짜기를 메우며 들어섰다는 느낌이 강하다. 특히 철원평야는 용암대지 위에 형성된 지형이라서 더욱 그럴 것이다.

　철원의 용암대지는 약 20억 년 전 선캄브리아기에 형성된 변성암 지반을, 신생대 4기의 용암이 흘러내려 뒤덮으며 형성되었다. 지금으로부터 약 50만 년 전에서 16만 년 전의 일이다. 지금은 북한에 속하는 680m 고지라고 불리는 곳에서 분출한 용암에 이어서 역시 북한에 속하는 오리산에서 분출한 용암이 지금의 용암대지를 형성한 두 주역이다. 궁예는 이 용암대지에 퇴적된 너른 평야를 자신의 발판으로 삼았다. 지금은 비무장지대 안에 위치한 풍천원에 고암산을 주산으로 터를 잡고 주변 세력들을 복속시켰다. 이때 송악의 강력한 호족이었던 왕건도 자진해서 궁예의 밑으로 들어오게 된다. 이를 계기로 송악을 자신의 세력권에 둔 궁예는 도읍을 철원에서 송악으로 옮기고, 그후 다시 철원으로 옮기는데, 여기에는 왕건과 궁예 간의 팽팽한 정치적 긴장관계가 있었던 것으로 짐작된다. 송악의 세력을 이용하기 위해 철원을 떠났지만 막상 송악에는 이미 강력한 왕건의 세력이 자리잡고 있어 오히려 궁예에게는 짐이 되었던 탓이다. 궁예 자신이 신라 왕족의 후예라고는 하지만 궁예는 적당賊黨 세력을 기반으로 일어선 세력 거점이 없는 유랑의 왕이었다. 당연히 왕건은 송악에서 자신의 원래 지지세력들을 등에 업고 궁예의 정적으로 떠올랐다. 어쩌면 이것은 당연한 수순이었는지도 몰랐다. 이에 궁예는 서둘러 다시 철원으로 돌아온다. 돌아오면서, 송악의 교훈을 뼈저리게 새기고 자신에게 충성할 탄탄한 지지기반의 필요성을 절실하게 느낀 궁예는, 청주지방의 호족들을 끌어들인다.

전설에 의하면 도선국사는 도읍을 물색하던 궁예에게 금학산을 주산으로 하면 300년을 갈 것이요, 고암산을 주산으로 하면 25년을 갈 것이라고 예언했다 한다. 나중에 짜맞추어진 혐의가 짙은 이

전설대로 결국, 왕건과 궁예의 반목은 송악과 청주 세력의 반목으로 노골화되면서 송악의 승리로 궁예는 비참한 최후를 맞는다. 고암산은 북한에 있어 잘 찾을 수 없지만 쇠둘레길 제2코스인 노동사 앞쪽으로 난 길을 따라 수도국지의 정상에 서면 멀리 그 산봉우리를 볼 수 있다. 철원평야를 중심으로 북쪽에 있는 산이다. 금학산은 어디서나 쉽게 찾을 수 있다. 평야 서쪽에 학이 날개를 접고 이제 막 앉으려고 하는 형상이라는 말은 풍수가들이 하는 말이고, 사실은 시루를 떡, 엎어놓은듯 거대하게 보이는 산이 바로 금학이다. 그런데 뭔가 이상하다. 궁예의 성터는 우리가 귀가 따갑도록 들었던 풍수지리의 금과옥조인 배산임수와는 아무 상관이 없어 보인다. 고암산은 너무 멀고, 전설대로 금학산은 궁예의 성터와 아무 관계가 없다. 말하자면, 궁예 성터는 평지 한가운데 자리하고 있다는 것이다. 그러나 좀더 주의 깊게 생각해보면 이상할 것도 없다. 일단 천년고도인 경주는 산 밑이 아니라 하천으로 둘러싸인 분지의 한 중심에 있다. 그런가 하면 후백제의 수도인 전주의 중심은 산성에 있었다. 역사학자 이기봉 교수에 따르면, 후삼국시대의 4개의 수도 중 풍수적 논리가 적용된 것은 개성 한 곳에 불과하고, 더욱 놀라운 것은 삼국시대부터 고려시대 전반기까지만 하더라도 지방도시의 중심이 산성에 있었다는 점이다. 고려시대 내내 풍수적으로 조형된 도시는 수도였던 개성과 서경(평양) 및 남경(한양)뿐이었다. 그러니까 배산임수는 고려 중기부터 조선 초에 이르러야 비로소 정착된 풍수지리의 원리라는 말이다. 철원평야는 우리가 잊고 있었던 우리의 도시가 자연과 조우하는 또다른 방식인 평지 입지의 전통을 일깨워준다.

두 개의 한탄강

쇠둘레길의 제1코스는 승일공원에서 시작해 한탄강을 따라 걷는 길이다. 그런데 한탄강은 지금의 쇠둘레길을 따라 흐르는 줄기 말고 다른 줄기가 있었다. 원래의 한탄강, 즉 50만 년 전의 한탄강 줄기는 지금보다 서쪽에서 지금의 철원평야 한가운데를 흐르고 있었다. 당시에는 평야가 아닌 낮은 산과 골짜기로 이루어진 선캄브리아기에 형성된 변성암과 화강암으로 이루어진 협곡이었을 것이다. 그러던 것이 신생대 4기에 680m 고지에서 용암이 분출했고, 흘러내린 용암은 680m 고지 주변을 넘쳐 옛 한탄강을 메우고, 협곡을 메워갔다. 그리고 이어서 오리산에서 용암이 분출했고, 680m 고지에서 나온 용암이 굳어 형성된 현무암 대지 위를 다시 덮으며 지금과 같은 평지를 만들었다. 그로 인해 한탄강은 본래의 물길이 메워지자 방향을 바꿔 오리산의 동쪽으로 흐르게 되어, 지금의 강줄기가 만들어졌다. 대략 열한 번의 용암 분출이 있었다는데, 잦은 분출이었다고 생각하기 쉽지만 몇십만 년을 두고 일어난 일이다. 지금 옛 한탄강의 모습이 남아 있는 것이 바로 고석정이 있는 순담계곡과 합류하는 대교천이다.

한반도에서도 보기 드문 이 용암대지를 보고 이중환은 『택리지』에서 그 기이함을 이렇게 적고 있다.

"철원부는 비록 강원도에 속하였지만 들판에 형성된 읍이고, 서쪽은 경기도의 장단과 경계가 인접하였으며, 토지가 비록 척박하나 큰 들과 작은 산이 모두 평활하고 맑고 아름다워 두강 안쪽에 있으면서도

또한, 두메 한가운데에 한 도회를 이룬다. 그러나, 들 가운데에는 물
이 깊고 검은 돌이 마치 벌레를 먹은 것과 같으니 이는 대단히 이상
스러운 일이다."

　　검은 돌이 벌레 먹은 것 같다고 한 그 돌이 바로 용암이 식어서 만들
어진 현무암이다. 보통 현무암 대지는 제주도의 예에서도 알 수 있듯이
구멍이 많아 물을 저장하고 있기가 힘들어 논농사보다는 밭농사가 주
를 이룬다. 그러나 철원평야는 선캄브리아기에 이루어진 변성암 위에
현무암층이 덮여 있어서 물이 잘 빠지지 않아 논농사가 잘된다. 용암대
지 위에 만들어진 드넓은 논농사 지대와 한반도의 중심에 자리하는 지
리적 입지가 궁예로 하여금 태봉국의 수도를 철원으로 결정하게 했을
것이다. 그러나 옛 하천이 지형의 변화로 다른 하천에게 그 줄기를 빼
앗기듯, 궁예의 꿈도 그렇게 왕건에게 넘어갔다. 그리고, 학이 날개를
접은 형국이라는 금학산은 오리산의 용암이 분출하기 전에도 그렇게
보였을까? 생각한다. 세상에 고정되어 있는 것은 없다. 산천은 의구하
지 않다. 산천도, 인걸도 변한다. 다만, 천장지구天長地久─하늘은 오
래고, 땅은 드넓다. 천은 시간이고 땅은 공간을 뜻한다. 그래서 이 문장
은 천구지장天久地長이 되어야 문법적으로 맞다. 그러나 노자는 이 관
계를 뒤섞어놓았다. 이 기막힌 한문의 조성처럼 시간과 공간이 뒤섞인
한탄강을 따라가는 길이 쇠둘레길의 제1코스다.

제1코스 한탄강길

승일공원에 차를 주차하고 내려서 한탄강 계곡으로 걸어내려갔다. 승일교는 한탄강 물줄기가 급격한 S라인을 그리며 휘돌아가는 침식지형(갈말읍)에서 퇴적지형(장흥리)을 잇는 곳에 자리하고 있다. 이 계곡의 바닥에는 현무암이 아니라 쥐라기에 형성된 대보화강암이 분포하고 있다. 원래는 쥐라기의 대보화강암 위로 용암이 덮여 있었지만 오랜 침식작용으로 현무암이 깎여나가며 원래의 지층이 드러난 탓이다. 시간이란 얼마나 어마어마한 것인가? 지하 10km 아래 있던 암석을 지표면까지 드러나게 할 수 있으니 말이다. 그 속도를 어림짐작해보니 대략 10년에 1mm씩 1억 년을 두고 깎인 것이다. 그러니까 쇠둘레길의 시작은 한반도의 가장 오랜 지층을 바라보며 시작한다고 생각하면 된다. 승일교 위에서 상류 쪽을 보니 이 추위에 몇몇 사람들이 그물을 치고 고기를 잡는 모습이 눈에 들어온다. 보기만 해도 몸이 오그라든다.

철근 콘크리트 아치교인 승일교는 자세히 보면 그 생김새가 구철원 쪽과 신철원 쪽이 확연히 다르다. 큰 아치 위에 다리의 상판을 받치는 수직기둥들의 개수도 다르고 아치의 모양도 다르다. 수직기둥을 형성하는 방식도 다르다. 구철원 쪽은 기둥과 기둥 사이를 역시 작은 아치로 이어놓고 있지만 신철원 쪽은 단순보로 구성되어 있다. 구조의 형식도 그렇고 미적인 구성, 시공의 질도 구철원 쪽이 훨씬 좋다(이 구철원 쪽의 작은 아치들을 유심히 보아두었다가 나중에 노동당사의 정면부에 쓰인 아치 장식과 비교해보는 것도 재미있다). 승일교는 한국전쟁 전에 북한에서 건설되다가 그후 전쟁으로 중단되었고, 전쟁이 끝난 후에 미군이 나머지 반을 완성한 것이다. 그러니까 구철원 쪽은 북한이, 신철원 쪽은 미군이 완성한 다리다. 한국전쟁 때 혁혁한 공을 세우고 전사한(포로로 끌려갔다는 설도 있다) 고 박승일 대령을 기리기 위해 다리 이름을 지었다고, 화강암에 새겨진 정초는 전하고 있다.

그런데 승일교 옆에 새로 놓인 한탄교는 승일교와 그 힘을 지탱하는 방식이 반대라서 또 대비된다. 승일교는 아치교고, 한탄교는 아치사장교다. 둘 다 수직하중에는 절대 무너지지 않는 아치의 특성을 이용해 넓은 구간을 중간교각 없이 시원하게 한탄강을 가로지르고 있다. 그런데 승일교가 아치의 위쪽 외부에서 다리 상판의 힘을 받는 반면 한탄교는 아치의 내부에서 줄을 당겨 상판을 들고 있다. 자연스럽게 한탄교의 아치는 상판의 위쪽에 있고 승일교는 상판의 아래쪽에 있다. 승일교의 아치는 다리를 받치고 있고, 한탄교의 아치는 다리를 당겨서 들고 있다. 설계자의 의도였을까? 승일교가 서로 다른 형식으로 반반씩 건설된 것에 착안한. 그러나 모를 일이다.

기분 좋게 차가운 공기를 맡으며 승일교를 건넌다. 승일교를 건너서 주욱 길을 따라가면 한탄강가로 이어지며 마당바위가 나오지만 고석정으로 먼저 가려면 왼쪽 길을 잡아 장흥리로 접어들어 임꺽정 동상을 지나 한탄강으로 내려가야 한다. 현무암을 잘 다듬은 계단은 미끄럽지도 않고, 딛는 촉감도 좋고, 이곳의 지형적 특색과도 맞아 아래로 내려가는 가파른 계단을 훨씬 편안하게 한다. 가파른 계단을 내려가느라 시선을 아래로 두다가 문득 눈을 들어 바라보니 고고한 바위가 미물의 움직임을 바라보듯 나를 내려다보고 있다. 매운 추위에 누군가가 층층이 쌓아올려 만든 것 같은 바위, 저 바위가 바로 고석정이다. 흔히 사람들은 그

바위와 마주하고 있는 정자를 고석정으로 알고 있지만 이는 잘못이다. 고려 때의 승려 무외無畏가 쓴 「고석정기」에는 이렇게 적고 있다.

"철원군 남쪽으로 1만여 걸음을 가면 신선구역이 있는데, 서로 전하기를 고석정이라 한다. 그 정자라는 것은 큰 바위가 우뚝 솟아나 높이가 300척가량 되고 주위가 10여 장쯤 된다. 바위를 따라 올라가면 구멍 하나가 있는데, 기어들어가면 집의 층대와 같이 생겨 열 명쯤 앉을 수 있다. 옆에 옥돌로 된 석비가 있는데, 신라 진솔왕眞率王이 놀러 와서 남긴 비다. 구멍에서 나와 꼭대기에 오르면 평평하여 둥근 단檀과 같은데 거친 이끼가 껴서 돗자리를 편 것 같고, 푸른 소나무들이 둘러서 일산日傘을 펴놓은 것 같다."

이 글에서 알 수 있듯이 정자는 바위다. 따라서 고석정을 바위가 아닌 정자로 알고 정자의 건립 연대를 여기저기의 문헌에서 빌려오는 것은 오류다. 진솔왕이 진평왕인지, 진흥왕인지 알 수는 없지만 그가 정자를 세웠다는 기록은 어디에도 없다. 단지 그는 고석정이라는 바위에서 놀았을 뿐이다. 그리고 이 기록에 나와 있는 평평한 굴이 바로 임꺽정이 살았다고 전해지는 굴이다. 전설에 따르면 그는 여기서 지내다 관군이 오면 물고기로 변해 관군의 눈을 피했다고 한다. 이 800년 전의 기록에 나는 더 덧붙일 것이 없다. 눈을 이고 서 있는 푸른 소나무들이 고석정 위에서 조금은 무심하기도 하고 조금은 애증에 얽힌 복잡한 식구들처럼 서 있는 것도 800년 전의 기록과 같다. 그러나 진솔왕이 누군지 모르지만 그가 남긴 비는 없어졌다. 심하게 침식되고 풍화된 바위들, 눈 덮인 모래톱, 판상절리의 결대로 쌓인 눈들이 고석정의 야취를 보다 확연하게 해주는 겨울이었다. 단지, 콘크리트로 무성의하게 지어놓은 정자가 걸렸다. 승일교 아래의 정자처럼 목재로 이 고즈넉한 가운데 기운생동하는 풍취와 어울리는 정자를 지을 순 없었을까 생각하며 고석정에서 다시 승일교로 돌아간다.

승일교에서 오른편으로 길게 돌자 건너편에 마당바위가 보인다. 눈에 덮여 있지만 한눈에도 화강암인 걸 알 수 있다. 현무암이 침식되어 깎여나가고 화강암 기반이 드러나 오랜 세월 흐르는 강물에 의해 다듬어져 물의 흐름 자체가 되어버린 바위가 바로 마당바위다. 만약 인간에게 평생 한 작품만 조각하라고 하면 우리는 어떤 작업을 해야 할까? 인간의 수명은 유한하니 결국 평생에 걸쳐서 집을 짓는 수밖에 없을 것이다. 저런 유연한 조각은 오직 물만이 할 수 있는 일이다. 다시 북쪽으로 방향을 잡고 한탄강을 따라간다. 마당바위를 지나면 둘레길은 다시 강쪽으로 바짝 붙어 있다. 이제부턴 점점 강폭도 줄기 시작하고 현무암 계곡이 그 위용을 드러내기 시작한다. 그러면서 만나는 것이 송대소다.

송대소의 주상절리는 그 모양이 아주 다양하다. '절리'는 암석에 만들어진 규칙적인 틈을 가리키는 말이다. 송대소에서 볼 수 있는 것과 같이 수직으로 기둥 모양을 하며 쪼개진 것을 주상절리라고 하며, 수평방향으로 갈라져 있는 것을 판상절리라고 한다. 주상절리를 위에서 보면 가뭄 때 논바닥이 갈라지는 것처럼 사각형, 오각형, 육각형 등 여러 모양의 다각형이 나타난다. 이런 다각형 모양이 생기는 이유는 용암이 어느 한 곳에 모여 식기 시작할 때 용암의 부피가 줄어들면서 한 점을 중심으로 수축하기 때문이다. 이곳에서는 대교천 협곡에 있는 방사상절리도 찾아볼 수 있는데, 방사상 절리는 흐르던 용암이 식을 때 말리거나 회전하면서 만들어진다. 한탄강 유역에서는 화산재가 퇴적되어 굳은 응회암 지대를 찾아보기 어렵다. 그 이유는 이곳의 용암이 하늘 높이 솟아오르며 분출한 용암이 아니라 땅속에서 흘러나온 용암이기 때문이다. 그렇게 흘러나온 용암이 고여 식으면서 만들어진 것이 송대소의 주상절리 지역이다. 송대소는 한반도의 가장 젊은 지층의 꿈틀거리는 힘을 느낄 수 있는 곳이다. 수심이 깊은 곳이라 얼음의 두께도 상당한 듯 이곳에는 사람들의 발자국과 짐승의 발자국 같은 것이 어지럽게 흩어져 있다. 겨울에 한탄강을 찾는 이점은 이렇게 직접 강 위를 걸으며 절벽의 주상절리를 가까이서 관찰할 수 있다는 것이다. 사람들이 남긴 발자국을 따라 상류로 몇 걸음 옮기자 멀리 태봉대교가 보인다. 다시 길 위로 올라가 길을 버리고 태봉대교를 건너 직탕폭포로 접근하는 길을 따라 강으로 내려간다.

'한국의 나이아가라'라는 말을 듣고 온 사람들에게 직탕폭포는 좀 실망스러울 수도 있다. 그 넓이는 장대하지만 낙차의 높이는 고작 1m가 좀 넘는 정도이기 때문이다. 폭포는 강이나 호수에서 지형의 침식작용으로 높은 차이를 두고 물이 떨어지는 곳을 말하므로 사실, 직탕폭포의 높이가 낮다고 해서 문제 될 것은 없다. 직탕폭포는 지질학상 엄연한 폭포다. 그러나 직탕폭포는 우리가 겉에서 보는 것보다 더 많은 이야기를 간직하고 있다. 강 위로 난 쇠둘레길을 걷다가 태봉대교를 지나 아래로 내려가면 흡사 지옥을 연상시키는 풍경이 펼쳐진다. 온통 현무암 천지다. 깎아지를 듯이 서 있는 양쪽 절벽도 검은 현무암투성이고, 강 여기저기에서 모습을 드러내고 있는 바위들도 검은 현무암투성

이다. 오직 그 위쪽으로 바라보이는 하늘 빛만 푸르다. 깊은 나락으로 빠져든 것 같다. 어떻게 이런 지형이 만들어진 걸까?

우선 직탕폭포 주변을 돌아보면 이 지역의 지형이 여러 겹의 용암층으로 이루어졌다는 것을 알 수 있다. 용암이 흐르다 굳은 위로 또 용암이 흐르고, 그 위로 또 용암이 흘러 만들어진 것이 직탕폭포 주변의 지형이다. 직탕폭포는 그 위로 물이 흐르면서 맨 위의 용암층이 침식작용을 받아 부분적으로 떨어져나가면서 생겼다. 일단 그렇게 낙차가 한 번 생기자 물의 침식은 더욱 커졌고, 그로 인해 그다음 층 용암은 더 손쉽게 떨어져나갔을 것이다. 어쩌면 장차 직탕폭포는 높이가 더 높아질 수도 있고, 그 위치도 상류 쪽으로 옮겨갈지도 모른다. 여기서 조금 주의를 기울여 직탕폭포 아래쪽의 현무암을 살펴보면 약간 이상한 현상을 발견할 수 있다. 같은 현무암인데도 어떤 것은 표면에 구멍이 숭숭 뚫려 있고, 어떤 것은 구멍이 거의 없이 표면이 아주 매끄럽다. 왜 그럴까? 이것은 탄산음료를 생각하면 이해하기가 쉽다. 탄산음료는 뚜껑을 열면 병의 위쪽으로 기포가 올라가 공기중으로 빠져나간다. 직탕폭포의 다공질 현무암은 이 기포가 채 빠져나가지 못하고 암석 표면에 머물면서 생긴 것이다. 그렇다면 당연히 구멍이 없는 매끄러운 현무암은 그보다 아래쪽에 있었던 것임이 틀림없다. 더 자세히 주변의 돌들을 살펴보면 가스구멍이 둥근 모양으로 생긴 것도 눈에 띈다. 그런가 하면 검붉은색을 띠는 유리질 표면을 가진 암석도 보인다. 이는 급격하게 식은 용암에 있는 철 성분이 산소와 만나서 산화되었기 때문이다. 쇠를 담금질할 때처럼 이 용암층이 만들어질 당시의 한탄강은 요란한 소리를 내며 수증기로 가득 차 있었을 것이다.

그런 상상을 하며 태봉대교 쪽을 바라보니 기반암인 화강암 바로 위를 현무암이 부정합으로 덮고 있는 것이 눈에 띄었다. 부정합은 지층이 시간의 순서에 의해 차곡차곡 쌓이는 것이 아니라 침식작용으로 중간시간대의 지층이 깎여나가고, 그 위에 새로운 지층이 쌓이게 되어 두 지층의 시간 차이가 현격하게 나는 것을 말한다. 직탕폭포 하류의 화강암은 중생대 쥐라기에 생긴 대보화강암이며, 그 위를 덮고 있는 현무암은 신생대 4기의 현무암이다. 두 지층은 붙어 있지만 그 시간 차이는 1억 7,000만 년이나 된다. 그 사이의 지층은 계속 깎여나가 없어졌다.

쇠둘레길의 이정표는 여기서 끝나 있다. 무당소와 칠만암으로 가는 길은 찾을 수 없다. 동네 사람들에게 물어봐도 고개를 젓는다.

제2코스 금강산 가는 길

오덕리에서 쇠둘레길의 길이 끊기고 순전히 지도에 의지해 길을 찾는다. 이제까지는 협곡을 이루는 절벽과 강바닥을 살피며 걸었지만 지금부터는 너른 들을 병풍처럼 휘감고 있는 산들을 보며 길을 찾는다. 학저수지로 가려면 이 너른 들을 가로지르는 길을 따라 걸어야 한다. 오덕초등학교를 지나면 사거리가 나오는데 조그만 구멍가게 앞에 연탄재가 나와 있다. 얼마나 먼 지층의 얘기인가? 연탄재라니. 오랜 지질시대보다 인간의 기억이 더 멀다.

학저수지는 꽁꽁 얼어붙어 있었다. 예부터 학이 많이 산다고 해서 붙여진 이름이라는데 저수지에 날아왔다기보다는 최영 장군의 후예인 철원 최씨들의 무덤이 있는 저수지 북쪽의 송림으로 날아왔을 것이다. 왜냐하면 학저수지는 일제 패망 직전인 1943년에 축조되기 전에는 대부분이 농경지였고, 그 한가운데로 개천이 흘렀기 때문이다. 그러고 보니 철원에는 유난히 학에 관한 지명과 얘기가 많다. 금학산, 학저수지, 그리고 궁예에 관한 전설까지. 이 새로 생긴 저수지의 이름까지 학이고, 또 저수지 근처의 음식점에는 지붕 위에 학 조형물을 장식해놓은 곳도 있다. 겨울 저수지는 쓸쓸하지만 도사리고 있는 힘이 느껴진다.

이 저수지의 북서쪽에 위치한 철원 최씨 일가의 무덤이 있는 화개산에 도피안사가 있다. 도피안사를 걸으면서 내심 기대하고 있는 것이 있다. 도선이 잡은 절터는 거의가 산사태로 무너졌다. 우리 자생풍수의 비보적인 터잡기 때문이다. 도선의 풍수에 명당은 없다. 도선풍수는 허한 지세를 건축이나 탑으로 보保해준다. 때로는 그 방책으로 절을 짓기도 한다. 그러니 자연히 산사태 같은 것이 나면 제일 먼저 절이 막아준다. 절을 희생해서 마을을 보호하는 것이다. 자연의 결핍을 인공이 보하고, 인간의 결핍은 자연에서 취한다. 이것이 바로 도선풍수의 핵심이다. 그런데 도피안사로 가는 길은 너무 편하다. 화개산은 야트막하여 크게 결핍된 것이 없어 보인다. 작고 아담하다. 그런데 막상 절에 들어가니 너무 여린 땅이다. 풍수에서 말하는 '물 위에 떠 있는 연약한 연꽃'이라는 게 무얼 말하는지 알 것 같다. 드넓은 평야에 외롭게 핀 꽃 같은 화개산. 도선은 이 불안정하게 떨고 있는 땅을 안정시키려고 했던 것이 분명하다. 그래서, 여기에 절을 지어 불안정한 꽃을 편안하게 만든 것이다. 그래서, 철불을 조성했는지도 모르겠다. 그러나,

그렇게 해서 이 꽃이 안정되었을까? 한탄강댐이 조성된다는 소식이 들려온다. 댐이 조성되어도 이곳이 물에 잠기지는 않겠지만, 그 습기와 안개는 분명 이 낮고 여린 땅을 점령할 것이다. 그뿐 아니라 철원의 생태에, 그리고 벼농사에 심각한 영향을 줄지도 모른다. 도선이 왜 이 화개산을 안정시키려고 노력했는지, 우리는 알아야 한다. 댐을 건설하면서 얻는 것보다 잃는 게 훨씬 많다는 것을 다 알고 있지만, 우리는 또 미련하게 무엇을 잃기 위해 무엇을 건설한다. 참혹한 세기다.

단청이 안 된 해탈문은 소박해서 좋다. 대적광전을 들어서니 아담한 철불이 반긴다. 인상이 흡사 사춘기의 불안과 장난기를 동시에 머금은 것 같다. 고등학교 졸업앨범에 있는 사진처럼, 그 시절의 불안과 반항으로 가득 찬 얼굴이다. 그래서 더 정겨운 걸까? 절을 올리기보다는 다 괜찮다, 고 한마디 해주고 싶은 불상이다. 전설에 의하면 원래 이 철불은 안양사에 봉안하러 가는 도중 철불이 스스로 이곳 도피안사로 와 있어 여기에 절을 세웠다고 한다. 도선의 풍수지리와는 서로 아귀가 안 맞는다. 만약 전설이 사실이라면 도피안사는 도선이 잡은 터가 아니라 이 사춘기의 철불이 잡은 터가 된다. 그러나 사춘기의 철불이 저질렀을 비행(?) 같으니 모순된 이야기는 너그러이 모순으로 받아들여도 괜찮을 것 같다.

도피안사는 신기한 이적으로도 유명하다. 6·25 때 완전히 소실되었지만 1959년, 철원을 지키던 한 장군이 3일 연속 꿈속에서 부처를 만난다. 그러던 중 전방시찰을 하다 목이 말라 한 민가에 들렀는데, 그 집 주인이 부처를 보았던 꿈속의 등장인물과 너무 닮아 부근의 절터를 찾았고, 놀랍게도 폐허에 부처의 육계만이 땅 위로 솟아 있는 것을 발견했다. 즉시 꺼내려 했지만 불상은 꿈쩍도 않았고, 그래서 직접 공양을 올리고 불상을 목욕시킨 뒤, 자기 군복을 입히니 비로소 땅 위로 올라왔다고 한다(고집도 있다). 그런가 하면 불당 앞에는 3층 석탑 1기가 서 있는데 그야말로 무너져가는 통일신라 말기의 쇠함을 보여준다. 비례도 엉망이고 나름대로 소박하다는 칭찬을 하기에도 격이 떨어진다. 그런데 이 석탑 안에는 불심이 깊은 사람만 볼 수 있다는 금개구리가 산다는 것이다. 실제로 목격한 사람도 있고, TV에도 방영된 적이 있는 모양이다. 신기한 일이다. 그것만이 아니다. 도피안사의 연못은 결코 어는 일이 없다고 한다. 실제로 손가락을 넣어 만져보니 그렇게 차지 않다. 아마도 대수층이 형성된 탓일 거다.

대수층은 용암층과 기반암인 화강암 사이에서 형성된 물의 흐름이다. 제주도처럼 전체가 용암대지인 곳은 지표수가 그대로 빠져 달아난다. 그러나 철원처럼 화강암이나 변성암 위에 용암이 덮인 곳에서는 지표수가 빠지지 못하고 현무암층과 현무암층 사이를 흐르게 된다. 이 물은 지표수와 달리 연중 15℃로 일정한 수온을 유지한다. 화개산이 어떤 지층 위에 서 있는지 도피안사의 연못의 물로도 짐작할 수 있다.

이제 쇠둘레길을 돌아보는 여정도 막바지다. 도피안사에서 노동당사로 가는 길은 약 10리 정도다. 대교천을 따라가다가 큰 다리가 나오면 왼쪽으로 길을 잡으면 된다. 그냥 그 길로 아무 의심 없이 가야 한다. 그러다보면 껍데기만 남은 건물과 마주하게 된다. 초중학교 시절 교과서에서 보았던 그 건물이다. 나는 깜짝 놀랐다. 삼풍백화점이 무너졌을 때의 그 피폐한 모습이 떠올라서다. 벽에는 수많은 총탄 자국이 나 있었다. 벽돌을 쌓아서 구조를 만든 것인데도 저렇게 벽으로만 서 있을

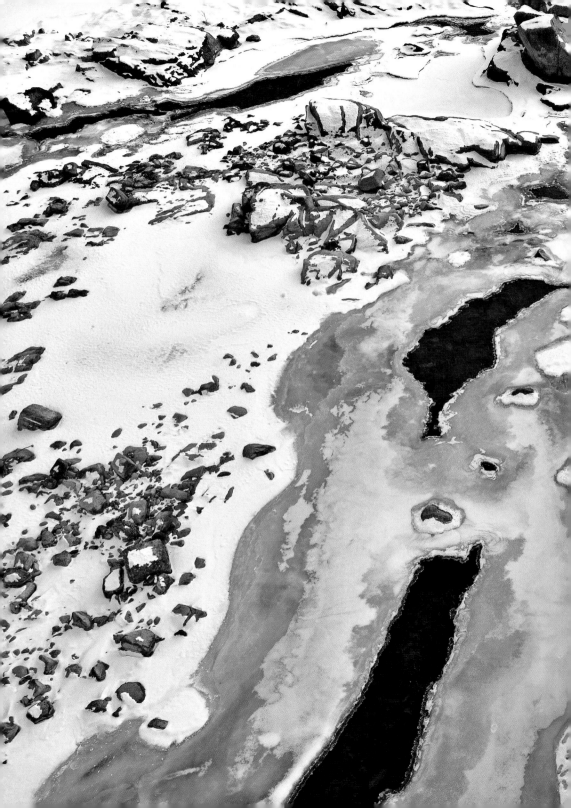

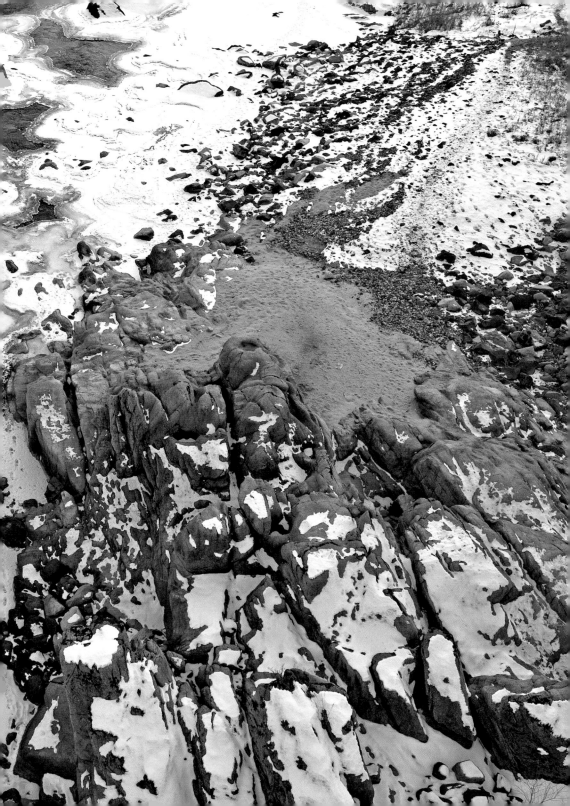

수 있다니 놀랍다. 무너져도 진작에 무너져야 할 건물인데도 무슨 이유로 저렇게 굳건히 서서 무엇을 증명하려고 하는 것인지. 도피안사의 철불보다 이 노동당사에 절하고 싶은 생각이 굴뚝같다. 찬찬히 살펴보니 전체적인 양식은 르네상스식이고, 현관의 지붕을 받치고 있는 기둥은 이집트식 기둥과 도리아식 주범에 가깝다. 그러니 노동당사는 절충주의 양식이라고 해야 옳을 것이다. 그리고 노동당사의 정면부에 보이는 작은 아치의 조합은 승일교에서 본 것과 똑같다. 승일교의 설계자와 노동당사의 설계자가 같을 수도 있으리란 생각을 해본다. 단순히 같은 형태가 반복되어서 그런 것이 아니라, 누군지 모르지만 저런 형태를 좋아하는 디자이너라는 생각에서 그렇다. 연쇄살인범이 자기의 패턴을 남기듯 디자이너도 항상 자기의 패턴을 반복한다. 숨길 수 없다. 노동당사에서 다시 길을 일제강점기의 수도국지로 잡으며, 우리는 참 끔찍한 전쟁을 했구나 하는 생각을 했다. 그래서 우리는 무엇을 얻었나? 노동당사 안내판에 쓰여진 숨길 수 없는 악의, 결국 저걸 위해 이렇게 싸운 건 아닐 것이다.

수도국지를 찾느라고 좀 헤맸다. 마을 주민들도 잘 모른다. 겨우 입구를 찾아 소로를 따라 깔딱고개 정상쯤에서 뭔가 또 황폐한 것이 눈에 띈다. 일제강점기에 구철원에 수돗물을 공급하기 위해 철근 콘크리트조로 세운 저수조다. 북한군이 퇴각할 때 노동당사에 감금되어 있던 반공인사들을 이곳에 모아놓고 학살했다는 안내판이 보인다. 저수조 안에도 총탄 자국이 몇 발 보인다. 수도국지는 안내판에 적힌 그런 연혁보다는 수도국지 정상에서 비무장지대 안의 들을 바라보면서 궁예의 성터를 상상해보는 일이 더 그럴듯하다. 자연의 상처는 아름다운데 왜

역사의 상처는 이다지도 착잡한 마음일까? 수도국지에서 깔딱고개를 넘어 이태준 생가를 찾으려 했지만 실패했다. 내가 걸은 쇠둘레길은 여기까지다.

쇠둘레길중에서 한탄강길은 한반도의 오랜 지질시대와 같이 걷는 길이다. 아이들과 같이 걸으며 우리의 지질에 대해 공부하는 자연관찰학습장으로도 그만이다. 특히 여름의 래프팅은 모험도 선사한다. 봄날 검은 현무암에 파룻파룻 새싹이 돋아나오는 광경도 놓칠 수 없을 것이다. 그런 한탄강길에는 하룻밤 묵어갈 수 있는 펜션도 많다. 한탄강길을 걸으며 1박을 하고 그다음날 금강산길로 접어드는 것이 좋다. 아침 일찍 서둘러도 겨우 해가 질 무렵에야 숙소로 돌아올 수 있을 것이다. 거기서 또 1박을 해야 한다. 그렇게 2박 3일의 여정을 가져야 충분히 쇠둘레길을 만끽할 수 있다. 그러나 금강산길은 지금 거의 정리가 되어 있지 않은 상태다. 그러나 한탄강길만 해도 충분하다. 한탄강길은 딱 당일로 걸을 수 있다. 길이 우리를 인도하는 곳은 많다. 그러나 한반도의 오랜 지질시대와 걸어보는 길은 한탄강길이 유일하다. 돌과 물과 나무와 나누는 대화, 거기에서 우리는 우리 앞에 놓인 이 시간의 유구함을 경험할 것이다.

◎ 임재천 사진가와 '마음눈'으로 함께 걷는 쇠둘레 평화누리길

날 세운 철조망으로 경계를 그어놓은 휴전
선도 날개 달린 새들에게만큼은 무용지물이다. 겨울철
이면 어김없이 철원평야를 찾는 재두루미 날갯짓에 더
해 우리네 발걸음도 한결 자유로워질 수 있기를 희망
한다.

한국 단편소설의 완성자란 칭호에도 불구
하고 변변한 비석 하나 없이, 녹슨 채 쓰러져가는 표지
판으로만 남은 이태준 생가 터. 문학조차 어찌할 수 없
는, 이념 대립이 낳은 살풍경.

일제강점기 철원읍 시가지로 연결되는 새
우젓고개. 한강부터 임진강, 한탄강 유역을 따라 배로
운반한 새우젓을 철원읍 장에 내다 팔기 위해 용담에
서부터 새우젓 장수들이 지고 나르던 고개다.

길을 걸으면 여정이 생기는 것처럼, 풍경에
귀를 기울이면 보이지 않는 것을 볼 수 있게 된다. 지금
이야 몇 채 남지 않았지만 한때는 수많은 건물과 집 들
로 가득했을 구 철원읍 터.

도피안사 철조비로자나불좌상(국보 제63호).
철로 만든 총검은 사람을 위협하고 때로 해치기도 하나
철로 만든 불상은 그 미소만큼이나 보는 사람을 편안하
게 만든다. 재료보다는 쓰임새가 더 중요하고, 쓰임새보
다는 그것을 사용하는 사람 마음이 더 중요한 법이다.

한탄강은 평탄한 용암대지 한가운데에 수
심 2,30미터 협곡을 이루며 흐른다. 강이 단단하게 얼
어붙는 겨울이면 좌우로 펼쳐진 거대한 협곡 사이를
걸으며 주상절리를 감상할 수 있다. 송대소는 그중에
서도 가장 깊고 폭이 넓은 곳으로 사계절 내내 아름다
운 풍광을 보여준다.

철원 진산으로 알려진 금학산으로 해가 내
려앉는다. 지는 해가 나눠주는 금싸라기 햇살이 1월
추위를 녹이진 못하지만 적어도 봄을 예감하는 데는
모자람이 없다. 해가 이 세상을 비추는 한 반드시 겨울
이 끝날 것임을 우리는 이미 알고 있는 것처럼.

이 세상 자연만큼 아름다운 그림을 그릴 수
있는 존재란 없다. 이와는 달리 그 자체가 자연인 인간
은 스스로를 황폐화시키는 유일한 존재며 때로 인공
자연 속에서 더 큰 위안과 아름다움을 찾기도 한다.

05

이순원

1985년 강원일보 신춘문예, 1988년 『문학사상』
신인상 소설 부분을 통해 등단했다. 소설집 『그 여
름의 꽃게』『말을 찾아서』『은비령』『그가 걸음을
멈추었을 때』『첫눈』 등이 있고, 장편소설 『압구정
동엔 비상구가 없다』『수색, 그 물빛무늬』『아들과
함께 걷는 길』『19세』『나무』『워낭』 등이 있다.
동인문학상 현대문학상 한무숙문학상 이효석문학
상 허균문학작가상 남촌문학상 등을 수상했다.

대관령 너머길

나와
소나무와 푸른 동해가
함께 걷는 길

이순원

어느 곳이나 5월이면 봄이 깊을 대로
깊다. 보리가 자라 이삭이 패고, 그래서 봄
이라기보다는 벌써 여름 같은 느낌을 준다.
그러나 강원도 대관령의 봄은 느리고도 느
리다. 저 아래 강릉엔 마당가에 살구꽃과
복숭아꽃이 활짝 피어났는데, 그 꽃 사이
로 먼 산을 바라보면 거기 대관령엔 아직
흰 눈이 그대로 덮여 있다. 지난해 5월 8일
어버이날에 부모님을 뵈러 강릉으로 오는
데, 대관령 꼭대기엔 눈이 쌓여 있었다. 지
금까지 눈이 내리지 않은 4월보다 눈이 내
린 4월이 더 많은 곳, 우리나라에서 봄이

가장 늦게 오는 곳이다.

대관령 너머길은 바우길 전체 구간(총 13구간, 180km) 중에서 대관령에서부터 강릉 경포대와 경포대 옆에 있는 허균·허난설헌 기념공원까지 나아가는 56km의 길이다. 바우길 구간으로 따지자면 2구간, 3구간, 10구간, 11구간이 바로 대관령 너머길의 네 구간이 된다.

바우길 이름이 낯선 분들에게 잠시 바우길을 설명하자면 이렇다. 바우는 강원도 말로 바위를 가리키고, 강원도 사람을 친근하게 부를 때 감자바우라고 부르듯 바우길 역시 강원도의 산천답게 인간친화적이고 자연친화적인 트레킹 코스이다. 바우Bau는 또 그리스 신화보다 2,000년 정도 앞선 바빌로니아 신화에 손으로 한번 어루만지는 것만으로도 죽을병을 낫게 하는 친절하고도 위대한 건강의 여신 이름으로, 이 길을 걷는 사람 모두 바우 여신의 축복처럼 저절로 몸과 마음이 건강해졌으면 하는 바람을 담아 길 이름을 그렇게 정했다. 제주 올레나 지리산 둘레길처럼 강원도에 새로 개척된 트레킹 코스로 백두대간의 한 중간인 대관령에서 출발해 동쪽으로 경포대와 주문진 정동진을 잇는 13개의 코스, 총연장 180km의 걷는 길이다.

그 가운데 대관령은 예부터 영동지방과 영서지방을 잇는 제1관문이다. 멀리 자동차로 지나면서 바라보면 그곳에 흰 바람개비 같은 풍력발전기들이 서 있다. 유독 그곳에 풍력발전기가 많이 서 있는 것은 대관령은 연중 어느 때나 바람이 초속 6~7m로 일정하게 불기 때문이다. 바람에도 이처럼 꾸준하면서 일정하여 아름답고 유익한 속도가 있는 법이다.

산맥에서 바다로 나아가는 길이라고 해서 경사가 심하거나 힘들지 않다. 주말이면 어린아이들을 앞세우고 온 가족이 함께 걸을 수 있는 솔향기 물씬한 길이다. 우리나라의 이름난 삼림욕장 모두 소나무숲속에 있고 실제로 바우길과 대관령 너머길이 있는 대관령에 우리나라 최고의 삼림욕장이 있다. 이곳을 걷는 것은 트레킹과 삼림욕을 동시에 하는 일이다.

바우길이기도 한 대관령 너머길은 이렇게 어느 길도 강원도의 자랑과도 같은 금강소나무숲이 끝없이 펼쳐져 있다. 파도가 밀려드는 해변조차도 소나무숲길 사이로 길이 나 있다. 소나무숲길은 그곳에서 휴식하며 숨을 쉬는 것만으로도 우리의 지친 심신을 치유하는 기능을 가지고 있다.

▌첫번째 구간, 대관령 옛길

대관령 너머길의 출발점은 구영동고속도로 대관령 상해휴게소이다. 서울에서 오는 길로 설명하면 고속도로를 타고 대관령 정상까지 내처 달리는 것이 아니라(주의하십시오. 안 그러면 여지없이 강릉까지 내려갔다가 다시 돌아와야 하니까) 진부를 지난 다음 횡계로 빠져나와 국도를 이용해 옛 대관령휴게소로 와야 한다. 거기에 자동차를 세우면 대관령 양떼목장으로 들어가는 길이 있고, 바우길 1, 2구간 진입로이자 대관령 너머길의 시작점으로 가는 숲속 소로가 있다. 물론 이정표 표시가 잘되어있다. 이 길로 걸어가면 된다.

우리나라엔 유네스코가 선정한 인류무형문화유산이 세 건 있다. 판

소리와 종묘제례와 강릉단오제가 바로 그것인데, 천년의 축제라고 불리는 강릉단오제가 시작되는 곳이 이곳 대관령 국사성황당이다. 유네스코에서 인류문화유산을 선정할 때 함께 신청한 중국단오와 강릉단오제가 경합을 벌였다. 보통 이런 경우 기원을 따지게 되는데 애초 단오가 기원한 것은 중국이 틀림없지만 그것은 단지 굴원의 고사와 함께 설화적 기록으로만 남아 있을 뿐, 신명나는 축제로 오랜 세월 인류와 함께한 것은 강릉단오라 중국단오는 탈락하고 강릉단오가 인류문화유산으로 선정된 것이다.

단군신화에 보면 환웅이 처음 하늘에서 땅으로 올 때 신단수를 타고 내려온다. 단오의 주신인 국사성황신 역시 신단수처럼 신성한 나무를 타고 내려온다. 음력 4월 15일 국사성황제를 지낸 다음 신목神木을 잡는 신목부가 성황당 뒤편의 울창한 숲으로 들어가면 10명도 넘는 무당이 뒤를 따르고, 구름 같은 구경꾼들이 숨을 죽이고 그 뒤를 따른다. 숲을 헤치던 신목부가 어느 단풍나무 아래에 걸음을 멈추면 바람도 불지 않는데 그 나무가 갑자기 부르르 떨리기 시작한다. 단군신화의 신단수처럼 국사성황신(신라 고승 범일국사신)이 바로 그 나무를 타고 내려온 것인데, 사람들은 신목부가 나무를 흔드는 게 아닌가 의심하기도 하지만 신목부가 손을 대기 전 나무가 먼저 신호를 보낸다.

옛날엔 강릉부사의 명에 따라 북 치고 장구 치는 무격대 100명, 저녁때 횃불을 든 봉화군 수백 명, 제물을 짊어진 사람 수십 명, 말을 탄 관리와 말을 탄 무당 수십 명, 그 뒤에 신단수를 따르는 사람 수백 명이 줄을 서서 횃불 길이만 10리에 이르렀다고 한다.

일제강점기에 우리나라 거의 모든 지역의 단오가 일본 헌병들의 말발굽 아래 사라졌지만 강릉단오만은 그 맥을 그대로 유지해왔다. 그것은 강릉단오가 국사성황제를 바탕으로 한 제례와 굿당을 중심으로 한 무속과 난전의 놀이판이 함께 어우러졌기 때문이다.

이 대관령옛길은 단오 때는 '신목'이 내려오는 길이지만, 조선시대까지만 해도 멀고먼 서울 땅과 영동지방을 잇는 유일한 고갯길이었다. 예전엔 말 그대로 오솔길이었는데, 조선 중종 때 고형산이 강원도 관찰사로 재직하던 시절 우마차가 다닐 수 있도록 닦았다고 한다. 나름대로 강직하긴 하였어도 또 한편으로는 남곤과 함께 기묘사화를 일으켜 조광조 일파를 숙청한 사람이다. 그후 세월이 흐른 다음 병자호란 때 청나라 군대가 동쪽으로 내려와 고형산이 넓힌 대관령길을 이용해 한양을 쉽게 침범했다고 해서 이때 놀란 인조가 그의 묘를 파헤치게 했다니 길과 사람의 일이라는 게 참 알 수가 없다.

늙으신 어머님을 고향에 두고
외로이 서울로 가는 이 마음
돌아보니 북촌은 아득도 한데
흰 구름만 저문 산을 날아내리네.

신사임당이 어머니를 그리며 쓴 「사친시」이다. 이 시처럼 신사임당이 어린 율곡의 손을 잡고 서울로 가던 길이고, 송강 정철이 탐여를 타고 강원도 관찰사로 부임해오던 길이며, 김홍도가 길 풍경에 반해 중도에 화구를 펼쳐놓고 대관령도 그림을 그리고, 그 밖에도 참으로 많은 시인묵객들이 글과 그림으로 헌사를 바친 길이다.

국사성황당에서 올라간 백두대간 등줄기에서 아래로 내려오는 길은 작은 구릉 사이로 U자로 깊이 파인 길이 꼭 겨울이 아니더라도 봅슬레이 경기장 속을 걸어가는 듯한 느낌이다. 그래서 마치 어머니의 자궁 속을 걷거나 거대한 숲속의 자궁을 걷는 듯한 느낌이 든다. 우리나라에서 가장 큰 참나무숲이 있는 곳이기도 하지만, 대관령 반정을 지나서부터는 두 팔을 활짝 펼쳐서 안아도 다 안을 수 없는 아름드리 금강소나무 14만 주가 길 양옆으로 울울창창 서 있다.

길을 걸을 때 뙤약볕보다는 그늘길이 백번 나을 것이다. 같은 숲길이어도 그냥 잔디밭이거나 초원보다는 나무숲길이 느낌뿐 아니라 실제 공기도 다르다. 그런데 같은 나무숲길이어도 일반 활엽수숲길과 소나무숲길이 또 다르다. 활엽수숲길을 걷다가 소나무숲속으로 들어가면 몇 걸음 옮기지 않았는데도 갑자기 어떤 다른 기류 속으로 들어온 듯한 느낌이 든다. 이것이 바로 길 옆에 선 나무들이 나에게 주는 위로구나 싶게 마음이 차분해지고, 시원한 바람이 불지 않더라도 살갗에 닿는 공기가 내 몸을 참 귀하게 어루만지는 듯한 느낌을 갖게 된다.

그런 소나무숲속을 지나 바우길 제2구간이자 대관령 너머길의 첫 구간인 대관령옛길은 주막터 아래 첫 마을에서 계속 아래로 대관령박물관 쪽으로 내려가는 것이 아니라 왼편 어흘리 가마골을 지나 다시 산림청 대관령휴양림 쪽으로 방향을 틀어 보광리 마을까지 나아간다. 국사성황당에서부터 옛 주막터까지 대관령옛길 구간이야 원래 소문난 길이지만, 바우길을 걸은 사람들은 옛길 구간보다 어흘리에서 보광리에 이르는 구간이 더 황홀하다고 말한다.

그것은 바로 아름드리나무와 산골마을을 감싸안는 얕은 산세가 주는 아늑함에서 오는 황홀함이다. 오솔길도 황홀하고 또 오솔길 옆의 아름드리 소나무들도 참으로 황홀하다. 신목이 내려가고, 사람이 내려가고, 나무들의 정령이 우리에게 먼저 말을 걸어오는 길이다.

▌두번째 구간, 어명을 받은 소나무길

강원도 강릉시 성산면 보광리. 대관령 중에서도 선자령 바로 아랫동네이다. 등산하는 분들은 대관령에서부터 시작해 선자령—곤신봉—대공산성—보현사로 연결되는 등산로를 잘 알 것이다. 보현사는 규모는 그리 크지 않지만 유서 깊은 사찰이다. 두 개의 보물 낭원대사오진탑비와 낭원대사부도가 있는 절이고, 소설가 김성동 선생이 『만다라』를 쓰며 오랫동안 묵은 절이다. 한국 최고의 불교문학(소설)이 그곳에서 나왔다.

대관령옛길에서 이어지는 어명을 받은 소나무길은 전체 구간 가운데 초반 경사가 가장 심한 길이다. 2km쯤 가파른 산길을 올라간다. 일직선으로 올라가는 게 아니라 커다란 건물 벽에 철제 사다리를 놓듯 지그재그로 올라가기 때문에 실제 그 길은 아래에서 바라보는 것만큼 가파르지 않다.

대관령 전체가 금강소나무와 참나무숲으로 이루어져 있기는 하지만 그중에서도 가장 굵은 아름드리 소나무가 있는 길이 바로 이름 그대로 어명을 받은 소나무길이다. 2007년 경복궁을 복원할 때 여기 소나무를 베어 기둥으로 썼다. 대궐의 기둥으로 쓸 수 있는 소나무는 지름

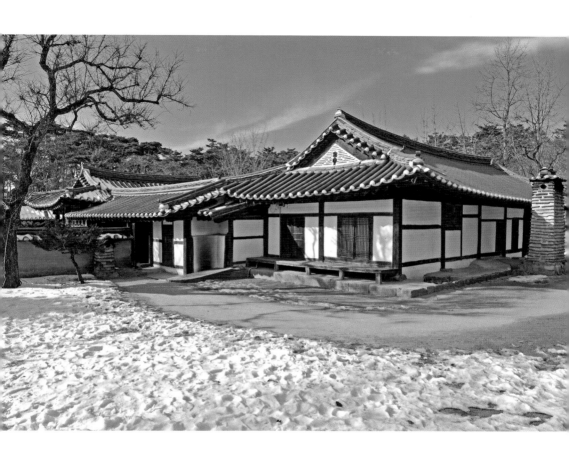

이 90cm쯤 되어야 한다. 그래야 제 몸 위에 얹어지는 무거운 하중을 견더낼 수 있다.

나무의 몸 색깔이 붉다고 '적송'이라고 말하는 사람들도 있는데, 그건 일본 사람들이 일반 소나무와 구별하기 위해 편의적으로 붙인 이름이다. 금강송, 금강소나무라고 부르는 게 바른말이고, 나무에 대한 바른 예의이다. 나무 재질이 뛰어나고, 껍질이 얇고 나무 몸통의 빛깔도 붉은색을 띠고 속 색깔도 붉은색이거나 적황색을 띤다. 이런 나무들은 잘못 건들면 동티가 난다. 마을에 있는 서낭목도 그렇고 산에 별다른 표찰 없이 무리지어 서 있는 나무들도 그렇다. 그래서 이런 나무를 벨 때는 거기에 맞는 의식을 치러야 한다. 경복궁 기둥을 베어낼 때에도 그랬다.

궁궐이나 기둥이나 왕족의 관으로 쓰일 나무를 벨 때에는 벌채에 앞서서 우선 산신과 나무의 영혼을 달래 위령제를 지낸다. 그러고는 나무 앞에 교지를 펴들고 "어명이오!"를 외치고 이 나무가 나라의 부름에 따라 큰 재목으로 쓰인다는 것을 알린다. 궁궐을 짓는 데 쓰였던 소나무는 황장목이라고 하여 일반인이 함부로 손을 댈 수 없었다. 황장목으로 지정된 곳엔 황장금표라고 하여 이를 알리는 표지석을 설치했다.

어명을 받은 소나무길은 이름 그대로 이런 소나무들이 줄지어 서 있는 길이다. 이 길 중간에 어명정이라는 정자가 있다. 2007년에 경복궁 기둥으로 베어낸 소나무 그루터기 위에 정자를 지은 것이다. 정자 마룻바닥 한가운데를 둥그렇게 유리로 끼워넣고, 그 아래에 직경 1m 가까이 되는 어명을 받은 소나무의 그루터기를 전시하고 있다.

어명정 아래 전시되어 있는 나무는 고산자 김정호가 대동여지도를 완성할 때쯤 들깨씨 반쪽만한 솔씨에서 처음 싹을 내밀었다. 국권피탈을 겪고, 숱한 가뭄과 홍수를 겪고, 해방과 6·25를 겪고, 올림픽과 월드컵을 치르고, 마침내 경복궁의 큰 기둥이 되었다. 사람에게 사람의 역사가 있듯 나무 한 그루에도 역사가 있고, 자연의 기록이 있다. 나이테를 보면 어느 해에 가뭄이 들고, 어느 해에 산불이 났는지도 알 수 있다. 한자리에서 움직이지 못해 모든 것을 다 몸으로 받아들인다. 길을 걷는 것은 이렇게 자연의 기록을 살피고 또 자연에 대해 우리가 몸을 낮추고 나무처럼 우리 스스로 겸허해지는 공부를 하는 일이기도 하다.

어명정에서 술잔바위를 지나 다시 금강소나무숲 사이로 목적지인 명주군왕릉 쪽으로 가다보면 우리는 아주 특별한 풍경과 마주친다. 가을에는 이곳에 송이가 많이 난다. 남의 송이밭에 몰래 들어와 송이를 따가는 사람들도 있고, 또 그냥 지나던 길에 가벼운 마음으로 송이밭에 발을 들여놓는 등산객들도 있다. 송이가 워낙 비싼 물건이다보니 지키지 않을 수 없다. 송이를 수확하는 가을철, 한밤중 산속의 냉기가 뼈를 파고드니까 야영을 할 자리에 온돌구들장을 놓고 그 위에 천막을 치고 송이 움막을 짓는다. 여름에 이 길을 지나며 우리가 보는 것은 지난해 땅 위에 놓은 온돌구들장인데, 그 모습이 꼭 선사시대의 유적지 발굴현장 같다.

길을 걷다보면 지난겨울 제 몸 위에 쌓인 눈 무게를 견디지 못하고 중동이 부러져나간 나무들의 모습도 보이고, 또 어느 해 여름 장마 때 벼락을 맞은 상처를 안고도 꿋꿋하게 서 있는 나무들의 모습도 보인다. 또 그런 소나무와 전투력 강하고 자생력 강한 신갈나무가 조용한 산속에서도 서로 치열하게 영역다툼을 하는 산등성이의 오솔길을 걷다보

면 우리 귀엔 들리지 않는 소리없는 아우성이 초록빛을 발하는 모습을 그대로 볼 수 있다.

처음 바우길로 이 구간을 탐사할 때 초입 부분의 경사도 때문에 이 기호 탐사대장과 이 길을 코스에 넣을까 말까 의논도 참 많이 했는데, 어차피 강원도의 트레킹 코스는 산과 계곡이 많기 마련이고 또 강원도의 길다워야 한다는 점에서, 그리고 초반 2km 정도의 경사길을 나머지 구간의 금강소나무들이 충분히 보상할 거라는 점에서 이 길을 포함시켰는데, 그 결정이야말로 정말 잘했다는 생각이 이 길을 걸을 때마다 든다. 아주 많은 등산객과 트레킹 애호가들이 다녀도 중간에 산불방지초소 말고는 민가 한 채 없는 길이다. 일단 길에 들어서면 목적지까지 나 자신을 향해 걸으며, 또 나 자신과 무수한 대화를 나누며 걷는 길이다.

▌세번째 구간, 심스테파노길

어명을 받은 소나무길의 종착지이자 심스테파노길의 출발지인 명주군왕릉은 대관령 아래 아주 깊이 숨어 있는 곳 같은 느낌을 준다. 강릉에 왕릉이 있다는 것, 좀 뜻밖처럼 여겨질 것이다.

명주군왕릉은 신라 태종무열왕의 6대손이자 강릉 김씨의 시조인 김주원의 묘이다. 선덕왕이 후계자 없이 죽자 김주원이 가장 강력한 왕위계승자로 떠오른다. 그런데 실제 왕위는 김경신에게 넘어간다. 김주원을 새 왕으로 모시려 했으나 때마침 내린 큰비로 알천이 넘쳐 김주원은 강을 건너지 못하자 모두들 이걸 하늘의 뜻이라고 여겨 김경신(원성

왕)을 왕위에 오르게 했다는 것이다. 그후 김주원이 강릉으로 자진해서 물러나니 새 왕이 그를 명주군왕에 봉하고 명주, 양양, 삼척, 울진을 식읍으로 주었다.

그런데 이것이야말로 하늘의 뜻이 자신에게 있었다는 것을 내세우는 승자의 기록이다. 알천은 그렇게 큰 강도 아니고 아무리 비가 많이 왔다 해도 왕위계승자가 그걸 못 건너 왕이 바뀌었다는 것도 설득력이 없다. 역사의 이면으로 보면 그때 치열했던 태종무열왕계와 내물왕계 사이의 정권투쟁에서 김주원이 밀린 것이다. 왕권투쟁에서 밀린 김주원은 멀찍이 강릉으로 피하고, 새 왕은 그를 달래기 위해 명주군왕의 작위와 식읍을 내렸다. 김주원은 다시 왕권투쟁을 벌이지 않았지만 그의 아들 김헌창과 손자 김범문은 대를 이어 정권투쟁(반란)을 벌이는데, 아들과 손자 모두 실패했다.

왕릉엔 2기의 무덤이 있다. 보통 부부묘는 옆으로 나란히 쓰는데, 이 군왕릉은 아래위로 나란히 연결된 두 개의 묘 가운데 위쪽에 있는 것이 부인의 묘이고, 아래의 것이 김주원의 묘이다. 조선시대 같으면 어림도 없는 일이다. 신라는 세 명의 여왕을 낸 왕조이다. 저 무덤 하나로도 당시 남성과 평등했던 여권을 짐작할 수 있다.

심스테파노길은 이곳 명주군왕릉에서 무일동과 골아우(심스테파노 마을)를 거쳐 우리나라 유일의 촌장마을까지 나아가는 길이다. 이기호 대장과 함께 바우길을 탐사하며 새로 알게 된 골아우 마을이 나에겐 그랬다. 한순간 시간이 멎는 듯 너무도 깊고 너무도 아늑한 산속마을이었다.

길을 탐사한 다음 집으로 돌아와 장소의 신비함에 이끌려 강릉 근방 지리에 대한 이런저런 자료를 뒤지던 중 놀라운 사실 한 가지를 알게 되었다. 조선말 병인박해(1866~1878) 때 심스테파노라는 천주학자가 골아우에서 신앙생활을 하다가 지방관아의 포졸들이 아니라 당시로서는 아주 드물게 서울에서 직접 내려온 포도청 포졸들에게 잡혀가 목숨을 잃었다는 것이다.

전국 어디를 가나 이 시기의 천주교 성지가 있다. 경기 남부와 충청도는 거의 발길 닿는 마을마다가 성지다. 그러나 강원도에는 원주와 횡성의 풍수원 동쪽으로 그런 성지가 없다. 아마 그것은 태백산맥 동쪽으로는 천주교의 전파가 그만큼 늦었다는 뜻일 텐데, 이기호 대장과 함께 코스를 탐사하며 심스테파노라는 천주교 신자가 숨어살다가 잡혀간 마을을 찾아내고 직접 가보게 되었던 것이다.

내가 찾은 자료엔 그가 청송 심씨이며, 삼척부사를 지낸 정대무(정약용의 손자)의 사위라는 설이 있지만 그것까지는 확실하지 않다. 그러나 이름과 출신이 확실하지 않아도 그 누구도 부인할 수 없는 사실은 그곳에서 한 천주교 신자가 자신의 기둥 같은 믿음 아래 순교했다는 것이다.

그래도 내가 찾은 기록만으로는 뭔가 부족한 것 같아 이쪽 기록에 밝은 소설교실의 한 제자에게 강릉 지역 순교자 심스테파노에 대한 기록이 다른 데는 없는지 좀 알아봐달라고 했다. 얼마 후 제자는 『박순집증언록』에 심스테파노에 대한 기록이 있다고 했다. 박순집은 병인박해 때 많은 순교자들의 행적을 듣고 목격한 것을 증언하여 순교자들의 유해 발굴에 큰 기여를 한 분이다. 그의 증언록은 박해의 피바람이 지난 후인 1888년에 작성되었는데, 심스테파노에 대한 기록은 이렇다.

심스테파노는 강원도 강릉 굴아위에 살았다. 무진년(1868) 5월 단옷

날에 동네 사람들이 이 정자에 모여 그에게 함께 놀자고 청했다. 그래서 이안토니오와 함께 그들이 노는 자리에 갔는데 그 자리에 서울 포교앞잡이로 다니는 자가 여러 교졸을 데리고 와서 저 사람이 안토니오라고 일렀다. 포교가 안토니오가 누구냐고 묻자 심스테파노가 나서서 자신이 안토니오라고 하니 교졸들이 일시에 달려들어 그를 결박하려 했다. 심스테파노가 다시 나는 결박하지 않아도 도망갈 사람이 아니다. 내 집으로 돌아가서 동네 사람에게 진 빚을 갚은 다음 잡아가라고 한 후 집으로 돌아와 그동안 마을에 진 빚들을 모두 갚고 포청에 잡혀갔다.

포청에 잡혀가서도 그는 활달했다. 어느 날 유직(옥의 죄인을 다루는 사람)이 스테파노가 오늘밤엔(심한 고문으로) 틀림없이 울 것이라고 했는데 반대로 스테파노가 심한 고문을 받고도 여러 무리 가운데 가장 활달한 모습으로 희희낙락 웃고 지내니 그를 다시 불러내 치사케 했다. 이때 그의 나이 49세였다.

증언록엔 굴아위라고 나와 있고, 실제 마을 이름은 골아우여서 혹시 다른 동네가 아닐까 강릉 부근의 마을 이름들을 샅샅이 뒤져봤다. 골아우든 굴아위든 비슷한 지명은 거기밖에 없었다. 명주군왕릉에서 골아우를 지나 우추리에 있는 송양초등학교까지 이르는 길을 심스테파노의 길로 이름지었다.

그런 심스테파노 마을에서 아리랑고개 같은 언덕을 내려오면 우추리 마을이 나타나는데, 이 마을 역시 아주 특이하다. 우리나라에서 유일하게 촌장제를 운영하고 있는 마을이다. 마을엔 450년의 역사를 가

진 대동계가 있다. 이 대동계의 가장 큰어른이 바로 촌장님이신데, 해마다 설날이 되면 마을 사람들 모두 두루마기에 갓을 쓰고 한자리에 모여 촌장님께 합동세배를 올린다.

21세기 인터넷시대에까지 조선시대 향약의 전통이 그대로 이어져오고 있다. 마을 사람들을 유교적으로 예속시키고 공동체적으로 결속시키는 향약의 전통을 따라 좋은 일은 서로 권하고, 잘못은 서로 바로잡아주며, 예속을 서로 권장하고, 어려운 일이 있으면 서로 도와준다는 취지가 이 마을 대동계에 그대로 살아 있는 것이다.

명주군왕릉에서부터 우추리 촌장마을까지, 통일신라시대부터 조선시대의 유교적 전통까지, 또 그런 유교적 전통으로 억압한 서학에 대한 압박까지, 우리는 길을 걸으며 지난 역사를 생각한다.

아, 그리고 한 가지 더 적자면 총 거리 11km에 이르는 심스테파노길도 전체가 울울창창한 소나무길이다. 만약 서울의 기온이 30℃라면 이곳 숲속은 아무리 더운 날도 25℃를 넘지 않는다. 바람이 불면 때로 한기를 느끼기도 하는 길이다.

네번째 구간, 신사임당길

강원도의 자랑과 같은 소나무 이야기를 더 해보자. 대관령 동쪽 모든 산에는 소나무가 가득하다. 사람들은 산이 클수록, 그러니까 대관령의 깊은 산속일수록 소나무가 더 많은 줄 아는데 실제 소나무는 깊은 산보다 야트막한 야산에 더 많다. 이유는 간단하다. 산이 깊으면 사람이 관리하기 힘들고, 소나무숲을 침범해 들어오는 잡목을 막아낼 방법이 없다. 그중에서도 가장 악착같이 소나무숲을 침범해 들어오는 나무가 신갈나무다. 아마 사람이 편을 들지 않고 그대로 둔다면 100년 내 대관령 동쪽 산들 대부분은 신갈나무에 절반쯤 점령당할지도 모른다.

그래서 계곡이 깊은 대관령옛길 주변엔 소나무 외에도 신갈나무, 떡갈나무, 오리나무, 서어나무, 단풍나무 등 온갖 활엽수의 잡목들이 함께 서 있지만, 대관령 아래쪽 야산에는 오직 소나무들만 서 있다.

신사임당길이 시작되는 위촌리 촌장마을은 대관령 자락의 가장 아래쪽에 있는, 강릉에서는 시골동네의 대명사와 같은 마을이다. 이 길이 세상에 소문난 다음 하루에도 수십 명의 배낭꾼들이 위촌리 마을에서 냇물을 따라 오죽헌과 선교장을 지나 경포대와 허균·허난설헌 유적지가 있는 초당마을로 걷는다. 점심시간을 포함해 길을 걷는 여섯 시간 동안 오로지 푸르고 붉은(몸통이 붉어 금강송이라고 부르는) 소나무숲 사이로, 아름드리 소나무만 보고 걷는다.

오늘날 사람들은 오죽헌에서 강릉 시내로 길이 뻥 뚫리고, 또 강릉 시내에서 대관령으로 자동차도로가 이어지니까 옛날에도 강릉 북촌에 살던 사람들이 이 길로 대관령을 넘었거니 여기는데 절대 그렇지 않다.

율곡이 태어나고 또 신사임당이 오래도록 친정어머니를 모시고 있던 오죽헌에서부터 대관령으로 가자면 지금의 강릉 시내가 아니라 오죽헌 앞으로 흐르는 개울을 따라 위촌리 마을을 지나 대관령옛길을 따라 걸었던 것이다.

아버지가 태어난 집에서 아들이 태어나는 건 예전 일로 보면 아주 당연한 일이다. 그런데 오죽헌은 어머니 신사임당이 태어나고, 어머니가 태어난 집에서 다시 아들이 태어났다. 사람들은 오죽헌이 국가 보물 (제165호)로 지정된 것이 율곡 선생처럼 훌륭한 분이 태어난 집이라 그리된 줄 아는데, 원래 이 집은 조선시대 문신이었던 최치운이 지었다. 규모도 그리 크지 않아 앞면 세 칸 옆면 두 칸 정도밖에 되지 않지만, 지붕이 여덟 팔八자 모양의 팔작지붕에 겹처마집으로 한 시대의 건축양식이 그대로 배어 있는 유서 깊은 역사를 가진 집이다.

오죽헌 다음으로 들르는 곳이 강릉 선교장인데, 이곳은 사실 긴 설명이 필요 없는 곳이다. 조선시대 사대부가의 저택으로 왕이 아닌 사람이 지을 수 있는 최대 규모의 아흔아홉 칸짜리다. 옛날에 이런 큰 집엔 손님이 늘 들기 마련이고, 그러면 손님 신분과 친소관계에 따라 상중하로 분류해서 하급 손님은 행랑에 재워 보내고, 고급 손님은 당연히 사랑채에 모신다. 지금은 사람들마다 제각기 하는 일이 있으니 어딜 가도 그리 오래 머물지 않지만 예전에 이런 집들은 계절을 넘기는 손님들이 많았다. 금강산 유람을 가도 반년, 일 년씩 걸렸다.

그런데 어느 집이나 오래 묵다보면 그만 갔으면 싶은 손님이 있기 마련이다. 그렇다고 점잖은 체면에 "이제 떠나시오" 하고 말할 수도 없는 일이니, 이때 손님을 내보내는 방법이 있다. 아침저녁으로 상을 들여갈 때 상 위에도 법도가 있어 밥을 놓을 자리, 국을 놓을 자리, 반찬을 올리는 자리가 다 정해져 있는데, 어느 날 반찬 자리를 서로 바꾸어 올리면 나그네도 눈치를 알고 그만 일어선다.

또하나 지나가며 바라볼 수 있는 것이 선교장의 상징이자 얼굴 같은 정자, 활래정이다. 마루가 연못 안쪽으로 들어가게 지은 정자인데 이곳은 이 집을 찾은 최고의 손님과 주인이 함께 차를 마시던 곳이다. 선교장을 지나 다시 금강소나무가 울창한 시루봉을 지나 밤이면 5개의 달이 뜬다는(하늘과 바다와 호수와 술잔과 님의 눈동자) 경포대로 나아간다.

사임당길의 마지막 종착지 초당마을은 경포대 쪽에서 보면 호수 남쪽에 위치해 있다. 허균·허난설헌 기념공원이 있는 곳인데 조선 중기 강릉에 큰 인재들이 많이 태어났다. 오죽헌에서 신사임당과 율곡이 태어나고, 호수 건너에서 허난설헌, 허균이 태어났는데, 사임당과 허난설헌을 비교하면 사임당이 60년 정도 빠르고, 율곡과 허균을 비교하면 율곡이 30년 정도 빠르다. 인생도 참 정반대로 살았던 사람들이다.

이 사임당길은 마지막까지도 온통 소나무뿐이다. 허균·허난설헌 기념공원을 둘러싸고 있는 소나무숲을 강릉 사람들은 예부터 초당솔밭이라고 불렀다. 경포팔경 중의 하나로 초당취연이라는 게 있는데, 경포대 누각에 올라 멀리 이곳을 바라볼 때 초당마을에서 저녁밥 짓는 연기가 이 솔숲 사이에 구름처럼 낮게 깔려 퍼지는 모습이 한 절경을 이루었다는 것으로 이제는 그 모습을 볼 수 없지만 사람들은 여전히 이곳의 솔숲에 감탄한다.

대관령 너머길 전체가 그러하지만, 그중에서도 가장 긴 시간 소나무숲을 보고 걷는 길이다. 만약 오신다면 여러분은 여러분 생애에 그

하루 동안 가장 많은 소나무를 보게 될 것이다. 어쩌면 꿈에서도 소나무가 그대를 안을지 모른다. 바우길은, 대관령 너머길은 그렇게 나 자신과 그리고 소나무와 함께 걷는 길이다.

그리고 대관령 너머길의 끝에서 푸른 동해가 다음 구간의 바우길과 연결되어 있다.

대관령 너머길 2코스에 붙여진 이름은 '어명을 받은 소나무길'이다. 소나무가 워낙에 많아서기도 하고, 길 시. 종점에 명주군왕릉이 있기에 붙여진 이름일 터다. 명주는 강릉의 옛 이름이고, 왕릉의 주인은 신라시대 진골 귀족이자 강릉 김씨 시조인 김주원이다.

명주군왕릉 묘역으로 오르는 초입엔 능형전과 신도비, 동물 석상이 세워져 있다. 겨울 짧은 햇살이 소나무 끝 가지에 턱걸이하며 서편으로 기우는 때, 햇살은 나무들의 빈틈을 비집고 눈밭에 자취를 남긴다. 그렇지, 무덤가는 언제나 적막하고 쓸쓸한 법이다.

잡초라 부르지 말라. 이름 없는 풀 한 포기 세상을 푸르게 밝히지만 한 명의 인간은 존재를 드러내기조차 쉽지 않다. 봄부터 가을까지 길가에서 푸르러 걷는 이를 배웅하고, 눈 쌓인 겨울엔 빛바랜 몸으로 변함없이 여행자를 반기는 초목들.

허균, 허난설헌 생가 자체는 별다른 볼거리도 없고, 딱히 즐길 만한 요소도 없다. 그럼에도 강릉을 갈 때마다 들리게 되는 까닭은 어쩌면 심심함이 건네는 여유로움 때문인지도 모른다.

순간, 바다가 보였다. 촘촘히 심어진 탓에 땅 너른 줄 모르고 하늘로만 치솟은 소나무들 사이로 푸른 바다가 출렁이는 것을 분명히 봤다고 생각했다. 바다나 하늘이나 푸르고 깊은 것은 한가지이므로 내가 본 것은 분명 착시가 아니라고 우기고 싶었다.

누군가 그랬다. 겨울바다를 보지 않고선 인생을 논하지 말라고. 그래서 떠난 곳이 강릉 경포 해변. 그곳엔 잡아야 할 '고래'도 없었고, 시린 손 잡아줄 친구도 없었다. 다만 쉴 새 없이 뺨을 휘갈기는 칼바람만 있을 뿐. 서둘러 해변을 벗어나니 눈앞에 또다른 바다가 펼쳐졌다. 경포호, 그 바다 정체를 알기 전에 동태가 될 것 같아 서둘러 민박집으로 돌아가 이불 속을 파고들었던 그날 밤, 두 개의 바다에 두 개의 달이 뜨는 꿈을 꾸었다.

신이시여, 부디 난방장치 빵빵하게 틀어놓은 대형 교회당에서 더 많은 돈 벌게 해달라는 부자들 기도에는 귀를 닫으시고, 저 차가운 땅 위 방석 한 장 의지한 채 가족의 평안을 비는 여인의 기도는 바쁘시더라도 꼭 들어주소서!

보광리에서 옛길을 따라 올라 국사성황당으로 가는 길. 짧은 겨울 햇살은 더욱 찬연하고 포근하게 세상을 어루만진다. 무엇이든 부족해서 아쉬울 때에야 소중한 법을 알게 되는 법. 겨울의 가치는 여기에 있다.

이현수

1991년 충청일보 신춘문예, 1997년 『문학동
네』 신인상 소설 부분을 통해 등단했다. 소설집
『장미나무 식기장』 『토란』, 장편소설 『신기생
면』 『길갓집 여자』 등이 있다. 한무숙문학상 무
영문학상 등을 수상했다.

영덕
블루로드

○
○
○
○
○

산은 오늘도 푸르고
바다는 절로 흐르네

이현수

세상은 길로 이루어져 있다. 비행기가 가는 하늘길이 있는가 하면 선박이 다니는 바닷길이 있고 우리가 사는 땅 위엔 미로처럼 구불구불한 길들이 수만 가닥 얽혀 있다. 한 인간의 수명을 팔십으로 가정한다면, 그 인간의 팔십 평생의 삶은 길에서 시작해 길에서 끝난다 해도 과언이 아니다. 하여 예로부터 시인묵객들은 길에 대한 노래를 인생에 빗대어 많이 읊었더랬다. 가지 않은 길이 아름답다느니, 운운하면서.

그러나 그 말은 배부른 자의 소리다. 안 가본 길은 절대로 가지 않는 사람도 있다. 의도적으로 가지 않거나 나중에 혼자 몰래 가려고 그 길을 아껴두는 게 아니라 가고 싶어도 도저히 못 가는 사람들. 우리는 그들을 일러 길치라 부른다. 나는 길치다. 타고난 길치다. 단 한 번도 혼자서 길을 나선 적이 없다. 길을 나서는 즉시 미아가 되기 때문에 길은 내게 공포 그 자체다.

한 다섯 번쯤 간 길을 물어서라도 혼자 찾아간다면 그건 기적에 가까운 일이다. 아무리 주위의 지형지물을 살펴 표시를 하고 마음에 새기고 별별 꾀를 내어도 다음에 그 길을 찾고자 더듬더듬 걸어가노라면 머릿속이 새하얘지면서 세상 모든 길은 다 첫길이요, 낯선 길이 되어버린다. 아, 여기가 어딘가 한탄하면서 바닥에 그만 주저앉고 싶어진다. 이유인즉슨 방향감각이 전혀 없기 때문이다.

　나는 지금도 동서남북을 분간하지 못한다. 하늘에 해가 뜨고 져야만 아, 여기가 동쪽이고 저기가 서쪽이구나, 알뿐. 별이 총총한 밤엔 북두칠성을 보고 저긴 북쪽, 그러니까 여긴 남쪽, 이런 식으로 대략 짐작할 뿐이다. 나침반과 지도가 없으면 아무것도 못하는 사람. 고속도로 휴게소에서 자기가 타고 온 차가 어디쯤 세워졌는지 찾지를 못해 이리저리 헤매다가 종국엔 얼굴이 노래져가지고 일일이 차번호를 확인하는 사람이 있다면 그게 바로 나다. 그러니 누군가 날 버리고 가기로 작정한다면 나는 고스란히 버려질 수밖에 없는 사람이다.

　지금이야 잃어버릴까봐 아이의 이름을 새긴 목걸이나 팔찌 들이 많지만 내가 자라나던 시절엔 그런 게 없었다.

　"엄마를 잃어버리면 그 자리에서 절대로 움직이지 마라. 세상 끝까지 뒤져서라도 내가 널 찾을 테니. 어딜 가지 말고 그 자리에 돌처럼 꼭 붙어 있어야 한다."

　이것이, 방향감각이 전혀 없는 어린 딸을 둔 내 어머니의 주문이었다. 해서 나는 한자리에 붙박이로 가만히 있는 걸 잘한다. 방 안에 틀어박혀 누가 더 오래 있나, 따위의 시합 같은 게 있다면 당연히 대상은 내 것이다. 인간의 유형을 정주민 형과 유목민 형으로 거칠게 분류한다면 나는 정주민에 속한다. 이런 사람이 할 수 있는 게 한곳에 가만히 앉아서 글 쓰는 일밖에 더 있을까. 하여 나는 그런 연유로, 어쩔 수 없이, 글 쓰는 사람이 됐다.

영덕에선 아직 오지 마라 했으나……

문단 선배 중에 (누구라고 딱히 꼬집어 말할 순 없지만) 어떤 분은 지금도 지구가 네모나다고 굳게 믿고 계신다. 참고로 말하자면 그분은 우리나라에서 가장 똑똑한 인재들이 다닌다는 모 대학을 나왔다. 지구가 둥글다고 하면 그분은 어떻게 지구가 둥그냐고 도리어 열을 내어 반박하기 일쑤다. 상대를 가리지 않고 열변을 토하는 바람에, 그분에게 잘못 걸리면 서너 시간은 꼼짝없이 붙들려 있어야 한다. 지구가 네모나다는 그분만의 학설을 듣고 있노라면 정말이지 속이 터질 때가 한두 번이 아니다.

한번은 그분에게 잡혀 있다가 마지막 지하철을 놓쳐 택시를 타게됐다. 지하철은 노선도가 있어 노선도대로 가면 되니까 헤맬 일이 없지만, 택시를 탈 때마다 곤혹스러운 게 우리 동네로 가려면 이쪽에서 택시를 잡아야 하는지, 저쪽에서 잡아야 하는지 그걸 통 모른다는 것이다. 요금을 더 내더라도 돌아가면 좋으련만, 반대쪽에서 잡으면 가지 않겠다는 택시가 많다. 방향감각이 없는 사람은 캄캄한 밤엔 더 헤맨다. 이쪽 방향에서 택시를 잡았다가, 반대방향에서 잡아야 한다는 기사분의 친절한 말에 헐레벌떡 지하도를 건넜다. 그러곤 간신히 택시를 잡

아 집까지 타고 오며 선배와 나 둘 중 누가 더 속이 터지는지에 대해 곰곰 생각해봤다. 지구가 네모나다고 믿는 선배보단 아무래도 내 쪽인 것 같다. 졌다! 고 내가 내게 말했다.

그런 사람이 길을 간다. 일명 영덕 블루로드.

영덕에선 아직 오지 마라 한다. 백 년 만에 큰 눈이 내렸다고 했다.

"얼마나 내렸나요?"

묻는 내게 1m 가깝게 내렸다고 했다. 소나무 부러지는 소리도 들렸다 했다. 영덕에 눈이 내 허리께까지 내렸다. 눈에, 그 새하얗고 가벼운 솜털 같은 눈에…… 소나무가 부러졌다. 눈에, 소나무가…… 나는 하루 종일 중얼거렸다. 영덕에선 아직 오지 마라 하고, 무슨 상징처럼 아직 오지 마라 하고, 혼자 중얼거리다가 이내 그 푸른 길도 눈에 덮였겠지, 하는 데 생각이 미치면 그만 까무룩 눈앞이 주저앉았다. 눈 덮인 길은 내게 미로가 될 게 분명했다.

영덕군은 원래 영덕, 강구, 남정, 달산, 지품의 5개 읍면으로 삼한시대에는 야시홀也尸忽이라 칭했다. 신라 통일 후 야성군野城郡으로 이름을 고쳤고, 고려 초엽에 영덕盈德으로 불렸다. 현종조顯宗朝에 예주禮州에 속한 후 감무監務를 두었다가 고려 말 충선왕忠宣王 때 현縣이 되고, 조선조 태종太宗 15년(1415)에 지현사知縣事를 두었다가, 1914년 영해寧海를 합병해 오늘날 영덕군이라 불린다.

영해면은 영해, 축산, 병곡, 창수 4개 면으로 삼한시대에는 우시국于尸國이라 칭했고, 고구려시대에 군郡으로 강등되었다가 신라 탈해왕脫解王 23년(79)에 지방 관리 거도居道가 반격하여 신라의 속국이 되었다.

경덕왕景德王 정유년(757)에 전국을 9주州로 나눌 때 주州로 개칭改稱, 주장州長을 두면서 유린군有隣郡으로 이름을 고쳤고, 고려 태조太祖가 처음 순시했을 때 주민들이 예의 바르고 서로 사양하는 미풍이 있다 해서 예주禮州라 했다. 현종顯宗 임술년(1022)에 방어사防禦使를 두었고 성종成宗 때 단양丹陽이라 칭했으며 고종高宗 때는 덕원소도호부德原小都護府가 되었고 훗날 예주목禮州牧으로 올려 목사牧使를 두었다. 충선왕忠宣王 2년 임술년(1310)에 지금의 이름인 영해부寧海府가 되었다. 조선 태조太祖 6년(1397)에 진鎭으로서 병마절제사兵馬節制使 겸 부사府使를 두었고, 고종 32년에 영해군이 되었으며 서기 1914년에 영덕군에 합병되었다.

위에 적은 대로 서기 1914년에 영해가 영덕군에 합병되었다 하더라도 내게 영덕은 영해로 통한다. 27년 전 영해를 꼭 한 번 가봤기 때문이다. 단짝친구의 첫 부임지가 영해여고였다. 그때도 친구는 내게 신신당부했다. 영덕행 버스를 타고 종점에서 내려. 버스에서 가만히 있다가 종점에서 내리는 것처럼 쉬운 일이 어디 있을까. 27년 전 그때는 대구에서 출발했고, 지금은 서울에서 출발한다. 그때는 영해를, 지금은 영덕엘 간다.

영덕엔 눈이 거반 녹았다 했다. 이제 와도 된다 했다. 달력을 보니 벌써 우수가 지났다. 절기는 속이지 못하는지 매섭게 추웠던 서울도 요 며칠 따뜻한 봄볕이 내리쬐었다. 전장에 나가는 군사처럼 배낭을 단단히 꾸리고 푸르스름한 새벽 거리로 나섰다. 동서울터미널에서 아침 7시에 떠나는 첫차를 타고 영덕으로 출발했다. 버스는 한 시간 이십 분마다 한 대씩 있고, 영덕까지는 네 시간 이십 분가량 걸리는 무정차 우등고속버스다. 방향감각이 없는 사람에게 무정차버스처럼 좋은 게 어디 있을까. 안동에서 한 번 쉬어가니 중간에 화장실도 들를 수가 있다. 사람이 별반 없어 버스 안은 한산했다. 다리 받침대를 펴고 비스듬히 누웠다.

▌ 영덕, 산과 평야와 강과 그리고 바다……

중앙고속도로를 타고 제천을 지나니 높은 산들이 우뚝우뚝 나타난다. 산등성이엔 아직도 잔설이 희끗하게 남아 있고 잎을 버린 회갈색 나무들은 하늘을 향해 팔을 벌린 채 꼿꼿하게 박혀 있다. 아침 9시가 지난 시각, 해가 떴는데도 산골짜기마다 희뿌연 안개가 감돌아 마치 대가의 수묵화가 차창마다 한 점씩 걸린 듯하다. 간간이 박힌 산간마을에도 잔설은 어김없이 남아 있고, 고압선이 흐르는 전선들이 마을과 들판을 가로지르며 눈엣가시처럼 걸려 있다. 산중턱을 뭉툭 깎아 고속도로를 냈고, 길옆은 한길 벼랑이다.

산 첩첩 파인 고랑마다 그늘이 우중충 짙다. 양지바른 곳은 초봄이고 그늘진 곳은 여직 겨울이다. 그 차이가 얼마나 극명한 것인지 길을 떠나본 자만이 알 것이다. 내 생의 양지는 어디쯤이고 그늘진 곳은 또 얼마나 잘 관통해왔나, 생각에 잠길 무렵 긴 굴이 나타난다. 겁낼 것은 없다. 굴속에 두 줄로 일정하게 달린 전구들이 길을 알려주기 때문에. 지금은 깜깜하지만 출구는 언제나 있다! 저 멀리 빛이 환한 출구가 동

그렇게 보일 때의 희망과 벅참, 그 놀라움이라니!

인견 생산공장이 드문드문 보이는 풍기를 지나 능금의 고장인 영주가 가까워오자 햇빛 속에 안개가 조금씩 스러진다. 높은 산들이 한층 낮아지고 들판이 넓으며 시내가 보이는 것으로 봐선 예천이 가까운 모양이다. 예천은 김천, 영천과 더불어 경북지방의 삼천으로 불리며 드센 사람들이 많이 모여 살던 곳으로 유명하다. 빈 논엔 객토를 하기 위한 퇴비와 흙이 무더기로 쌓여 있고, 둥글게 묶은 짚단들이 한 다발씩 놓여 있다. 드넓은 개활지에 마른 갈대들이 서걱거리는 안동을 지나니 '장윤정 효 콘서트'와 '낙동강 살리기 프로젝트'라고 쓰인 플래카드 두 개가 세찬 바람에 휘날리는 게 보인다. 안동 시내를 거쳐 또다시 산모롱이를 굽이굽이 돌아드니 드디어 산 아래 푸른 물이 보인다. 50개의 물줄기가 모여 흐른다는 영덕의 오십천이다.

영덕군은 경상북도 동북부에 위치해 영남지방에 속하고 포항시와 울진군, 영양군, 청송군과 경계를 이루는 곳으로 8개 면과 204 행정리를 가지고 있어 첫눈에도 부유해 보였다. 태백산맥의 힘찬 줄기가 동남쪽으로 뻗어 있고 가까이엔 병곡, 영해 평야가 넓게 펼쳐져 있다. 영덕을 가로지르는 오십천이 사철 물 마를 새 없이 흐르니 논밭 작물의 가뭄 걱정도 없어 보였다. 게다가 한쪽 옆구리는 바다를 끼고 있으매 이보다 더한 금상첨화가 어디 있겠는가. 예로부터 농부의 자식보다는 어부의 자식이 잘 얻어먹고 자란다 했다. 농산물은 갈무리했다 팔아도 되지만, 생선은 하루가 지나면 썩기 때문에 자식부터 먹었을 것이다. 육지와 바다에서 먹을거리를 고루 채취하는 영덕 사람들이 내심 부러웠다.

▌산과 바다를 양어깨에 끼고 걸을 수 있는 길

영덕시외버스터미널에 내리니 오전 11시 20분, 바로 옆에 있는 군청으로 갔다. 도보여행자들에게 주는 블루로드 지도와 영덕관광안내서를 얻기 위해서다. 블루로드 지도에는 길 외에도 교통정보와 숙박업소, 음식점 들이 상세히 나와 있다. 마침 점심때였고, 새벽에 길을 나서느라 아침을 거르다시피 해서 배가 몹시 고팠다. 지도에 있는 군청 옆 횟집으로 가서 물회를 주문했다. 영덕의 아홉 가지 맛 중 하나라는데, 당연히 나로선 처음 먹어보는 거였다. 상에 밑반찬이 몇 가지 깔리더니 이내 커다란 탕기에 회가 담겨 나왔다. 인근 해안에서 잡은 생선으로 뜬 회에다 오이, 무생채, 깻잎을 곁들이고 마지막에 김가루를 살짝 뿌린 것이다. 주인장이 나오더니 초고추장을 두 숟갈 듬뿍 넣고, 회에 물을 부어 말아먹는 거라고 일러주었다. 회를 물에 말다니! 상상도 할 수 없는 방식이었다. 몇 번을 망설이다 수저로 떠먹어보았더니 의외로 꼬들꼬들한 회가 입에 착 감겼다. 오이와 깻잎을 씹는 재미도 있고, 그 채소들이 회의 비린 맛을 어느 정도 제거해준 모양이다.

점심을 든든히 먹고 블루로드 출발점인 강구버스터미널로 가는 시내버스를 탔다. 강구항에 위치한 블루로드 출발점엔 입주형 길 안내판이 서 있고, 길 위엔 노란 페인트로 길 안내 표시가 되어 있다. 이 길을 곧장 걸으면 해안도로가 나온다. 노면 표시가 없는 곳엔 군청에서 제작한 '블루로드'라고 적힌 길 안내 표찰이 전신주나 가로수에 매달려 있기 때문에 나처럼 방향감각이 전혀 없는 사람도 찾을 수 있는 아주 쉬운 길이었다. 표시를 따라 앞으로 나아가기만 하면 되니까. 그 길은 두

발 달린 짐승이면 누구도 내치지 않는 어진 길이었다. 강구버스터미널에서 대게종가를 지나자 대게종갓집에서 블루로드 출발을 기념하는 도장을 찍어주었다. 어진 길을 가는 사람들을 위한 무슨 특별한 의식 같아 재미있었다. 블루로드는 총 50km로 A코스, B코스, C코스, 구간별로 나뉜다. 걷는 데 소요되는 시간은 열일곱 시간쯤 된다.

강구항에 도착하니 비릿한 바다 냄새가 코끝을 간질였다. 봄볕은 맑고 알록달록한 파카를 입은 상춘객들로 주차장이 북적였다. 출항하지 않은 어선들이 묶여 있는 포구엔 푸른 바다가 철썩인다. 바다다! 겨우내 움츠린 몸의 세포들이 일제히 비상등을 켜고 반응하기 시작한다. 옆구리가 간지럽다. 진짜 봄이 오려나보다. 대게로 유명한 영덕답게 대게집들이 지천이다. 영덕대게로 유명하지만 사실은 동해에서 잡은 대게의 집산지가 영덕이어서 영덕대게라 이름이 붙여졌다. 공급이 많은 곳에 수요가 따른다고 사람들은 대게를 맛보러 영덕엘 온다.

갓 잡은 생선을 파는 아낙들의 얼굴은 해풍에 그을려 주름이 졌지만 광합성을 많이 한 탓에 건강해 보였다. 제법 씨알이 굵은 도다리와 병어, 자잘한 동해 오징어가 한 바구니 안에서 살아 펄떡거리고 있다. 바구니 하나가 5만원이라고 했다. 그 정도 양이면 4인 가족이 먹을 회를 충분히 뜰 수가 있고, 옆 좌판에서는 씻은 상추와 초고추장, 고추냉이도 곁들여 판다. 내친김에 두툼한 자연산 다시마 한 단을 1만 5천원에 흥정하고, 말린 오징어 한 축도 4만원에 샀다. 자연산 돌미역을 사고 싶었지만 들고 갈 손이 없어 포기했다.

높지 않은 봉우리들로 이루어진 고불봉을 향해 걷는다. 흙길이어서 발밑이 포근포근하다. 겨우내 언 땅이 녹는 소리가 운동화 깔창 밑에서 들리는 듯하다. 아닌게 아니라 흙들이 조금씩 부풀어 있다. 흙들도 따뜻한 봄을 맞이하기 위해 숨을 쉬는 것이리라. 길은 걷는 자의 발뒤꿈치를 따라 흘러든다. 고불봉의 등성이를 걸으니 왼쪽은 푸른 바다가 출렁이며 내처 달려오고 오른쪽으론 주왕산 줄기와 백두대간의 한 줄기로 보이는 거대한 산맥들이 새치 같은 잔설을 머리에 이고 구불구불 이어진다. 뭐니뭐니해도 블루로드는 산과 바다를 양어깨에 끼고 걸을 수 있는 길이어서 좋다. 변덕이 심한 인간의 다양한 욕구를 해소할 수 있는 길, 그게 바로 블루로드다.

아마 바다를 보러 왔을 것이다

풍력발전단지로 올라가는 길은 산모롱이를 돌아가는 임도였다. 내 걸음으로 한 시간 30분 정도 걸렸다. 모롱이를 돌 때마다 바람개비 모양의 새하얀 풍력발전기가 푸른 산 정상에 우뚝 서서 느릿느릿 돌아가는 게, 흡사 네덜란드에 온 것 같은 착각에 빠지게 했다. 24개의 바람개비들이 산 여기저기 흩어져 있어 이국적인 풍경을 자아냈다. 영덕풍력발전단지는 국내 최초로 만든 상업용 민간단지다. 여기에서 연간 96,680MWh의 전력을 생산해 2만 가구에 공급하고 있다. 멀리서 보기에는 조금 큰 바람개비 정도였는데 가까이서 보니 거대한 크기였다. 발전기 옆에는 해맞이캠핑장이 조성되어 새해 일출을 보러 밀려드는 관광객을 맞는다. 바다를 향해 터를 잡은, 욕실과 침대, 조리시설까지 갖춘 캡슐 모양의 하우스가 내 눈길을 사로잡는다. 모양이 특이하고 예쁘다. 4인 가족이 잘 만한 방으로 하룻밤에 4만 원이라면 퍽 싼 가격이다. 영덕군청에서 인터넷 접수만 받는다 하니 참고하시라.

풍력발전단지에서 빛의 거리 쪽으로 내려오니 바다가 바싹 따라붙는다. 창포말등대부터 해안도로가 시작된다. 검푸른 바닷길. 동해안에서 가장 이색적인 대게 집게발 모형의 등대와 경관 조명으로 번쩍거린다. 해맞이공원은 야생초가 심겨진 산책로와 전망대, 갈대숲이 잘 아우러진 아름다운 휴식공간이다. 새해 일출을 보러 오는 곳으로 탁 트인 바다가 한눈에 들어온다. 나무데크 울타리에 잠깐 기대어 흐르는 땀을 씻는다. 깔깔한 목을 생수로 적시고 운동화 끈을 바짝 조여 묶었다. 이제부터 초병들이 다니는 해안초소 벼랑길이다. 경정리까지 이어지는 바닷가 길은 가팔랐다. 내리막길에선 주르륵 발이 미끄러지기도 했고, 진흙에 빠지기도 했으며, 중간에 누군가 블루로드 안내 표찰을 기념으로 떼어가 살짝 곤혹스럽기도 했다. 그러나 길을 잃을 염려는 없다. 앞서 간 자들의 무수한 발자국이 남아 있으니. 뒤에 오는 이는 알게 모르게 앞서 간 자의 도움을 받는다. 인생 또한 크게 다르지는 않으리. 대탄과 오보해수욕장, 경정해수욕장을 지나니 저녁 어스름 속에 원조대게마을이 보인다.

해안절경도로인 강축도로(강구~축산간)의 끝 마을인 경정 2리는 어촌부락으로 멀리 죽도산이 보인다. 이곳 앞바다에서 잡은 게의 다리 모양이 대나무와 비슷하다 해서 대게로 불렸으며, 마을의 내력을 따라 영덕원조대게마을로 명명됐다. 마차를 타고 넘어왔다고 일명 차유마을로도 불린다. 어두운 길을 걸어 죽도산엘 간다. 희끗희끗 마른 줄기의 대나무들이 해풍을 맞으며 서 있다. 시퍼런 동해바다 귀퉁이에 난데없이 떠오른 대나무산. 나무데크가 깔린 길은 걷기에 편했고 군락을 이룬 대나무는 와우와우, 왜구의 깃발처럼 펄럭였다. 겨울 끝자락이어서 118종이나 서식한다는 죽도산 자생식물은 보질 못했다.

축산항에서 오늘 하루 긴 여정의 짐을 풀었다. 축산항은 사방이 산으로 둘러싸인 아담한 항구다. 보는 것만으로도 마음이 녹진하게 풀어진다. 대게탕으로 저녁을 먹고 조금 떨어진 바닷가에 방을 잡았다. 밤새 파도가 머리맡에서 출렁였다. 내 단짝친구가 무릎에 고개를 박고 픽픽 울던 곳이 여기 어디쯤이었다. 27년 전 그때, 왜 영해에서 축산까지 나왔을까? 아마 바다를 보러 왔을 것이다. 친구가 사귀는 남자의 부모가 결혼을 반대한다고 했다. 나더러 어쩌라고, 어쩌라고, 하며 친구는 울음을 멈추지 않았다. 갈매기들도 친구를 따라 끼룩끼룩 같이 울었다. 멀리서 온 내게 귀한 것을 먹인다며, 퉁퉁 부은 눈으로 쇠고기 한 근을 사와 구워주던 친구. 시골마을에 갓 부임한 얼굴 하얀 여선생은 인기도 좋은가보았다. 동네 총각들이 친구의 자취방 주위를 맴돌며 그 밤 내내 휘파람을 휙휙 불어젖혔다. 파도는 아침까지 그 친구의 울음처럼 픽픽픽, 내 머리맡에서 소리내어 울었다.

█ 블루로드, 비단 같은 길

새벽에 일어나 대소산 봉수대로 향한다. 1년 걸릴 공사를 2개월에 하느라 그랬는지, 직선으로 나야 할 길이 구불구불 이어진다. 이곳 해안으로 간첩들이 넘어오고 수류탄이 터지는 바람에 민심이 흉흉해지자 그걸 수습하느라 급히 닦은 도로라고 했다. 봉수대를 지나 목은이색 산책로로 접어든다. 빽빽하게 심겨진 소나무를 따라 걷는 오름길이다. 야트막한 산 정상으로 난 산책로는 한적해서 생각에 잠기기 좋다. 해풍을 맞으며 자라 그런가. 서울에선 보지 못한 솔방울들이 올망졸망 눈에 띈다. 연둣빛 송순을 따서 입에 물고 이색의 시 「부벽루」를 흥얼거리며 걷는다.

어제 영명사를 지나다가
잠시 부벽루에 올랐네.
텅 빈 성엔 조각달 떠 있고
천년 구름 아래 바위는 늙었네.
기린마는 떠나간 뒤 돌아오지 않으리.
천손은 지금 어느 곳에 노니는가?
돌계단에 기대어 길게 휘파람을 부노라니
산은 오늘도 푸르고 강은 절로 흐르네.

목은 이색은 고려 유학자이자 문신으로 원나라에서 오래 공부했다. 본관은 한산. 고려 말 삼은의 한 사람이다. 태조 이성계가 출사를 종용하자 그는 "망국의 사대부는 오로지 해골을 고산에 파묻을 뿐"이라는 대쪽 같은 말을 남겼다. 아닌게 아니라 목은이색산책로에는 여기저기 묘들이 많다. 태조 이성계의 후손인 내가 망국의 사대부가 걷던 길을 따라간다. 이색이 말했던 고산은 지금 내가 걷고 있는 이 산을 가리킨 것이리라. 세월의 힘이란 이런 것이다.

이색기념관을 일별하고 이색의 출생지인 괴시리 전통마을로 접어들었다. 이곳 지형이 중국의 괴시라는 마을과 흡사해서 괴시리라 불렸다는데, 200년 된 전통가옥들이 고스란히 보존되어 있다. 영양 남씨와 한산 이씨 집성촌으로 매년 여기서 한시백일장이 열린다. 종택과 사당을 둘러본 후 경북 문화재 자료 제197호인 괴시동 태남댁을 구경했다.

　　대진해수욕장을 시작으로 고래불까지는 해안을 끼고 걷는 하얀 백사장길이다. 동해 특유의 맑고 깨끗한 바다와 송림이 어우러진 명사 20리길. 고운 바다를 바라보며 걷자니 갈매기떼들이 끼룩거리며 날고 있다. 이곳 갈매기는 생김새가 특이하다. 잘 먹어서 그런지 닭처럼 크고 퉁퉁하게 생겼다. 바다 옆 송림길로 들어섰다. 고래불의 소나무들은 크고도 곧았다. 원나라의 오랜 침략을 겪고 난 고려 말기, 이색은 쇠퇴한 고려의 국운을 바로잡고자 노력했으나 뜻을 이루지 못했다. 패한 자가 노래한다.

　　백설이 잦아진 골에 구름이 머흐레라.
　　반가운 매화는 어느 곳에 피었는고.
　　석양에 홀로 서서 갈 곳 몰라 하노라.

　　인간은 하루하루 패하기 위해 사는 것인지도 모른다. 이색의 「우국가」를 읊조리며 걷노라니 고래불음악분수가 보인다. 이곳이 블루로드 종착지다. 흐린 하늘 구름장 사이로 햇빛이 쏟아진다. 흡사 하늘에 커튼 한 자락이 쳐진 것만 같다. 고래불음악분수 앞에서 나는, 내 어깨를 두드려주었다. 용케도 방향을 잃지 않고 끝까지 왔구나. 축하한다. 내가 갈 수 있는 길이면 초등학생도 간다. 블루로드는 그런, 비단 같은 길이었다.

◎ 아들 소산과 함께 마음으로 걸어본 영덕 블루로드

고래불 해수욕장에서 본 석양. 낮고 두터운 구름에 가려진 석양이 10나 20초쯤, 아주 잠깐씩 약 올리듯 얼굴을 내민다. 사진에 무지한 이 여사(이현수 작가)는 본인이 쓸 글에 대한 메모만 끝나면 빨리 오라고 성화다. 아오, 내 신세.

새벽 방파제를 산책하다 바닷가에서 졸고 있는 갈매기와 조우. 내가 갈매기에게 물었다. 졸리냐? 나도 졸리다. 사진이고 뭐고 다 집어치우고 저 갯바위에 낚싯대나 드리우고 한 사나흘 꾸벅꾸벅 졸아나 볼까.

(이 사진엔 나오지 않지만 노물리 방파제 북단으로 갯바위 포인트가 있다. 왕볼락, 우럭, 학꽁치, 노래미, 망상어 등 기타 잡어가 잘 올라오는 곳으로 유명하다.)

축산항은 활기차고 시끌벅적하다. 항구여서 짠 내가 진동한다. 길가, 처마 밑 하다못해 한갓진 주차장 빈터에도 짠 내가 스멀스멀 고여 있다. 이 여사는 감기를 독하게 앓고 난 후 냄새를 못 맡는다.

이 여사 왈, 하나의 감각이 사라지면 세상이 그만큼 고요해진단다. 짠 내가 사라져서 그런 것일까. 멀리 보이는 항구는 나른하고 고요하다.

• 영덕 블루로드 편에 실린 사진은 소설가 이현수씨의 아들 소산이 찍은 것이다.

　　목은이색산책로는 산마루를 깎아 만든 길이다. 일명 대머리길이라고나 할까. 산마루여서 추울 것 같은데도 키 작은 해송이 바람을 막아줘 평지보다 따뜻하다. 폭삭폭삭한 솔잎이 깔린 길은 편안했다. 걷는 내내 늦겨울의 순한 볕이 정수리 부근에서 어른거린다. 솔향이 짙은 걸 보니 봄이 멀지 않았나보다.

　　200년 된 괴시리 전통 가옥. 아파트에서 나고 자란 사람은 옛집을 보면 무지하게 낯설다. 오래되어 갈라지고 색 바랜 저 기둥엔 옛 사람의 지문이 얼마나 많이 묻어 있을까. 호랑이가 담배를 피우고 까막까치가 인간의 말을 재잘재잘 잘도 하던 시절로 되돌아간 기분.

　　바다닷! 강원도 화천 최전방에서 매일 밤 꿈꾸던 바다. 우중충한 내무반에서 꿈꾸던 바다는 언제나 검은색이었는데 실제로 보니 저토록 연한 쪽빛이었구나. 그러나 푸다당탕 뛰어들 수 없는, 물의 속살을 느낄 수 없는 바다. 이게 바로 그림의 떡(?).

　　흐린 날. 외진 바닷가 마을에서 맞이한 오후 네 시. 어둡지도 밝지도 않아 뭔가를 시작하기도 그렇고 끝내기도 그런 이도 저도 아닌 어중간한 시간. 그런 잉여의 시간에 화들짝, 밀물이 든다. 오마나, 겁나라. 모래밭을 다 먹어치울 기세다.

07

윤제학

1998년 한국일보 신춘문예 동화 부분을 통해
등단했다. 장편동화 『풍선껌 타고 동강을 동동
동』이 있으며 산문집으로 『산은 사람을 기른다』
『자연과 사람 사이, 절』이 있다. 현재는 『월간
산』에 자연과 교감을 나누는 글을 연재하면서
동화를 쓰고 있다.

영주
소백산자락길

군자의 산이
일러주는 안분의 도

윤제학

'손편지'라는 말이 떠돈다. 아직 사전에 오르지는 않았지만, 인터넷이나 라디오에서는 낯설지 않다. 얼마 전 차 안에서 라디오로 흘러나오는 그 말을 무심결에 들었다. 곧장 마음 한 귀퉁이에 찬바람이 일었다. '손'이 환기하는 따스한 느낌은 가뭇없이 사라졌다. 편지 위에 덧붙여진 '손'은 오히려 '손'의 부재를 선명히 할 뿐이었다.

세상 변하는 속도가 아찔하다. 어느새 우리가 익히 아는 '편지'는 '이메일'에 주인 자리를 내주었다. 이메일에 대상화된 편지는, '손'으로 명토 박힐 때에야 비로소 육필의 의미를 열없이 드러낸다.

세상에는 여러 종류의 길이 있다. 바람길, 물길, 새들이 나는 길, 노루가 물 마시러 다니는 길처럼, 자연의 길은 무시이래로 인간사와 무관하게 존재해왔다. 인류가 등장하면서, 문명을 이루면서 수많은 길이 생겨났다.

흔히 우리가 말하는 길은 사람이나 차가 다닐 수 있는 도로를 일컫는다. 사람이 만든 길이고 사람을 위한 길이다. 사람이 배제된 길은 상상하기 어렵다.

'걷는 길'은 어떤가. 역설적이게도, 인류의 직립과 함께 시작됐을, 당연히 인간이 두 발로 걸으면서 만든 길의 부재를 증명한다. '걷지 못하는 길', 자동차가 주인 노릇 하는 길에 의해 대상화된 길이다. 인간 스스로 인간을 소외시킨 속도, 효율, 경쟁의 산물이다. 편지에 손과 펜이 지워졌듯이, 이 시대의 길은 인간의 두 다리라는 자신의 옛 주인을 기억하지 않는다.

'걷는 길'에는 현대인의 여유와 강박이 공존한다. 속도와 효율과 경쟁이 만든 여유라는 한 손과 강박이라는 또 한 손이 우리를 '걷는 길'로 떠민다. 그래서 나는 지금 소백산자락길에 섰다.

소백산은 군자의 풍모를 닮았다. 높이 1,440m로 결코 낮지 않으면서도 자신의 이름에 '작을 소小' 자를 앞세웠다. 넓이 322.383km²(국립공원 기준)는 지리산, 설악산에 이어 세번째다. 북동쪽 끝자락에는 강원도 영월군, 동쪽에는 경상북도 봉화군, 동남쪽에는 경상북도 영주시, 북서쪽에는 충청북도 단양군 사람들이 엎드리고 기대며 산다. 소백산자락길을 걷는 일은 이 산을 에운 위의 네 고을을 지나는 일이기도 하다.

거문고 울림 같은 소백산의 거동

소백산자락길 1코스는 소수서원에서 시작한다. 소수서원의 시초는 중종 36년(1541)에 풍기군수로 부임한 주세붕이 이듬해에 이곳(순흥) 출신이자 동방 성리학의 비조로 일컬어지는 안향을 기리기 위해 세운 사묘祠廟다. 다시 이듬해에 주세붕은 유생 교육을 겸한 백운동서원을 설립했다. 소수서원이라는 이름은 명종 3년(1548) 풍기군수로 부임한 이황의 요청에 따라 명종 5년(1550)에 임금으로부터 사액賜額, 즉 편액을 받음으로써 비롯됐다. 사액서원이 됐다 함은 권위와 함께 서적, 노비, 토지의 하사라는 특혜를 누리게 됐다는 것을 뜻한다.

사실 관광지 안내판에 요약된 투의 역사적 사실에 대해서는 별 감흥이 일지 않는다. 나의 감탄은 소수서원의 입지에서 비롯된다. 소수서원이 선 자리야말로 퇴계 선생의 학덕에 값한다. 한국인이라면 누구나 좋아할 소수서원의 솔숲을 등지고 섰을 때, 거문고 울림 같은 소백산의 연봉은 바라보는 이의 매무새를 가다듬게 한다.

소수서원에서 바라보는 소백산 등성마루의 흐름은 진중하고도 유장하다. 소수서원의 유생들은 날마다 그 모습을 보며 아침을 시작했을 것이다.

소백산은 전형적인 육산이다. 연화봉(1,383m), 비로봉(1,439m), 국망봉(1,421m) 같은 봉우리들은 어느 하나 하늘을 찌를 듯 솟구치지 않았다. 최고봉인 비로봉도 홀로 돌올을 뽐내지 않는다. 그 부드러운 봉우리를 보며 소수서원의 유생들이 잰걸음으로 성리학을 공부하지는 않았을 것이다. 소수서원에서 배출된 인재가 4,000여 명에 달하고, 퇴

계 이황의 제자들 대부분은 소수서원 출신이라 한다.

이른바 영남학파의 두 거두, 퇴계 이황과 남명 조식은 각기 소백산과 지리산 자락에서 독자적 학풍을 이루었다. 경상북도의 '퇴계학파'와 경상남도의 '남명학파'가 그것이다. 훗날 성호 이익은 이 두 학풍을 '인'과 '의'로 견주어 퇴계의 학문은 '넓은 바다'에, 남명의 학문은 '높은 기상'에 빗대었다. 감히 상상하자면 퇴계의 학덕은 소백산의 풍모에서 비롯한 것이 아닌가 싶다.

객쩍은 얘기 조금 해야겠다. 소수서원은 한국 사립학교의 효시이기도 하다. 이로부터 전국에 확산되어 16세기 말에는 100여 개, 19세기 후반에는 700여 개에 이르렀다. 성균관의 하급 관립학교로서 군·현에 존재하던 향교보다 서원이 더 높은 권위를 갖게 됐다. 19세기 후반의 향교는 교육기관으로서는 유명무실해지고 문묘제사 기능만 담당하게 된다. 다른 경우로 서원 또한 쇠락한다. 초기의 서원은 인재를 양성하고 선현을 기리면서 유교적 향촌질서를 유지하던 긍정적 기능을 수행했지만, 시간이 지나면서 당쟁을 일삼고 백성들을 토색질하는 따위의 극심한 폐단을 보였다. 급기야 대원군이 서원 철폐에 나섰다. 1870년에는 700여 개의 서원 중 47개소만을 남기고 모두 헐어버렸다. 소수서원은 살아남은 쪽이다.

많이 듣는 말이 떠오른다. 공교육 붕괴, 학벌주의. 나는 지금 우스갯소리 삼아 소수서원이 한국 사교육의 시원이라고 말하려는 게 아니다. 악순환의 역사에 대해 실소라도 하자는 것이다. 역사에서 아무런 교훈을 얻지 못한다면, 오늘날 말하는 선비정신이라는 건 민속박물관의 양반 모형과 무엇이 다르겠는가.

소백산 봉우리의 진중한 거동을 흉내내어 천천히 소백산으로 든다. 길을 건너자 금성단錦城壇이다. 권력의 이면을 이루는 피어린 역사의 현장이다. 조선 세조 2년(1456) 사육신의 단종복위운동에 연루되어 순흥에 유배된 세종의 여섯째 아들 금성대군이 가시울타리에 갇혀 살던 곳이다. 이곳에서 금성대군은 순흥부사 이보흠 등과 단종 복위를 도모하다 발각되어 죽음을 당한다. 이에 따라 순흥부도 폐부되었다가 숙종 9년(1683)에 복원되었다. 숙종 45년(1719)에 이기룡이 제단(금성단)을 설치하였다. 금성대군과 운명을 함께한 순흥 사람들에겐 각별한 곳이겠다.

금성단을 지나자 늙은 은행나무가 서 있다. 은행나무는 잎사귀 모양이 오리발 같다 하여 압각수鴨脚樹로 불린다. 나이가 1,200세라 한다. 이 나무가 떠받치고 있는 건 하늘이 아니라 한 많은 세월이다. 고을이 폐지될 때 말라죽었다가 200년 뒤 순흥부가 복권되면서 되살아났다는 전설을 간직하고 있다. 고을 폐지의 아픔을 눈물로 견뎌야 했을 이곳 사람들의 심사를 가탁한 이야기라고 해야 할 것이다.

압각수를 뒤로하자 들판이 환히 열린다. 빈 논과 과수원 너머로 멀리 소백산이 보인다. 유난히 돋보이는 눈 덮인 봉우리는 국망봉이다. 이 길을 내처 걸어가면 국망봉 발치다. 소수서원을 감싸안고 흐르는 죽계천의 젓샘도 국망봉 기슭이다.

과수원 사이를 지난다. 아직 사과 향은 얼어붙은 땅속 나무뿌리에서 잠자고 있다. 유독 길에 쌓인 눈만 녹지 않았다. 나무와 태양이 나누는 사랑의 온기를 나눠 받지 못한 까닭이리라. 내 발바닥의 체온은 눈을 녹이기에 턱없이 부족하다. 이제 곧 봄이 오면 사과꽃 만발할 것이고, 눈처럼 날리는 꽃잎을 밟으며 이 길을 걷게 될 것이다.

순흥저수지 옆을 지나는 아스팔트 포장길로 걸음을 옮긴다. 한여름 땡볕 아래라면 '이게 무슨 걷는 길이냐'는 푸념이 나올 법도 하다. 행여 그런 생각이 들 것 같으면 길을 나서지 않는 게 좋겠다. 무인도나 심산유곡이 아니라면 콘크리트와 아스팔트는 피할 수 없다. 낭만적 기대를 가득 안고 그림 같은 풍경만을 원한다면 굳이 걷지 않아도 된다. 만약 오늘의 '걷기 열풍'이 흙길만을 고집하는 식이라면, 현지인들의 편리는 아랑곳하지 않는 태도라면, 경제적으로 혹은 시간적으로 여유 있는 사람들의 '웰빙놀이'에 지나지 않을지도 모른다. 자기기만이자, 현지인들의 삶에 대한 모독이다. 몇 시간 혹은 며칠 걷기 위해 고속도로를 질주하지 않는가. 보행자를 배려하는 운전문화, 보행자 중심의 교통문화를 만드는 데 '걷기 열풍'의 온김이 미쳐야 한다. 이것이 아스팔트길을 걷는 나의 성찰이다. 어디 도사연하는 것만이 성찰인가.

이런저런 생각을 하며 배점마을을 지난다. 입구에는 삼괴정三槐亭이 있다. 마을의 신목이기도 한 수령 600여 년의 느티나무 세 그루가 있어서 붙은 이름이다. 이곳에 배순이라는 사람의 충절을 기리는 빗돌, 즉 정려비가 서 있다. 영주문화연구회에서 밝힌 바에 따르면, 이 마을에 배순이라는 대장장이가 살았단다. 천민이어서 공부를 할 수 없었던 그는 날마다 소수서원으로 가서 유생들의 글 읽는 소리를 들으며 마당에서 공부를 하였다. 이를 가상히 여긴 퇴계 선생이 제자로 거두었단다. 퇴계의 학덕은 소백산만큼이나 미치는 바가 넓었던 모양이다. 이곳 마을 이름 '배점'도 대장장이 배순의 점방(대장간)에서 비롯됐다 한다.

순흥초등학교 배점분교에서부터 자락길은 죽계구곡을 끼고 초암

사를 향한다. 잠시 길을 벗어나 학교 운동장을 거닐어본다. 어릴 적 학교를 오갈 때, 커가는 키만큼 닳아가는 몽당 크레파스와 빈 도시락의 수저가 딸그락거리던 소리가 귀에 생생하다. 배점분교는 2008년에 폐교됐다. '폐교'라는 어감은 너무 슬프다. 단순히 학교 하나가 문을 닫은 게 아니라 마을과 세상, 오늘과 내일을 연결하는 문이 닫히는 일이기 때문이다.

죽계구곡은 조선 영조 때 순흥부사 신필하가 주희의 무이구곡을 본따 죽계천에 붙인 이름이다. 초암사 앞에서 제1곡이 시작되어 삼괴정 앞 제9곡에까지 약 2km다. 국망봉에서 발원하는 이 계류는 죽계천을 살찌우고 낙동강으로 흘러든다. 또한 명문장을 낳았으니 고려 후기 문장가인 근재 안축의 「죽계별곡」이 그것이다. 주희 이래 구곡을 노래한 수많은 노래와 그림은 단순히 아홉 굽이의 경승에 대한 상찬이 아니라 성리학적 이상향의 상징이라 할 수 있겠다. 퇴계는 「유소백산록」에서 "숲이 무성하고 골짜기가 아늑하다. 간간이 돌 위로 흐르는 물소리가 골짜기 사이에 울렸다"고 썼다. 과장 없는 담백한 문장이다. 사실 그대로다. 깊지도 넓지도 않다. 수량이 풍부한 여름철 같으면 호탕한 물소리에 발걸음을 실을 수 있으련만, 얼어붙은 계류는 적요를 더할 뿐이다. 적막강산을 홀로 걷는 느낌도 나쁘지 않다.

죽계구곡의 제1곡 아래에 초암사가 있다. 초암草庵! 빛나는 남루의 느낌이 참 좋다. 의상대사가 부석사 터를 보러 다닐 때 초막을 짓고 살던 터라 전한다. 초암사 대적광전에서 계곡 건너 장벽처럼 막아선 산기슭의 초암사에서부터 자락길은 소백산의 품에 깊숙이 안긴다. 동남 기슭의 원적봉(961m)과 비로봉 사이의 계곡을 따라 흐른다. 계류에 바투

앉은 바위턱을 의지하기도 하고 건너기도 한다. 월전계곡을 벗어나자 잣나무숲 사이로 편안한 길이 열린다. 이어서 달밭골이다. 달밭골이 월전동을 우리말로 이른 것인지 아니면 달뿌리풀이 많아서 달밭인지는 모르겠으나, '달'을 산의 고어로 보면 산골짝 밭이 되겠다. 민박집에서 화전민의 흔적을 읽는다. 비로사에서부터는 차가 다닐 수 있는 길이 2코스 시작점인 삼가리로 이어진다.

▎길의 꽃은 사람

2코스는 소백산이 마을을 나서는 길이다. 세상살이 구경도 하고, 자신의 가슴으로 흘려보낸 물줄기가 어떻게 논밭을 어루만지는지를 살필 모양이다.

비로사에서 나와 처음으로 만나는 마을 삼가리. 비로봉과 연화봉 남동쪽 기슭에서 시작하는 달밭골, 정안동, 당골이 합류하는 곳이다. 그래서 삼가리다. 삼가리에서 포장길을 따라 삼가호(금계호)로 향한다. 이른 봄이면 벚꽃 바람 무성할 길이다. 욱금에서 삼가호를 왼쪽으로 끼고 돌자 물막이 둑이다. 둑을 내려서서 마을로 들자 계곡가에 정자가 보인다. 금선정錦仙亭이다. 조선 영조 때 단양군수, 성주목사 등을 지냈던 금계 황준량이 공부했던 곳에 세운 정자다. 바위벼랑 위에 앉은 정자에 서서 계곡을 굽어본다. 우람한 풍채의 소나무는 계곡을 깊고 그윽하게 한다.

장생이마을 고샅을 빠져나와 금계리로 든다. 『정감록』에서 말하는 십승지의 하나다. 이를 믿는 한 무리의 평안도 사람들이 1930년대에 이 마을에 정착했다. 이후 전국의 비결파들이 모여들어 화전을 일구었다. 소백산 동쪽 끝자락이 금계바위에서부터 순하게 흐르며 이 마을을 양팔로 보듬어안는다.

흔히들 십승지를 일러 삼재불입지지三災不入之地라 한다. 물·불·바람에 의한 재앙이 없고, 전쟁·굶주림·전염병이 들지 않는 곳이란 얘기다. 십승지에 대해선 여러 설이 있지만 대체로 소백산, 속리산, 가야산, 덕유산, 변산, 지리산 자락의 궁벽한 산골이란 점은 일치한다. 결코 황금이 넘치거나 젖과 꿀이 흐르는 땅이 아니다. 난세를 피하여, 물과 불(태양)과 바람과 한몸을 이루어 근근이 살 만한 곳이다. 욕심 사나운 사람들이 발 들일 곳이 아니다.

금계리의 남쪽 임실마을은 풍기인삼 시파지로 운위되는 곳이다. 고려 중엽 이후 중국의 인삼 조공 요구가 극심해짐에 따라 산삼의 남획으로 농민들의 고통도 극심해졌다. 이에 풍기 군수 주세붕이 산삼 씨앗을 채취하여 시험재배한 것이 풍기인삼 재배의 효시라는 것이다.

임실에서 농로를 따라 곧장 남원천을 향한다. 철길 건너 풍기 인삼시장 옆 저잣거리를 지나면 남원천이다. 이곳에서 바라보는 소백산의 모습도 변함없이 군자의 풍모다. 자전거길로 조성된 둑길가에는 갓 심어놓은 배롱나무가 알몸으로 서 있다. 몇 년이 지나면 여름 내내 꽃을 볼 수 있을 것이다. 좀 지루한 감이 있지만 소백산역에 이를 때까지 소백산 마루가 길동무를 해준다.

둑길에서 벗어나 과수원을 지나자 중앙선 철길 옆에 무쇠다리옛터

다. 희방사의 창건과 관련 깊은 유적지다. 희방사의 창건주인 두운조사가 길을 가다가, 여인을 잡아먹다 목에 비녀가 걸려 신음하는 호랑이를 구해주었다. 호랑이는 은혜를 갚겠다고 경주의 처녀를 물어왔다. 처녀는 경주 호장戶長의 딸이었다. 당연히 처녀는 무사했고 호장은 은혜를 갚고자 희방사를 짓고 마을 계곡에 무쇠다리를 놓았다. 그래서 마을 이름이 수철동水鐵洞인데, 지금 그곳에 중앙선 철로가 지나고 있으니 무쇠와의 인연이 천년을 이어오는 셈이다. 선악의 경계를 넘은 두운조사의 행위도 자비의 진정한 의미를 알게 한다.

무쇠다리옛터에서 철길 굴다리를 지나면 소백산역(희방사역)이다. 역 건물 벽면의 그림이 곱다. 화장실에서 볼일을 보는데, 감동에 가까운 감정이 일렁인다. 우리 집 화장실보다 더 깨끗하다. 기차에서 내리는 동네분들과 인사를 나누고 돌아서는 역무원에게 다가가 죽령옛길에 대해 몇 마디 물었더니 대뜸 사무실로 이끈다. 35년 동안 철길을 지켰다는 권용복 역장님이다. 춥고, 바람 세고, 눈 많은 이곳이 좋다는, 철도 인생을 천분으로 아는 분이었다. 커피를 한 잔 타주는데, 일회용 종이컵이 아니고 머그다. 따뜻한 마음이 잔에 넘친다. 희방옛길도 이분의 작품이다. 3년 전 면사무소의 도움을 얻어 주민들과 함께 잡초 우거진 옛길을 지금의 모습으로 바꾸어놓았다 한다. 역장 책상 옆 창문으로 소백산 천문대가 보인다. 한 폭 그림이다. 오늘 내가 걸은 소백산자락 길의 절정이다.

길의 꽃은 사람이다. 나는 소백산 역에서 그 꽃을 봤다.

고개, 옛 고속도로

　다시 소백산역에서 하루를 연다. 3코스 출발점이다. 죽령옛길의 시작은 중앙선 철로와 죽령터널로 돌진하는 중앙고속도로와 함께한다. 2세기, 20세기, 21세기가 공존하는 길이다. 나는 거의 2,000년 전으로 돌아가 죽령을 오른다.

　길은 계곡을 따라 흐른다. 최초로 물이 이 길을 열었다. 빨리 고개를 넘고자 하는 사람이 그 길을 빌렸다. 길은 조금씩 넓어지고, 더 많은 사람들이 길을 찾고, 주막이 열리고, 도적떼도 들끓었을 것이다.

　사람들은 옛 고갯길을 말할 때, 낭만적 의미부여 아니면 역경과 고난의 이미지를 덧씌운다. 나는 시각을 좀 달리한다. 오로지 두 다리가 교통수단인 시절의 고갯길은 오늘날 고속도로 휴게소와 다름없다고 봐야 한다. 왜냐하면 예나 지금이나 모든 길의 속성은 편하게, 가까운 곳으로, 빨리 가고자 하는 것이기 때문이다. 물길을 따라 마을과 마을을 이어가는 것이 편한 길이고, 고개를 넘는 것이 가깝고 빠른 길이다. 요즘은 더 빨리 가고자 굴을 뚫고 다리를 놓는다. 같은 이치로 옛사람들에게 고개는 속도와 능률의 문제이지 고통의 문제만은 아니었을 것이다. 오늘 우리는 휴가철이나 명절마다 고속도로에서 정체 때문에 고통을 겪는다. 고속도로 정체는 도로의 문제가 아니라 문화의 문제이다. 마찬가지로 옛 고갯길은 당시의 고속도로이자 지름길이므로 낭만이나 고통보다는 당시의 '삶'과 '문화'를 키워드로 이해해야 할 것이다.

　조선 후기까지도 도로 사정은 엉망이었다. 이에 관해서 『열하일기』의 한 대목을 보자.

'우리나라는 고을이 험준해서 수레를 사용할 수 없다'고 말하니, 이게 도대체 무슨 말인가? 국가에서 수레를 사용하지 않으니 길이 닦이지 않았을 뿐이다. 수레가 다니게 된다면 길은 저절로 뚫리게 마련이니, 어찌 길거리가 좁다거나 고갯마루가 높은 것을 걱정하랴. (……) 사방 수천 리밖에 되지 않는 좁은 강토에서 백성의 살림살이가 이토록 가난한 까닭은 한마디로 말하자면 국내에 수레가 다니지 않기 때문이다. 그러면 다시 물어보자. 수레는 왜 못 다니는가. 한마디로 선비와 벼슬아치의 죄이다.

길이 아니라 수레를 문제삼는 글이지만 당시의 길 사정을 이해하는 데는 도움이 된다. 또 한 가지, 연암의 애민의식을 추호도 의심하지 않지만, 백성의 가난에 대한 문제의식은 과녁을 벗어난 것 같다. 연암의 생존 시에도 삼정三政은 이미 악취가 진동할 정도로 썩었다. 죽은 사람에게도 세금을 물리고 군포를 거두었다. 수레가 없고 고개가 높은 것이 문제가 아니라 '수탈'이 문제였다.

옛 지도를 보면 답이 보인다. 조선 9대로 가운데 봉화로가 넘던 죽령, 영남대로가 넘던 조령 너머를 보라. 남한강 물길이 도도히 흐른다. 세금으로 거둔 곡식을 실어나를 배가 돛을 올리고 있다. 죽령 너머 단양에는 고려 공민왕 때부터 세곡선의 나루인 수참이 있었다. 길이 불편하고 고개가 높은 것은 아무것도 문제될 게 없었다.

죽령옛길을 오르는 마음이 불편하다. 옛 주막터에서 한숨소리를 듣는다. 고개의 가파름 때문에 나오는 한숨이 아니라 삶의 고달픔 때문에 나오는 한숨이다.

'느리게' 혹은 '천천히'를 종교의 계명처럼 내세우는 '걷기 열풍'에는 중요한 무언가가 빠졌다. 과속 경제, 과잉 경쟁, 과잉 생산, 대량 소비에서 오는 삶의 피폐는 그냥 둔 채 오솔길의 낭만과 옛길의 정취만을 읊조리는 건 단순 복고취미이거나 모르핀에 지나지 않을지도 모른다. 느리게 걷기의 행복이 현실의 삶에 삼투되어야 한다. 느리게 걷기가 아니라 '행복한 걷기'가 되어야 한다. 데크는 없어도 그만 있어도 그만이다. 걷는 길의 지속 가능성으로 따질 일이다. 흙길이면 어떻고 콘크리트길이면 어떤가. 좋은 삶을 이끄는 길이어야 한다. '슬로'를 파느라 너무 바쁜 청산도에서 나는 절망했다. '걷는 길'이 그런 함정에 빠질까 걱정이다. 갈 길이 먼데 너무 곁길로 빠졌다. 하지만 이런 고민을 제쳐두고는 행복하게 걸을 자신이 없다.

죽령(696m). 소백산과 도솔봉 사이에서 가장 낮은 등성마루다. 산은 최대한 허리를 낮추고, 길은 최대한 키를 높이는 곳이다. 산의 길과 인간의 길이 역설적으로 조우하는 곳, 이것이 고개다. 역경과 순경이 화해의 악수를 나누는 곳이다. 마땅히 쉬어가야 한다.

죽령옛길 안내판에는 죽령과 조령, 추풍령 가운데 연대, 높이, 구실이 단연 으뜸이라고 적고 『삼국유사』의 기록을 인용한다. "삼국유사에 아달라왕 5년(158) 3월에 비로소 죽령길이 열리다"라고 했다는 것이다. 이어서 "개척 시기가 사서에 분명히 전하는 고개는 오직 죽령만이리라" 하고 덧붙였다. 약간의 오류가 있다. 『삼국사기』 2권 『신라본기』를 보면 "아달라이사금 3년(156) 여름 4월에 계립령길을 열었다"고 기록되어 있다. 죽령보다 2년 앞선다. 사서 기록으로 전하는 가장 오래된 고개는 계립령이다. 죽령과 조령 사이에 있는 이 고개를 오늘 우리는 하늘재라 부른다. 구실이 으뜸이었다는 말도 무리다. 조선시대를 기준으로 보자면 죽령은 봉화 영주 일대에서 넘던 고개다. 영남지역 대부분은 영남대로, 즉 문경을 통하여 조령을 넘어 충주를 갔다고 봐야 할 것이다.

이제부터 내리막길이다. 충청북도 단양으로 드는 길이다. 여기서 잠시 소백산의 입지를 살펴보자. 한반도의 허리인 백두대간이 백두산에서 남진하다 매봉산에서 남서쪽으로 방향을 틀어 속리산으로 향하고, 속리산에서부터 다시 남진하여 지리산에 이른다. 소백산은 매봉산과 속리산의 가운데에 있다. 우리 국토의 허리 중에서도 허리가 소백산이다. 북동에서 남서 방향으로 흐른다. 겨울의 북서계절풍을 정면에서 받는다. 소백산 북서쪽의 단양이 소백산을 병풍 삼은 영주보다 추울 수밖에 없다. 2008년 1, 2월 평균 기온을 보면 단양은 영하 2.5℃이고 영주는 영하 1.3℃다(통계청, 충주기상대·안동기상대 자료). 눈이 내린 날은 단양이 12일이고 영주는 10일이다. 단양이 더 춥다. 이런 기후가 삶의 모습에 어떤 영향을 미치는지는 자락길을 더 가보면 안다. 미리 밝히자면 자락길에서 만나는 단양의 산간은 강원도 산골이 무색할 정도다.

단양으로 드는 내리막길 역시 계곡을 따른다. 죽령생태습지공원과 죽령산신당을 지나면 시내 같은 얕은 계곡을 낀 호젓하고 한갓진 길이 편안히 이어진다. 첫 마을은 샛골이라 불리는 용부원 2리다. 샛골을 지나면 도솔봉 기슭은 소의 잔등처럼 순하게 흐르고 계곡은 제법 넓어진다. 계곡가 허물어진 축대 위로 희미한 옛길이 이어진다. 철길이 보이는 길을 지나자 국도를 만난다. 재치로 죽령의 도적떼를 잡았다는 다자구 할머니의 전설을 빗돌로 세워둔 용부원 3리, 죽령역 입구, 드디어 죽

령이 평지로 바뀌는 국도를 가로질러 당동리로 든다. 분위기는 한순간에 한 세기 뒤로 돌아간 듯하다. 4코스가 시작되는 지점이다.

▎ 산골짝 물도 갈구하는 세상의 평화

길은 또아리굴 위로 부드럽게 키를 높인다. 자동차가 다닐 수 있는 포장길이지만 지금은 그냥 눈길일 뿐이다. 시오길 정도가 되는 마조리까지 한 사람도 만나지 못했다. 신단양이 생기기 전 이 동네 사람들이 영주장과 구단양장을 보러 다니던 길이라고 한다.

적막강산에는 오로지 길과 나뿐이다. 아직 깊은 잠에 빠진 나무처럼 아무 생각 없이 걸음만 옮긴다. 육체의 피로가 임계점에 육박하고 정신마저 혼곤한 상태가 되면 이상하게도 마음엔 모종의 평화가 깃든다.

마조리 입구에는 '단양 소백산 가림점마을'이라는 안내문이 걸린 철골 아치형 조형물이 서 있다. 농촌전통테마마을로 지정되면서 세운 모양이다. 옛날 이 마을이 토기를 만들던 곳이어서 가리점마을이라 불린다고 한다.

가리점마을은 산기슭이 내준 밭에 오가피, 더덕, 황기와 같은 약초를 재배하는데 특히 오미자가 유명하다. 지금은 민박집도 있지만 전형적인 산촌마을의 분위기를 잃지 않았다. 여름에는 밭을 일구고 겨울에는 군불을 지피면서 조용히 한 해를 살아간다.

호젓한 산길이 가팔라진다. 가풀막이 끝나면 수촌리다. 수촌리라는 마을 이름 내력이 재미있다. 본디는 물알이었다 한다. '물이 사물을 알아본다'는 뜻의 물알이가 '물안리'로 다시 '수촌'으로 바뀌었다는 것이다. 한국전쟁 때는 붉은 황톳물이 금곡까지 흘렀고, 4·19혁명 때는 3일간 흘렀다 한다. 세상의 평화가 얼마나 어려우면 세상과 절연한 듯한 마을에도 이런 이야기가 전해질까 싶어 가슴이 먹먹해진다.

수촌리의 묽은 황톳물이 흘러내려갔을 길을 따라 기촌리에 이른다. 박씨가 새로 터를 잡아 살아서 텃말이라 불린 데서 기촌이라는 이름이 비롯됐다 한다.

산마을의 모습에 내 살림살이를 포개본다. 이 깊은 산골에서 옛날에는 어떻게 살았을까 하는 생각에 가슴이 시려오는가 하면, 공허한 내 삶의 속절없는 허울이 못내 서글퍼 한숨이 난다. 자연과의 혈육적 연대감으로 살아가는 모습이 부럽다.

▌ 비로봉을 뜰 안으로 들이는 산마을

기촌리에서 10리 남짓 산길을 허우적거리자 제법 너른 들녘에 앉은 대대리 초입의 보건진료소 건물이 크게 눈에 들어온다. 밭둑을 지나 찻길에 서자 갑자기 개명된 세상을 만난 기분이다. 마을 유래를 새긴 빗돌에는, 인근에서 가장 큰 마을이어서 대대리로 명명되었고, 60년대까지도 한학자가 30명이나 살아서 군내에서 선비촌으로 알려져왔다는 내력이 새겨져 있다.

논 사이로 난 마을길을 따라 대대리로 다가간다. 슬레이트 지붕 위의 '새마을방앗간'이라는 간판, 길가의 연탄재가 70년대로 돌아간 듯한 착각을 일으킨다. 바람이 주인 행세를 할 것 같은 함석지붕에 고드름이 열려 있고, 그 아래엔 접시 모양의 위성TV 안테나가 겨울 햇살을 즐긴다. 비동시적인 것의 동시성. 오늘 우리 농촌의 현실이다.

대대리를 지나자 다시 고요가 깃든다. 한 번도 세상사의 파문을 겪어보지 않은 침묵이 흐른다. 눈에 미끄러지는 내 발소리와 숨소리도 조용히 대기로 스민다.

멀리서 개 짖는 소리가 들린다. 산골치고는 제법 너른 밭 사이로 20여 가구가 모여 사는 구만동이 보인다. 조선시대에 하루 금을 캐서 구만 냥을 벌었다 하여 구만동이라는 이름을 얻은 동네다. 먼 지난날의 일이라고는 하나 금광이 있었던 곳이라는 느낌은 조금도 없다. 오히려 내 눈에는 개가 짖든 말든 정적만 감돌 뿐인 평화로운 모습이 황금 구만 냥보다 값져 보인다. 마을 동쪽으로 눈길을 들어올리면 소백산 비로봉을 앞산처럼 뜰 안으로 들여놓을 수 있으니 이 또한 황금에 비할 바가 아니다.

구만동을 벗어나는 길은 가풀막을 이루며 산자락으로 숨어든다. 다소 지루하기도 하지만 소백산이 그저 주는 눈맛은 천하일미다. 들은 얘기에 의하면 이 길가에는 복분자가 지천이라고 한다. 여름철이면 그것만으로 허기는 면할 것 같다.

제5코스의 종점 가곡초등학교 보발분교는 방학중이다. 버즘나무 그림자가 눈 덮인 빈 운동장에 뒹굴고 있다.

사랑에 바친 사랑

제6코스는 보발분교에서 시작하지만 실제로는 고드너머재라고 봐야 한다. 보발분교에서 고드너머재까지는 595번 지방도로로 연결된다. 2.6km이므로 굳이 걷자고 하면 30~40분 정도 여유를 가지면 된다.

자락길 안내지도에 표기된 지점은 595번 지방도상의 고갯마루인 보발재(540m) 아래에 있다. 고드너머재란 '곧은 고개'가 변한 것일 텐데 끝없이 휘어도는 고개에 왜 그런 이름이 붙었는지 모르겠다. 아무튼 도로에서 동쪽 자락 묵은밭 가로 들어서는 산길은 휘어지고 오르내리기를 반복한다. 말금, 성금마을의 다랑논이 내려다보이는 곳에서부터 북동진한다. 남한강 군간나루가 보이는 즈음에는 잘 가꾸어진 솔숲을 지난다. 돌담으로 예전의 삶을 말해주는 화전민들의 집터 위로 햇살이 담뿍 쏟아진다.

방터에는 아직도 사람이 산다. 저수지 구실을 하는 작은 못도 있다. 집의 분위기는 궁벽한 곳이라고 믿기지 않을 정도로 윤기가 흐른다. 방같이 아늑하다 하여 방터 또는 방대라 했다는데, 온달성의 고구려 군사들이 이곳에서 숙영했다 한다. 방터에서 뒤편, 자락길에서 약 500m 쯤 떨어진 곳에 화전민촌 테마숲이 형성돼 있다. 들러볼 만한 곳이다.

온달산성에 올라 사방을 둘러본다. 비로봉에서 선달산으로 이어지는 백두대간 줄기가 눈높이로 걸리고, 상모처럼 곡류하는 남한강 물줄기가 산자락을 적신다. 호연한 마음으로 세상을 두루 살피고 시심을 돋우어야 마땅할 곳에서 창검을 겨룬 신라와 고구려의 장정들은 어떤 심정이었을까.

온달산성은 성산(427m)에 쌓은 길이 683m의 석성이다. 고구려 평원왕(재위 559~590)의 사위인 온달장군의 이야기가 이 지역에 전해오면서 온달산성이란 이름이 붙여졌다. 이 성이 언제 쌓아졌는지는 확실하지 않다. 조선 전기의 기록에 성산성이란 이름이 있다. 성 안에서는 삼국시대의 유물이 출토되었다(문화재청 자료 참고).

『삼국사기』에 전해오는 얘기대로 평강 공주의 내조로 장수가 된 온달이 군사를 이끌고 "계립현鷄立峴과 죽령竹嶺 서쪽의 땅을 되찾지 못하면 돌아오지 않겠다"며 출정했다가 아단성阿旦城 아래서 화살에 맞아 죽었다. 아단성은 대체로 오늘의 서울 아차산에 있는 아차산성을 말하지만, 이 지역에서는 온달산성에서 온달장군이 죽은 것으로 여긴다. 사실이야 어쨌든 전장에서 맞이한 온달의 죽음은, 평강의 사랑에 바치는 사랑이었으니, 평강은 그 사랑을 어떻게 감당했을까? 슬픈 일이다.

온달산성에서 목재계단을 곧장 내려서자 드라마 세트로 꾸며진 온달국민관광지다. 세상사 모두가 한바탕 연극 같다는 얘기인가? 6코스가 끝나는 지점이다.

▌산의 은덕을 저버리지 않는 삶

저잣거리로 나온 자락길은 영춘면사무소 뒤 언덕바지를 올라 농로로 접어든다. 7코스의 시작이다. 농로를 벗어나서 산기슭으로 난 길을 따르다가 느릅실 갈림길에서 임도로 들어선다.

잘 가꾼 숲길을 지난다. 직골에서 마을길을 따라 동대리를 향한다. 동대분교(폐교)를 지나 935번 지방도로를 밟고 가다 의풍옛길로 들어선다. 영춘면 소재지에서 동대리를 거쳐 의풍으로 가던 옛길이다. 맞은편 마대산의 허리를 따라 도는 935번 지방도와 나란히 가면서 자동차를 보노라니 마치 내가 이 길이 주인인 것 같다. 뜻밖에도 자동차 덕분에 길과 내가 하나가 된 느낌을 맛본다. 두 길 사이의 아슬한 계곡도, 홀로 걷는 외로움을 은밀한 즐거움으로 바꾸어준다. 길은 베틀재 정상 직전에서 935번 지방도와 만난다.

베틀재(651m)의 북쪽은 강원도, 동쪽은 경상북도, 남쪽은 충청북도다. 옛날 한강 수운이 문물 교류의 중심일 때 이 고개는 강원도와 경북의 산골마을이 외부로 통하는 주요 통로였다.

고개를 내려서서 영월 쪽으로 들면 김삿갓 유허지가 있다. 삿갓을 주홍글자로 삼아 스스로를 지운 그는, 남은 목숨을 길에 의탁했다. 그의 유허에서 길 떠난 이의 심회를 풀어보는 것도, 또다른 걷기가 아닐까 싶다.

소백산자락길을 걸으며 옛사람들이 산에 깃든 모습을 여러모로 느꼈다. 동남쪽의 영주는 소백산이 병풍이 되어주는 덕분에 비교적 여유로운 삶터를 가꾸었다. 이에 비해 반대편 단양의 산간마을은 남한강과 소백산 사이에서 늘 광한풍을 안고 살아야 했다. 산이 베풀어 주는 안온한 곳에서 화전을 일구며 안돈했다. 저마다 분에 넘치는 삶으로 산의 은덕을 저버리지 않았다. 오늘 우리는?

나쁠 것 없다는 점이 좋다는 것을 보증하지는 못한다. 지금의 걷기 열풍이 또하나의 소비재로서, 길을, 걷기를 소비하는 건 아닌가, 하는 생각을 문득문득 했다. 이번 소백산자락길 걷기의 소득이랄 수도 있겠다. 역시, 또 걸어야겠다.

08:36	08:37	안 동 Andong	09:38
11:06	11:07	부 전 Bujeon	16:27

			도 담 Dodam	,	,	
			단 양 Danyang	,	,	2,500
			풍 기 Punggi	,	,	2,500
			영 주 Yeongju	,	,	2,500
			옹 천 Ongcheon	,	,	2,500
			안 동 Andong	,	,	3,600
			단 촌 Danchon			주중(금~일·공휴일 제외)운임·KTX 7% 할인, 새마을
			의 성 Uiseong			
			경 주 Gyeongju	,	,	11,800
						,
			동해남부선			
			울 산 Ulsan			14,200
			해운대 Haeundae			17,600
			동 래 Dongnae			18,100
			부 전 Bujeon			18,600

겨우내 흰 눈을 머리에 이고 있는 소백산은 경북 영주시 순흥면과 충북 단양군 가곡면 경계에 있는 산이다. 큰 산답게 주봉인 비로봉을 비롯해 연화봉, 국망봉 등이 연봉을 이루고 있다. 남동쪽 사면에선 낙동강 지류인 죽계천이 발원하고, 북서쪽에선 남한강 지류인 국망천이 발원한다.

이 세상 모든 길은 자연과 인간이 나누는 대화다. 결론이 없는 것이 대화인 것처럼, 길은 때로 끊어지기도 하고 또 그렇게 믿는 순간 이어지기도 한다. 종종 길이 인간 삶에 비유되는 것도 이처럼 길이 지닌 연속성 때문이다.

단양읍 금곡리에서 매남기재를 넘으면 가곡면 대대리 마을에 이른다. 다시 구만동을 거쳐 보발재를 넘으면 보발리에 이르는데 이 구간을 '황금 구만냥 길'이라 부른다. 허망하고도 슬픈 이야기가 스며든 이 길은 옛 모습 그대로 남아 애틋한 정취를 자아낸다.

천년 세월을 견디며 오롯이 서 있는 저 온달산성을 보라. 애지중지 우리네 삶이 석성을 이룬 한 조각 돌멩이보다 못한 것을.

잠시 눈을 감고, 마음눈을 뜨면 보이는 풍경
이 있다. 티끌 같은 흙 알갱이마다 아로새겨진 지난한
역사와 그 시간 속에서 한순간 존재했던 숱한 사람들,
그 슬픈 얼굴들.

명륜당이라 불렀으면 더 좋았을 소수서원
강학당. 학문을 강론하고 듣던 인걸은 간데없고 부스스
한 햇살만 마루 한편을 차지하고 앉아 풍경을 이룬다.

소수서원은 조선시대 교육의 산실이자 인
재를 양성하고 배출하는 요람이었다. 또한 우리나라
최초 사립대학으로 미국 하버드 대학보다 93년이 앞섰
다. 소수서원 경내에는 적송 수백 그루가 3백 년에서
길게는 천년 가까운 세월과 벗하며 살고 있다. 세한송
이나 학자수라고도 불리는데, 이는 소나무를 보는 사
람으로 하여금 겨울을 이겨내는 소나무처럼 인생의 어
려움을 이겨내는 참선비가 되라는 뜻에서 붙인 이름이
라 전한다.

큰 산과 큰 강은 그 스스로 인간에게 영향을
끼쳐 문화를 꽃피우고 인재를 배출하기 마련이다. 이
를 증명이라도 하듯 소백산 주변엔 크고 작은 문화유
적이 즐비하다.

희방사역 하면 자연스레 소백산이 떠올려
지던 때가 있었다. 이젠 소백산역으로 이름이 바뀐 작
은 역사 안엔 짚신 두 켤레가 놓여 있어 이곳이 죽령옛
길을 오르는 초입임을 넌지시 알려준다.

08

신정일

문화사학자로 역사 관련 저술활동을 전개해가고
있는 작가이자 도보여행가다. 한국의 10대 강 도보
답사를 기획하여 금강에서 압록강까지 답사를 마쳤
다. 우리나라의 옛길인 영남대로와 삼남대로를 도
보로 답사했으며 '부산 오륙도에서 통일전망대'까
지 걸어서 문화관광부에 '동해 해파랑길'을 제안했
고. 4백여 개의 산을 올랐다. 저서로 『신정일의 신택
리지』(전9권) 『느리게 걷는 사람』 『조선을 뒤흔든 최
대의 역모사건』 『똑바로 살아라』 『그곳에 자꾸만 가
고 싶다』 『대한민국에서 살기 좋은 곳 33』 『섬진강
따라 걷기』 『풍류』 『대동여지도로 사라진 옛 고을을
가다』(전3권) 『낙동강』 『영산강』 『한강 따라 짚어가
는 우리 역사』 『금강』 『섬진강』 『영남대로』 『삼남대
로』 『관동대로』 『가슴 설레는 걷기여행』 『신정일의
암자 가는 길』 『동해 바닷가 길을 가다』 『우리 역사 속
의 천재들』 등 50여 권이 있다.

새재넘어
소조령길

○
○
○
○
○

문경읍에서
충주 단월동까지
영남대로

신정일

　세월은 항상 사람들이 상상할 수 없는 여러 가지를 준비해두고 있다. 그러므로 크고 번성했던 고을이 금세 쇠락하기도 하고, 조그마했던 마을이 큰 도시로 변해버려 상전벽해桑田碧海를 실감하게도 한다. 경상북도 문경시 문경읍이 그러하다. 불과 몇십 년 전까지만 해도 문경은 문경군의 가장 큰 도시였다. 그러나 사기점마을이던 점촌에 그 세를 넘겨준 채 고적한 작은 소읍이 되고 말았다.

　예로부터 옛 선비들이 마음의 고향, 즉 심향心鄕이라고 불렀던 문경聞慶은 가야 시대에 '고사갈이성高思葛伊城'이라고 불

렸다. 고려 공양왕 때에 이르러 지금의 이름을 갖게 된 문경은 삼국시대에 고구려와 신라, 백제의 세력이 각축전을 벌인 전략적 요충지였다. 북쪽으로 나아가려고 했던 신라가 백두대간에서 가장 낮은 고개인 계립령鷄立嶺을 개척한 것은 아달라왕 3년인 156년의 일이었다.

조선 태종 때에 문경새재인 조령(632m)이 개설되었고, 죽령(689m)과 이화령(548m) 그리고 추풍령 등이 개설되었다. 이 고개들은 한강 유역의 중부권과 낙동강 유역의 영남권을 연결하는 국토의 대동맥 역할을 했다.

이중환은 『택리지』에서 '새재'와 '죽령'만을 큰 고개라 하고 나머지는 작은 고개라 했다. 그것은 고개의 높이만을 기준으로 한 것이 아니고 교통량이라든가 도로의 중요성까지 감안하여 붙인 명칭이었을 것으로 생각된다. '새재'라는 이름은 새도 날아서 넘기 힘들 만큼 험한 고개라고 하여 그렇게 붙여졌다고도 하고, 억새풀이 많이 우거져 있어서 붙여졌다고도 한다.

한강 유역과 낙동강 유역을 연결하는 주요 교통로였던 영남대로는 서울에서 부산의 동래부에 이르는 조선시대 9대 간선로 가운데 하나였다. 960여 리에 달하는 길에 29개의 주요 지선이 이어져 있는 이 영남대로는 '경상충청대로慶尙忠淸大路' '경상대로慶尙大路' 그리고 '동남지동래사대로東南至東來四大路'라는 이름으로 부르기도 했다. 특히 이 도로는 우리나라의 영광과 상처를 고스란히 간직하고 있는 중요한 길이며 민족의 대동맥이었다고 해도 과언이 아니다. 영남대로에는 경기도와 충청도에 각각 5개씩의 군현 그리고 경상도에 58개 군현이 걸쳐 있었다.

경사스런 소식을 듣던 길

문경새재의 초입에 자리잡은 산이 문경의 진산인 주흘산이다. 이 산을 두고 조선시대의 문장가인 서거정은 "주흘主屹의 영사靈祠, 험한 산은 하늘 끝에 닿았고, 깎아지른 벼랑은 구름 속에 들어 있다"고 하였다. 또한 조선 초기의 문신인 어변갑魚變甲은 "방비의 시설은 함곡관 같이 장하고, 가기 힘들기는 촉나라 길처럼 험하다"고 하였다.

조선시대에 영남 지역에서 서울로 가는 길은 여러 갈래가 있었다. 부산에서 대구, 문경새재, 충주 용인을 지나는 열나흘 길 영남대로와 영천과 안동을 지나 죽령을 넘어 서울로 가던 길이 열닷새 길인 영남좌로嶺南左路가 있었다. 김천을 지나 추풍령을 넘어서 가던 길이 열엿새 길 영남우로嶺南右路였다.

그러나 조선시대 과거를 보러 가던 대부분의 선비들이나 벼슬아치들은 죽령竹嶺과 추풍령秋風嶺은 넘지를 않았다. 그 이유는 죽령은 죽 미끄러진다는 속설 때문이었고 추풍령은 추풍낙엽秋風落葉처럼 떨어진다는 속설 때문이었다. 그들이 넘었던 고개가 말 그대로 경사스러운 소식을 듣는다는 문경聞慶의 새재鳥嶺고, 영남우로에 살던 사람들은 추풍령 대신 직지사에서 황간으로 넘어가던 괘방령掛榜嶺을 넘었다.

문경읍에서 문경새재 옛길박물관까지는 그리 멀지 않다. 우리나라 최초의 '옛길박물관'에는 길에 대한 모든 것들이 빼곡하게 채워져 있다. 그곳에서 조금만 더 가면 문경새재의 제1관문인 주흘관(사적 제 147호)에 이른다. 세 개의 관문 중 제 모습을 가장 많이 간직하고 있는 이 문은 경종 원년인 1721년에 별장 이인성이 개축했다는 글씨가 새겨져 있다.

바로 그 옆에 새재 성황신을 모신 서낭당이 서 있고, 이 서낭당에는 조선 인조 때의 명신 최명길崔鳴吉에 관한 이야기가 서려 있다.

　　최명길이 어렸을 때의 일이다. 그의 고향인 청주에서 안동부사인 그의 외숙을 찾아가다가 새재 동쪽에서 늙은 여인을 만나 동행하게 되었다. 길을 가는 중에 그 여자가 하는 말이 자기는 새재 서낭신인데 안동부사가 서낭의 위패를 가져다가 안동부 창고 속에 버려두었기에 그를 죽이러 가는 길이라고 하였다. 최명길은 그 여자를 달래어 돌려보내고 안동에 도착해서 외숙인 안동부사에게 자초지종을 말했다. 그뒤 위패를 모시고 돌아와 서낭신에게 제사를 지낸 뒤 여러 달 만에 집으로 돌아오는데, 이번에는 새재 서쪽에서 그 여인을 만나게 되었다. 그 여자는 만주에서 천자天子가 나서 천하의 신들이 모두 치하하러 가는 길이라고 하였다. 최명길이 그의 말을 듣고 크게 낙심하자 그 여인이 하는 말이, "이것은 천운이니, 그대는 앞으로 천명을 어기지 말고, 애신각라씨 ― 중국 청나라 황실의 성이다 ― 가 침입하거든 그를 막지 말고서 조선을 구하라"하였다. 그뒤에 병자호란이 일어났을 때 최명길은 그 일을 떠올리고 극력 화친을 주장했다는 이야기이다.

맨발로 걷기에도 좋은 길

　　제1관문을 지나면 시내 건너편에 세트장(TV와 영화)이 서 있고, 그곳에서부터 잘 닦인 문경새재길이 이어진다. 고즈넉한 오솔길이라 여기고 온 사람들에게는 실망감을 안겨줄 테지만 지금 만들어진 길

은 폭 5m의 흙길이고 드문드문 좌우로 조선시대의 옛길이 남아 있을 뿐이다.

다행인 것은 보수 차량 외에는 자동차들이 다닐 수 없고, 마사토가 깔려 있어서 맨발로 걷기에도 아주 적합한 길이 문경새재라는 것이다.

문경새재는 나라 안에 제일가는 옛길로 손색이 없을 만큼 아름답고 평화롭고 한적하다. 숲도 숲이지만 시냇가의 물 흐르는 소리, 새소리가 길을 가는 사람들을 동무해주는 길, 그 길을 한참 따라 올라가면 조령 원터에 이른다.

조선시대의 원院은 공무나 보부상 또는 사사로운 용무로 다니는 길손들에게 숙식을 제공하던 시설이다.

고산자 김정호는 『대동지지大東地志』에서 "옛 제도에 따르면 조정은 공무 여행자들의 숙식을 위하여 주요 도로를 따라 원院을 세웠다. 그러나 원의 대부분이 왜란과 호란 후에 문을 닫았다. 원은 주막酒幕이나 주점酒店으로 바뀌었으며, 주점 중에는 과거의 원 이름을 가졌거나 비슷한 이름으로 불리는 것이 많다"고 하였는데, 조선시대 초기 영남대로 상에는 165개의 원이 있었다고 하며 후기로 갈수록 원의 수효가 줄어들면서 생겨난 것이 일반 서민들이 운영하는 주막이었다.

그곳에서 주막 터가 멀지 않다. 강가나 고개 아래에 있던 주막은 대개 술을 팔고 마실 수 있는 곳을 말한다. 주가酒家, 주점酒店, 주사酒肆, 주포酒舖라고 부른 주막에는 주기酒旗나 주패酒旆라는 깃발을 달았다. 조선시대의 주막은 나그네가 하룻밤을 쉬어가는 곳으로서 대부분 술과 음식을 같이 취급했으며, 주모는 대체로 남의 소실이거나 나이든 작부들이 맡았다고 한다.

　조선시대의 주막은 제일 먼저 도착하는 길손이 아랫목을 차지했고, 밥만 먹으면 잠은 거저 재워주었다고 한다. 그렇다면 나그네들이 묵어가는 주막집에서 하룻밤 받는 요금은 얼마쯤 되었을까? 조선 후기에 우리나라를 답사했던 영국 왕실지리학협회 최초의 여성회원 이자벨라 버드 비숍 여사의 『한국과 그 이웃나라들』에 다음과 같은 글이 실려 있다.

　조선 여관의 숙박요금은 터무니없이 싸다. 등잔과 따뜻한 구들이 제공되는 방에는 요금이 없다. 그러나 나의 경우 여관에서 파는 상품을 아무것도 사지 않았기 때문에 하룻밤에 1냥씩의 숙박요금을 치렀고, 낮 동안 방에 들어 휴식할 수 있는 요금도 같은 값으로 치렀는데, 이 낮의 휴식은 매우 한적하고 만족스러운 것이었다. 나그네들은 하루를 묵으며 세 끼의 식사를 제공받고 사소한 팁까지 포함하여 2내지 3냥의 요금을 지불한다.

▌박달나무 노래비

　문경새재는 처음부터 끝까지 완만하게 오르는 고갯길이다. 고갯길 좌측의 벼랑에 마애비가 새겨져 있고, 조금 더 오르면 교구정交龜亭에 이른다. 조선시대 경상관찰사가 서로 업무를 인수인계하던 곳이다. 시냇물 소리를 벗 삼아 오르면 '오른쪽에 산불됴심'이라고 글씨를 새긴

尙州牧使李侯溢蓍善政美世不忘碑

康熙四十一年壬午八月 日立

석비가 나타난다. 조선 후기에 산불을 조심하기 위해 한글로 새긴 비석을 지나 영남대로 옛길, 즉, 좁다랗게 난 오솔길 같은 옛길을 따라가면 제2관문인 조곡관鳥谷關이다.

새재의 세 관문 중 제일 먼저 세워진 이 문 뒤편으로 첩첩이 포개진 산들이 보이는 문경새재는 나라 안에서도 중요한 천연의 요새이다. 그럼에도 불구하고 호란이나 왜란 때에 제대로 방어된 적이 없었다. 임진왜란이 일어나기 몇 년 전인 1589년에 조헌趙憲이 도끼를 옆에 끼고 궁궐 앞에 꿇어앉아 왜적 방비책으로 영남지방과 문경새재에 경계를 더할 것을 상소했으나 묵살되었다.

1592년(임진년) 4월 14일, 부산포에 상륙한 왜군은 채 보름도 지나지 않아 선산과 상주를 함락시키고 문경으로 진격해왔다. 신립은 충주의 단월역에 군사를 주둔시킨 뒤 충주목사 이종장, 종사관 김여물과 함께 새재를 정찰한 뒤에 작전회의를 열었다.

신립이 두 사람에게 새재와 탄금대 두 곳 중에 어느 쪽이 유리할 것인가를 묻자 김여물이 먼저 대답했다.

"왜적은 큰 병력이지만 우리는 작은 병력을 가지고 있기 때문에 정면으로 전투를 벌이기보다 지형이 험한 새재의 양쪽 기슭에 복병을 배치하여 틈을 보아서 일제히 활을 쏘아 적을 물리치는 것이 좋겠습니다. 그렇지 않으면 서울로 돌아가 지키는 것도 하나의 방법일 것입니다."

그러자 이종장 또한 비슷한 의견을 내놓았다.

"적이 승승장구하고 있어서 넓은 들판에서 전투를 벌이는 것은 불리할 듯싶고, 이곳의 험준한 산세를 이용하여 많은 깃발을 꽂고 연기를 피워 적을 교란시킨 뒤 기습하는 것이 좋겠습니다."

하지만 신립의 의견은 달랐다.

"적은 보병이고 우리는 기병이니 들판에서 기마로 짓밟아버리는 것이 더 효과적인 전술이오. 또 우리 군사는 훈련이 안 되었으니, 배수의 진을 쳐야 합니다."

그후 그는 탄금대 앞에 배수진을 쳤다. 결국 왜군은 아무런 저항도 받지 않고 새재를 넘었는데, 그들은 새재의 중요성을 알았기 때문에 세 차례나 수색대를 보냈고, 한 명의 조선군도 배치되어 있지 않음을 알고 서는 춤추고 노래하며 고개를 넘었다고 한다. 이어서 왜군은 충주 탄금대彈琴臺에 배수진을 친 조선 방어군을 전멸시켰다.

신립 장군이 새재에서 적병을 막았다면 전란의 양상이 바뀌었을 것이라고 하는데 유성룡은 당시의 상황을 『서애집』에 다음과 같이 기록하고 있다.

임진란에 조정에서 변기邊璣를 보내어 조령을 지키게 했는데, 신립申砬이 충주에 이르러서 변기를 위하로 불러들여 조령 지키는 일을 버리게 되었다. 적이 조령 길에 복병이 있을까 두려워 수일간을 접근하지 못하고 배회하면서 여러 번 척후로 자세히 살펴 복병이 없음을 알고 난 후에 비로소 조령을 통과했다. 이제독李提督(명나라의 이여송을 가리킨다)이 조령을 살펴보고 탄식하기를, "이 같은 천연의 험지를 적에게 넘기다니, 신총병申總兵은 참으로 병법을 모르는 자"라고 하였다.

방어의 요충지라고 강조했던 새재에 산성과 관문이 들어선 것은 임진왜란을 치르고도 100년이 더 지난 1708년(숙종 34년)이다. 세 개의 관문과 함께 남에서 북으로 4.5km에 이르는 돌로 성을 쌓았는데, 지금은 허물어져 그 모습을 찾을 길이 없다. 다만 길 옆에는 문경새재 박달나무를 노래한 노래비가 서 있을 뿐이다.

문경새재 물박달나무
홍두깨방망이로 다 나간다.
홍두깨방망이 팔자 좋아
큰 아기 손질에 놀아난다.
문경새재 넘어갈 때
구비야, 구비야 눈물이 난다. (……)

새재 50리 길에 우거졌던 박달나무도, 한국전쟁 전까지 이 일대 주민들이 만들어 팔았다는 방망이도 이제는 모두 옛말이 되고 말았다.

▌ 작은 새재와 큰 새재

문경새재에 있는 동화원터를 지나면 조령 제3관문이 멀지 않고, 책바위를 지나며 고갯길이 제법 가파르다. 숨이 가쁘게 고개를 올라가면 문경읍 상초리와 충북 괴산군 연풍면 원풍리 경계에 있는 제3관문인 조령관에 이른다. 백두산에서부터 지리산까지 이어지는 백두대간 중 중요한 길목에 자리잡은 조령관에는 "영남제일루嶺南第一樓"라고 쓴

현판이 걸려 있다. 옛말에 "십 리 간에 말이 다르고 백 리 간에 풍속이 다르다"라는 말과 같이 큰 고개를 사이에 두고 말이 다르다. 떨어지는 빗방울도 한강과 낙동강으로 나뉘는 문경새재는 조선시대에 조선통신사가 다니던 중요한 길목이었다.

그들은 서울에서 출발하여 문경까지는 영남대로를 이용했고, 그다음에는 대부분 용궁과 비안, 영천, 경주, 울산을 거쳐 동래로 이어지는 길을 택했으며 일부는 김천을 거쳐 창녕과 밀양을 지나 동래로 이르는 길을 택했다고 한다.

1718년 조선통신사의 제술관으로 일본을 다녀온 신유한申維翰이 지은 『해유록海遊錄』에 이곳 조령을 지나던 상황이 다음과 같이 실려 있다.

4월 17일 기미己未. 비를 맞으면서 조령을 오르는데 잿길이 진흙이어서 말발굽이 빠지므로 가기가 매우 힘들었다. 고개 위에 초사草舍를 설치하여 일행의 말 갈아타는 처소로 삼았다.

수많은 사람들이 저마다 다른 사연을 안고 넘나들었던 이 조령 능선을 얼마나 많은 사람들이 오고 갔을까?

드디어 경상도 땅에서 충청도 땅으로 넘어선다. 옛길의 분위기가 사뭇 다르다. 길은 도시에서 흔하게 볼 수 있는 보도블록이 깔려 있는데, 바로 그 아래가 영남대로 옛길로 한적한 오솔길이다. 하지만 대부분의 사람들은 큰길로 가지 한적한 오솔길로는 가지 않는다.

괴산군 연풍면 원풍리에 있는 고사리라는 마을은 조선시대에 고사리면古沙里面에서 유래한 이름으로 신혜원 동쪽에 있는 마을이다. 고사리 남서쪽에 소옥정이라는 폭포가 있다. 조령에서 흐르는 물이 이곳 위와 아래에서 용추를 이루는데, 폭포의 이름은 순조 때에 충청감사를 지낸 조정철趙貞喆이 지었다고 한다.

이화여자대학교 수련원을 지나 내리막길을 내려가면 '작은새재'에 이른다. '작은새재'는 그 동쪽에 '큰새재'가 있어서 붙인 이름으로 소조령小鳥嶺이라고도 한다. 바로 근처에 있는 대불광산은 1942년에 개광된 중석광산이며 광산 동쪽에는 조선시대 신혜원이 있었던 마을이다. 작은 새재를 넘자 충주시 수안보면 화천리에 이른다.

이곳에서 옛길은 철조망으로 둘러싸인 과수원을 지나고 3번 국도가 새로 뚫린 길 좌측으로 이어져 뇌실마을을 거쳐 안보리에 접어든다.

▌온천과 과수원 사이로

조선시대 안부역安富驛의 마방이 있었던 곳은 이층집이 들어서 있고, 수안보로 넘어가는 야트막한 돌고개 왼쪽에 하나의 무덤이 있다. 그 무덤의 주인공이 바로 수옥정에 글씨를 남긴 조정철의 무덤이다. 조정철은 정조 때 사람으로 정조를 시해하려 했다는 죄로 제주도로 유배를 갔던 인물이다. 그곳에서 그는 홍윤애라는 여인을 만났다. 그러나 당시 제주목사로 부임했던 김시구는 집안 대대로의 원수였다. 결국 사랑하던 여자도 잃고 수많은 우여곡절을 겪으며 34년 동안 유배생활을 하다가 순조 때에야 유배가 풀린 사람이다.

석문동천을 가로질러놓은 대안보교를 지나 옛길을 따라서 수안보에 이른다. 이 수안보의 으뜸 마을은 물안보 마을이다. 수안보라고 하면 가장 먼저 생각나는 것이 온천이다. 온천은 누가 최초로 발견했는지 정확한 기록이 남아 있지 않다.

조선 중기의 학자인 성현成俔의 『용재총화慵齋叢話』를 보면, "충청도 충주 안부역 큰길가에 온천이 있는데, 샘물이 미지근하고 별로 뜨겁지 않다"는 기록이 있어서 이미 오래전부터 온천이 있었음을 짐작게 한다. 수안보 온천에 관한 설명이 『한국지명총람』에는 다음과 같이 실려 있다.

약 200여 년 전의 일이다. 현재의 온천지대가 농경지로 사용되고 있을 때, 피부병을 앓고 있던 한 거지가 이 근처의 볏짚 속에 살면서 땅속에서 솟아나오는 온천수를 발견했다고 한다. 거지가 그 온수로 항상 먹고 씻고 하더니 드디어 병이 완쾌가 되었고 그 사실이 널리 알려지게 되었다. 처음에는 별 시설이 없이 우물을 파서 목욕을 하다가 1885년에 비로소 소규모의 남녀 목욕장이 판자로 만들어졌고, 1931년에야 근대식 목욕탕이 들어섰다. 1963년 10월부터 본격적으로 개발하여 종래의 120m의 광천鑛泉을 195m로 더 파서 42℃의 온수를 뽑아내기 시작했다. 이 온천은 단순 유황 라디온움성 온천으로 모든 피부와 위장질환에 좋다고 한다.

서울과 대구의 중간지점에 위치한 수안보는 충주와 가까운 거리에 있기 때문에 서울을 출발한 길손들은 이곳에 이르러 휴식을 취하며 피로를 풀고 조령을 넘었다. 또한 영남에서 오는 길손들도 조령에서 쌓인 피로를 이곳에서 풀고 남은 여정을 위한 활력소를 얻어 갈 길을 재촉했던 곳이다.

충주시 수안보면 사무소를 지나 주정산 아래의 오산마을 건너편에는 열락정이라는 정자가 있고, 길옆 산기슭에 영남대로 옛길이 고스란히 남아 길 가는 나그네에게 옛이야기를 들려준다.

길은 알맞게 구부러지고 흐르는 물소리는 청아하다. 어느새 길은 수회리水回里에 이른다.

냇물이 마을을 돌아서 흐르므로 '무두리' 또는 수회리라고 부르는 이곳은 조선 후기의 지도를 보면 '수회장'이 있던 곳이다. 수회장은 인근에서 이름난 장이라서 지금의 충주시 살미면의 '새술막 마을' 쪽에서 많은 사람들이 몰려들었다고 한다.

선조 40년, 경섬慶暹이 통신부사로 일본에 다녀와서 지은 『해사록海槎錄』을 보면 통신사 일행이 이곳 수회촌을 지나자 그 인근의 관리들이 찾아와 송별해주는 모습이 보인다.

정월 19일 맑음, 아침에 홍치상洪致祥이 술과 과일을 가지고 와서 잠깐 술을 나누었고, 이어 충주목사 우복룡禹伏龍, 청주목사 한백겸韓伯謙 그리고 윤동래尹東萊 등과 더불어 술을 들고 헤어졌다. 신시에 출발하여 수회촌에서 투숙하였는데, 상사와 한방에서 같이 묵었다. 촌집이 좁고 누추하여 침식이 꽤 괴로웠는데, 목백牧伯(목사를 가리킨다—인용자 주)이 뒤에 기생 두 사람을 보내어 객회를 위로해주었다.

이곳 수회리에 마당처럼 넓어서 마당바위라고 부르던 바위가 있었다. 그 바위를 두고 조선시대의 문장가인 이행李荇은 「자연대설自然臺說」이라는 한 편의 아름다운 글을 지었다.

연풍에서 동북쪽으로 수우멀리의 거리에 수회리라는 마을이 있으니, 좌우로 오직 큰 산이다. 좌측 봉우리는 산기슭이 완만히 뻗어서 우측으로 돌아서는 깎아지른 벼랑이 되어 물 쪽 시냇물 속으로 빠져들고 시냇물은 콸콸 흘러서 벼랑을 따라 휘감아도니 이 마을의 이름은 여기에서 얻어진 것이다. 이 벼랑도 모두 삼면이 바위이고 높이는 100여 척이며, 위는 평평하고 넓어서 100여 명의 사람이 앉을 수 있으며, 늙은 소나무 몇 그루가 있어 그 그늘이 짙다.

동행한 산수山水의 벗 홍자청洪子清이 이름을 지어달라고 청하기에, 내가 자연대自然臺라고 명명하였다. 자청이 무릎을 꿇고 말하기를, "소나무의 껍질을 벗기고, 글자를 새긴 다음 먹으로 채우겠으니 그 설說을 지어주십시오" 하기에 내가, "산이 우뚝함도 자연이요, 물이 흘러감도 자연이요, 벼랑이 산수의 형세를 점거하여 독차지하고 있음도 자연이요, 오늘 우리가 이곳을 만난 것도 자연이요, 내가 그 자연스러움을 따라서 자연이라 한 것 또한 자연이라 할 것이다. 이에 '자연대'로 삼노라" 하였다. —— 이행의 『용재집』

이곳에서 살미면 설운리 점말로 넘어가는 고개가 장고갯길이다. 3번 국도가 개설되면서 아무도 넘지 않는 길 장고갯길은 수회교를 지나며 시작된다. 사과나무 과수원을 거쳐 산으로 오르는 길은 팍팍하지만 눈이 부시게 푸르른 가을 하늘빛을 받아 붉게 빛나는 사과는 먹지 않아도 상큼하기만 하여 마치 나그네의 지친 마음을 녹여주는 듯하다. 능선에서 길은 두 갈래로 나누어진다. 갈림길에 이르면 어느 쪽 길을 가야 할지, 걱정부터 앞선다. 하지만, 한편으로는 일종의 모험심을 느끼기도 하는 것이 옛길을 걷는 즐거움 중 가장 큰 즐거움이다.

두 개의 길 중 좌측으로 난 능선 길을 따라가다가 야트막한 고개에 올라서 뒤돌아보자 내가 걸어온 길이 아스라하다. 밤나무숲 사이로 난 산길을 따라가자 점촌 또는 점말이라고 부르는 마을에 이른다. 옛날에 사기점이 있었다고 해서 이름 붙여진 마을을 내려가자 우회했던 3번 국도가 나타난다.

점말에서 살미면 소재지인 세성리가 멀지 않다. '새술막' 또는 '신주막'이라 부르는 이 마을은 큰 길이 생기면서 새로 주막이 들어서게 되어 지어진 이름이다. 조선 후기까지만 해도 이곳에 마방이 있었다고도 한다.

여정은 드디어 살미면 향산리에 이르고 남한강의 큰 지류인 달천達川을 만난다. 달천은 보은군 내속리면 사내리 속리산 비로봉 서쪽 계곡에서 발원하여 충주시 탄금대 부근에서 남한강에 합류하는 한강 지류로 달천강, 박대강, 청천강, 괴강 등 많은 이름이 있다.

이곳 향산리 옆을 흐르는 달천의 강폭은 넓고도 넓다. 지금은 새로 큰 도로가 나면서 간간이 자동차가 지나다니기도 하지만, 옛날에 이 길은 험한 벼랑에 선반을 매듯이 위험하게 만들어진 잔도였다고 한다. 길 옆 가파른 벼랑을 따라 올라간 정심사 부근의 벼랑을 두고 삼초대라고 부른다. 소년 시절의 임경업 장군이 직접 3단계 단을 쌓아 학문과 무예를 연마하던 곳이라고 하며, 정심사 산신각이 세워진 곳에서 몇십 미터가 떨어진 곳을 훌쩍훌쩍 날아다녔다고도 한다.

충주시 단월동, 불과 한 시절 전만 해도 이곳에 단월역과 유주막마을이 있었다. 옛날 영남대로의 길목에 있던 역마을로 유명하였던 '유주막柳酒幕'이라는 이름은 400여 년 전 조선시대의 학자 유영길柳永吉 때문에 지어진 이름이다. 그가 이곳으로 낙향했을 때 그의 동생인 영의정 유영경柳永慶과 함께 유씨 가문 사람들이 많이 왕래한 데서 붙여졌다고 한다. 36번과 19번, 3번 국도가 지나는 유주막다리 우측에 있는 유주막마을에서 강 저편의 능골마을로 건너가는 나루가 지금은 사라진 유주막나루였다.

천년 고찰 단호사와 임경업 장군을 모신 충렬사가 있는 단월동에서 문경에서 유서 깊은 고장 충주에 이르는 영남대로를 걷는 여정은 막을 내린다. 달천이 탄금대 아래를 흐르는 남한강을 향해서 유유히 흘러가듯 영남대로는 서울로 서울로 길을 재촉하고 있었다.

마치 다정한 부부처럼, 사이좋게 감실에 앉아 세상을 굽어보고 계신 두 부처님. 충북 괴산군 연풍면 원풍리에 있는 고려시대 마애이불병좌상이다.

문경새재는 예로부터 영남에서 서울로 통하는 관문으로 교통과 국방을 겸한 조선시대 주요 관문 중 하나다. 영남 제1관인 주흘관은 문경새재 세 개 관문 중에서 규모가 가장 큰데다 원래 형태를 잘 유지하고 있다.

주흘관을 지나면서부터 딱딱한 시멘트 길은 사라지고 포근한 흙길로 된 영남대로를 걷게 된다. 별것 아닌 것 같지만, 흙빛은 길을 자연과 어울리게 만들고 그 길을 걷는 사람마저 자연으로 환치시킨다.

이따금, 나무는 하늘과 땅을 이어주는 존재가 아닐까 하는 생각이 들 때가 있다. 문경새재 넘는 길가엔 온갖 나무가 가득한데 그중에서도 유독 눈길을 끄는 것은 은빛 비늘을 반짝이는 자작나무숲이다.

선정비 또는 불망비, 송덕비로 불리는 비석을 누군가 바위에다 돋을새김으로 만들어놓았다. 얼마나 큰 선정을 베풀었는지 몰라도 그 이름 바위가 흙이 될 때까지 천년만년 이어질 터다.

바람은 겨우내 잠들었던 천지 만물을 흔들어 깨우고, 꽃은 여보란 듯 피어 나비와 벌을 유혹하는 봄. 봄에 들어도 마음 설레는 낱말, 봄!

09

신용목

2000년 『작가세계』 신인상을 통해 시로 등단했다. 시집으로 『그 바람을 다 걸어야 한다』 『바람의 백만번째 어금니』가 있다. 시작문학상 육사시문학상 젊은시인상 등을 수상했다.

이순신
백의종군로

○
○
○
○
○

역사의 지도와
마음의 무늬

신용목

남사예담촌은 서둘러 걸음을 내딛게 하는 그런 출발지가 아니었다. 흔히 볼 수 있는 옛 돌담길이 시멘트나 회를 발라 그 명맥만 유지하는 데 비해, 남사의 예담은 돌과 돌을 겹쳐 쌓은 사이에 흙을 이어 검은 돌빛과 붉은 흙빛이 그대로 살아 저절로 깊고 은은한 분위기를 자아냈다. 들머리에는 불기운을 막기 위해 심었다는 300년 된 회화나무 두 그루가 서 있다. 서로 X자 형태를 띠며 자라 '부부나무'로 불리며 그 아래를 지나면 금실이 좋아진다는 이야기가 있다. 도시의 속도와 변화가 문득 휘발되어 사라진 듯한 느낌은, 한옥마을 고택에 남겨진 선조들의 삶의 자취 때문만은 아닐 것이다. 해묵었다는 말의 깊이처럼 그곳 최씨 고가의 툇마루 아래 잠든 누렁이의 몸으로 내리쬐는 햇살은 우리가 짚어내지 못할 시간 너머에서 오는 것임에 분명했다.

예담 처마와 흙길 바닥마다 쳐놓은 시간의 거미줄에 마음이 걸려 점심때가 훌쩍 지나서야 출발할 수 있었다. 마을을 관통하는 개울 건너편 뒤쪽을 바라보면 산을 베고 올린 듯한 기와가 보인다. 호조참판을 지낸 박호원을 모신 '이사재'라는 사당이다. 『난중일기』에 따르면, 1597년 6월 1일 이순신은 하동군 옥종면을 거쳐 산청군 단성 땅에 있는 박호원의 농사짓는 집에서 묵었다고 한다. 알다시피 이순신에게 1597년은 참담한 해였다. 그해 이순신은 왕명을 어기고 적을 섬멸하지 않았다는 누명을 쓰고 음력 2월 25일 원균에게 직책을 인계하고 한성으로 압송되었다. 3월 4일 의금부에 투옥되었으나 우의정 정탁의 상소로 겨우 사형을 면하고, 4월 1일 권율의 밑에서 백의종군하라는 명령을 받았다.

이순신은 아산과 공주, 삼례, 남원, 구례, 하동을 거쳐 6월 4일에 권율의 본진이 있는 합천에 도착한다. 그리고 7월 16일 조선 수군이 대패했다는 소식이 전해지자, 연해안 지역의 전세 확인차 다시 산청과 진주, 하동으로 이동한다. 우리가 걷게 될 산청과 진주, 하동 구간은 이순신이 합천으로 향해갔던 길이자, 전황을 살피기 위해 내려왔던 길이다. 8월 3일 진주에서 삼도수군통제사 재수임을 받기까지, 7개월여의 백의종군시 가장 오래 머물렀던 곳이기도 하다. 그러나 이러한 기록만으로 이 길의 의미를 다 아우를 수는 없는 법. 우리가 바라보는 역사는 한 인물이 그 시대를 통해 이룩한 정점의 성취가 아니라, 그 시대의 아픔에 얼마만큼 다가서고 있는가를 통해 드러나야 한다. 백의종군로가 장군 이순신의 행적이 아니라 인간 이순신의 고뇌를 읽는 길이 되어야 하는 까닭이 여기에 있다.

실제로 이순신은 당시 아산 본가에 잠시 들렀다가 생각지도 못한 비보를 듣게 된다. 순천 고음에 거주하던 어머니가 아들이 옥에서 나왔다는 소식을 듣고 급히 올라오던 길에 배 위에서 숨을 거둔 것이다. 그러나 이순신은 어머니의 상조차 제대로 치르지 못하고 마냥 길을 갈 수밖에 없었다.

> 일찍 아침을 먹었는데 감정을 스스로 억제치 못하고 통곡하며 보냈다. 내가 무슨 죄를 지었기에 이 지경에 이르렀는가. (……) 저녁에 홀로 빈방에 앉아 있노라니 많은 생각이 끓어올라 잠을 못 이루고 밤새 뒤척거리기만 했다. ─『난중일기』 정유년(1597) 7월 10일

물론 개인의 진실이 역사의 진실이 될 수는 없다. 우리는 지금 자연마저 인공적으로 만들어놓음으로써 모든 가치를 대리현실 속으로 내몰고 개인의 슬픔마저 상품이라는 교환가치형태로 전환하기를 강요하는 시대를 살고 있기 때문이다. 그러므로 과거와 함께 현재의 모순까지 묻혀져가는 현실에 맞서 진정한 인간적 고뇌를 찾아나서는 것이 백의종군로의 참된 의미를 되살리는 일일지도 모른다.

떠나온 자의 얼굴로

남사마을 이사재에서부터 군데군데 백의종군로 표지석과 표지판이 있어 길을 찾기는 어렵지 않다. 개울을 따라 올라가다보면, 왼편으로 이구산이 펼쳐져 있고 그 안쪽에 '예담참숯랜드'가 있다. 백의종군로에서 비켜서 있지만 도로를 따라 쭉 오르는 곳에 '원조지리산참숯골'이 있는 것으로 보아 예부터 이곳이 참숯으로 유명했던 곳임을 짐작게한다. 거기서 곧바로 얕은 보처럼 놓인 다리를 건너야 한다. 바로 위쪽에 놓인 교각을 건너면 다시 돌아내려와야 할 뿐 아니라, 자칫 마냥 차도를 따라 걷다 길을 잃기 십상이다. '예담참숯랜드'로부터 100여 미터쯤 위쪽에 농로가 있다. 농로가 돌아든 쪽을 향해 고개를 들면 이구산을 넘을 수 있는 야트막한 고개가 눈에 들어온다. 낮은 고개라지만 막상 들어서면 제법 계곡이 깊고 경사가 있어 슬몃 무서운 느낌이 들기도 한다. 하지만 틈틈이 참새떼들이 골짜기를 건너뛰기도 하여 산길의 정취를 만끽하기에는 그만이다.

그 위에 오르면 하늘빛을 안고 찰랑이는 작은 소류지 하나를 만나게 된다. 소류지 너머로 가축을 기르는 축사가 서 있는데, 축사부터 소류지까지 계단식 논이 물확을 겹쳐놓은 것처럼 평화롭게 누워 있다. 산턱인 까닭에 산새나 들짐승이 많이 드는 모양이었다. 그루터기만 남은 논가에 알록달록한 허수아비들이 각자 비뚜름한 자세로 서서 시름을 내려놓고 있었다. 그 고요함 때문일까. 논에 박힌 그루터기들이 금방이라도 푸른 공기를 터뜨릴 듯 잔뜩 제 끝을 세우고 있었다. 상상처럼, 갑자기 산중의 공기가 터진다면, 저 허수아비들이 문득 다리를 풀고는 먼

저 고개 너머 마을로 내려가지는 않을까. 그들의 시름없음이 벌써 닿았는지 길리마을은 뭉텅뭉텅 굴뚝에서 피어오르는 연기로 그 모습을 드러냈다. 나무를 때는 아궁이가 있는 것이 틀림없었다. 아니나 다를까 슬쩍 엿본 그 집 마당 한켠에는 장작이 쌓여 있었다. 여름 태풍에 쓰러졌을 저것들이 제가 서 있었던 높이까지 연기를 피워올리는 것이었다.

길리마을이 든 골짜기는 바닥이 넓은 소쿠리를 비스듬히 받쳐놓은 형상을 하고 있다. 골짜기를 S자로 가로지르는 포장길을 따라 집들이 자리한 전형적인 농촌마을이다. 식상하기 짝이 없는 인상기가 되겠지만, 한 시름 고개를 넘어 만난 마을 풍경은 평화롭다고밖에 할 수 없다. 오래전 이곳에도 전쟁의 포화가 지나갔다는 것을, 아니 세상 어딘가에 여전히 전쟁이 있다는 것을, 믿지 못하게 하는 그런 풍경. 느닷없이 길리라는 마을 이름이 궁금해 할머니와 할아버지를 붙들고 물었는데, 그을린 얼굴과 보얗게 센 머리, 겨울 논밭처럼 갈라진 손등을 저으며 그런 것을 뭣할라고 묻냐며 밥은 묵고 댕기냐며 오히려 되묻는 말만 돌아왔다.

"저 웃대부터 질리라고 부르는 거를 지금에사 우리덜이 으째 알겠노?"

할머니가 정작 묻는 말엔 답도 않고 그냥 지나치려 하자, 할아버지가 여기저기 가리키며 한마디 던져주었다.

"함 보소. 골째기가 저짝부터 이짝까지 질게 뻗어갖고 질리인 기라."

그러자 할머니가 걸음을 멈추고 돌아서서 한 소리 던지신다.

"전자부텀 여그 논빼미들에 질북이 많애갖고 자꾸 빠진다 케서 질리라 칸다 카더만."

말끝에 휑하니 다시 앞장서는 할머니 뒤에서, 할아버지는 무안함을 허허 웃음으로 감추며 따랐다. 골짜기가 길어서 길리이든 진창이 많아 논이 질다 하여 '질리'에서 길리가 되었든, 할머니 할아버지의 농사가 늘 길해서 길리였으면 좋겠다는 생각을 했다. 마을 이름 하나도 그렇겠지만 모든 역사는 결국 다음 페이지에 가서야 그 전모를 드러낸다. 끝없이 새롭게 해석되는 과거와 그를 통해 새로운 의미를 부여받는 현재가 있을 뿐이다. 그러므로, 우리는 현재를 살아가는 우리의 얼굴을 알수 없다. 우리가 역사의 다음 페이지를 살고 있다는 믿음만큼 어리석은 일은 없을 것이다. 다만, 이 길 어딘가에서 맞닥뜨릴 자신의 존재가 있을 뿐.

백의종군로는 대소쿠리 모양의 지형에 가는 실타래 하나가 걸쳐진 모양으로 마을을 지나간다. 고개를 넘어와 길리마을에 들자마자 왼편에 송덕사라는 작은 사찰이 있는데, 그 앞길에서 남서쪽 방향으로 고개를 들면, 야트막한 능선 가운데 한눈에도 고갯길이 있을 것처럼 파인곳이 보인다. 겨울 햇살을 받아 뿌옇게 펼쳐지는 논뜰과 농가를 굽어보며 걷다보면 어느새 고갯마루에 닿게 된다. 송골매가 많았던지 송골재라 불리는 고개를 넘어 산길을 걷다보면 제법 넓고 평평한 골짜기가 모습을 드러낸다. 금만마을 노인정에서 할아버지가 일러준 것이지만, 밭가에 큰 감나무가 있었다고 하여 감나무골이라 불리는 곳이다. 이따금 경운기나 트랙터를 만날 수 있는 한적한 길을 다시 20여 분 남짓 내려오면 몇 채 농가가 모습을 드러내고 그 아래 노인정을 겸한 금만마을회관이 나타난다.

백의종군로를 관광상품으로 개발하려는 정책에 따라 그 주관단체인 한국역사문화관광개발원은, '이야기가 있는 문화생태탐방로'라는 이름하에 산청에서 하동에 이르는 총 18km의 백의종군로를 4개의 코스로 나누어 테마화시켰다. 출발지였던 남사예담촌에서 여기 금만마을까지 5km에 이르는 길을 제1코스로 잡고 '고난의 길'이라고 이름붙였다. 백의종군 당시 이순신 장군이 겪었을 고난을 함축한다는 점에서 그 의미를 차별화한 것이지만, 실제로 두 개의 고개를 넘어야 하고 산길과 농로를 번갈아 걸어야 하는 제1코스는 우리가 짊어진 일상의 무게를 닮은 듯했다. 길을 걷는 동안 우리가 멀리 버려두고 온 생활의 모든 잔상들이 때로는 오르막과 내리막으로, 때로는 능선과 굽이와 들녘의 평온함으로 따라오기 때문이다. 이어지는 금만마을에서 진배미까지 약 5.5km가 제2코스인 '좌절의 길'이며, 진배미부터 용연사까지 4km가 제3코스인 '희망의 길', 용연사에서 하동군 옥종면 굴동까지 3.4km가 제4코스인 '고뇌의 길'이다.

역사와 대화하는 방법

다리를 쉴 겸 금만마을회관 앞 정자나무 아래 앉아 고개를 들자 폐교가 된 금만초등학교가 시야에 들어왔다. 아이들 웃음소리가 사라진 휑뎅그렁한 교사 앞에 이순신 장군과 이승복 어린이의 동상이 나란히 서 있는 풍경이 쓸쓸한 이물감으로 다가왔다. 시간을 견디는 저 형상을 우리는 진실의 역사라고 불러도 좋을까. 고개를 넘어와도 떠나지 않는 상념을 우리는 마음의 역사라고 불러도 좋을까. 그러나 이런 생각에는 몇 가지 망설임이 뒤따른다. 몇십 년 전 우리의 통치자는 애국심을 고양한다는 명목 아래 이순신 장군의 동상을 학교마다 세우게 했다. 속내는 군부 출신인 자신의 통치행위를 이순신 장군의 업적에 빗대기 위해서였다. 안타깝게도, 광화문에서 청와대를 등지고 선 이순신의 동상처럼 그 통치자와 장군은 전혀 다른 곳을 보고 있었다. 그 통치자가 섬긴 나라가 무자비한 행정력을 바탕으로 한 권력과 새마을운동으로 대변되는 국부였다면, 이순신 장군이 섬긴 나라는 하나하나의 백성 그 자체였기 때문이다.

이순신 장군은 전투의 궁극적인 목적이 백성을 보호하는 데 있다고 믿었다. 그래서 전투마다 부하들은 물론 백성들의 피해도 줄이기 위해 최선을 다했다. 당항포해전에서 이순신은 왜군 전함 30척을 격침시킨 후 적들의 배 한 척을 남겨두라고 명했다. 육지로 올라간 패잔병들이 주민들에게 만행을 저지를 것을 방지하기 위해 적들에게 바다로 도망갈 길을 터준 것이다. 예상대로 육지에 있던 100여 명의 패잔병이 다음 날 새벽 남겨둔 배를 타고 바다로 나오자, 이순신은 미리 매복시킨 우리 수군으로 하여금 이를 섬멸토록 했다. 한산해전에서 적을 넓은 바다로 유인해 섬멸한 이유 중의 하나도 백성을 보호하기 위해서였다. 전투에서의 승리와 전공을 쌓기 이전에 그는 백성의 삶을 살피고 그 가치를 인정하였다. 설령 어려운 길을 돌아간다 하더라도 그는 부하들과 백성들의 희생을 당연시하지 않았던 것이다.

그러나 우리가 경험한 통치자는 권력을 위해 국민들에게 생각과 행동의 기준을 제시하고 그에 어긋나는 자를 공익의 허울을 씌워 희생시켰다. 국민 개개인의 삶이 간직한 다양한 가치의 깊이를 인정하지 않고 모두가 같은 빛깔과 향기를 가지라고 강요할 때, 우리 앞에 부려지는 현실은 고통과 절망과 죽음밖에 없을지도 모른다. 이즈음 우리는 장군의 동상 옆에 또다른 동상으로 건강하게 서 있는 저 어린이를 누가 죽였는지 물어볼 필요가 있다. 어쩌면 저 어린이 역시 획일화된 교육의 희생양일지도 모르기 때문이다. 동무들과 함께 운동장에서 뛰어놀아야 할 아이를 빛바랜 동상으로 서 있게 한 것이 사실은 어른들의 맹목적인 편가르기 탓은 아닐까. 그래서 이승복 어린이의 싸늘한 어깨를 이순신 장군이 오래 쓰다듬어주고 있는 것은 또 아닐까. 여전히 자신의 생각만이 옳다고 주장하는 통치자가 권력을 행사하고 있는 것을 보면, 아마도 나란히 서 있는 저들의 이야기는 아프게 계속될 것 같다.

금만마을에서 진배미에 이르는 제2코스는 차도를 따라 한 시간 반가량을 걸어야 하는 길이다. 차들이 많지 않아 그다지 불편한 점은 없지만, 차도와 인도가 구분되지 않은 구간이 있어 주의가 필요하다. 진배미에 이르기 전 길은 잠시 진주시에 접어든다. 수곡면에 속한 원계마을에는 이순신이 7월 27일부터 8월 3일까지 머물렀던 손경례의 집이 있다. 길가 왼편에 자리한 마을의 첫번째 골목을 따라 올라가면 세월의 무게를 감당하지 못해 지지대에 몸을 맡긴 아름드리 느티나무가 서 있다. 좀더 올라가면 왼편에 길게 가로놓인 은빛 철대문이 보이는데, 뜰 앞에 유적비가 있어 단번에 그곳이 손경례의 집이라는 것을 알 수 있다. 지나가는 어르신에게 묻자 이곳에 손씨 성을 가지신 분이 살았는데, 4~5년 전에 할머니가 돌아가시고 지금은 빈집이라고 일러주었다. 감나무 여섯 그루와 은행나무 한 그루가 빙 둘러져 있는 집이 괜히 쓸쓸하게 느껴졌다.

손경례의 집은 백의종군 유적지 가운데 가장 기억될 만한 장소이다. 7월 16일 원균의 조선 함대가 칠천량해전에서 왜군에 대패하여 거의 전멸하기에 이른다. 이에 따라 조선 수군에 의해 방어되던 서해안 연안 항로가 뚫리면서 전략적 요충지인 전라도가 위험에 빠지게 되었다. 다급한 조정은 다시 이순신에게 손을 내미는데, 8월 3일 선조로부터 다시 삼도수군통제사로 임명한다는 교지를 받았던 곳이 손경례의 집이다. 7월 23일 내려진 명이 이곳 진주까지 오는 데 열흘이 걸린 셈이다.

이른 아침에 선전관 양호가 교유서를 가지고 왔다. 그것이 곧 삼도수군통제사의 임명이다. 숙배를 한 뒤에 다만 받들어 받았다는 서장을 써서 봉하고, 곧 떠나 두치(하동읍 두곡리)로 가는 길로 곧바로 갔다.
—『난중일기』 정유년(1597) 8월 3, 4일

손경례의 집에서 내려다보이는 넓은 들이 이순신이 군사들을 모아 훈련시켰다는 진배미이다. 앞으로는 덕천강이 흐르고 건너편으로는 수시로 전황을 살피기 위해 올랐다는 정개산성이 있다. 들 복판에 유적비가 서 있고 『난중일기』의 한 대목이 쓰여 있었다. "냇가로 나가 군사를 점검하고 말을 달렸는데 원수가 보낸 군대는 모두 말도 없고 활에 화살이 없으니 소용없었다." 그때 남은 것은 군사 120명에 함선 12척뿐이었다. 조정에서는 이 병력으로는 적을 대항하기 어렵다 하여 수군을 폐하라는 영을 내리기도 하였다. 훗날 "신에게는 아직 12척의 배가 있나이다"라는 상소를 올린 후, 울돌목의 물살과 지형을 이용해 300척이 넘는 왜의 수군을 물리친 명량대첩과, 퇴각하는 왜군을 끝까지 추격하다 "나의 죽음을 알리지 말라"는 유언을 남긴 노량해전을 있게 한 시작점이 바로 이곳 진배미라고 할 수 있는 것이다.

▌ 마음의 무늬를 지도 삼아

진배미에서 용연사까지 가기 위해서는 강정대교(다리에는 문암대교라고 쓰여 있다)를 건너야 한다. 다리를 건너자마자 왼편에 '문정암'이라는 현판을 단 고풍스러운 정자가 있다. 강을 굽어보고 있다고 하여 강정江亭이라 불리는 이곳은, 그 이름답게 덕천강과 진배미가 있는 원계 앞들을 내다보는 경치가 그만인 곳이다. 강정의 뒤편에 '문암'이라는 비석이 세워진 절벽바위가 있다. 예부터 선비가 많이 나는 곳이라 하여 마을 이름도 문암마을이다. 강정은 가서인加西人인 습독 손형이 노년을 보내기 위해 지었으나 정유재란 때 불탔던 것을 1607년 군수 최기변이 중건하였다고 전해진다. 당시 이곳에서 건너편 원계와 문암을 잇는 도선이 생겨 1975년까지 이용되었으나 지금은 그 흔적을 찾아볼 수 없다. 이순신이 백의종군 시 두 차례나 쉬어간 곳으로, 진주목사를 만나 시국을 논한 곳으로 알려져 있다.

강정에서부터 용연사에 이르는 3km가량의 하동뚝방길은 바닥을 새로 포장한데다 군데군데 쉬어갈 수 있는 벤치까지 만들어놓았다. 해가 뉘엿뉘엿 저물기 시작했다. 강바닥에 군락을 이루어 자라는 갈대들이 황금빛으로 출렁이기 시작했다. 스러지는 노을과 흔들리는 갈대의 경계가 조금씩 지워지고 있었다. 지금은 들판 가득 비닐하우스가 들어서고 덕천강을 따라 긴 둑이 세워졌지만, 예전에는 들판의 발목까지 물이 스미기도 하고 물의 살갗까지 들판이 너울거렸을 것이다. 궁금한 마음에 뚝방길을 내려가 비닐하우스를 들여다보았더니 시절을 잊은 딸기가 지는 해처럼 빨갛게 익어가고 있었다. 먼 들판에 피는 연기처럼 과거와 현재가 가죽 없이 풀어지는 하나의 몸이라는 것을, 한 무리 철새떼를 날려보내기도 하며 하동뚝방길은 어스름의 입술을 빌려 고요히 일러주고 있었다. 너무 게으름을 부린 탓일까, 덕천강 기슭에 그림처럼 자리한 용연사에 이르렀을 때는 날이 저물어 더는 걸음을 옮길 수가 없었다. 한동안 용연사로 통하는 좁은 다리 난간에 기대어 하루의 남은 빛들이 서서히 덕천강을 떠나는 모습을 지켜보았다.

진주에서 1박을 하고 용연사에서부터 이희만, 이홍훈의 집이 있는 옥종면 굴동마을까지 3km 남짓의 거리는 일정에 쫓긴 나머지 차편을 이용해 갈 수밖에 없었다. 한산한 시골 농로와 지방도를 거쳐 옥종면에 들자 여느 시골 면소재지와 같은 풍경이 눈에 들어왔다. 소박하게 내건 간판들마다 농한기의 농심들이 들락거리고 있었다. 옥종파출소 바로 뒤편에 공용주차장이 있어 그곳에 주차를 하고 작은 개울을 따라 올라가자 곧바로 예전에 굴동이라고 불리던 청룡리마을이 이어졌다. 마지막 종착지인 이곳은 이순신이 전황을 살피러 와서 이희만과 이홍훈의 집에서 며칠 동안 묵은 곳이다. 마을을 따라 이어진 개울에는 아직도 빨래터가 남아 있었고 마침 허드레 솥을 씻고 있는 할머니의 구부정한 허리가 속살을 드러내고 있었다. 저 솥에서 퍼낸 밥을 먹고 자랐을 이들은 모두 이곳을 떠나고 없을 것이다. 가끔 우리가 살아가는 현재가 과거의 것인지 현재의 것인지 되묻고 싶을 때가 있다. 저 풍경이 우리가 잃어버린 것인지 우리가 찾아야 할 것인지 헷갈리는 때, 그래서일까, 개울물처럼 빠르게 흘러가는 시간 속에서 할머니의 모습은 그대로 둥근 무덤이 될 것처럼 위태로웠다.

이희만의 집은 쉽게 찾을 수 있었다. 낮은 시멘트블록담을 끼고 넓은 텃밭을 거느린 집 한 채가 시골에서 슬레이트 지붕을 이고 외롭게 서 있다. 최근까지 이희만의 23대손인 이병일의 모친이 거주하였다고 한다. 마당의 텃밭 가운데 감나무 한 그루가 지난 이야기처럼 우두커니 서서 한가로이 한때를 보내고 있었다. 어쩌면 그 뿌리가 어딘가 깊이 새겨져 있을 이순신의 발자국을 핥고 있는지도 모를 일이다. 반면 이홍훈의 집은 정확히 어딘지 알 수 없다고 한다. 다만, 이희만의 집을 끼고 왼쪽으로 돌아가면 백의종군로 표지판이 있는데, 거기서 올려다보이는 집 가운데 하나가 이홍훈의 집이었을 거라고 추정될 뿐이다. 집들은 뒤편에 긴 대밭을 거느리고 있었다. 바람이 대밭을 쓸고 가는 소리를 들으며 이순신은 무슨 생각에 잠겨 있었을까. 위태로운 전황 속에서 등잔불을 밝히고 깊은 시름에 놓였을 그의 모습이 아침 햇살 속에 번져오는 듯했다.

사실 이순신 장군은 여리디여린 하나의 개인에 불과한지도 모른다. 그는 막내아들 면을 잃자 "너를 따라 같이 죽어 지하에서 같이 지내고 같이 울고 싶구나"라고 탄식했던 한 명의 가장이었다. 또한 간밤의 꿈을 오래도록 곱씹는 것도 모자라 나무막대를 던져 길흉을 확인하는 '척자점'을 쳐 불안한 마음을 달래기도 하였다. 이를테면, 그는 끊임없이 갈등하고 아파하며 고뇌하는, 걱정 많고 소심한 한 명의 인간이었던 것이다. 그렇기 때문에 벌어질 수 있는 모든 상황들을 빈틈없이 점검하고 난 뒤에야 전투에 나갔고 그리하여 지금 우리에게 없어서는 안 될 영웅이 되었다. 백의종군로를 걷는 동안 어쩌면 우리는 이순신의 이러한 면에 주목해야 할지도 모른다. 우리는 누구나 한 명의 인간으로서 삶을 살아가고 있기 때문이다. 이순신의 그것처럼 모든 운명이 설령 비극으로 끝난다 해도 비극은 그 아픔을 정직한 진실로 이끌어준다. 그 진실의 역사 앞에서 비로소 내 마음이 담긴 곳이 내 몸속만이 아님을, 문득 일상을 떠나온 남도의 언저리에서 깨닫게 될 것이다.

박호원의 집에서 하동 방향으로 고개를 넘어 4킬로미터 가량 걸으면 하동과 진주 경계에 인접한 산청 금만마을에 닿는다. 이곳에서 1005번 지방로를 따라 덕천강을 끼고 5킬로미터 정도를 더 걸으면 진주에서 가장 서쪽에 자리한 수곡면 원계마을 손경례의 집에 닿는다. 옛 모습은 다 사라지고 그 터에 새로 집을 지은 것이지만 앞마당에는 '충무공 이순신 장군 삼도수군통제사 재수임 사적비'가 서 있다. 이곳에서 이순신 장군은 8일을 머무는 동안 '진배미'라 불리는 너른 들판에서 비록 군장을 갖추지 못했지만 처음으로 휘하 장병들을 대상으로 군사훈련을 실시했다고 전해온다. 사진 속, 강이 휘돌아 흐르는 지점 들판이 진배미라 불리던 곳이다.

백의종군로라 명명된 길 중에서 가장 아름다운 풍광을 보여주는, 산청군 단성면 남사리에 자리한 예담촌. 그중에서 부부 회화나무가 보여주는 인고의 세월은 예담촌 가치를 미루어 짐작게 한다. 이곳에서 걸어서 3분 거리에 백의종군 당시 이순신 장군 일행이 묵었던 박호원 가옥이 있다. 박호원은 조선시대 대사헌과 호조참판을 지냈다.

낯선 이가 네 뒤편에서 너를 사진에 담고 있음을 이미 몸으로 느껴 알고 있겠지. 그럼에도 뒤를 돌아보지 않는 것은 네 무심 때문이더냐, 그렇지 않으면 한없는 여유로 인한 것이더냐. 햇살도 졸고 있는 1월 오후, 예담촌은 그저 평화롭기만 하더이다.

　　가만히 살펴보면, 자연 순리 중에 급하거나 직선화된 것은 하나도 없다. 이처럼 사람을 이롭게 하는 것은 잘 닦이고 곧게 펴진 도로가 아니라 구불구불하고, 이따금 돌멩이도 발에 차이는 불편한 길이다. 이제 우리는 조금이라도 불편하게 살아야만 건강을 지킬 수 있는 세상에서 살게 됐다. 온 나라가 걷기 열풍으로 가득한 것도 이 때문이다. 이런 와중에 인기에 편승하고자 나무를 베어내고 포클레인을 동원해 오솔길을 넓히거나, 전혀 불필요한 곳에다 데크를 설치하고 또 포장을 일삼는 지자체가 앞다퉈 생겨나는 것도 기실 걷기여행의 참의미를 모르기 때문에 벌어지는 촌극이라 할 수 있겠다.

　　파란 하늘을 배경으로 서 있는 몇 채 집들과 몸을 말리는 옷가지들, 구름 조각을 머리에 인 몇 그루 나무들까지 대한 추위도 무색하리만치 정겹기만 한 1월 산청 풍경이 발걸음을 가볍게 만들어준다.

　　시멘트를 바른 석축이 없었더라면 그 모습이 더욱 멋지게 보였을 소나무들. 모조리 베어내지 않고 하천 정비를 한 사람들이 그저 고마울 따름이다.

10

김유진

2004년 『문학동네』 신인상 소설 부문을 통해 등
단했다. 소설집 『늑대의 문장』, 장편소설 『숨은 밤』
이 있다.

박경리
토지길

○
○
○
○
○

봄의 환영,
꽃의 긴 그림자를 보다

김유진

첫차는 아침 7시 30분에 있었다. 나는 그보다 40여 분 빠른 6시 50분에 남부터미널에 도착했다. 마음이 급해 택시를 잡아탄 탓이었다. 일요일 새벽의 도로는 막힘이 없었다. 택시는 강변을 따라 달렸다. 사위는 여전히 어둑해, 한강대교에 겨울눈처럼 다닥다닥 달라붙은 불빛들이 연방 번쩍거렸다. 서울은 연일 춥고 메마른 날씨가 이어지고 있었다. 얼마나 더 추울 수 있는지, 더욱 혹독할 수 있는지를 과시하기라도 하듯, 혹한이 밀어닥쳤다. 강원도에 기록적인 폭설이 내리는 중이라는 뉴스를 뒤로하고 집을 나서던 참이었다. 나는 몇 시간 후면 도착할 그 고장의 온화한 이름을 천천히 발음해보았다. 터미널 대합실은 싸늘했다.

버스는 남쪽으로 끝없이 달렸다. 차창 밖으로 서서히 떠오르는 해와 무자비하게 깎아내어 붉은 속살을 드러낸 민둥산, 그 위에 버짐이 피듯 군데군데 남은 눈덩이와 메마른 나뭇가지들이 지나쳐갔다. 남쪽으로 내려갈수록 일조량이 급격히 늘었다. 나는 며칠 전부터 지인들에게 남쪽으로 간다, 고 말하곤 했었다. '남쪽'이라는 어감이 주는 따뜻함과 부드러움, 넉넉함이 나를 한껏 들뜨게 했다. 네 시간 후, 버스는 화개역에 도착했다. 하동군 화개면이었다.

나는 오래전 '하동'에 관해 읽은 적이 있었다. 책 속의 하동은 섬진강과 지리산을 끌어안은, 드넓은 곡창지대와 흐드러지게 피어나는 꽃과 잎과 열매의 고장이었다. 박경리 선생의 대하소설 『토지』는 한가위를 맞이한 하동 평사리들판의 풍요로움에 대한 묘사로 시작한다.

까치들이 울타리 안 감나무에 와서 아침인사를 하기도 전에, 무색 옷에 댕기꼬리를 늘인 아이들은 송편을 입에 물고 마을길을 쏘다니며 기뻐서 날뛴다. 어른들은 해가 중천에서 좀 기울어질 무렵이래야, 차례를 치러야 했고 성묘를 해야 했고 이웃끼리 음식을 나누다보면 한나절은 넘는다. 이때부터 타작마당에 사람들이 모이기 시작하고 들뜨기 시작하고─남정네 노인들보다 아낙들의 채비는 아무래도 더 디어지는데 그럴 수밖에 없는 것이 식구들 시중에 음식 간수를 끝내어도 제 자신의 치장이 남아 있었으니까. 이 바람에 고개가 무거운 벼이삭이 황금빛 물결을 이루는 들판에서는, 마음놓은 새떼들이 모여들어 풍성한 향연을 벌인다.

화개역에 도착한 후, 나는 잠시 버스터미널 앞에 놓인 작은 나무평상에 앉아 숨을 고르며 주변을 둘러보았다. 어디에나 물과 산이 있었다. 산은 반쯤 펼쳐진 책처럼 여러 개의 층을 이루며 포개어져 있었고, 강은 그 폭과 모양새가 같은 곳 없이 유려한 곡선을 이루며 흘렀다. 겨울 강은 수위가 낮아, 고운 모래와 크고 작은 자갈들이 정갈하게 모습을 드러냈다. 금방이라도 피어날 듯 꽃나무들이 허옇게 부풀어올라 있어, 산허리에 안개가 낀 듯했다. 버스터미널 입구 풀빵을 파는 천막 아래 사내아이 네댓 명이 몰려들어 있었다. 아이들은 오리털점퍼의 앞섶을 풀어놓은 채, 종이봉투에 든 풀빵을 연방 입에 집어넣었다. 따뜻했다. 봄이 멀지 않은 듯, 사방 어디에도 언 곳이 없었다. 나는 그제야 내내 끼고 있던 장갑을 벗었다. 하동의 공기는 청명하고 부드러웠다. 사람들은 자연스레 나의 고향을 물었다. 이 근방에 이른 적이 없었으니, 하동과 이렇다 할 인연이 있는 것은 아니었다. 나는 참게탕으로 허기를 채운 후, 『토지』의 배경이 된 악양의 평사리들판으로 발길을 돌렸다.

▌ 평사리들판

평사리들판으로 향하는 길을 따라 배나무밭이 펼쳐졌다. 재배용으로 기른 배나무는 키가 작고 몸체가 아담했다. 꽃이 피려면 늦봄까지 기다려야 한다고 했다. 가느다란 가지들을 일제히 공중으로 뻗어올린 과실수가 끝없이 이어졌다. 소담스런 야생 차밭이 드문드문 나타났다 사라졌다. 고른 햇빛과 넉넉한 비, 잦은 바람이 부는 이곳은 과실과 찻잎에겐 둘도 없는 보금자리일 것이었다. 배나무밭 너머로 흰모래와 함께 덜 여문 햇빛을 받아 반짝이는 강물이 있었다.

소다사라 불렸던 악양은 경남의 최서부, 상단에 위치하고 있다. 당나라 장수가 이곳의 빼어난 자연환경이 모국의 악양에 못지않아, 같은 이름 붙였다 전해지기도 한다. 전북 진안에서 발원한 섬진강은 협곡을 거쳐 내려오다 악양에 이르러, 드넓고 비옥한 농토의 젖줄이 되어준다. 산과 강이 만들어내는 그 장대한 들판이 만석꾼 최참판의 평사리들, 혹은 무덤이들이다. 태어남과 풍요의 상징인 들판이 먼 곳에서부터 차츰 그 위용을 드러내고 있었다. 쓰임이 다한 허수아비 몇 개가 들판 오두막 옆에 기대어져 있었다. 『토지』의 시발점이 된 이야기는 이 들판에서 시작되고 있었다.

아이를 등에 업은 빈사의 아낙 하나가 가까스로 마을에 다다른다. 마을은 거지가 이듬해 봄까지 동냥을 해도 세 집이 남는다고 전해질 정도로 풍요롭다 알려져 있다. 여자는 우는 아이를 달래며 만석꾼의 들판을 지난다. 굶주림에 못 이겨 아사 직전인 모자에게는 이곳이 유일한 희망이다. 끝이 보이지 않을 정도로 거대한 만석꾼의 집 대문 앞에 서서, 여자는 문을 두드린다. 사력을 다해 문을 두드리며, 물 한 모금만 달라 울부짖어본다. 그러나 집은 온기 하나 없이 굳게 닫혀 있다. 이윽고 아이가 죽어간다, 살려달라는 여자의 애원에 싸늘하게 닫혀 있던 대문이 살짝 열리며, 냉랭한 목소리 하나가 넘어온다. 집안에 우환이 있으니 다른 곳으로 가보라 한다. 대문은 다시 굳게 닫힌다. 여자는 너른 들판에 선다. 아이는 이미 죽었다. 죽은 아이를 끌어안은 여자는 갑자기 분노가 치민다. 만석꾼의 대문을 향해 외친다. 나와 내 아기는 지금 먹을 것이 없어 죽지만, 너희 집 곳간에는 먹을

양식이 넘쳐나도 먹을 입이 없을 것이다.

외마디 저주를 퍼부은 여자는 아사한다. 저주를 받은 만석지기 사대
부의 집안은 절멸한다.

　역설적이게도 들판은, 수탈과 착취, 죽음과 허기의 공간이기도 했
다. 역사의 흥망과 성쇠가 공존하는 곳이었던 것이다. 나는 들 안으로
들어섰다. 부부송이라 불리는 두 그루의 다정한 소나무가 차츰 가까워
졌다. 서로 이마를 맞대고 있는 듯, 혹은 손을 잡으려는 듯, 가지 끝자
락이 살포시 닿을락 말락 했다. 들은 비어 있었으나, 쓸쓸하거나 메마
르지 않았다. 들은 언제고 다시 겸허히 자랄 풀과 열매 들을 위해 낮게
호흡을 가다듬고 있는 것만 같았다. 한때 번성했거나, 혹은 피에 젖었
거나, 들은 과거에도 지금도 들 자체로 오롯이 남아 있을 뿐이었다. 나
는 그 한가운데 서서, 빈 들판이 누런빛으로 가득 차오르는 장관을 상
상해보았다.

　박경리 선생이 어릴 적 외할머니에게서 들었다는 짧은 이야기는,
평사리들판의 풍경과 합해져 훗날 기나긴 이야기의 모티브가 되어주
었다. 나는 내친김에 그 이야기의 풍경으로 한 발자국 더 다가가기로
했다. 만석지기 최참판댁과 그 주변 풍경을 재현한 일종의 세트장이 근
방에 있었다.

최참판댁 — 조씨고택

　최참판댁은 1998년 사랑채를 시작으로 차차 모습을 갖추어가기 시작했다. 소설의 무대를 재현한 가상 가옥이라고는 하나, 꼼꼼히 지어진 한옥은 손때가 그대로 묻어 있었다. 가파르지 않은 언덕에 여러 채의 가옥이 자리를 잡고 있었다. 봄 채비를 하는 듯 여기저기서 지붕을 새로 올리고 있어, 다소 분주했다. 고택 내부에 걸린 크고 작은 소쿠리, 마른 옥수수와 장작, 바싹 말린 붉은 고추가 너무나 섬세해, 금방이라도 소설 속 인물이 튀어나올 듯했다. 나무는 지나치게 멋스럽게 가꾸지 않아 자연스러움이 더했다. 연못 한가운데 섬처럼 떠 있는 소나무와 그 그늘 아래서 유영하는 검고 붉은 잉어무리가 보였다. 손때 묻은 장롱, 비에 젖었다 마르기를 반복해 자연스레 뒤틀린 평상 위로 따스한 햇볕이 내려앉았다. 마당 한쪽의 작은 문을 열자, 언덕 아래로 드넓게 펼쳐진 평사리들과 섬진강이 한눈에 들어왔다. 풍경은 고즈넉하고 아름다웠으나, 최참판댁 평상에 앉아 바라보니 어딘가 비극적인 정취가 풍기는 듯했다.

　최참판댁의 실제 모델이라 알려진 조씨고택, 일명 조부잣집으로 향하는 길 마디마디에는 자그마한 차밭이 도처에 깔려 있었다. 아담한 민가 뒤편엔, 으레 파나 감자 대신 차를 심은 작은 텃밭이 있었다. 더러는 짧게 잎을 치기도 했고, 더러는 봄이 오길 기다리며 무성한 상태로 내버려두기도 했다.

　하동에 차가 뿌리를 내린 것은 삼국시대 이후로 알려져 있다. 고온다습한 기후, 지리산 협곡에서 불어오는 찬바람, 여름과 겨울, 밤과 낮의 급격한 기온차를 가진 이곳의 입지조건 덕에, 하동의 녹차는 빛과 향이 빼어나기로 이름이 높다. 찻잎은 곡우 이전(양력 4월 20일 전후)에 차나무에서 처음 나온 어린싹을 가장 귀하게 친다고 했다. 그 작고 뾰족한 찻잎을 우전雨煎이라고 부른다. 어린아이 손톱만한 싹을 따, 뜨겁게 달궈진 무쇠솥에 넣고 덖는다. 맨손으로 끊임없이 찻잎을 뒤적여야 한다. 덖은 차를 말리고, 다시 덖는 과정을 반복하며 녹차는 만들어진다. 하동의 녹차는 집집마다 각자의 노하우를 가지고 소규모로 만들어지는 경우가 많아, 같은 지역에서 생산했다 하더라도 그 맛이 깊고 다양하다고 알려져 있다. 때가 이르지 않아 그대로 방치된 찻잎들은 사철나무처럼 나무의 모양새가 작고 동그랬다. 잎도 그에 못지않게 두껍고 성성했다. 끝이 타들어가듯 메마른 잎들은 찻잎으로 쓸 수 없는 것들이었으나, 곧 언제 그랬냐는 듯 새잎을 틔울 것이라고 했다.

조씨고택은 그야말로 육중한 세월의 무게가 느껴졌다. 1830년경에 지어진 이 고택은 소나무를 쪄서 재료로 이용한 것이 큰 특징이었다. 조부잣집은 본래 그 규모가 지금의 몇 배에 달했으나, 동학혁명과 전쟁을 거치며 모두 소실되고 지금의 가옥만이 남았다. 후손이 고택을 지키고 있어, 낡았으나 사람 사는 냄새가 어렴풋 드러났다. 이끼 낀 돌담과, 돌담 위에 정성스레 얹은 기왓장이 아담하고 고즈넉한 분위기를 더하고 있었다. 고택 내부로 들어서자, 가장 먼저 몇 그루의 측백나무와 그 뒤에 숨은 독특한 형태의 연못이 보였다. 지금은 쓰이지 않는 외양간과 그 옆에 옹기종기 모인 수십 개의 장독들, 어르신이 직접 쌓아올린 듯 보이는 작은 장작더미들이 정연하게 제자리를 잡고 있었다. 나는 잠시 고택을 둘러보다, 문틈에 끼워놓은 소국화 다발을 발견했다. 서너 송이

의 소국화는 바싹 말라 있었으나 여전히 샛노란빛을 띠고 있어, 꼭 흑백영화에서 급작스레 튀어나온 총천연색의 꽃송이를 보는 듯한 기분이 들었다. 그 작은 꽃 몇 송이가 이 꽃의 고장에서 처음 만난 생화였으니, 반가움이란 이루 말할 수 없는 것이었다.

▌섬진강변 ─ 십리벚꽃길

중천에 떠 있던 햇볕이 나긋나긋해져 있었다. 청명했던 기운도 한풀 꺾여, 단내를 풍겼다. 조씨고택을 벗어나 다시 평사리들을 거쳐, 화개장터로 향했다. 쌍계사 입구에 이르는 십리벚꽃길을 둘러볼 요량이었다. 평사리공원과 화개나루터를 잇는 길은 하동의 또다른 절경이었다. 섬진강을 따라 난 길은 논둑보다 조금 넓은 정도로 좁고 아담했다. 아스팔트가 아니었다. 발을 옮기는 내내 미적지근한 햇빛이 뒤통수를 어루만지는 것만 같아, 졸음이 쏟아졌다. 풍경이 자꾸만 발목을 잡았다. 섬진강 얕은 강물이 바람에 따라 자잘하게 일렁였다. 조밀한 물결 위로 햇빛이 쏟아지며, 환하게 빛을 발했다. 물이 빛났다. 길은 요람과 같이 푹신하고 아늑했다. 모래가 끝나는 경사면에 뿌리내린 나무들이 물과 뭍의 경계를 만들었다. 한여름 섬진강의 수위가 높아지면, 자연스레 나무가 물에 잠긴다고 했다. 수중에 뿌리내린 듯한 나무줄기와 강물 위를 떠다닐 작은 나뭇잎 따위를 떠올려보았다. 더위를 피해 물장구를 치는 아이들과 은어를 낚는 사람들이 환영처럼 지나갔다. 뭍이 시작되는 곳에 산이 있었다.

악양면과 면한 화개는, 눈 속에 칡꽃이 피었다 해서 '화개'라 불렸다. 사면이 지리산과 섬진강으로 둘러싸인 화개는 그 이름과 같이 지천에 꽃이 흐드러진 동네이다. 그 정점인 십리벚꽃길은 화개장터에서 쌍계사 아래까지 약 10리에 이른다. 1931년 닦인 이 신작로에, 지역 유지들이 자금을 갹출해 도화와 벚나무를 1,500그루 가까이 심었다. 그것이 지금의 십리벚꽃길이다.

내가 십리벚꽃길에 다다랐을 때에는, 겨울눈에 조금씩 싹이 트이는 중이었다. 그 미세한 변화가, 나무를 구름 위에 두둥실 떠오른 듯, 안개에 싸인 듯 희미하게 만들고 있었다. 꽃길 너머로 다시 차밭이 이어졌다. 이곳은 차라리 설화 속 마을에 가까웠다. 이 정도로 풍요로운 자연의 수혜를 받으며 빛을 발하는 동네를 나는 일찍이 본 일이 없을 정도였다. 무심결에 입을 벌리고 벚꽃길을 지나던 중, 나는 머릿속이 탁 트이는 기분이 들었다. 까마득히 잊고 있었던 기억이 되살아났던 것이었다.

나는 딱 한 번 이 길을 지난 적이 있었다. 오래전 관광버스를 얻어 타고, 내가 지나던 길목이 어디쯤인가 알지도 못한 채, 남쪽으로 끝없이 내려가던 길이었다. 잠결에 눈을 떠보니 길게 드리운 벚꽃 가지가 관광버스 차창 가까이, 손에 잡힐 듯한 거리에서 일렁이고 있었다. 누군가 차창을 열고 꽃 가까이 손을 뻗었다. 끝없이 꽃잎이 쏟아졌다. 나는 잠결에 눈을 비볐다, 그것이 꿈인지 생시인지 모른 채 무감하게 바라보았다. 고장의 이름과 지리산이라는 두 단어가 귓귀로 지나쳐갔다. 기억 깊숙이 넣어둔 그 꽃길에 대한 희미한 잔상이, 이제야 채 꽃이 피지 않은 채 허옇게 부푼 나무 앞에서 선명하게 떠오른 것이었다. 풍경의 힘은 대단하다. 잊혀진 줄 알았는데, 어느 순간 눈앞으로 불쑥 다가와 숨 쉬고 있다.

▍국사암 ─ 화개장터

십리벚꽃길을 따라 쌍계사 입구에 이르자, 관광객의 숫자가 크게 불어 있었다. 쌍계사는 계절에 상관없이 항상 문전성시를 이룬다고 했다. 찬 바닥에 앉아 말린 나물을 파는 노인들이 드문드문 보였다. 제법 붐비는 쌍계사 입구에서 방향을 틀어 국사암으로 향했다. 쌍계사 아래에는 수십 개의 민박들이 조밀하게 밀집되어 있어, 그제야 이곳이 유명한 관광지임을 새삼 깨달았다. 국사암은 쌍계사에 비해 규모가 작은 사찰이었으나, 고즈넉하고 정연한 느낌을 주었다. 작은 우물이 있었다. 그곳에서 목을 축였다. 물이 무척 차가워 목구멍에서 쩡, 소리가 들리는 것만 같았다.

국사암 산문 밖에 한눈에 띄는 나무 한 그루가 있었다. 사천왕수였다. 사천왕수는 진감선사가 짚고 다니던 지팡이에서 싹이 나 자랐다 알려져 있다. 동서남북 네 갈래로 가지가 뻗어 있어, 사천왕四天王처럼 국사암과 불법을 수호한다고 하여 붙인 이름이다. 나무는 사방으로 뻗은 굵은 나무줄기 덕에 웅장한 면모를 과시하고 있었다. 사천왕수 맞은편으로 작은 대숲이 있어, 바람이 불 때면 나뭇잎들이 서로의 몸을 부딪쳐 스산히 울었다. 대나무의 정수리 위로 점차 붉게 내려앉는 하늘이 보였다. 해가 지고 있었다. 나는 다시 화개장터를 향해 발길을 돌렸다.

화개장터로 이어진 도로를 따라 천천히 걸음을 옮겼다. 한 발자국

씩 걸음을 뗄 때마다, 조금씩 날이 어두워지는 듯했다. 해는 서서히 떠오르던 것과는 달리 급하게 자취를 감추고 있었다. 도로 옆으로 차 판매장과 음식점 들이 드문드문 지나갔다. 나는 갑자기 허기가 몰려와, 화개장터 근방에서 풀빵 한 봉지를 샀다. 처음 화개역에 도착했을 때, 풀빵을 하나씩 집어 입에 털어넣던 사내아이들이 떠올랐다. 화개장터는 과거의 번성했던 화개장터의 일부를 재현해놓고 있었다. 나는 풀빵을 들고 화개장터를 지나, 구례로 가는 길목으로 방향을 잡았다. 도로 옆 풀숲, 몇 개의 음식점들과 문방구, 구멍가게 들을 지났다. 별달리 특별한 풍경은 아니었으나, 사람 사는 냄새를 맡자 다소 긴장했던 마음이 풀렸다. 날이 저물자, 급격히 기온이 내려갔다. 볼이 얼얼했다. 풀빵의 밀가루 풋내와 다디단 팥고물이 입안 가득 퍼져나갔다. 나는 저 너머에 무엇이 있는지 가늠하기 어려운 길을 천천히 걸으며 새롭고도 익숙한 풍경을 두 눈에 새겼다. 해가 물러나는 것과 동시에 내 걸음도 서서히 잦아들고 있었다.

▌다시, 서울

다시 서울로 돌아왔다. 여전한 찬 기운에 소스라치게 놀라 옷깃을 여몄다. 나는 며칠이 지난 지금, 책상 앞에 앉는다. 컴퓨터 모니터에 가득 찬 백지를 가만히 바라보고 있으니, 길목에서 보았던 풍경들이, 풍경들에게 빼앗겼던 마음이, 다시금 내 곁으로 돌아오는 것이 느껴진다. 나는 그 마음들을 꼭 다잡아, 내가 본 것에 대해, 이렇게 남긴다.

강은 크기가 작건 크건 밑으로 흐르며 온갖 생명을 피워낸다. 돌 하나, 풀 한 포기 무엇 하나 헛된 것이 없다. 모든 것이 그 자리에서 존재하는 이유가 있을 터, 강을 강답게 하는 가장 좋은 방법은 그대로 놔두는 것이다.

화개장터를 지나 쌍계사로 오르는 쌍계로는 하동 십리벚꽃길 시작점이다. 양쪽에 벚나무가 심어져 녹음 짙은 계절이면 내내 그늘을 드리우는 이 길은 연인이 손을 잡고 걸으면 백년해로한다는 의미로 '혼례길'이라고도 불린다. 이름이야 그럴듯하지만 인도도 없는 아스팔트 차도인지라 그보다는 화개교회 앞에서 왼편으로 내려가는 길로 들어서서 조금 걷다보면 화개천 따라 이어지는 흙길을 권한다. 비록 그늘은 몇 점 없지만 마주치는 풍광은 흐르는 땀조차 고마울 정도이니 힘들 내시라.

사람이 차밭을 가꾸고, 차는 제 몸 돌봐주는 사람에게 반드시 보답을 한다. 나 혼자만 배부르게 살 수 없는 것이 세상 이치임을 하동 너른 차밭이 일러준다. 일러줘도 못 알아듣는 사람은 현재나 미래나 고립무원으로 살게 되겠지만.

스치기만 해도 흰옷 소매가 청록색으로 물들 것 같은 유월 하동 쌍계사 가는 길.

　　농부의 소임은 모를 심고 벼를 거둘 때까지 그저 아래만 내려다보며 보살피는 데 있다. 나머지 일은 하늘에 맡길 뿐. 그 겸손한 사람들 덕분에 그저 허허로운 벌판에 지나지 않았을 너른 평사리 땅이 생명과 생명을 살찌우는 것들로 푸른 물결을 이루는 들판이 된 것이다.

　　보리는 익어 벨 때가 됐고, 모판은 햇볕에 잘 영글고 있다. 그러거나 말거나 희디흰 이빨을 드러내고 까르르 웃어대는 토끼풀 모양새가 어느덧 여름이 멀지 않았음을 짐작게 한다.

　　박경리 토지길 1코스는 최참판댁 앞에서부터 안내 사인이 보이지 않더니 결국 여행자의 길을 잃게 만들었다. 차도를 따라 걷는, 조금은 위험하고 단조로운 길을 걸으며 그나마 위안이 되었던 것은 작은 교회당과 골목길, 그리고 오래된 풍경들이었다. 이따금 길을 잃는 것도 그리 나쁘진 않다. 적어도 길 위에서라면 말이다.

　　조씨고택에서 우주를 만나다.

11

박태순

1964년 『사상계』 신인문학상을 통해 등단했다. 소
설집으로 『무너진 극장』 『정든 땅 언덕 위』 『어느 사
학도의 젊은 시절』 등이 있으며, 우리 국토와 기층문
화 전반에 꾸준한 관심을 기울이며 『작가기행』 『국
토와 민중』 『나의 국토 나의 산하』 등의 국토기행문
집을 펴냈다. 한국일보문학상 신동엽창작기금 요산
문학상 한국출판문화상 저술상 등을 수상했다.
2009년부터 '국토학교(http://www.huschool.
com)'를 열어 부드러운 국토를 재발견하는 작업을
하고 있다.

남해
바래길

보물섬,
블루투어,
그린투어

박태순

    오염되지 않은 자연 속에서 순박한 사람들이 살고 있는 섬마을…… 환경은 아름다우며 고을의 유서는 깊다 한다. 그리하여 '보물섬'이라는 랜드마크를 내세운다. 3단 논법 아니라 5단 논법이다. 자연―사람―아름다움―유서 깊음의 고장이니, 따라서 '보물섬'이라 하는 것. 이러한 섬 고을이 새로운 변화의 물결을 만나고 있다.

    경남 남해군은 남해도와 창선도의 두 섬을 비롯하여 유인도 3개와 무인도 76개로 이루어져 있다. 대체로 알파벳 'H'모양처럼 생겼는데 서쪽이 남해도이고 동쪽이 창선도이다. 1973년 6월에 남해도 쪽으로 현수교인 남해대교가 준공되고 2003년 3월에는 창선도 쪽으로 사장교인 창선─삼천포대교가 새롭게 개통되어 남해군은 시쳇말로 '양다리'를 걸치고 있는 형국이다. 현수교와 사장교의 건설공법 차이보다는 건축조형의 미학을 서로 비교해보게 된다.

달라진 교통지리 환경에 맞추어 보물섬 문화관광을 남해군청은 다각도로 전개하고 있는 중이다. 남해군 전국 네트워크, 곧 남해로 들어가는 접속환경이 완연 쾌적하게 되었으니 이 고을의 문화관광 홍보와 선전은 비유컨대 지방방송 아니라 전국방송 차원이다. 2001년에 대전과 진주를 잇는 대진고속도로의 개통, 그리고 이듬해인 2002년에 대전에서 진주─사천─통영을 연결하는 대전─통영고속도로의 완공과 이를 중부고속도로에 연계시키는 35호선 고속국도의 체계 정비로 남해군은 전국 1일 생활권에서 반나절 생활권으로 편입될 수 있게 됨에 따라 특히 관광산업기반을 충실하게 갖출 수 있게 되었다.

관광산업기반에 있어서 가장 필수적인 것은 도로, 항만, 용수用水, 교량, 철도, 공항 등의 발전시설이다. 21세기로 들어서면서 국가사회의 간접자본이 이러한 발전시설을 남해 지역사회에 제공해줄 수 있게 된 것은 참으로 다행스러운 일임에는 틀림없다. 그러나 아쉬운 노릇이지만 남해군은 1차적인 발전시설을 구축해놓았을지언정 관광산업기반을 충실하게 형성해놓고 있지는 못한 형편인 것처럼 보인다. 아직까지는 관광산업 종합 인프라를 제대로 갖추지 않은 상태에서 육지와 연결됐기 때문에 관광자본을 비롯한 산업자본 유입이 소극적인 상태이고 도리어 소비시장의 유출현상조차 빚어진다고 하는 것이다. 지자체의 지역발전 진흥을 위한 고뇌와 애로가 얼마나 큰 것인지 알 수 있게 하는 일인데 여기에 반가운 소식도 들린다. 남해군의 재발견이라 할까, 신발견이라 할까, 이 섬 지역을 전혀 다른 관점과 방식으로 살피고 느끼고 체험해볼 수 있게 되었다.

남해 바래길은 어떠한 문화생태탐방로인가. 이 보행도로는 불쑥 나타난 것이 아니라 실은 남해의 역사, 문화, 생태를 오롯하게 담아내온 '샛길'이었다. 제주도 올레길, 지리산 둘레길, 변산반도 마실길, 북한산 성곽길 및 구름정원길 등이 연달아 조성되어 전국적으로 '걷기운동'이 큰 호응을 불러일으키고 있지만 이러한 생태도로를 더욱 국토 인문주의 발양의 계기로 삼을 필요가 있게 되었다. 문화체육관광부(이하 '문화부')는 이야기가 있는 문화생태탐방로 10개 구간을 새롭게 선정했는데 남해 바래길이 여기에 포함됨으로써 이 섬 지방은 새로운 전기를 맞고 있는 중이다.

이러한 탐방로는 문화·역사자원과 자연자원을 특성 있는 스토리로 엮어 걷기 중심의 관광코스로 조성코자 하는 국가사업인데, 특히 다도해 — 한려수도 일대가 새롭게 각광을 받게 되었다. 남해 바래길, 통영 이야길, 이순신 장군 유적지를 연계하는 산청 — 하동 일대의 백의종군로, 그리고 완도군 청산도와 신안군 증도의 슬로시티 체험길이 선정됨으로써 남해안 일대가 그린 투어리즘과 블루 투어리즘의 관광명소로 부상할 것으로 기대되고 있다. 산업문명시대를 경과하여 지식정보문명시대로 진입되는 과정에서 관광산업과 관광문화는 새로운 양상을 나타내고 있다. 특히 남해 고을의 블루 투어리즘이 장기전망으로는 블루 오션일 것임에 틀림없으리라고 살핀다.

망망대해의 창창함을 맛보게 하는 해변길을 청색길이라 하고 울창한 숲으로 둘러싸인 산길을 녹색길이라 한다. 이에 따라 그린필드 트레킹의 그린 투어리즘과 경관이 좋은 바다를 찾는 블루 투어리즘이 활기를 띠고, 백설 쌓인 높은 산을 오르는 겨울철의 화이트 투어리즘도 인기를 끈다. 딱딱해져버린 도시 직장인의 심신을 풀게 하는 것이 소프트 투어리즘이고 녹색전원 체험 기회를 마련해주는 것을 루럴 rural 투어리즘이라 한다.

투어리즘의 유형과 종류가 어찌하여 이처럼 다양해지고 있는 것일까. 오늘의 대도시 직장인들의 생활환경이 물질적으로나 정신적으로 각박하게 되는 까닭이 있겠다. 환언하여 대도시의 뜀박질 직장인들과 짜증투성이 생활인들의 녹색, 청색 결핍현상을 보완토록 서비스해주려는 신상품 유형의 문화관광 개발이라 할 수 있을 것이다.

냉기와 한기를 느끼는 내륙의 역겨운 사람들이 철새들처럼 따뜻한 남쪽 바다로 몰려오려 하고 있다. 남해안의 '보물섬'은 살가운 문호개방도 필요하지만 애꾸는 해적 선장처럼 무단침범하여 소란과 공해를 일으키려는 자들은 꼼꼼히 경계해야 마땅할 것이다. 그러하지만 몽테크리스토 백작같이 꿈과 희망을 안고 찾아오는 이들은 얼마든지 환영하여 제대로 받아들일 요량도 세워야 할 일이다. 아직은 산업문명의 콘크리트 폭격을 덜 맞은 지역이니만치 탈산업시대의 생태— 복지 환경 구현의 역전현상을 이 도서 지역이 오히려 선도할 수 있기를 기대한다.

지겟길, 말발굽길, 고사리밭길, 진지리길

　남해군 지역은 'H' 모양처럼 보인다고 하였지만 이번에 새롭게 답사해보면서 이 도서지방의 형상을 양날개 활짝 편 호랑나비의 모습에 비정시켜보고 싶어진다. 꿈속의 나비가 나인가, 꿈 깬 뒤의 사람이 나인가 하는 장자의 '호접몽'과 흡사한 판타지로드 산보를 이 일대 해안 자드락 숲정이마다에서 환각적으로 체험해보게 되기 때문이다.

　남해군의 남해도는 제주도, 거제도, 진도 다음가는, 국토에서 네번째로 큰 섬이고 창선도는 열한번째로 큰 섬이다. 두 섬과 부속도서들을 합쳐서 동서 약 26km, 남북 약 30km의 길이이다. 그렇지만 해안선은 아주 복잡다단하여 그 길이가 302km에 달한다. 워낙 들쑥날쑥 형세인 데다가 양날개를 활짝 편 나비가 퍼덕거리기라도 하는 듯 모든 길들은 오르락내리락 율동을 거듭하고 있기도 하다. 군내 도로망 중에서도 해안 일주의 환상環狀도로가 실로 환상幻想의 경관이다. 계절마다 다른 옷차림이고 아침저녁의 햇빛 따라 물빛 따라 별난 태깔이다.

　바깥에서 보면 섬마을이지만 안으로 파고들수록 실제로는 산촌山村의 산골일 정도로 운산(786m), 금산(681m), 원산(627m) 등 멧부리들이 솟구치고 하천은 모두 짧고 평야 역시 협소하다. 그리하여 되레 다른 곳에서는 보기 드물게 다랑이의 전답 풍경과 취락 경관, 해안단구의 율동이 별스럽기 이를 데 없다. 특히 굴곡이 심한 바닷길은 흡사 접어놓았던 병풍을 넓게 펼쳐 보이기라도 하듯 긴 해안선을 틔워주고 있다. 계단식 논이니 사닥다리 논이니 하는 농토를 층층이 켜켜이 개답하도록 해주고 아울러 연근해어업의 전진기지로서 유리한 입지환경을 제공케

하는 이색 풍광을 살핀다. 더구나 남해대교가 놓인 노량해협은 수심이 깊고 물살이 급하지만 창선교의 지족해협은 이와는 대조적으로 수심이 얕은데다가 간만의 차이가 심하여 이러한 자연환경의 메리트를 충분히 활용하는 '죽방렴'의 어업이 이루어지고 있다. 섬그늘에 옹기종기 매달린 어촌들의 특성이 이처럼 다양한데다가 서북부 일대 바다는 섬진강 삼각주를 만나면서 대사주大砂洲가 형성되어 있기도 하다. 이는 앵강만 일대 한려해상국립공원의 확 트인 태평양 조망 풍광과 대조를 이룬다.

'남해 육—해—공 예찬'의 글을 썼던 적이 있다. 꼬부랑길 언덕의 배회(육), 만경창파 받아내는 섬그늘 행보(해), 그리고 망운산 망운사라든가 금산 보리암의 해돋이와 천상에 오른 듯한 신비체험(공)……그 육—해—공 이 모두 명품 관광의 추억 만들기를 가능하게 한다.

그런데 이번에 개방되는 '바래길'은 '남해 육—해—공 문화역사'를 전혀 다르게, 아울러 새롭게 접근해볼 수 있는 기회를 마련해주고 있다. 토박이 남해 사람들이 '머리카락 보일라' 하고 꽁꽁 숨겨만 놓고 있었던 그러한 논틀밭틀 오솔길, 고샅길, 뒤안길, 어둠길, 안돌이, 지돌이, 논두렁밭두렁 너덩걸 서덜길들이 공개 개방되고 있다.

남해 바래길의 '바래'라는 토박이말이 우선 바깥사람(외지인)들에게 이 도서 지역의 특성을 곰곰 새김질하도록 해주는 키워드가 된다. 남해군청 문화관광 인터넷 홈페이지에는 이런 설명이 보인다.

남해 사람의 애환과 정서가 담긴 '남해 바래길'

남해의 어머니들이 바다가 열리는 물때에 맞추어 소쿠리와 호미를 들고 갯벌이나 갯바위로 나가 해초류와 낙지, 문어, 조개 들을 담아오는데 (……) 대량 채취가 아닌 일용에 필요한 양만큼만 채취하는 작업이 바로 '바래'입니다. '남해 바래길'은 마을과 마을을 이어주는 '소통의 길'이며, 사람과 사람의 교류를 맺어주는 '맺음의 길'이며, 바다를 생명으로 여기고 가족의 생계를 담아왔던 '생명의 길'입니다.

　따라서 이러한 '바래'의 갯일과 갯길, 갯마을의 세시풍속과 통과의례 탐방체험은 다른 고장에서는 겪어볼 나위조차 없는 것이겠는데 가령 제주 올레길이라든가 변산 마실길 등과는 그 해안 일주의 로드맵이 달리 구성되고 있음을 실감하게 된다. 바래길은 4개의 코스를 거쳐서 총 55km의 보행길을 순례해볼 수 있도록 구성되어 있는데 흡사 호랑나비의 왼쪽 아래편 날개깃에서부터 시작하여 오른쪽 날개로 휘돌아서 그 바깥 자락으로만 한 바퀴 뱅글 맴을 도는 술래잡기의 숨바꼭질 순례와 같은 형국이다.

　자동차 전용도로에만 익숙해왔던 타처 사람들이 남해에서 맞부딪는 보행자 전용도로의 구체적 실감이 과연 어떠할 것인가. '바래길'은 물론 자동차도로와 중첩되는 경우가 없는 것은 아니지만 총연장 55km의 구간 중 차도변은 8km(15%)에 불과하고 인도가 17km(31%), 농로가 20km(36%), 산길이 10km(18%)로 구성되어 있다. 따라서 바래길은 남해의 내륙 통로에서 바깥자락 해변으로 벗어나와서 만나는 블루로드이자 그린로드이다.

바래길의 4개 코스는 어찌 구성되고 있는가. 우선 그 명칭부터 살펴본다. 다랭이 지겟길(제1코스, 16km), 말발굽길(제2코스, 15km), 고사리밭길(제3코스, 14km), 동대만 진지리길(제4코스, 10km).

지겟길은 지게를 지고 다니던 길이겠으니 경사가 급한 산굽이길이라는 것을 예상해볼 수 있는데 과연 어떠하던가. 앞으로는 망망대해이고 뒤로는 설흘산(481m)과 응봉산(421m)의 산줄기들로 첩첩산중인데 평산항에서 사촌해수욕장을 거쳐 문화재청이 명승 제15호로 지정한 가천 다랑이마을에 닿는 이 코스이다. 인간에게 비우호적인 자연을 피와 땀으로 바꾸어 층계논을 일구고 파도 센 바닷가에는 암미륵―숫미륵의 미륵당산을 세워 마을공동체 정신을 굳건히 하는데, 비록 지게를 짊어지지 않은 여행자일지언정 대자연과 인간의 고단하면서도 벅찬 합주를 체험해보게 된다.

말발굽길은 말을 타고 다니던 해안길로서 바다 농장이라 할 죽방렴의 풍광이 장관인 창선교의 지족해협에서 고려시대에 군마를 사육하던 목장이 설치되어 있었다던 적량성赤梁城 일대를 휘도는 코스이다. 고사리밭길은 말 그대로 고사리나물을 캐러 다니던 길로서 해안선 안쪽의 언덕길, 산길, 잿길을 넘나드는 안돌이―지돌이의 산모롱이길이다. 적량성이 있는 해비치마을에서 동대만휴게소까지 이어지는 길인데, '적량赤梁'이란 지명은 해가 비치면 바닷물이 빨갛게 보이는 데에서 연유된 것이라 한다.

진지리길의 '진지리'란 이 고을의 토속어인데 바다풀인 잘피를 가리킨다는 것이니 창선도의 동대만휴게소에서 창선―삼천포대교에 이르는 이 코스는 갯벌의 바다를 에두르는 더할 나위 없이 그윽한 해변길이다. 더구나 창선―삼천포대교는 '한국의 아름다운 길 100선'을 선정할 적에 당당히 대상을 받았던 빼어난 도로가 아니던가. 보행로와 차로가 서로 적대적일 까닭은 없고 섬과 섬 사이를 휘어져 돌아가는 사장교를 걷기도 하고 타기도 하면서, 자연과 문명이 서로 포용하면서 함께 빚어내는 국토의 아름다움을 실감해본다.

남해 바래길 4코스는 각 구역의 보행도로 명칭부터 이색적이거니와 이를 통해 토박이가 아니더라도 길마다의 특성이라든가 산과 들과 바다의 형세, 주민들의 생활모습이 어떠한지 깊숙이 들여다볼 수 있게 하는 것이었다. 호랑나비가 왼쪽 날개―오른쪽 날개를 활짝 펴서 그야말로 날갯짓을 하는 형상에 비유해 남해도―창선도를 살펴본다면 머리와 윗날개가 만나는 죽지 부분, 아래 날개와 배가 서로 이어지는 날개깃, 그리고 물론 머리 부분과 배 부분의 여러 군데들을 찬찬히 더듬어보아야 하는데 바래길의 순례가 바로 그러한 탐구에 해당된다. 직접 찾아가서 내 발로 걷고 또 걸어야만 할 터인데, 이를 영상언어 아닌 문자언어로 묘사 표현해보려면 차근차근 보충설명을 해야 하겠다. 바래길은 바깥에서 찾아온 이들에게는 아직 생소한 행로이겠는데 전국적으로 널리 소문이 난 이 고을의 명소들과 함께 헤아려보아야 하겠다.

노량해협 충렬사, 금산 보리암, 물미해안 어부방조림, 한려수도 해상공원

　남해군 일대의 교통지리학은 오늘의 달라진 국토환경을 통해 새롭게 부각되고 있는 중이다. 남해안 전체를 부산―창원―거제도―통영 일대의 동남해, 고성―사천―남해―진주―하동 일대의 중남해, 광양―여수―해남―목포 일대의 서남해로 달리 구분하여 서로 대비시켜 비교해보기도 한다. 선발 공업지역을 이루어온 동남해, 그리고 후발 공업지대로 탈바꿈되고 있는 서남해에 견준다면 중남해는 자연환경―인문환경―산업환경이 아직까지는 조화와 균형을 이루고 있음을 우선 확인해볼 수 있다.

　남해안의 큰 섬으로는 거제도, 창선도―남해도, 돌산도, 내나로도―외나로도, 완도, 노화도―보길도, 진도 등을 꼽을 수 있겠는데 이러한 도서지역은 거의 모두 연육교를 통해 이미 육지화되었거나 육속화가 진행되고 있는 중이다. 여기에서 새로운 특성들을 비교 관찰해볼 수도 있다. 육지화가 너무 일찍 진행돼버리면 섬 지역의 특성을 상실할 수 있으며, 반대로 육속화가 지지부진하면 아무래도 낙후지역의 고립성을 면치 못한다.

　창선도―남해도는 육지와 너무 멀리 떨어진 쪽은 아니면서 동시에 너무 가깝게 다붙어 있는 것도 아니다. 자기 정체성과 독립성을 유지하면서 아울러 고립무원 아니라 교류 왕래가 원활하게 이루어지는 입지환경이라 할 수 있다. 실은 저 고대시대로부터 그러했다. 남해와 관련을 맺게 되었던 역사인물들의 열전이 어찌 되는가.

　원효, 이성계, 이순신, 남구만, 김만중의 히스토리와 남해 관련 스

토리텔링…… 이를 구체적인 지명과 연관지어보면 원효의 보광산 보광사(후대에 이성계가 금산 보리암으로 개명), 이순신의 노량해협, 남구만의 망운산, 김만중의 노도櫓島 등이 서로 관련을 맺게 되는데 그 문화역사 지리학이 단연 돋보인다. 따라서 남해 바래길만을 따로 분리시킬 것이 아니라 이러한 명소들의 문화기행, 인물기행과 접속을 시켜서 함께 답사를 하고 문화생태탐방을 이루도록 해보아야 할 것이다. 이러한 문화작업을 알도록 하기 위해 우선 이성복 시인의 「남해 금산」이라는 시를 새롭게 읽는다.

한 여자 돌 속에 묻혀 있었네
그 여자 사랑에 나도 돌 속에 들어갔네
어느 여름 비 많이 오고
그 여자 울면서 돌 속에서 떠나갔네
떠나가는 그 여자 해와 달이 끌어주었네
남해 금산 푸른 하늘가에 나 혼자 있네
남해 금산 푸른 바닷물 속에 나 혼자 잠기네

금산 보리암에는 원효의 해수관음 개산開山 설화와 이성계의 보은報恩 전설이 어려 있다. 국토의 3대 해수관음으로 동해의 낙산사와 강화도의 보문사, 그리고 남해의 보리암을 꼽고 있거니와 원효가 관음 도량을 개창했을 적에는 산 이름을 보광산普光山이라 붙였고 그리고 절 이름은 보광사였다. 삼국쟁패시대에 대자대비의 화해와 회통會通의 메시지를 전파하면서 안양정토安養淨土의 염원을 펼쳤던 사찰이었다. 그런데 후일 이성계가 이곳에 들어와 대업달성 염원을 바쳐서 과연 조선

창업을 이루게 되자 '비단산'이라는 뜻의 금산으로 개명케 하였다는 전설이 생겨났으니 이 산과 사찰은 한국문화사의 한 중심부를 이루고 있는 셈이다. 그런데 이성복 시인은 원효의 '빛누리산'(보광산)이라든가 이성계의 '비단산' 찬송과는 달리 사랑 설화의 모티브로서 금산 보리암의 38경을 관찰하고 있으니 이 바위산이 새로운 경관으로 태어나고 있는 실감을 갖게 한다.

보리암은 상주해수욕장 쪽에서 두 시간여 산행을 통해 오르던 것이 반대편의 복곡저수지 일대에 차량도로가 개설되어 편리해진 측면이 있는데 복곡—보리암—금산—상주해수욕장을 또하나의 문화생태탐방로로 추천하고 아울러 여러분에게 권장하고도 싶다. 바래길의 제1코스인 설흘산과 망산과 앵강만의 다랭이길과 금산 보리암길을 연계시켜 내처 순례해보기를 권유하고 또 권장한다.

다음으로 고두현 시인의 「물미해안에서 보내는 편지」라는 제목의 시를 읽는다. 물미해안은 삼동면 물건리에서 미조리에 이르는 30리 해안길을 가리킨다.

저 바다 단풍 드는 거 보세요.
낮은 파도에도 멀미하는 노을
해안선이 돌아앉아 머리 풀고
흰 목덜미 말리는 동안
미풍에 말려올라가는 다홍 치맛단 좀 보세요.
남해 물건리에서 미조항으로 가는
삼십 리 물미해안, 허리에 낭창낭창
감기는 바람을 밀어내며

길은 잘 익은 햇살 따라 부드럽게 휘어지고
섬들은 수평선 끝을 잡아
그대 처음 만난 날처럼 팽팽하게 당기는데
지난여름 푸른 상처
온몸으로 막아주던 방풍림이 얼굴 붉히며
바알갛게 옷을 벗는 풍경(……)

　바다가 단풍 들다니 어찌 그럴 수 있을 것이며 다홍 치맛단을 미풍에 말려올라가게 하고 있다니 도무지 상상 안 되는 풍광이지만, 시인이 억지소리를 하는 것이 아님을 알기 위해서는 어부방조림으로 둘러싸인 이 길을 직접 걸어보아야 하리라.

　남해군 일주는 세 군데의 중요 길목을 관통하게 한다. 남해대교의 노량해협, 창선대교의 지족해협, 그리고 창선 — 삼천포대교의 한려해상국립공원이다. 노량해협은 이순신 장군의 최후 승전지이자 전몰지이고 충렬사 성역화사업이 진행되고 있지만 주변 환경이 정돈되지 못한 점도 보인다. 창선교의 지족해협 일대는 바래길의 2코스가 되기도 하지만 죽방렴 멸치는 이미 명품으로 소문이 나고 있다. 대나무 그물들을 'V자 형태'로 촘촘히 박아 물고기들을 가두어 포획하는데 지족해협의 자연지리 특성이 인문지리의 혜택을 주게 하여 자연 — 생태 — 원시 어업의 문화유산 합작품을 조성시키게 했다. 전국 도처의 죽방렴들은 거의 모두 사라져버렸지만 유독 이곳의 전통어업이 살아남게 된 필요충분조건을 눈여겨보아야 한다.

　창선 — 삼천포대교는 이미 명품 도로가 되어 있지만 서부 경남의 주요 교통로 역할이 더욱 막중해질 것이고 여수 돌산도와 남해도를 잇는 교량이 완공되면 여기에 고성―통영과 연계하여 한려해상국립공원의 명품 관광이 더욱 빛을 발하게 될 것이다. 해양경관이 탁월한 명승 지역을 걷는 문화생태탐방로는 고정불변의 것일 수는 없고, 남해 바래길은 계속 새로운 코스의 지정도 병행시켜나가야 할 것이다.

남해는 오늘의 달라진 국토환경에서 '먼 고을'이 아니라 '이웃동네'처럼 누구에게나 가까운 고장으로 자리매김되고 있다. 바로 이러한 친근성과 친숙함을 통해 남해 바래길을 찾고 싶은 문화마인드를 누구나 갖도록 해야 할 필요가 있다.

남해군 바래길은 4코스로 나뉘어져 있다. 그 첫번째 코스인 다랭이 지겟길은 남면 평산항에서 시작해 가천 다랭이마을까지 이어지는 16킬로미터 해안길이다. 평산항을 안고 있는 평산리는 전통적인 남해 어촌 풍광을 잘 간직하고 있어 여행자들 대부분이 걸음을 멈추고 사진을 찍는 데 정신을 팔기 일쑤다.

어촌 빨랫줄엔 때때로 옷가지 대신 몇 마리 물고기가 내걸려 빨래집게에 의지한 채 조곤조곤 몸을 말리기도 한다. 이따금 불어주는 바람이 햇살과 더불어 물고기를 더욱 꼬들꼬들하게 만들 것이고, 마침내 적당히 굳은 저것을 튀기거나 쪄서 양념을 발라 상에 올리면 수라상도 부럽지 않겠네.

구름도 흐르고 길도 흐른다. 바다를 내려다보며 양파는 몸을 키울 테고, 겨우내 색이 바랬던 길가 억새풀도 여보란 듯 연두색 옷으로 갈아입을 것이다. 봄이 오는 길목에서 쉽사리 행복하지 못한 것은 사람뿐이 아니런가.

바다를 따라 파란색이요, 하늘을 담아 하늘색, 흰 구름을 보고 흰색, 땅처럼 붉은색, 초목이라 녹색. 자연을 그대로 옮겨놓은 듯한 지붕들. 자연과 동화된 사람들이 살고 있는 선구마을은 여간해서 여행자 바짓단을 놓지 않는다.

시간은 만고불변할 것 같은 거대한 바위 덩어리조차도 껍질을 벗게 만든다. 다랭이마을엔 유독 핵석(核石)이 많이 보이는데 이는 수직절리가 발달한 까닭이며, 다락논이 발달한 이유도 이 때문이다.

남해군은 지형학적 특성상 해안 절벽이 많아 차도가 아닌 곳으로만 길을 잇기가 매우 힘든 곳이다. 그런 만큼 시간을 두고 차근차근 길을 이어나간다면 제주 올레길만큼이나 큰 반향을 얻을 수 있을 것이라 여겨진다. 문득문득 그리워지는 남해 푸른 물빛이 언제나 그 자리에서 변함없이 출렁일 것이므로.

12

정미경

1987년 중앙일보 신춘문예에 희곡이, 2001년
『세계의문학』에 소설이 당선되어 등단했다. 소
설집 『나의 피투성이 연인』『발칸의 장미를 내
게 주었네』『내 아들의 연인』이 있고, 장편소설
『장밋빛 인생』『이상한 슬픔의 원더랜드』『아프
리카의 별』이 있다. 오늘의 작가상 이상문학상
등을 수상했다.

토영이야
길

○
◎
◎
○
◎

감추어두고 싶은
보석 같은 길

정미경

음력설이 지나면 남도의 바다엔 성급한 봄이 기웃거린다. 겨우내 시리게 짙푸르던 바다는 한 겹 옷을 벗어버린 듯 해맑은 낯빛이다. 여름바다가 육감적이라면 봄바다는 간지럽다. 살짝만 건드리면 개구쟁이처럼 까르르 웃음을 터뜨릴 것 같다. 통영으로 들어와 충렬사로 이어지는 경사진 길을 내려오며 펼쳐지는 바다를 보자 떠나온 것은 공간이 아니라 시간인가 싶다. 싸늘한 냉기와 어둠 속에서 서울을 떠난 지 불과 네 시간 남짓.

차창을 열자 새벽길을 달려온 몸과 마음이 푸근한 봄기운에 금세 파릇해진다. 오전 10시의 도시는 조금 전 빵을 꺼낸 빵틀처럼 따스하고 달달하고 향기롭다.

통영에서 나는 여행자가 될 수 있을까.

한동안 살았던 장소를 낯설게 바라볼 수 있을까.

토영이야길을 걷기 위해 떠난 길이지만, 내겐 꼭 들러야 할 곳이 또 한 군데 있었다. 통영은 내가 유년의 한 시기를 보낸 곳이다. 네다섯 살 무렵이었으니 대부분의 기억들은 섬광처럼 강렬하나 짧고, 함부로 자른 필름처럼 앞뒤가 연결되지 않는다. 그 기억들은 실제 있었던 것일까. 혹은 다른 장소, 다른 시간의 것들이 뒤섞여 있는 것일까. 그 나이라면, 한 인간이 세계와 타자를 인식하는 최초의 시기일 것이다. 공식적인 일정이 끝나면 내가 살았던 동네를 가보리라 벼르고 내려온 길이었다.

토영이야길은 내겐 장소이기도 하고 추억이기도 하고 그리움이기도 하다. '토영'은 통영의 사투리이며 '이야'는 언니를 부르는 정다운 통영식 호칭이라 하면 아주 간단하게 정리가 되겠지만, 그 발음에는 통영 사람이 아니면 따라할 수 없는 미묘한 특징이 있다. 설명하기가 쉽진 않다. '토' 자 아래엔 숨은 ㅇ이 있어 약간의 비음이 더해져야 한다. '이야' 역시 마찬가지다. '이'는 이와 히의 중간음이라 할 수 있겠다. 짧게 끊어지는 것이 아니라 특유의 곡조를 띠는데 역시 코 윗부분이 살짝 좁아지는 비음이다. 어릴 적 동생 챙기기가 귀찮았던 언니는 내겐 집에 있으라며 혼자 놀러가곤 했다. 그 뒤를 따라가며 애절하게도 불러댔다. 히이야, 히이야. 나도 같이 가. 구박을 하면서도 언니는 결국 내 손목을 잡을 수밖에 없었는데 사분사분 애교 있는 통영 사투리는 통영의 햇살과 비단 같은 바람결과 쪽빛 바다를 보며 자란 사람만이 구사할 수 있는 것이다.

▌통영 구경도 식후경

늦은 아침을 먹기 위해 서호시장 입구에 있는 충무김밥집으로 들어갔다. 테이블이 두 개 있는 조그만 가게였는데 앉아서 둘러보니 없는 게 없다. 이층 다락으로 뚫린 일곱 개의 계단, 좁디좁은 주방, 몸을 녹일 수 있는 조그만 온돌, 낡은 냉장고 옆으로 통영 지도까지 붙어 있는 실내 풍경이 흡사 실험극 무대 같다. 슴슴한 시래기국을 마시며 먹는 충무김밥이 꿀맛이다. 충무김밥엔 확실히 중독성이 있다. 그 비밀은 무김치에 넣은 갈치속젓이 아닐까. 이 맛을 잊지 못해 가끔 서울에서 사먹어보지만, 늘 실망만을 안고 꾸역꾸역 삼킨 적이 몇번이던가. 맛있게 먹고 나자 아주머니는 막 담근 것이라며 물을 팔팔 끓여 생강차를 타주었다. 넉넉한 인심이 흐뭇하다. 가늘게 채를 썬 모양새가 어찌나 똑 고른지 손으로 썰었다는 말을 믿을 수 없었다. 매콤달콤한 생강차 한 잔을 마시고 나니 손가락 끝까지 따끈한 열기가 번지는 게 하루 종일 걸어도 기운이 남을 것 같다. 자, 어디로 가볼까.

앞바다의 물빛을 닮은 짙푸른색의 통영대교를 지나 미륵도 쪽으로 먼저 들어섰다.

모퉁이를 돌 때마다 바다 풍경은 달라진다. 모퉁이뿐일까. 포구마다 고만고만하게 낡은 어선들이 옆구리를 비비며 서 있는 모습이 다정하다. 살짝 들여다보니 커피

믹스와 원색의 담요, 라면 같은 게 깔끔하게 정리가 되어 있다. 부지런하게 아침 조업을 마친 주인은 잠시 쉬러 들어갔을까. 비닐봉지 하나 떠 있지 않은 바다는 바닥이 아른아른 비치도록 맑고 투명하다. 햇살에 꾸덕꾸덕 말라가는 물메기와 명태가 바닷바람에 흔들리는 풍경이 평화롭기만 하다.

욕지도행 카페리가 운행되는 삼덕 풍경은 유난히 순하고 다감하다. 누구라도 며칠 머무르다보면 어느새 착한 사람이 되어 있을 것 같다. 승선대를 펼치고 서 있는 배를 보자 욕지도에 살고 있는 친척을 방문했던 기억이 새록새록 떠오른다. 늦은 여름이었을까. 커다란 수박을 들고 땀을 비 오듯 흘리며 배를 타던 엄마는 지금의 나보다 한참 젊었다. 욕지도로 시집가 외롭게 지내던 그 친척 아주머니는 엄마를 보자 하염없이 눈물을 흘리며 반가워했고, 삶은 고둥과 찐 홍합을 내놓고는 자꾸만 먹으라 했다. 오후엔 바닷가 비탈에 있는 고구마밭엘 나갔다. 유난히 붉은 황토와 바다 쪽으로 급경사진 비탈이 어린 내 눈엔 너무 무서웠는데 둘은 고구마는 건성 캐면서 수다가 끝이 없었다. 고구마는 채 여물지 않아 작고 길쭉했는데 아마 조금이라도 우리에게 들려보내고 싶었을 것이다. 어느 순간 그이의 손을 벗어난 고구마 하나가 비탈을 굴러내리기 시작했다. 데굴데굴 구르는 고구마와 내 마음이 같이 굴러내렸다. 고구마는 비탈 끝 작은 절벽을 지나 바닷물 속으로 퐁당 빠져버렸다. 나도 그 고구마처럼 수심 모르는 바다로 굴러떨어져버릴 것 같아 다리가 후들거렸다. 끝도 없이 이야기를 주고받는 엄마도 그 친척도 미웠다. 그는 아직 욕지도에 살고 있을까. 갓 건져서 삶은 고둥은 참 맛있었는데.

사랑하는 사람이 있다면 삼덕에서 당포로 이어지는 바닷길을 손잡고 같이 걸어보라 하고 싶다. 언젠가 헤어진다 해도 그 풍경은 영원히 지워지지 않고 낡은 목선처럼 마음의 기슭에서 흔들릴 것이다. 그날의 바다색과 함께.

흔히 통영을 나폴리나 산토리니에 비유하지만 통영은 그곳들보다 풍경이 정감 있고 아기자기하다. 어느 모퉁이에 서서 바다를 바라보아도 마음이 넉넉하고 푸근해지는 산양도로를 따라가다보면 달아공원이 나온다. 달아공원은 이름만큼이나 사랑스러운 언덕이다. 계단을 걸어올라 전망대 끝에 서자 오밀조밀한 다도해 풍경이 사방에 펼쳐진다. 바다 쪽에서 바람이 불어와 머리카락을 날렸다. 바닷가에서 자란 나는 물을 무서워하지 않았다. 해안선이 아득히 멀어질 때까지 헤엄쳐나가 물결 위에 둥둥 떠 하늘의 구름을 바라보며 상상의 나래를 펴다 돌아오곤 했다. 사량도, 추도, 저도, 욕지도…… 여름이면 배를 타고 저 섬으로 가서 지치도록 물놀이를 하고 한낮의 태양에 달구어진 바위에 드러누워 있기도 했지. 여름이 끝나가면 등에는 늘 화상의 흔적이 남아 있곤 했다.

▌통영의 풍광, 특별한 영감과 에너지의 근원

통영 어느 곳이나 바다가 보이는 곳은 모두 파노라마 엽서 같지만, 미륵산 정상에서 내려다보는 포구와 다도해 풍경은 특별하다. 올라갈 때는 정상까지 새로 놓인 케이블카를 타보았다. 곤돌라 형의 케이블카가 올라가면서, 한 마리 보라매가 되어 천천히 날아오르듯 시야는 점점 확장된다. 전망대에 오르자 한산도와 비진도 등 크고 작은 섬들이 초록 보석처럼 흩뿌려져 있다. 가만히 내려다보고 있자니 그 섬에서 보낸 시간들이 하나씩 떠올랐다.

처음 한산도에 간 건 교회 수련회 때였다. 그 여름에 교회에 갔던 건 오로지 그곳에서 나누어주는 수박화채 때문이었다. 커다란 양철통에 수박과 물, 커다란 얼음 덩어리를 넣고 사카린을 넣어 국자로 휘휘 저어서 한 그릇씩 담아주는 그 수박보다 더 맛있는 수박을 이후로 먹어본 적이 없다. 교회에 가서 수박화채만 먹고 빠져나올 수는 없었다. 꼼짝없이 예배가 끝날 때까지 앉아 있어야 했는데 어느 날 찬송을 인도하던 젊고 잘생긴 전도사가 입도 뻥긋하지 않고 있는 내 앞으로 다가와 환하게 웃으며 지휘를 했다. 찬송가를 부를 줄 알았더라면 얼마나 좋았을까. 어쩔 줄 몰라 얼굴이 빨개진 나에게 그는 더 환하게 웃어주었다. 그 곤혹스러움에도 불구하고 나는 여름내 그 화채의 유혹을 이기지 못했고 어찌하다보니 주일학교의 물놀이까지 따라나서게 되었다. 역시나 수박 때문에 교회를 다녔던 오빠와 함께 갔는데 개펄에서 놀다 신고 있던 슬리퍼 한 짝이 물에 쓸려들어가버렸다. 신나게 놀고 있는데 얼마나 귀찮았을까. 오빠는 온갖 지청구를 하면서도 한참을 물속을 더듬더니 슬리퍼를 찾아내주었다.

그때의 내겐 배 12척으로 바람 앞의 등불 같은 나라를 지켜낸 이순신 장군에 대한 존경심은 아직 생겨나지 않았던 것 같다. 하지만 통영에서 바다를 피할 수 없듯 통영에 살면서 장군의 영광과 광휘를 피해갈 수는 없었다. 제승당과 세병관, 충렬사를 놀이터 삼아 지내는 동안 장

군은 어느새 용감한 무적의 이웃 어른이었고 인자한 할아버지가 되었다. 이순신 장군 배 연날리기 대회까지 개최된다니 장군을 친근하게 여기는 건 통영 사람의 공통점인 모양이다. 그러고 보니 내가 세계 4대 해전으로 꼽히는 한산대첩을 승리로 이끈 이순신 장군을 이웃 어른으로 모시고 산 사람이다.

해발 461m의 미륵산은 그리 높은 산은 아니지만 한려해상국립공

원을 한눈에 조망하기에 부족함이 없다. 멀고 가까운 풍경을 바라보고 있으니 윤이상이 왜 이역만리 베를린 집에 통영의 풍광을 고스란히 본뜬 정원을 만들었는지 그 마음을 알 것 같다. 악상이 떠오르지 않을 때면 그는 눈을 감고 점점이 떠 있는 저 섬들처럼 음표가 떠오르길 기다렸을 것이다. 콧대 높은 유럽의 청중들로 하여금 기립박수가 터져나오게 했던 그의 음악의 영감과 에너지의 근원은 저 풍광이 아니었을까. 도천테마공원에 가면 그의 기념관이 잘 꾸며져 있지만 사실 통영 전체가 그의 기념관이라 할 수 있겠다.

▌통영, 문과 무가 강하게 어우러진 유일한 곳

물리도록 바다를 바라보다 내려가는 길은 반대편으로 잡았다. 미륵치 쪽으로 내려가 박경리기념관이 있는 산양마을 쪽으로 내려오면 되는데, 뒤쪽 사면의 풍경은 케이블카가 있는 전면과는 아주 달라진다. 눈이 채 녹지 않은 북쪽 사면과 달리 이쪽 등성이는 봄기운이 터질 듯 차올랐다. 야생화가 피어나는 계절에 꼭 다시 와야지 싶다. 쉼터가 있는 미륵치까지만 내려오면 힘들 것이 없다. 길이 어찌나 살가운지. 이야, 이야, 속삭이듯 말을 걸어오는 길이다.

위에서 내려다볼 땐 길이 있을까 싶었는데, '이야길'이라고 적힌 크고 노란 리본이 군데군데 걸려 있다. 타박타박 걷다보니, 마음속에 넉넉하니 눈물 같은 평화가 차오른다. 모아둔 도토리를 다 먹어치우고 먹이를 찾아나선 다람쥐가 가끔 보일 뿐 길은 한적하다. 누군가 하나씩

올려놓아 쌓았을 돌담이 끊어지다 이어지곤 한다. 그늘진 곳의 돌담에는 세월 따라 곱게 늙은 이끼가 어루만지고 싶도록 예쁘게 덮여 있다. 양지쪽 돌담에는 넝쿨과 고사리와 풀 들이 아기자기 어울려 동네를 이루었다. 때로 길이 갈라지기도 하지만 어디로 가도 합쳐지려니 싶어 마음이 편하다. 아직 사람들의 발길을 타지 않아서일까. 낙엽 쌓인 소롯길에 발이 닿을 때마다 포근포근 간지럽기조차 하다. 펼쳐진 길이 자꾸만 발걸음을 부른다. 사람에 치여 딱딱하게 굳은 서울 근교 산들과는 발바닥맛!이 다르다고나 할까.

한가로운 시골마을인 야소골은 강남 8학군이 울고 갈 만큼 큰 인물이 많이 나온 명당이란다. 지관은 아니지만 눈앞에 부채 모양으로 펼쳐지는 앞바다와 양옆의 부드러운 능선, 땅힘이 느껴지는 황토의 붉은색, 오로라처럼 너울거리는 햇살을 보니 누구라도 여기서 어린 시절을 보낸다면 큰 인물로 자라겠다 싶다. 그뿐인가. 일견 평화로워 보이는 앞바다는 이순신 장군이 학익진을 펼쳐 수적으로 비교가 되지 않는 적선을 맞아 압도적인 승리를 이룬 곳이라 하니, 문과 무의 기운이 이렇게 강하게 어우러질 수 있는 곳이 또 어디가 있을까. 조촐한 산의 사면을 따라 펼쳐진 다랑이논의 아기자기한 아름다움은 어디다 견줄 수 있을까. 그 논을 가꾸는 사람들을 나는 지구예술가라 부르고 싶다. 통영누비, 옻칠, 나전칠기 같은 공예들은 모두 이런 미적 감각의 토대가 있었기에 꽃피울 수 있었을 것이다.

그러고 보면, 이 조그마한 도시가 배출한 예술가들의 숫자가 놀랍도록 많은 것은 결코 우연이 아니다. 태생지가 아니어도 이곳을 스쳐간 예술가들마저 이곳에서 강한 영감과 예술적 기운을 얻어갔다. 박경리,

윤이상, 이중섭, 유치환, 김용익, 김춘수, 김상옥, 전혁림 등 걸출한 예술가들의 영혼에 통영의 자연이 끼친 영향은 심대하다 할 것이다.

산을 거의 내려오면 길은 어릴 적 외가의 고샅길처럼 평탄해진다. 뒤돌아보니 숲은 또 길을 감추었다. 나는 길에게 속삭인다.

그래, 그렇게 숨어 있어.

미륵치로부터 이어지는 이야길은 내 마음속에만 감추어두고 싶은 보석 같은 길이다.

내처 박경리기념관 쪽으로 내려오면 묘소와 공원이 사이좋게 모여 있다. 양지바르긴 하지만 압도적인 비석도, 화려한 상석도 없는 조촐한 묘를 보니 참으로 선생님답다는 생각이 든다. 언젠가 이 동네에 들른 선생께서 여기 참 좋다, 하셨고 그 인연으로 자리를 잡게 되었다 한다. 여기서 바라다보이는 풍경 앞에서 삶의 매듭을 탁 풀어놓지 않을 사람이 없을 것 같다. 소나무 사이 펼쳐진 바다를 바라보니, 열반송과도 같은 선생의 시가 절로 떠오른다.

모진 세월 가고
아아 편안하다 늙어서 이리 편안한 것을
버리고 갈 것만 남아서 참 홀가분하다
　—「옛날의 그 집」 중에서

그 아득한 관조의 세계란 저 바다로부터 온 것이 아니겠는가. 화려한 꽃다발 대신 동백꽃 한 송이를 선생님 영전에 바치고 기념관 안으로 들어섰다. 위대한 문학이란 그만한 크기의 고통에 기대지 않으면 나오지 않는 것일까. 슬픔과 회한만이 한 인간의 영혼을 단단하게 성장시켜주는 것일지도 모르겠다. 한때 생계를 이어준, 검게 녹슨 재봉틀을 바라보자 삶과 예술에 똑같이 최선을 다했던 그분의 삶의 태도에 머리를 숙일 수밖에 없었다. 그의 기념관을 돌아보며, 박경리 문학의 유전자에 통영이 얼마나 깊숙이 새겨져 있나 새삼 느꼈다.

▌꽃과 사랑과 평화를 꿈꾸게 된 동피랑

중앙시장엔 갓 건져올린 톳과 물미역이 산더미처럼 쌓여 있고 탱글탱글한 굴이 지름신을 부른다. 막 맛이 들기 시작하는 봄 도다리 옆엔 성급한 쑥도 나와 있다. 활어가게에서 펄떡이는 능성어, 감성돔, 도다리를 구경하다 야성이 물씬한 주인아저씨 사진 한 장 찍자니 싫단다. 본인이 잘생긴 걸 아는 게야.

시장 구경을 하며 경사를 따라 오르막을 걷다보면 아주 독특한 풍경과 마주서게 된다. 동피랑이다. 동쪽 벼랑이라는 뜻을 가진 이 동네는 통제영 시절 동포루가 있던 자리였다. 여기서 내려다보면 포구 강구안이 거인국의 연못처럼 보인다. 슬럼화가 되면서 철거 계획까지 세웠던 곳인데 한 시민단체가 나서서 동피랑 색칠하기 벽화 공모전을 열었다. 젊은 미술학도들이 독특한 개성이 있는 그림들을 벽에 그렸고 낡은 달동네는 완전히 다른 모습으로 다시 태어났다. 예술이 비루한 일상을 바꾸진 못한다 할지라도 꽃과 사랑과 평화를 꿈꿀 수 있는 백일몽을 펼쳐놓았다. 가히 색채의 마술이라 부를 만하다. 눈물이 차오를 만큼 정겨운 골목길엔 길보다 낮은 집이 많다. 미안합니다, 하는 마음으로 살포시 걸어다녀야 한다.

좁은 골목과 계단을 돌아 굴뚝 사이를 지나며 바다와 숨바꼭질을 할 수 있는 곳. 동피랑은 사랑스러운 동네다. 미로 같은 골목의 끝에 이르니 조그만 가게가 있다. 빼떼기죽이라 쓰여 있는 유리창. 장사를 하기는 하는 걸까. 빼떼기는 추억의 죽이다. 찐 고구마를 어슷 썰어 말려 누렁호박과 같이 끓인, 먹어보기 전엔 모르는 독특한 맛. 유년의 허기를 달래주던 맛. 먹고 싶긴 하지만 이미 오미사꿀빵까지 먹은 터라 배가 부르다. 통영이란, 그런 곳이다. 계절마다 바뀌는 먹을거리가 어찌나 풍성하고 다양한지 벼르던 음식들을 끝내 못다 먹고 떠나는 곳. 좀 있으면 봄멸치시락국이 끝내주는데.

집은 사라지고 추억은 남고……

동피랑을 내려와 다시 남망산을 오른다. 남망산은 통영 사람들의 놀이터이다. 좋은 일이 있어도 오르고 슬퍼도 오른다. 지금은 잘 정비가 되어 숲길을 따라 멋진 조각작품들을 감상할 수 있는 야외조각공원이 되어 있지만 나 어릴 적엔 그냥 만만한 동산이었다. 엄마와 남망산에 오른 기억이 여전히 선명하다. 서른 중반, 한창 나이의 엄마는 달처럼 예뻤다. 남망산 기슭에서 연분홍 한복을 입고 흰 레이스양산을 들고 살포시 웃으며 사진을 찍던 엄마와 그 옆에서 치맛자락을 꼭 쥐고 있던 나. 중턱까지 차로 뒤덮인 모습을 보니 나로선 조촐했던 그때가 더 좋았다는 생각도 든다.

통제영 시대 군선이 정박했던 곳인 문화마당 쪽으로 내려오니 외지에서 온 사람들이 한가로이 거닐며 통영의 오후를 만끽하고 있었다. 복원해놓은 거북선 안으로 들어가 장군의 옷을 입어보기도 하고 연안터미널 쪽으로 걸어오는데 설탕뽑기 좌판이 보인다. 투명하게 녹인 설탕을 틀에 부어 거북선, 비행기, 별, 독수리 등 여러 가지 모양으로 찍어내 걸어놓은 것들을 보자 마음은 단숨에 유년의 오후로 날아간다. 얼마나 뽑고 싶었던가. 저 커다란 비행기. …… 그랬다. 내겐 걸어야 할 길이 하나 더 남아 있었다. 내 유년의 길.

내 어릴 적 놀이터였던 세병관을 향해 언덕을 걸어올랐다. 200원이라는 입장료가 귀엽다. 수없이 오르내렸던 계단은 가운데가 살짝 파여 있는데 그때도 그랬지 싶다. 통제영의 객사였던 세병관은 유구한 역사를 지닌 국보이지만 어린 내가 알 턱이 없었다. 그렇지만 철모르는 눈에도 단층 팔작지붕 건물의 위용과 품격은 어떤 외경심을 품게 해 여기서는 조용히 놀았었다. 선조 38년(1605) 세워진 세병관은 약 300년의 세월을 삼도수군통제영으로 사용되어왔다. '세병'이라는 말은 은하수를 끌어와 피 묻은 갑옷과 병기를 깨끗이 씻는다는 의미로 평화애호사상을 품고 있기도 하다. 세병관 마루로 올라서면 옛 그림과 통제사들의 이름을 새긴 명패, 그리고 단청이 보인다. 그림을 복원하기가 까다로워 그대로 두었다는데, 풍상이 아로새겨진 그 자연스러운 느낌에 덧칠을 하지 말았으면 싶은 마음이 간절하고도 간절하다. 주위로는 복원공사가 한창인 세병관을 나와 사거리에 서 있는 돌벅수를 보러 갔다. 원래 돌벅수는 액을 막고 부족한 땅의 기운을 보하기 위해 세웠다 한다. 하루에도 몇 번씩 마주쳤던 벅수의 모습은 그대로일 터인데, 아, 엄청나게 크고 무섭던 그 벅수가 이 벅수란 말인가. 어째서 나 어릴 때 '벅수야'라는 말은 '바보야'라는 말과 동의어였을까? 푸근하고 넉넉한, 제몫 못 챙길 것 같은 생김새 때문일까. 벅수는 이제 크지 않은 모습으로 여전히 '벅수처럼' 화안히 웃고 서 있다.

박경리의 소설 『김약국의 딸들』에 보면 "간창골 동헌에서 서쪽으로 나가면 안뒤산 기슭으로부터 그 아래 일대는 간창골이란 마을이다. 간창골 건너편에는 한량들이 노는 활터가 있고 이월 풍신제를 올리는 뚝지가 있다……" 이런 구절이 나온다. 간창골이란 관청골이 변한 이름이다. 그러니까, 내가 이래 봬도 박경리 소설의 무대 속에 살았던 사람인 것이다.

저 언덕을 따라 올라가면 친구 집도 있었고 거기서 골목길을 더 들어가면 우리 집이 나왔다. 낡은 일본식 가옥엔 베란다처럼 유리문이 달려 있고 그 안으로 마루와 방이 있었다. 그곳에서의 일들을 얘기하면 엄마는 잘 기억나지 않는다 하는데, 몇몇 장면을 나는 여전히 어제처럼 기억하고 있다.

그중 하나는 친구와 놀러갔던 뒷산이었다. 나지막한 산 아래 커다란 분지형의 땅이 펼쳐져 있었는데 짐작건대 아마 그곳이 한량들의 활터와 굿판이 가끔 벌어지던 뚝지 근방이 아니었을까. '혼자 오면 저기서 병이 낫길 원하는 문둥이가 나와서 네 간을 빼먹는다.' 어릴 때도 늦되었던 나는, 네게만 알려준다는 듯 속삭이는 친구의 그 말을 곧이곧대로 믿어버렸다. 그것은 내 생에서 타자로부터 온 최초의 공포였다. 통영을 떠날 때까지 그 인적 드문 근방엔 다시 발을 디디지 않았다. 그

친구는 지금 어디서 나이 들어가고 있을까.

　또하나의 기억은 아버지에 관한 것이다. 통영 사는 동안 아버지는 유난히 술에 취해 귀가하는 날이 많았다. 몸을 가누지 못할 정도로 대취해 돌아와서는 유리문을 열고 드러누워버리곤 했다. 한참 뒤에야 엄마에게 그때 아버지가 왜 그렇게 술을 많이 드셨는지 물어보았다. 누군가 인삼을 사서 베트남에 가져가 팔면 다섯 배의 수익을 낼 수 있다고 꼬드겼는데 집을 팔아 인삼을 사놓고 보니 그 무책임한 인사는 그때사 발뺌을 했고 헐값에라도 팔려고 내놓았지만 사는 사람도 없어 이리저리 나누어 먹고 말았다 한다. 생각해보면 파랗게 젊었던 가장의 어깨에 가난한 삶은 얼마나 무거웠을까. 엄마는 힘들었겠지만 술에 취한 아버지는 엿이나 생과자를 사들고 오시곤 했기 때문에 철없던 나는 아버지가 술 취해 돌아오기를 기다렸다.

　……도토리묵을 싸서 허리춤에 달아주며 하얀 사코 우느흔구나 박달재의 그흐흠보오옹아. 술 취한 밤이면 그 골목에 울리던 아버지 노랫 소리가 여전히 선연하다. 여러 번 통영에 왔었지만 여기 와보겠다는 생각은 없었다. 기어이 이곳을 찾은 것은, 지난해 아버지를 여의고, 다시는 들을 수 없는 그 노랫가락의 흔적을 찾고 싶었던 것인지도 모르겠다.

저녁이 오고 길은 어둠에 싸이는데 아무리 오르내려봤지만 옛집의 흔적은 찾을 도리가 없다. 간을 빼먹히지 않으려 숨차게 달려오던 골목은 어디일까. 서울내기 다마네기 맛좋은 고래고기, 노래에 맞춰 고무줄놀이를 하던 공터는 어디일까. 집은 사라지고 추억만 남았다. 돌아서 다시 벅수가 있는 거리로 천천히 걸어내려왔다. 오랜 시간이 흐르고 나면, 다섯 살 무렵의 기억과 오늘의 기억이 뒤섞이는 날이 올지도 모르겠다. 여행은 그런 것이다. 추억은 과거가 되지 않고 나머지 생에 끊임없이 되살아난다.

혹, 이름없는 길인들 어떠하리

참 많이도 걸었지만 피로보다는 충전이 되는 시간이었다. 미륵산 자락의 흙길을 걷는 동안, 동피랑의 벽화를 바라보는 동안, 당포바닷가의 수심을 가늠하는 동안, 오르락내리락 아기자기한 골목길을 따라 걷는 동안 어떤 행복감이 밀려들었다. 뭐랄까. 그건 봄의 통영을 천천히 걸어본 자만이 알 수 있는 행복감이다.

통영은 영혼을 풍요롭게 하고 꿈을 꾸게 하는 도시이다. 시리도록 푸른 바다가 먼저 보이고, 차지고 힘 있는 땅이 보인다. 유순하고 따스한 사람이 있고 문화와 예술이 갈피갈피 숨어 있다. 통영은 겹이 많은 고장이다. 이렇게 몇 줄의 글 속에 가두어둘 수 있는 땅은 아니다.

삶이 마른 비스킷처럼 파삭거리는 날이면 다시 통영을 찾을 것이다. 누군가 날 외롭게 하는 날이면 김춘수 시인의 흔적을 찾아볼 것이다.

……나의 이름을 불러다오, 그에게로 가서 나도 그의 꽃이 되고 싶다는 그의 시에 내 마음 한 자락을 슬쩍 얹어놓고 올 것이다.

우울한 날이면 통영의 햇살과 바람과 땅을 자신만의 색채로 풀어놓은 화가 전혁림의 미술관에 들러도 좋을 것이다. 미술관 곳곳에 보란 듯, 숨은 듯 펼쳐지는 쪽빛의 통영바다를 찾다보면, 마음의 갈피에 끼어 있던 우울마저 훌쩍 날아갈 것이다.

막 사랑에 빠진 사람이라면 유치환 시인의 흔적이 생생한 청마거리를 걸어보라 하고 싶다. 사랑하는 것은 사랑을 받느니보다 행복하나니라, 오늘도 나는 에메랄드빛 하늘이 환히 내다뵈는 우체국 창문 앞에 와서 너에게 편지를 쓴다, 고 했던 바로 그 우체국에서, 사랑하는 이에게 엽서를 보내보라. 엽서가 우체통 바닥에 떨어지는 소리에 사랑을 하는 자의 행복이 무엇인지 알게 될 것이다.

통영 출신 예술가들의 흔적이 배어 있는 장소들이 주는 감흥도 특별하지만, 혹 이름 없는 길이어도 좋다. 해안선을 따라 이어지는 산양도로도 좋고, 미륵산 비탈의 너덜강도 괜찮다. 모퉁이를 돌면 마음속에 감추어둔 보석 같은 길이 펼쳐진다. 그 어디에서도 '토영'의 바람과 햇살, 사람을 포근히 감싸는 기운을 느낄 수 있을 터이니. 굳은 비늘 같은 삶의 때가 떨어져나가고 간지러운 새 기운이 솟을 터이니.

나를 얽매는 현실 안에서 어디론가 길을 떠난다는 것, 그것이 바로 삶이다. 길을 걸으며 세상을 만나고, 꿈을 꾸고, 그 꿈꾸기는 우리 삶을 호흡하게 만든다. 길은 언제나 우리 앞에 놓여 있다. 언제나 그렇지만, 떠날 일만 남은 것이다.

우리나라 지자체가 동피랑에서 배워야 할 것은 다른 무엇보다, 재개발이 능사가 아니며 가치는 새롭게 만들어내기 힘들다는 점이다. 여기에 더해, 무조건적인 해체보다는 보전과 개발을 분리해서 적용하는 현명한 판단과 노력이 필요하다는 깨달음도 필요하다.

어찌 동피랑뿐이랴. 부침이 잦고 차가 다니는 큰길과 달리 실핏줄처럼 이어진 좁은 골목길은 그 지역 특성과 정체성이 살아 있는, 역사와 문화를 배우고 체감할 수 있는 소중한 공간이다. 걸어서 이동할 수밖에 없는 한정된 공간 특성이 크게 일조함은 물론이다.

숱한 예술가를 배출한 도시답게 통영이란 도시는 예술적인 면모를 곳곳에서 보여준다. 거창하거나 가식적이지 않은, 펄떡거리는 활어처럼 살아 숨 쉬는 예술가들의 창작열 덕분에 통영은 언제나 따스하고 활기차다.

제발 이제는 통영을 '동양의 나폴리' 같은 진부하고 열등감에 젖은 표현으로 일컫지 말자. '나폴리가 닮고 싶은 통영', 이 얼마나 통쾌한 표현인가 말이다!

세상이 하루가 다르게 변한다 해도 우리 사는 모습이 몽땅 다 바뀌는 것은 아니다. 솜사탕 맛이 어떨 것이란 것쯤이야 다 알고 있지만, 이따금 한 통 사서는 한입 떼어 물다가 콧잔등에 붙은 실오라기 같은 솜사탕을 떼어 슬그머니 입에 도로 넣는 것 또한 즐겁지 않을 것인가.

바구니에 가려 보이지 않지만, 활짝 웃고 있을 어머니 얼굴이 눈에 선하다. 세상은 이 맛에 사는 거다.

누구를 기다리시나, 낡은 의자 둘. 털썩 앉아 벽에 등을 기대고 동피랑과 더불어 노을에 젖는 것도 썩 괜찮을 것 같아.

이제 해는 지고 세상에 땅거미 깔리는 저물녘. 어둑해진 길 따라 누군가는 집으로 향하고, 여행자는 한결 여유로워진 길을 걸으며 자유와 쓸쓸함을 만끽하리라. 이 세상 저녁, 저마다 안식을 찾아 길을 걷는 조용한 시간.

중앙시장 활어 난전은 통영뿐만 아니라 전국에서 찾아오는 사람들로 날마다 붐빈다. 시장을 지탱하고, 번성하게 만드는 것은 현대화된 시설도 아니고, 너른 주차장이나 깔끔하게 단장한 상점이 아닌, 난전이란 사실을 생생히 보여준다.

13

유철상

1996년 광주매일 신춘문예 소설 부문을 통해 등
단했다. 중앙일보 레저주간지 『FRIDAY』에서 여
행전문기자로 일했고, 여행정보 매거진 월간
『AB-ROAD』에서 편집장으로 일했다. 여행전문기
자의 노하우를 살려 랜덤하우스코리아에서 여행출
판팀 편집장으로 일했고, 현재는 상상출판 대표로
있다. 저서로 『사찰여행 42』 『대한민국 럭셔리 여
행지 50』 『행복한 가족여행 만들기』 『내 마음속
꼭꼭 숨겨둔 여행지』 『감성여행』 『절에서 놀자, 템
플스테이』, 『호젓한 여행지』(공저) 등이 있다.

고창
질마재길

미당이 걷던 질마재와
아름다운 절집 선운사 오솔길

유철상

세계문화유산으로 선정된 고인돌 떼무덤과 람사르 습지, 천년고찰 선운사, 그리고 미당 서정주가 태어나고 묻힌 진마마을과 그가 넘나들던 질마재. 전북 고창의 고인돌·질마재 따라 100리길에서 만날 수 있다. 고인돌·질마재 따라 100리길은 총 40km로, 4개의 코스가 있다. 고인돌박물관에서 시작하는 1코스는 오베이골 생태연못과 운곡저수지, 동양 최대 크기의 운곡고인돌을 지나 원평마을로 이어진다. 인천강을 따라 걷는 2코스에서는 할매바위, 병바위 등 장엄한 기암괴석과 다양한 철새를 감상할 수 있다. 1, 2코스 각각 두 시간 십 분, 두 시간 삼십 분 소요. 3코스는 연기교에서 시작하는 질마재길이다. 시작점과 도착점이 같은 순환형 코스로, 걷는 데 세 시간 삼십 분 정도 걸린다. 4코스는 보은염 소금길이라 불린다. 가장 긴 코스로 네 시간 삼십 분은 잡아야 한다. 4개의 코스 모두 경사가 완만해 트레킹 초보자도 힘들지 않게 즐길 수 있다.

마음에도 무게가 있을까? 없다면 가슴 한편을 짓누르는 이것은 무엇인가. 생각에도 크기가 있을까? 없다면 머릿속을 꽉 채운 이것은 또 무엇일까. 사람들이 '걷기'에 이토록 맹렬히 호응하는 이유는 나와 마찬가지로 바쁜 일상에 지쳐 자신을 잃어가고 있기 때문이라는 생각이 들었다. 그래서 걸으면서 생각하고 자신을 돌아보는 시간을 찾으려는 것이다. 『걷기의 역사』를 쓴 레베카 솔닛은 "걷기의 리듬은 사유의 리듬을 낳는다. 풍경 속을 지나는 움직임은 사유의 움직임을 자극한다. 마음은 일종의 풍경이며 실제로 걷는 것은 마음속을 거니는 한 가지 방법이다"라며 걷기여행에 대해 언급했다. 비단 우리나라만 걷기여행에 열중하는 것이 아니라 외국도 비슷하다.

사람들은 왜 걷고 또 걸으려 할까? 정확한 대답은 직접 걸어본 사람만이 할 수 있다. 걷기는 느리게 여행하는 최적의 방식이다. 느리게 걸으며 자신을 돌아보는 여행은 곧 나를 찾아 떠나는 여행이라 해도 과언이 아닐 것이다. 나를 찾는 사색의 공간으로 오솔길만큼 좋은 곳이 또 있을까?

사실 우리 땅 어디를 가든 걷기 좋은 길이 많다. 우리 땅 곳곳에서 만날 수 있는 걷기 좋은 길은 어느새 유행처럼 번지고 있다. 걷기의 매력은 거창하게 이야기하지 않더라도 '나'를 가장 잘 만날 수 있는 여행법이다. 쉼표처럼 걷고, 자연을 느끼고 자신을 되돌아보는 공간을 찾아가는 여행. 그것이 곧 걷기여행의 의미일 것이다. 숲이나 오솔길에 몸을 맡기고 걸으며 오로지 나를 위한 여행을 경험할 수 있다. 걷는다는 것은 내면에 집중하기 위해 자연과 몸을 매개로 에둘러가는 방식이다.

걸으면서 호흡을 가다듬고, 몸의 감각을 예리하게 갈고 호기심을 새로
이 하는 기회를 얻게 되는 것이다.

▌세계문화유산으로 지정된 매산리 고인돌군

질마재길 100리의 시작점은 고창읍 매산리에 위치한 고인돌공원이
다. 고창읍 쪽으로 20분 거리에 위치한 매산리 일대에는 볼록볼록 제법
덩치 큰 바위들이 산기슭에 돌출되어 있다. 도로변에 널려 있어 눈요기
만 하고 지나치기 쉽지만 산책로를 따라 고인돌공원 잔디를 밟아보자.
매산리 고인돌군은 산기슭을 따라 2.5km가량의 거리에 500여 기의 남
방·북방식 고인돌이 모여 있어 고인돌문화의 절정을 자랑한다.

고인돌은 지석묘라고도 하며 중국에서는 석붕, 영어로는 Dolmen
이라고 한다. 고인돌은 함경북도지방을 제외한 우리나라 전역과 일본
의 기타큐슈, 중국의 해안지방에 주로 분포하고 있다. 보다 넓게는 북
유럽과 서유럽, 지중해 연안을 거쳐 중동지방과 북아프리카, 영국, 스
위스 등에도 분포되어 있다. 그러나 이들 고인돌 분포 지역 중 가장 밀
집되어 분포하는 곳은 우리나라다. 특히 고창읍 죽림리 매산리를 기점
으로 동서간 1,764m에 걸친 81,763㎡에 탁자형(북방식) 지석묘 2기와
지상석곽地上石槨형(북방식에서 남방식으로 변이해가는 과도기적 형식) 44기,
바둑판형(남방식) 247기, 형식이 불분명한 149기 등 각종 형식의 지석묘
442기가 분포하고 있다. 매산리 일대는 우리나라 어느 곳에서도 찾아
볼 수 없을 만큼 조밀하고 집단을 이루어 분포되어 있어 지석묘의 발생

과정을 추측할 수 있는 가치를 지니고 있다. 일명 고인돌공원으로 지정된 이곳은 2001년 유네스코에서 지정한 세계문화유산의 가치를 담고 있어 의미가 새롭다.

고인돌박물관도 천천히 관람하면 좋다. 고인돌공원으로 향하는 주차장 입구에 있는 박물관은 고인돌이 성행했던 선사시대의 유물과 원시시대의 삶을 시대별로 전시하고 있다. 박물관이나 역사를 증명하는 공간이나 유적이 없다면 수많은 역사는 허공에 날아가버렸을 것이다. 잠시 현재에서 벗어나 과거의 흔적을 더듬으며 시간을 거슬러 여행을 떠나보자. 뒤를 돌아보지 않고 곧게만 나아가는 시간을 살면서 이런 쉼표 같은 기회가 없다면 삶은 그야말로 무미건조할 것이다. 쉼표가 없는 일상은 대팻밥이나 톱밥처럼 우리들 본래의 삶에서 시나브로 깎여나가는 부스러기가 되고 말 것이다. 그런 면에서 고인돌공원은 아득하게 먼 시간을 더듬어보는 쉼표 같은 공간이다.

고인돌공원에서 운곡리 고인돌 쪽으로 넘어가면 운곡저수지를 끼고 도는 길이 나온다. 저수지를 돌아나가면 원평마을 입구가 나온다. 여기서부터 2코스에 해당하는 인천강 강변길이 이어진다. 이곳은 차량 통행량이 많고 길이 평이해 걷기를 포기하고 시내버스를 타고 선운사 입구로 이동했다.

▌ 제3코스 인천강 줄기 건너 소요산으로 가는 길

  연기교가 있는 선운사 입구 삼거리 주변은 풍천장어를 파는 식당이 수십 개 몰려 있다. 여기서 연기교를 건너면 연기마을 입구가 나온다. 삼거리 입구에서 좌회전하면 선운산관광안내소, 우회전하면 연기교를 지나 소요산길 초입이다. 연기교 밑으로 서해 바닷물과 민물이 몸을 섞는 인천강이 유유히 흐른다. 선운산 서쪽, 고수면 명매기골의 맹매기샘에서 발원해 동쪽으로 흘러 줄포만에 이르는 인천강의 다른 이름은 풍천風川이다. 바닷물이 밀려들 때 바다의 거센 바람까지 몰고 온다 해서 바람 풍風, 내 천川이란 글자를 써서 붙은 이름이다. 선운사 앞 인천강에 하루 2번 바닷물이 들어오는데 장어와 재첩, 참게, 붕어 등이 풍부하고, 특히 예부터 이곳에서 잡히는 민물뱀장어를 으뜸으로 친다.

  인천강은 바닷물의 영향이 미치는 구간이 10km 이상 되기 때문에 뱀장어의 좋은 이동통로이자 서식지다. 바다 부근에 염도가 높고, 풍부한 갯벌이 형성되어 서식지로 좋은 조건을 지녔다. 태평양에서 부화된 치어들이 엄마의 고향을 찾아 먼 길을 달려와 성장한 뒤 다시 산란을 위해 바다로 나간다. 강에 돌탑을 쌓아놓으면 어디든 파고들어가기를 좋아하는 장어가 돌틈에 숨어든다. 어부는 장어가 빠져나가지 못하도록 돌탑 주위에 그물을 치고 손으로 한 마리씩 잡아올린다. 이렇게 잡은 풍천장어는 수분, 단백질, 탄수화물, 비타민 등이 풍부하다. 특히 비타민A는 쇠고기보다 20배나 많이 함유되어 있어 맛이 유달리 담백하고 구수해서 미식가들 사이에 인기가 높다.

  요즘도 가끔 몇 마리씩 잡히기도 하지만 그 수는 미미하다고 한다.

자연산 장어의 양이 많지 않아 모든 식당이 양식 장어를 식탁에 올린다. 소요산을 가로지르는 질마재에 오르려면 풍천장어에 된장찌개 한 그릇은 해야 할 것 같다. 고소하고 담백한 풍천장어에 먼 여행길 피로도 사라진다. 길을 걸으면서 맛있는 식당을 만나기가 쉽지 않지만 이곳은 고창의 별미 풍천장어를 제대로 먹을 수 있는 식당이 많아 아예 등산화를 벗어놓고 편하게 식사를 즐기는 것도 좋다.

강 하구 오베이골에서 인천강 수계에 이르는 지역은 270여 종의 다양한 동식물의 보고로 2011년 람사르 습지에 등록되었다. 고창군의 유일한 물줄기, 고창의 젖줄인 인천강변은 10월 중순께면 억새와 갈대로 뒤덮인다. 그 한가롭고 평화로운 강변길은 소요산으로 오르는 오솔길로 이어진다.

연기교를 건너 콘크리트길을 따라 걸으니 소요사 입구와 질마재 갈림길이 나타난다. 길은 필요에 따라 생기고 필요에 따라 사라진다고 했던가. 언뜻 봐도 포장된 왼쪽 길은 소요사 가는 길, 질마재 가는 길은 오솔길이다. 갈림길에서 질마재 정상까지 1.0km라는 이정표를 보고 있자니 백구가 달려와 주변을 맴돈다. 백구는 얼른 질마재 정상으로 안내하고 싶다는 듯 오솔길로 뛰어간다. 밤송이가 지천인 오솔길은 2명이 지나기도 벅차다. 드문드문 고인돌 질마재 따라 100리길, 문화생태탐방로라고 적힌 리본이 초행의 등산객을 안심시킨다.

질마재는 연기마을에서 진마마을로 넘어가는 길이다. 고창에는 높고 가파른 산이 없다. 소요산이 444m, 고창에서 가장 높다는 방장산도 600m를 조금 넘는다. 그래서 소요산 둘레길 트레킹은 둘레둘레 주변을 둘러보고 사색하며 걷는 길이다.

질마재는 미당 서정주 시인(1915~2000)의 고향마을에 있는 고개 이름이다. 행정구역상으로는 전북 고창군 부안면 선운리 진마마을에 자리잡고 있다. '질마'는 소나 말의 안장을 뜻하는 '길마'의 사투리, 결국 질마재는 양쪽 언덕 사이에 걸려 있는 안장 같은 고개를 말한다. 평탄한 소요산 오솔길을 30여 분 걸으면 미당 서정주의 고향, 진마마을이 나온다. 미당은 이곳에서 1915년 태어나 아홉 살 때까지 살았다. 진마마을 입구에는 2001년 복원된 미당의 생가가, 80m 아래에는 그의 외가가 있다. 미당은 고향을 떠난 지 74년 만에 돌아와 생가가 내려다보이는 소요산 자락에 잠들었다.

　　미당시문학관에선 꼭 전망대에 올라가봐야 한다. 이곳에선 하늘, 바다, 산, 들판이 한눈에 들어온다. 드넓은 간척평야는 곰소만갯벌과 맞닿아 있다. 잔잔한 바다 너머엔 변산반도의 산봉우리들이 겹겹이 둘러 있다. 뒤를 돌아보니 그리 높지 않은 소요산이 넉넉한 가슴으로 마을을 감싸안고 있다. 마을 사람들의 모든 역사가 이 고개에 아로새겨져 있다. 진마마을은 해변 모래땅이었다. 농사를 지을 수 없었던 마을 사람들은 바닷가로 나가 고기를 잡고 소금을 구웠다. 이것을 정읍이나 장성의 장터에서 곡식과 바꿔 양식을 구했다. 읍내 장터에 가자면 어김없이 이 고개를 넘어야 했다. 질마재는 좁지만 그리 높고 험한 길은 아니다. 미당도 이 고개를 넘어 고향을 떠나고, 이 고개를 넘어 고향으로 돌아왔다고 한다.

　　질마재 산마루에 서면 람사르 습지로 지정된 고창·부안갯벌 131.9km²가 훤히 내려다보인다. 그 기막힌 절경에 쉽게 떨어지지 않는 발길을 옮겨 오른쪽 오솔길로 접어든다. 소요사 입구를 지나 밤나무길을 내려오면 맑은 저수지가 조금씩 모습을 드러낸다. 둘레길은 호숫가를 반바퀴 돌도록 이어져 있다.

▌제4코스 동백꽃과 꽃무릇이 길손을 반기는 선운사

고창 여행의 중심지이자 4코스에 해당하는 선운사는 미당 서정주가 생전에 가장 사랑했던 절이다. 선운사 여행은 서정주 시인의 「선운사 동구」를 읊조리며 시작된다.

선운사 골째기로／선운사 동백꽃을 보러 갔더니／동백꽃은 아직 일러 피지 안했고／막걸릿집 여자의 육자배기 가락에／작년 것만 상기도 남았습니다／그것도 목이 쉬어 남았습니다
―「선운사 동구」 전문

이 시는 명승고찰 선운사와 더불어 애송시로 유명하다. 3월 말이면 꽃을 밀어올리며 선운사에 도래한 봄을 알린다. 대웅전 뒤란으로 발길을 옮기면 그 유명한 동백나무숲이 펼쳐져 있다. 수령이 500년을 넘긴 동백숲은 천연기념물 제184호로 지정될 정도로 웅장하다. 동백나무 자생지로는 북방한계선상에 있기 때문에 4월이 되어야 절정을 이룬다. 동백꽃은 만개했을 때보다 꽃이 떨어질 때가 더 운치 있다. 떨어진 동백꽃은 검붉게 선홍색을 잃는다. 꽃들의 죽음 사이로 밝은 햇살을 받아 반짝거리는 이파리와 몇몇 붉고 싱싱한 동백꽃송이들이 금방이라도

파닥거릴 것 같은 생동감을 여운으로 남긴다. 선운사 대웅전과 함께 주인이 된 배롱나무에 꽃이 화들짝 피어나면 선운사는 그야말로 아담하고 소박한 미소를 지어 여행객들을 반긴다.

가을이면 선운사 입구까지 계곡을 따라 붉은색 꽃무릇이 서서히 달아오른다. 봄이면 빨간 동백이 핏빛처럼 멍울져 피며 유명세를 떨치지만, 초가을 절 주변을 수놓는 꽃무릇의 장관에 비할 바가 못 된다. 이 때문에 가을의 선운사가 동백이 한창인 봄철보다 훨씬 매력적이다. 초파일에 매달아놓은 등처럼 숲길 따라 빨갛게 불을 밝히는 꽃의 행렬은 너무나 눈이 부셔 이 길이 천국으로 드는 관문처럼 느껴진다.

직선으로 곧게 뻗은 꽃대 위에 수줍은 처녀의 머리카락처럼 피어난 붉은 꽃무릇. 수줍은 처녀의 머리카락처럼 가녀린 듯 피어난 꽃잎이 여행객의 발걸음에 한들거린다. 꽃무릇은 꽃이 피었다 지고 난 다음에 잎이 나와 평생 꽃과 잎이 만날 수 없는 꽃이라, 선운사 스님들은 이 꽃을 상사화라고 부른다. 이 꽃에는 속세의 여인을 너무나 사랑했던 한 스님이 사랑을 이루지 못하고 죽어서 꽃으로 피었다는 전설이 서려 있기 때문이다. 애틋한 그리움을 품고 피는 꽃인 탓에 여행작가 이시목씨는 "그리움으로 힘겹거든 숲그늘에 '그리움'으로 맺힌 꽃무릇이 지천으로 널린 고창 선운사로 가보라"고 권한다.

고즈넉한 산사로 연결되는 오솔길에는 나지막한 목탁 소리가 귓가를 울리고, 밤하늘의 폭죽처럼 툭툭 터져 갈래진 꽃이 아름답게 피어 눈을 황홀하게 한다. 꽃무릇은 주차장 앞 개울가부터 눈에 띄기 시작한다. 처음엔 한 줌씩 흩어져 피다가 매표소 들머리의 송악에서부터는 아예 무더기로 핀다. 특히 부도밭은 온통 꽃무릇 천지다. 매표소를 지나

가장 먼저 만나게 되는 이곳 부도밭은 추사 김정희가 직접 쓴 백파스님의 부도비가 있어 사람들의 발길을 종종 붙잡는다. 푸른 전나무숲 한가운데 자리잡아 색의 조화도 뛰어나려니와 고승들의 향기가 더해져 분위기마저도 결코 예사롭지 않다.

이곳에서 선운사 경내까지 계곡이 흐른다. 계곡을 따라 석가탄신일에 등불이 길을 밝히듯 고운 빛의 꽃이 마치 융탄자를 깔아놓은 듯 피어 있다. 그 길을 걷노라면 사람도 꽃도 물속에 선명하게 반영돼 한 폭의 수채화를 그려낸다. 오랜 사찰을 찾아 둘러보는 기분도 좋으련만, 꽃 속에 묻혀 가벼운 산보를 할 수 있으니 이보다 더 행복할 수 있을까.

부도밭을 지나면 곧바로 절의 대문인 천왕문이 여행객들을 반긴다. 선운사 경내는 천왕문, 만세루, 대웅보전, 영산전, 관음전, 팔상전, 명부전, 산신각 등 10여 동의 건물들이 자리하고 있어 정연하고 차분한 분위기를 자아낸다.

선운사의 창건설화는 아주 독특하다. 설화에 의하면 죽도포竹島浦에 돌배가 떠와서 사람들이 끌어오니 배 안에는 삼존불상과 탱화, 나한, 금옷 입은 사람의 품 안에 "이 배는 인도에서 왔으며 배 안의 부처님을 인연 있는 곳에 봉안하면 길이 중생을 이익케 하리라"는 편지가 있어 연못이었던 지금의 절터를 메워서 절을 짓게 되었다는 것이다. 약간은 다듬어진 창건설화 같지만 그 신비감은 진흥굴과 마애불상으로 발걸음을 옮길수록 묘하게 상기된다.

동불암 마애불의 미륵비결과 호남의 소금강

　선운사 담벼락에서 도솔암까지 3.2km 구간은 붉은 기운이 약해지긴 해도 꽃길을 따라 산행을 할 수 있다. 이곳까지 쉬엄쉬엄 걸어서 두 시간 정도 걸린다. 산이 떠나가듯 울어대는 산새소리는 덤이다. 말이 산행이지 공원을 걷는 것만큼 쉬운 길이다. 소설가 정찬주는 "이 길을 걷고 있으면 인간세상에서 하늘로 가는 기분"이라 말했다. 숲길을 약 30분쯤 걸으면 줄기가 우산살처럼 사방으로 뻗친 장사송이란 특이한 소나무를 만난다. 이 나무 옆에 진흥왕이 수도했다는 진흥굴이 보인다. 깊이가 10m인 이 자연굴은 TV드라마 〈대장금〉에서 장금의 어머니묘의 배경으로 나와 유명세를 떨치는 곳이다.

　도솔암 옆 바위계단을 오르면 내원궁이 나온다. 이곳에서 바라보는 선운산의 골짜기가 백미다. 바위산이 연출하는 거친 산세에 돌틈에서 자라난 나무들의 푸른빛이 일품이다. 특히 가을이면 단풍이 곱게 물들어 장관을 펼쳐낸다. 암자 주변에는 등불암 마애불, 용문굴, 낙조대 등 명소가 있고, 등산로는 드라마 〈상도〉가 촬영된 장소여서 많은 볼거리를 얻을 수 있다.

　도솔암은 기도효험이 높아 집안의 대소사를 소원하는 신자들의 발길이 끊이지 않는다. 도솔암을 바라보다가 왼쪽으로 시선을 던지면 위압적인 인상의 거대한 마애불이 들어온다. 암자 앞의 거대한 암벽인 칠송대에 새겨진 높이 17m의 미륵불이다. 마애불 가슴에 눈에 띄는 감실이 있는데, 여기에 관한 재미난 전설이 전해진다. 검단선사란 스님이 비결록을 써서 넣었다고 한다. 조선시대 말에 전라도 관찰사로 있던 이

서구가 감실을 열자 갑자기 풍우와 뇌성이 일어 그대로 닫았는데, 책 첫머리에 "전라감사 이서구가 열어본다"는 글이 적혀 있었다고 한다. '배꼽에 신기한 비결이 들어 있다' 하여 역사적인 사건이 날 때마다 회자되기도 했다. 실제로 동학농민전쟁 때 농민군의 수장이 마애불의 비결을 열려고 했지만 실패로 돌아갔고 조선 중기에도 전라부사가 비결을 열려다 벼락에 맞을 뻔했다는 이야기가 허튼소리가 아닌 것처럼, 지금도 배꼽 정도의 네모난 비결에 자꾸 눈이 간다.

마애불 앞을 지나 계속 산길을 오르면 이무기가 뚫었다는 용문굴이 나온다. 영화 〈남부군〉에서 안성기가 네이팜탄에 맞은 병사들을 돌보던 장소가 바로 이곳이다. 용문굴 일대는 기암괴석이 장관을 이루고 있어 영화촬영 무대로 자주 등장한다.

용문굴과 낙조대 등산길은 험하지 않고 도보로 20분 거리에 있어 쉬엄쉬엄 오를 수 있다. 이왕 낙조대까지 올랐다면 하늘과 바다가 한빛으로 붉게 물드는 낙조를 감상하자. 낙조대에 오르면 영광 칠산 앞바다와 곰소만이 한눈에 들어온다. 저녁 무렵 서해바다로 사라지며 붉은 빛을 토해내는 낙조를 본다면 선운산이 호남의 내금강이라 불리는 이유를 알 수 있다. 바다는 온갖 시름을 어루만지듯 온통 붉은 비단의 물결로 뒤덮는다. 날씨가 맑은 날이면 변산반도가 한눈에 들어와 이곳을 찾은 등산객들을 즐겁게 한다.

지루할 새도 없이 연신 소금꽃이 피어나는 염전

선운사를 지나 고창의 또다른 모습을 만나러 바다로 발걸음을 옮긴
다. 고창은 바다와 땅이 만나 생성된 갯벌과 염전을 품고 있다. 풍천장
어가 갯벌에서 성장을 했고, 바닷가 주민들의 주머니 사정을 넉넉하게
해준 소금도 갯벌에서 말없이 컸다. 잿빛이라 칙칙하게만 보이는 갯벌
이지만 그 품에는 무수한 생명이 꿈틀거린다. 전국에서 가장 비옥하다
는 고창 갯벌 한가운데 동호염전이 있다. 염전에서는 지루할 새도 없이
연신 소금꽃이 피어난다.

보기만 해도 감동이 울컥 쏟아지는 소금꽃. 수확의 기쁨만이 아니
라 뛰고 뒹굴며 건강한 시간을 보낼 수 있어 그곳에서의 하루는 행복이
가득 담겨 있다. 물끄러미 염전을 바라보고 있으니 염전체험을 하는 사
람들이 손짓한다. 엉겁결에 양말을 벗고 염전으로 들어간다. 타일이 깔
린 바닥이 차갑고 미끄럽다. 하지만 바둑판처럼 펼쳐진 소금밭의 풍경
이 묘한 감흥을 준다. 큰 삽으로 소금을 모으는 풍경이 사뭇 진지하다.
체험에 참가하는 사람들은 대부분 가족들이다. 어른들은 소금을 조금
이라도 더 담기 위해 열심이지만, 아이들은 사정이 다르다. 고사리같이
작은 손으로 소금을 헤집다가도 철퍼덕 주저앉아 너른 염전을 뒹구는
데 더 열중이다. 먼바다에서 서서히 노을이 내리면 염전체험은 끝이 난
다. 바다는 온갖 시름을 어루만지듯 온통 붉은 비단의 물결로 뒤덮는
다. 그 사이로 여행객은 긴 쉼표를 찍고 다시 일상으로 돌아간다.

동행은 친구도 좋고 가족이면 더더욱 행복하다. 내 삶의 휴식시간
을 아름다운 사람과 멋진 세상에서 소중한 시간으로 만들 수 있다면 고

창은 분명 최고의 여행지다.

검단선사는 선운사를 창건할 당시, 마을의 도적떼에게 바닷물을 끓여 소금을 얻는 법을 가르쳤다. 도적질이 없어지고, 소금을 만들어 팔면서 살림살이가 넉넉해지자 동네 사람들은 검단선사의 은혜를 잊지 못해 매년 이 길로 걸어서 부처님께 보은염을 공양했다고 한다. 선운사를 출발해 검단소금전시관을 거쳐 좌치나루터까지 간다.

질마재 100리길의 끝 갯벌에서 행복을 캔다, 하전갯벌마을

가벼운 마음으로 절을 한 바퀴 돌아나오면 눈도 개운해지고 몸도 편안해진다. 그런 후에는 신나는 재미와 자연체험을 위해 바다로 향해 발걸음을 옮긴다. 갯바람을 맞으며 바지락이며 동죽을 캐는 재미는 이곳에서 경험할 수 있는 행복이다. 고창과 부안 사이에 펼쳐진 심원면 하전리 갯벌체험장은 바다생태학습장이다. 우리나라에서 가장 바지락이 많이 나는 풍족한 갯벌이어서 조개를 캐면서 바다 생태며 뻘의 소중함을 몸으로 배우게 된다. 하전마을은 해양수산부에서 지정한 어촌체험마을. 참가비를 내면 어촌계에서 직접 주관하는 체험행사에 참여할 수 있다. 체험료는 어른 8,000원, 어린이 5,000원이다. 바지락은 1~1.5kg에 한해 집으로 가져갈 수 있고, 동죽은 제한 없이 캐서 가져갈 수 있다.

갯벌에 도착하면 바구니와 갈고리를 받고 조개 캐는 요령을 배운다. 사실 특별한 요령이 필요치 않다. 어디를 파도 조개가 나오는 풍성함이 있는 곳이기에 각자 원하는 곳에서 열심히 갯벌을 파헤치면 자기도 모르는 사이 바구니에 조개가 수북이 쌓인다.

체험이 끝나면 수확물을 챙겨서 안내센터로 돌아와 망태기에 조개를 담아 집으로 가져가면 된다. 갯벌에서 뒹구느라 흙범벅이 된 몸은 한켠에 마련된 샤워장에서 말끔히 씻어내면 된다. 그리고 허기진 배를 채우기 위해 별미를 찾아나선다. 고창 하면 떠오르는 별미는 뭐니뭐니 해도 풍천장어다. 풍천에서 나는 자연산 장어가 줄어든 탓에 심원면 일대에서 풍천장어 양식을 많이 한다. 하전마을 입구에 즐비한 장어집에 들러 풍천장어에 복분자를 곁들이면 금상첨화다. 아름다운 풍경을 감상한 뒤에 맛보는 별미는 신선이 부럽지 않을 정도. 옛말에 '함포고복'하면 행복하다고 했다. 최고의 별미로 배를 채우고 한 발 더 나아가 배를 두드리며 천년 고찰의 아름다움을 간직한 숲길에서 눈까지 호사하니 이보다 더 좋은 여행이 또 있을까 싶다.

　　　　나이를 가늠키 힘든 거대한 느티나무는 분명 마을을 수호하는 신목일 것이다. 농사철이면 바람과 뙤약볕을 막아주는 고마운 그늘을 만들어줄 것이고……

　　　　인천강은 선운산 서쪽, 고수면 명매기골에서 발원해 동쪽으로 흘러 줄포만에 이른다. 풍천장어는 이곳 인천강에서 잡히는 것을 일컫는다. 고창군 아산면 반암리 호암마을 인천강변에는 병을 거꾸로 세운 것 같다 하여 병바위라 불리는 거대한 암석이 있는데 각도를 달리해서 보면 사람 얼굴처럼 보이기도 한다.

　　　　때로 눈앞에 펼쳐지는, 말문이 막히는 풍광은 길을 걷는 사람에게만 주어지는 값진 선물이다.

도솔산 유서 깊은 절집, 선운사엔 유명한 것이 너무나 많다. 대웅전과 도솔암 마애불을 비롯한 다섯 점에 이르는 보물과 전라북도 유형문화재, 문화재자료 여섯 점. 상사화와 동백나무숲, 단풍 등이 그것이다. 도솔천을 따라 도솔암으로 오르는 흙길은 또 어떠하며, 단풍나무들이 에워싼 도솔암 나한전은 그 소담한 크기 덕분에 더욱 정겹게 여겨진다.

뿌리는 하나이나 몸은 두 개인 단풍나무가 한층 더 신비감을 자아내는 용문굴.

낙조대라고 해서 낙조를 볼 수 있는 곳만은 아니다. 너른바위는 지나온 길과 자신을 되돌아볼 수 있는 쉼터가 되어주기도 한다.

14

손홍규

2001년 『작가세계』 신인상 소설 부문을 통해 등
단했다. 소설집 『사람의 신화』 『봉섭이 가라사대』,
장편소설 『귀신의 시대』 『청년의사 장기려』 『이
슬람 정육점』 등이 있다. 제비꽃서민소설상을 수
상했다.

정약용
남도유배길

이기지 않고
더불어 살아가는 길

손홍규

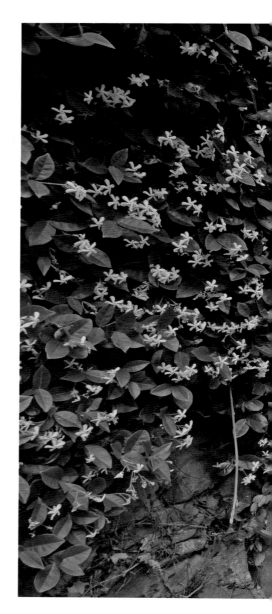

　　다산의 흔적을 따라가는 일은 퍽 쓸쓸
하다. 고독했던 조선 후기 한 지식인의 행
보여서만은 아니다. 유배라는 낱말이 불러
일으키는 은둔 혹은 고립의 단절감과 두고
온 이들에 대한 그리움, 그리고 귀환의 갈
망마저 길 곳곳에 흩뿌려져서이다. 조약돌
을 줍듯 다산의 쓸쓸했던 심사들을 하나씩
거두어가며 걸어가야 하는 길이 바로 정약
용의 남도유배길이다. 다산의 눈길이 한
번쯤 머물렀을 성싶은 곳이라면 어디든 절
로 발걸음이 멈춰진다. 200여 년 전 조선
의 선비가 뿌려두었던 감정의 파편들이 들

꽃으로 피었다. 해서 유배길을 따라가는 일은 서둘러서 갈 수 있는 게 아니다. 풍경과 사연을 들이마셨다가 폐부 깊숙이 갈무리했던 정체 모를 내 안의 감정들과 더불어 천천히 내쉬면서 가야 하는 길이다.

그 길에서 처음으로 만나는 사연조차 녹록하지가 않다. 다산이 강진에서 유배생활을 하던 무렵의 혼란상을 역사가들은 삼정의 문란이라 일컫는다. 자신의 처지에 빗대어 들어서일까. 다산은 그런 이야기를 허투루 듣지 않고 기록으로 남겼다. 때로는 그러한 사연들이 다산에게 스며들어 시혼을 일깨우기도 했다. 그래서 지금 우리는 다산의 시 「애절양哀絶陽」을 안다. 시에 얽힌 사연은 이렇다. 노전蘆田이라는 마을의 어느 가난한 집안에 갓난아이가 태어났다. 아전들은 이제 막 태어난 갓난아이마저 군적에 올려 군포를 부과했다. 이 가난한 집안에 사내라 할 수 있는 사람은 아이의 아비 한 명뿐이었으나 이미 죽은 노인과 갓 태어난 아이를 더해 세 명 분량의 군포가 부과되었던 것이다. 사내가 군포를 내지 못하자 아전들이 그 집에서 한 마리뿐인 소를 끌고 갔다. 그러자 사내는 아이를 낳게 한 근본이 되는 자신의 성기를 칼로 싹둑 자른 뒤 하늘을 우러러 탄식했다. 사내의 아내는 피가 뚝뚝 흐르는 잘린 성기를 주워들고 관아로 찾아가 하소연했으나 군졸들에게 쫓겨나야만 했다. 이 참혹한 정경을 읊은 시가 바로 「애절양」이다.

다산이 타인의 고통에 무심하지 않았듯이 유배길을 따라 걷다보면 다산의 고통에 무심할 수가 없다. 그리고 하나의 의문이 봄날 아지랑이처럼 피어난다. 다산은 어떻게 견뎠던 것일까. 다산초당에서의 10년 세월을 포함해 20년 가까이 강진에서 유배생활을 했던 다산이었다. 길고긴 유폐의 시간. 언제 귀환할지 알 수 없는 어둠의 시간들을 그이는 어떻게 견뎠을지 궁금하지 않을 수 없다. 어쩌면 남도유배길을 따라가는 일은 이러한 사소하면서도 필연적인 의문을 해소하기 위한 여정일지도 모른다. 그 여정을 어디에서 시작해도 상관없겠지만 다산의 유물전시관이 있는 다산수련원에서 시작하는 게 순서일 듯하다.

다산수련원 뒷길로 올라서면 강진만이 손에 잡힐 듯 펼쳐진다. 9개의 하천이 흘러든다 하여 옛사람들은 구강포라 불렀다는 강진만이 은빛으로 뒤채이면 건너편 청자도요지의 어느 가마에서 피어오른 몇 줄기 연기마저 아련하다. 저 물길을 따라 옛사람들이 지금의 제주도인 탐라를 왕래했기에 강진의 옛 이름 역시 탐라로 통하는 곳이라는 의미의 탐진이었다. 이 땅에 사연 없는 곳이 어디 있으랴마는 강물과 바닷물이 넘나드는 저 물길마저 사연으로 채워진 듯해 새삼 사람살이의 정겨움이 되살아나는 듯하다. 다산도 보았으리라. 안개에 휩싸인 강진만을 미끄러지듯 떠다니는 나룻배를. 또한 저물녘 황금빛으로 물든 돛을 달고 물살을 거슬러오는 귀선들의 행렬을.

▍벗의 가슴속으로 이어진 길

만덕산의 한 자락에 난 오솔길을 따라 걷다보면 다산초당으로 이르는 길 아래 닿는다. 그곳에 서면 비로소 만덕산의 품에 들어섰음을 느낄 수 있다. 차갑고 시원한 산 공기를 한 모금 머금으면 입속 가득 퍼지는 숲 향기. 그리하여 다산초당으로 이르는 가파른 길은 위로 올라가는 길이 아니라 산의 품속으로 깊이 들어서는 길인 듯만 하다. 그 품에 다산초당이 있다. 편백나무와 대나무 사이를 관통한 햇살이 부드럽게 내려앉는 다산초당은 이른 새벽 정화수 한 그릇 떠놓고 비손을 하는 아낙네를 떠올리게 한다. 그곳에서 다산은 자신의 사상과 학문을 집대성했다. 사상과 학문이란 그처럼 정갈해야 한다는 의미였을까. 초당의 조붓한 앞마당은 길손이 지나는 길이기도 하다. 머무는 것과 떠나는 것이 한 가지 일이라는 듯 마당이면서 길인 그곳에 선 채 오래도록 다산초당을 바라본다. 추녀 끝에서 추억처럼 잔바람이 인다.

길은 계속 이어진다. 초당의 오른편으로 난 길을 따라가면 다시 길은 왼쪽으로 굽어져 초당을 내려다본다. 그 길을 따라가면 백련사에 이른다. 다산초당과 백련사를 잇는 이 길은 숱한 사람들에게 무수한 감흥을 불러일으켰다. 다산과 혜장. 실학자와 승려. 유불교의 경계를 가뿐하게 뛰어넘은 두 세기 전 두 사람의 우정은 사라지지 않았다. 쏟아지는 폭우와 폭설도 길을 막지 못했고 어둠과 바람도 두 사람의 왕래를 가로막지 못했다. 고개를 넘고 계곡을 가로지르고 다시 고개를 넘으니 저 아래 단정하게 자리잡은 가람이 손에 잡힐 듯하다. 아마 그 고개에서 다산도 숨을 골랐을 테고 어쩌면 대웅전 앞마당에 나와 자신을 기다리는 벗을 발견하곤 슬쩍 미소를 지었을지도 모른다. 어쩐지 이 길은 초당과 백련사를 잇는 길이 아니라 사람과 사람 사이를 잇는 길인 것만 같다. 벗의 가슴속으로 이어진 길. 이 길이 사라지지 않는 한 두 사람의 우정 또한 영원할 것이다. 고개를 내려가니 길은 완만하게 펼쳐진 차밭과 울창한 동백숲을 거느리며 사찰 앞으로 이어진다. 누구든 손만 뻗으면 윤기 흐르는 두꺼운 동백잎을 만질 수 있다. 짙고 푸른 동백나무 그늘은 고려 말 백련사의 번영을 말없이 증언하는 듯하다. 바람이 없는데

도 동백나무들이 수군대는 소리가 들린다. 이파리들이 손짓을 한다. 여기에서는 신화와 전설도 현실일 것만 같다. 이 너른 차밭과 웅숭깊은 동백숲을 발치에 둔 백련사는 고려 말 불교혁신운동의 요람이었다. 천년의 세월을 두고 이어진 가람답게 백련사는 스스로를 품은 만덕산과 한 몸이 된 듯 스스럼없다. 만덕산이 굽어보는 백련사 경내를 거닐면 다산을 견디게 한 힘이 무엇인지 어렴풋이 느낄 수 있다. 그들은 서로에게 권하는 찻잔에 찻물만이 아닌 마음까지 담았으리라. 그러니까 다

산에게는 적어도 벗이 있었던 것이다. 백련사를 내려오는 길은 정다우면서도 안타깝다. 마치 저 천년고찰에 다정했던 두 벗을 두고 오는 것만 같다.

▌ 민중 속에서 민중고와 더불어

  백련사 앞길에서는 잘 닦인 도로를 버리고 예전에는 갈대밭이었으나 지금은 네모반듯하게 경지정리가 된 논 사이로 난 길을 따라 강진만으로 가는 게 좋다. 만을 따라 읍내 쪽을 바라고 걸으면 저 아래 개펄에서 한가롭게 서로의 주둥이를 비비는 청둥오리와 도요새, 백로, 두루미를 볼 수 있다. 풍경이 그림보다 앞서므로 '그림 같은 풍경'이라는 감탄이 객쩍은 소리임을 알지만 절로 그와 같은 탄성이 나오는 걸 막을 수가 없다. 조선시대 인근 지역의 세곡들을 모아둔 창고인 해창海倉이 있었다는 공터에 이르면 강진만을 한눈에 담을 수 있다. 그곳에서 잠시 멈춰 개펄과 만과 저 건너 천관산의 실루엣을 더듬어본다. 이즈음에서 나는 가슴속에 피어올랐던 의문이 가시는 걸 느낀다. 고독했던 조선 후기 한 지식인은 저 풍광에서 위로를 받았음에 틀림이 없다. 다산이 굳이 만덕산 품 소슬한 초당에 자리를 잡았던 것도 한 걸음만 나서면 이 풍광을 만날 수 있어서였으리라. 또한 그곳에서 자신의 사상과 학문을 집대성할 수 있었던 것도 저 넉넉한 강진만 덕분이었으리라. 그 풍광을 소맷자락에 두고 좋은 벗과 차를 기울이던 시간들이 다산을 견디게 했음을 나는 비로소 알 수 있었다. 다산은 이곳에서 스스로의 사연을 그런 방식으로 만들어갔다.

　강진읍내로 들어서는 길은 고즈넉하다. 탐진강이 강진만으로 흘러 드는 어귀의 남포마을은 시골 어디에서나 볼 수 있는 작고 조용한 마을 이다. 하지만 마을 앞 개펄이 간척되기 전에 남포마을은 그 어느 포구 마을보다 흥성거렸다. 더군다나 이곳은 제주와 한양을 오가는 배들이 머물던 포구가 아니었던가. 여태도 옛 방식 그대로 멸치젓갈을 담근다 는 그곳을 지나 탐진강을 거슬러올라가니 목리마을에 이른다. 한때 다 산이 머물렀다는 이학래의 집이 남은 목리마을은 강진읍내로 들어가 는 관문이나 다름없다. 다산도 이곳에 머무는 동안 듣고 보고 느꼈으리 라. 뱃사람들의 거칠고 강인한 목소리와 포구의 흥성거림과 강과 바다 와 산이 어우러지며 만들어낸 풍경 안에서 끈질기게 피어나는 부산스 러운 생의 움직임들을. 쓸쓸할 겨를도 없이 약동하는 서민들의 활기에 둘러싸여 다산도 그처럼 조바심을 냈으리라.

　세월이 흘러도 변하지 않는 게 또하나 있다면 이곳 사람들의 말투 가 아닐까. 구수한 사투리에 깃든 정겨움이 장터에 들어서자 파다하게 피어난다. 흥정하는 사람들, 빈속을 달래려 허름한 식당을 차지하고 앉 은 사람들에게서 옛사람들의 얼굴을 발견한다. 거기에는 다산이 강진 에 머물던 그때 그 시절 사람들과 똑같은 얼굴을 지닌 사람들도 있으리 라. 그런 생각만으로도 충분히 그이들과 가까워진 듯한 기분이 든다. 시장골목을 지나 읍내의 중심부에 이르면 깨끗한 골목길이 눈에 띈다. 단정한 가옥들 사이로 난 그 길은 넓지도 좁지도 않아 환하면서도 아늑 한데 아니나 다를까 골목 끝에 이르자 영랑 생가가 길손을 맞이한다. 다산이 유배에서 풀려나 강진을 떠나던 1819년에 남겨두었던 시심이 새롭게 피어나기까지는 오랜 세월이 지나야 했다. 그러나 그 세월 동안 모란은 해마다 어김없이 붉게 피었고 날마다 햇살은 돌담을 더듬었던 것이다. 영랑의 삶 또한 다산에 견줄 수는 없겠지만 신산스럽기는 마찬 가지였다. 복원된 영랑 생가는 화려하지도 않고 속기 또한 엿보이지 않 아 그의 시어처럼 투명하고 영롱하다. 으레 과거의 부잣집이라면 으리 으리한 솟을대문과 기와지붕을 떠올리게 하건만 강진의 손꼽히는 세 도가였음에도 불구하고 영랑 생가에는 그와 같은 과시가 없다. 외려 정 말 그랬을까 싶을 정도로 짚으로 얹은 지붕이 금세라도 날갯짓을 하며 날아오를 학처럼 가벼워 보이며 대청은커녕 툇마루 하나 방문 앞에 나 앉은 모습이 여느 여염집과 다르지 않아 보인다. 그 가벼움 속에 진중 함이 똬리를 틀었다. 햇볕은 거침없이 생가에 짓쳐들고 바람마저 낮은 담장을 넘어 호시탐탐 문기둥을 쓸고 지나간다. 그러나 영랑 생가에는 그 무엇으로도 뒤흔들 수 없는 생의 비밀이 깃든 듯하다. 그리하여 비 질 자국 선명한 마당에도 담장의 강돌 하나하나에도 삶에 달관한 듯한 기운이 느껴진다. 거기에 뒹구는 작은 돌멩이 하나조차 무심코 넘겨지 지가 않는다. 시인은 그런 사물에서마저 무언가를 보았을 게 틀림없으 니 말이다. 그래서 나는 이곳에서 또하나의 편견을 배운다. 시인의 집 에서는 무릇 시인처럼 볼 줄 알아야 하고 시인처럼 느낄 줄 알아야 한 다는 즐거운 편견을.

영랑 생가를 나오면 위쪽으로 난 길이 있다. 그 길로 올라선다. 그리 멀지 않은 곳에 다산이 유배를 왔을 무렵 처음 머물렀던 사의재가 있기 때문이다. 사의재로 가는 골목길은 조용하고 한가롭다. 한적한 주택가 골목길이란 얼마나 평화로운가. 다산이 머물던 시절에도 이곳에서 사람들이 집을 짓고 살았으며 두 세기가 지난 지금도 사람들이 산다. 두 세기 뒤에도 역시 이곳에서 사람들이 살 것이다. 그보다 확고부동한 진실이 없는 것만 같다. 소공원을 지나면 사람들의 마을에 섞인 초가집이 눈에 띈다. 처마에 내걸린 동문주막이라는 푯말이 보인다. 다산이 낯선 강진 땅에 처음 발을 들여놓았을 때 인심은 그다지 후하지 않았다. 유배당한 자에게 감히 호의를 베풀 만큼 대담하지 못해서이기도 했으리라. 하지만 세상살이의 이런 명리에 밝지 못한 사람들이 어디든 꼭 있기 마련이다. 강진에서는 동문주막의 주모가 그런 이였다. 부엌이 딸린 방 두 칸짜리 초가집에 육신을 누이면서 다산은 어떤 생각을 했을까. 아마도 그는 천애고아가 된 듯한 외로움을 느꼈을 테다. 기록에 따르면 다산은 이곳에서 자결할 생각도 품은 듯하다. 그러나 다산을 일깨운 건 주막집 주모였다. "어찌 그냥 헛되이 사시려는가? 제자라도 기르셔야 하지 않겠는가?" 늙은 주모의 입에서 나온 이 말이 그를 일으켜세웠다. 다산은 『사의재기』에서 이렇게 밝힌다. "사의재라는 것은 내가 강진에 귀양가 살 때 거처하던 집이다. 생각은 마땅히 담백해야 하니 담백하지 않은 바가 있으면 그것을 빨리 맑게 해야 하고 외모는 마땅히 장엄해야 하니 장엄하지 않은 바가 있으면 그것을 빨리 단정히 해야 하고 말은 마땅히 적어야 하니 적지 않은 바가 있으면 빨리 그쳐야 하고 움직임은 마땅히 무거워야 하니 무겁지 않음이 있으면 빨리 더디게 해야 한다. 이에 그 방에 이름을 붙여 사의재라고 한다." 그러나 한편 주막집 주모란 또 얼마나 잇속에 밝은 사람인가. 장터에서 사람들과 부대끼며 살아야 하는 주모의 삶은 또 얼마나 각다분할 것인가. 그런 주모마저 마음을 열고 다산을 받아들이게끔 했던 힘은 무얼까. 또한 그러한 주모의

호의를 기꺼이 받아들여 술 취한 사내들 틈에서 골방을 차지하고 앉아 다산으로 하여금 제자들을 가르치게 했던 힘은 무얼까. 다산은 이곳에서 햇수로 다섯 해를 머물렀다. 모르긴 해도 만약 이처럼 주막집 골방에서의 시간이 없었더라면 다산초당에서의 10년 세월도 없었을 것이다. 다산이 산중거처에서 속세와의 간극을 뛰어넘을 수 있었던 것도 속세다운 속세였던 주막집의 기억이 있어서였으리라. 그런 생각에 이르자 사의재가 더욱 의미심장하게 다가온다. 다산이 민중 속에서 민중과 더불어 일상을 영위했던 최초의 순간이 바로 이곳에서 이루어졌던 셈이니까.

월출산 품속으로 난 길

사의재를 나와 다시 소공원을 거쳐 영랑 생가 쪽을 바라고 걷다보면 고성사로 이르는 길을 만난다. 이 길은 강진 사람들도 평소에 자주 이용하는 산책로다. 고성사는 단아한 절이다. 대웅전은 그리 크지도 작지도 않으며 절 마당에 선 3층석탑마저 수줍은 총각마냥 풋풋하다. 그리고 대웅전 오른쪽으로 다산이 머물던 보은산방이 있다. 아래쪽 주막집에서 보은산방으로 거처를 옮긴 다산은 다산초당으로 옮겨갈 때까지 이곳에서 1년 가까이 머물렀다. 강진 읍내를 품은 이 산은 소가 누운 臥牛 형상이라고 한다. 고성사가 소의 목덜미에 자리를 잡은 터라 이곳의 범종은 소의 목에 채운 워낭이라고 한다. 다산은 보은산방에 앉아 어느 스님의 독경소리, 목탁소리에 귀를 기울였을까. 범종소리 은은히

퍼지면 다산의 번뇌도 스르르 사라졌을까. 어느 선사의 게송인지 알 수 없으나 범종소리도 없건만 법구 하나 떠오른다. "종소리 울리면 번뇌는 사라지고 깨달음 하나둘 허공을 메운다. 욕심을 벗고 고집을 떠나서 부처님 마음에 오가라. 너와 나."

고성사를 굽어보며 뒷길로 오르니 빽빽한 소나무 사이로 난 길이 소슬하다. 소나무가 많아 솔치라 부른다는 사실이 실감난다. 발아래 서걱대는 낙엽소리마저 은은하다. 이런 말이 가능하다면 사색하기 좋은 길이 아닐 수 없다. 호젓하기 그지없으나 귀 기울이면 만물이 수런대는 소리 또한 들을 수 있는 숲길, 이 길을 다산도 걸었으리라. 산길을 내려가 저수지를 끼고 걷다가 송학마을을 지나 다시 야트막한 고개를 넘으니 금당마을이 나온다. 이 마을 앞 백련지는 이름 그대로 연꽃들의 연못이다. 백련이 피는 여름이면 연못에는 불이 환하게 켜진다고 한다. 탁한 물 위로 고개를 내민 백련만큼 청초하면서도 고아한 게 또 어디 있을까. 마을을 나와 국도 2호선을 따라간다. 옛길의 흔적은 없지만 지방의 국도란 묘한 향취가 있게 마련이다. 바쁠 것도 없고 특별할 것도 없지만 그 길을 따라 분주한 생이 끝없이 이어졌다. 소처럼 느리게 국도를 따라 걸으면 사람들의 마을이 나온다. 그런 마을 가운데 하나가 바로 성전이다. 성전에는 월출산을 꼭 빼닮은 월각산을 이고 옹기종기 집들이 모여 이룬 달마지마을이 있다. 학이 날개를 펼친 형상이라는 이 마을에는 학의 어느 부분에 집이 있느냐에 따라 운명이 정해졌다는 전설이 숨 쉰다. 고개를 들어 보니 산이 성큼 다가온다. 그러니까 어느덧 나는 월출산의 품속으로 한 발을 내디딘 것이다.

월출산 무위사라는 말을 입속으로 되뇌니 여태 심각하게 여겨졌던

모든 일들이 순식간에 평범하고 견딜 만한 일로 변해버린 듯한 기분이 든다. 일주문을 지나 넓지 않은 주차장을 가로지르면 야트막한 계단 위로 해탈문이 섰다. 해탈문을 지나 또다시 계단을 오르니 그 위에 너른 절 마당을 굽어보는 이 절의 대웅전인 극락보전이 있다. 국보로 지정된 극락보전은 단청을 칠하지 않아 나무의 결이 그대로 살았다. 소박하고 담백한 멋이 이 절의 이름과도 퍽 잘 어울려 보인다. 고려시대 탱화의 특징을 가장 잘 보여준다는 극락보전의 〈백의관음도〉를 보고 있노라면 관음의 온후한 미소가 가슴속에 번져가는 걸 느낄 수 있다. 딱히 불도가 아니라 해도 그곳에서라면 시름을 내려놓고 삶의 무위에 대한 어떤 깨달음조차 얻을 수 있을 듯하다.

무위사를 나와 왼쪽으로 비탈진 길을 따라 걸으니 다산이 즐겨 찾았다는 안운마을, 백운동이 나온다. 그 위로 너른 차밭이 펼쳐졌다. 땅의 형세를 거스르지 않고 부드럽게 굴곡진 형태로 펼쳐진 차밭은 땅에 뿌려둔 구름들인 것만 같다. 다산은 보은산방에 머물던 시절 차에 깊은 관심을 갖게 되었다. 좋은 차의 조건이 좋은 찻잎임은 두말할 나위 없겠으나 좋은 물 또한 중요한 조건이 아닐는지. 월출산에서 흘러내려와 백운동을 흐르는 맑은 물이 있어 설록다원의 차가 더욱 다산을 사로잡았을 듯하다. 초의선사와 더불어 차를 마시기 위해 이 길을 마다하지 않고 달려온 다산의 흔적을 새삼 여기에서도 느낀다. 월남마을 안쪽에는 터만 남은 월남사지가 있다. 호남불교를 이끌던 큰 가람이었으나 지금은 창건주인 진각국사 혜심의 추모비와 3층 석탑만이 남았을 뿐이다.

마을을 빠져나가 새로 생긴 4차선 도로와 가까운 곳의 옛길을 걷는다. 다산도 이 길을 따라 유배를 왔다. 삼남대로의 흔적이 오롯이 남았다는 누릿재 가는 길이다. 이 고개의 남쪽이 강진이며 북쪽이 영암이다. 월출산의 한 자락을 넘어가야 하는 길이다. 그 길이 생각처럼 녹록하지는 않아 새로 생긴 도로는 터널을 뚫어 두 지역을 이었다. 누릿재가는 길은 생각보다 가파르고 험하다. 그러나 이 길이 정다운 것은 월출산이 손에 잡힐 듯 가깝기 때문이다. 그 품속으로 난 길이기 때문이다. 다산이 걸었던 길이기 때문이다.

인적 드문 길을 휘적휘적 걸으며 옆을 따라 흐르는 시냇물과 곡식을 길러주는 논과 교감이라도 하듯 눈을 마주친다. 삼남대로. 대로라는 말이 무색할 만큼 한갓진 길이건만 오랜 세월 먼 길 떠나는 이들의 발걸음에 다져진 탓인지 그 아래 무수히 많은 사연들이 단단하게 매장되어 있을 듯하다. 그 사연들 가운데 다산의 사연도 있으리라. 누릿재를 넘으니 울울한 편백나무숲이 나를 맞이한다. 시립이라도 하듯 선 편백나무의 곧은 줄기에 눈동자마저 베일 듯하다. 고개를 들면 암석으로 된 월출산 주름진 봉우리들이 시야를 장악한다. 이곳에서 보는 월출산은 산이라기보다는 차라리 하나의 절규다. 대지에서 치솟은 주먹처럼 강인한 월출산. 세월의 풍파를 견뎌온 남도의 소금강답게 끝없이 이어지는 연봉들이 장엄하다. 이제 길은 월출산의 허리를 돌아간다. 지금까지는 월출산의 남쪽에서 북쪽을 바라고 걸었다면 이제 산허리를 돌아 월출산을 왼쪽으로 끼고 도는 여정이 이어진다.

그 시작은 바로 월출산 동쪽 사자봉 아래 자리잡은 천황사다. 그러나 이곳에서는 쓸쓸한 마음을 감출 수가 없다. 10여 년 전 큰불이 나 대부분의 건축물이 소실되어 고즈넉하다 못해 처연하기까지 해서이다. 임시로 지은 건물에 한글로 쓰인 대웅전이라는 현판이 자못 비감을 불러일으킨다. 천황사를 지나 아래로 완만하게 이어진 길을 따라 걷는다. 월출산 기찬묏길이라 이름을 붙인 옛길이다. 병풍처럼 둘러선 산자락 아래 구불구불 이어진 길이다. 여유가 있다면 그 길로 본격적으로 들어서기 전에 오른쪽으로 가깝게 보이는 4차선 도로를 건너 여운재로 향할 수도 있다. 여운재를 지나면 안로리에 이르는데 그곳의 고인돌군을 눈으로 쓰다듬다가 갔던 길을 되짚어올 수 있다.

산자락을 휘돌아가는 기찬묏길을 걷는 기분은 말로 다 표현할 수 없을 듯하다. 월출산을 왼편에 두고 산그늘 아래 담뿍 담겨 끝없이 이어지는 이 길이야말로 절로 기가 충전되는 그런 길인 듯하다. 걷는 이의 기를 빼앗기는커녕 그이의 심신을 달래주는 묘한 치유의 능력이 깃든 길이다. 가다가 숨을 고르며 터만 남은 성풍사지의 5층 석탑을 눈으로 톺아본다. 새삼 세월의 힘을 느낀다.

시간을 잊고 걷다보니 월출산 기찬랜드가 저만큼 보인다. 가족휴양지로 조성된 이곳은 여느 관광지의 휴양지와는 달리 이만하면 소박하다 싶을 정도다. 삼림욕장과 기 건강센터가 있다는데 심신을 달래려는 이들에게는 좋은 휴식처가 되어줄 듯하다. 그곳에서 도선암까지 이어진 숲길을 걷다보면 다시 마음이 차분해지고 발밑에서 생명이 약동하는 숨결마저 느껴지는 듯하다. 풍수도참 사상의 시조라 불리는 도선국사가 출가해 승적에 오른 곳이라는 도선암지를 둘러보고 계속 가니 도갑사가 나온다. 구림천을 흐르는 물소리가 정답고 사찰로 이르는 길 양옆의 소나무들이 정겹다. 도갑사는 산 아래 자리를 잡은 터라 다른 절들에 비해 계단이 적다. 그러나 절을 둘러싼 울울한 나무들과 절을 굽어보는 월출산 덕분에 어느 산사보다 산속 깊숙이 자리잡은 절인 것만 같다. 신라 말 도선국사가 창건했다는 이 절의 해탈문은 국보로 지정되었는데 건축이 무엇인지 몰라도 보는 이로 하여금 절로 감탄을 불러일으킬 만큼 아름답다. 도갑사에서 시원한 물로 목을 축인 뒤 되돌아오니 한적한 시골마을을 관통하며 길이 이어진다. 군서면 소재지인 이곳에는 길 양쪽으로 먼지를 뒤집어쓴 낮은 건물들이 있다. 퇴색한 간판을 내건 중국집이라도 있으면 시장하지 않아도 문을 벌컥 열고 들어가 앉고 싶은 그런 곳이다. 이곳에서 다시 월출산 쪽으로 꺾어진 뒤 만나게된 지방도로를 따라 걷는다. 여전히 산은 나의 왼쪽에 묵묵히 섰다. 어디를 가나 월출산이 보인다. 얼마나 왔을까 뒤를 돌아보는 일이 무의미하다. 어디나 월출산 손바닥 안이다.

한 시간쯤 가니 왕인박사 유적지가 나온다. 백제시대에 바다를 건너가 일본에 학문과 문화를 전했다는 왕인박사. 그이의 흔적을 복원한 곳이다. 그리고 바로 그 앞에 삼한시대부터 역사가 전해져오는 구림마을이 있다. 이곳에는 도선국사의 탄생설화가 전해내려온다. 신라 말 마을의 한 처녀가 물에 떠내려오는 오이를 먹고 아이를 잉태했다. 처녀의 어머니는 갓난아이를 갈대밭에 버렸으나 그 아이를 수십 마리의 비둘기들이 지켜주었다고 한다. 그 아이가 바로 도선국사다. 그런 연유로 마을 이름도 비둘기숲이라는 뜻의 구림鳩林이 되었다. 구림마을에 들어서는건 역사의 한가운데로 들어서는 것과 비슷한 일이다. 어느 쪽으로 고개를 돌려도 한옥과 정자, 장독대와 기다란 담이 보인다. 그토록 오랜 세월 동안 바스러지지 않고 여태도 마을을 이루어 살아남은 까닭이 무엇인지 생각해본다.

어쩌면 다산도 한 번쯤은 그런 생각을 했을 것만 같다. 월출산을 이

겨내려 하지 않고 더불어 살아왔기에 가능했으리라는, 무척이나 당연
하지만 삶에서 실현하기란 결코 쉽지 않았을 몇몇 이유들이 떠올랐다.
사실이 무엇이든 무슨 상관이랴. 지금도 구림마을은 자신의 역사를 만
드는 중이므로. 이처럼 다산의 유배길이 오늘날 우리에게 남겨졌고 그
길을 따라 걷는 이들이 있는 한 다산 역시 자신의 역사를 새로 쓰는 것이
나 마찬가지인 셈이므로, 아아 모든 사라진 것들 가운데 진정으로 사라
진 것은 아무것도 없으니 무슨 상관이랴.

도시 정수는 골목길에 다 있다. 큰길가와 달리 부침이 덜한 곳이기에 역사며 삶의 내력이 고스란히 남아 있는 까닭이다. 게다가 운 좋으면 오래된 양조장에서 빚어낸 막걸리 한 사발 얻어 마시고 흐뭇한 걸음을 옮길 수 있는 것도 골목길이 건네는 매력 중의 하나다.

영랑 생가에서 따뜻하고 구수한 시를 읽다가 차 한 잔 얻어 마시고 나서는 길은 어느 집 앞마당으로 이어진다. 불쾌할 법도 하건만 길손에게 인사를 건네는 집주인. 그 미소가 사의재 가는 골목길에 흐드러진 꽃처럼 환하게 밝았다.

어찌 유배된 삶을 살며 학문에만 정신을 쏟았을 것인가. 가슴을 저미는 분노와 야속한 심정을 삭이며 돌을 나르고 나무를 심어 자신만을 위한 세계로 환치시킨 다산초당. 이곳에서 지난날 한 지식인이 일궈낸 빛나는 업적에 감탄하기보다는 오랜 유배살이의 신고와 쓰디쓴 인내의 그늘을 이겨낸 한 인간 삶을 반추하며 경의를 표한다고 적는다면 지나친 표현일까?

굳이 정호승 시인이 노래한 「뿌리의 길」을 빌리지 않더라도 다산초당 오르는 길은 엉클어진 나무뿌리들로 가득하다. 이 길을 걷는 사람들은 유배 당시 다산 선생 심정을 조금이나마 느껴볼 수도 있지 않을까 싶다.

　　그림자 하나 얼씬거리지 않는 성전 5일 장터를 벗어날 무렵, 집 안팎으로 화분이 가득한 작은 집이 눈에 들어왔다. 사실 꽃보다는 그 꽃을 가꾼 주인네 얼굴이 보고 싶어 기웃거리니 "뭐 볼 것이 있어 사진을 찍어요?" 하며 환하게 웃는 아주머니가 집 안에서 얼굴을 드러냈다. "어머니, 꽃이 억수로 예뻐요!" 하며 셔터를 눌렀지만 사진에 담긴 것은 꽃보다는 어머니 웃는 얼굴.

　　마을 이름처럼, 성전 달마지마을은 월출산을 빼닮은 월각산을 배경으로 달이 뜨는 동쪽을 정면으로 바라보고 있다. 돌담과 실개천, 수백 년 묵은 팽나무, 느티나무 사이로 잘 보존된 한옥이 여러 채 남아 있는 소담하고 정겨운 전통마을이다.

　　멀리 월출산이 보이는 신월마을 느티나무 아래 빨래터는 누릿재로 가는 길에서 만날 수 있다. 누릿재는 강진과 영암 경계로 삼남대로 원형이 그대로 남아 있는 곳이다. 1801년 다산은 둘째 형 정약전과 함께 한양을 떠나 나주(율정)에서 헤어져 각각 흑산도와 강진으로 유배되었다. 다산은 이 고개를 넘으며 "누리령 산봉우리 바위가 우뚝우뚝, 나그네 뿌린 눈물로 언제나 젖어 있네. 월남리로 고개 돌려 월출산을 보지 말게, 봉우리 봉우리마다 어쩌면 그리도 도봉산 같아"라며 임금을 잃고 멸문지화를 당한 심정을 시로 남겼다.

　　마치 누군가 깎아놓은 듯한 연봉들이 신비하게 느껴지는 월출산이 지척인 월남사지. 한때 말을 타고 사천왕문을 닫으러 갈 만큼 큰절이었다는 월남사 터 한편에서 천년의 세월을 견디며 서 있는 삼층석탑(보물 298호)이 길 위에서 시들어가는 동백꽃마냥 애처롭다.

15

구효서

1987년 중앙일보 신춘문예에 소설 부문을 통해 등단했다. 소설집 『노을은 다시 뜨는가』 『확성기가 있었고 저격병이 있었다』 『깡통따개가 없는 마을』 『도라지꽃 누님』 『시계가 걸렸던 자리』 『저녁이 아름다운 집』, 장편소설 『전장의 겨울』 『슬픈 바다』 『늪을 건너는 법』 『낯선 여름』 『라디오 라디오』 『남자의 서쪽』 『내 목련 한 그루』 『악당 임꺽정』 『예별』 『노을』 『비밀의 문』 『나가사키 파파』 『동주』, 산문집 『인생은 지나간다』 『인생은 깊어간다』 등이 있다. 한국일보문학상 이효석문학상 황순원문학상 한무숙문학상 허균문학작가상 대산문학상 등을 수상했다.

해남
땅끝길

○
○
○
○
○

멈추기 위해
향하는 길

구효서

땅끝길의 시작은 전라남도 해남군 북일면 장수리 장수마을이다. 길의 끝은 말 그대로 땅끝이다. 남북 총연장 48km. 그 길을 걷는다.

땅끝. 이름만으로도 어딘가 절박하고 아련하고 뭉클하다. 끝에 다다르는 것이다. 끝이라는 말은 비장함과 더불어 언제나 아득한 궁금증을 유발한다. 걸어서는 더이상 나아갈 수 없는 곳. 그곳엔 무엇이 있을까? 바다, 해변, 파도, 어선과 여객선 들, 물새, 해물을 취급하는 상점과 식당 들, 그리고 여행객을 맞는 카페와 숙소…… 바다와 접한 마을의 이런 통상적인 풍경 말고, 뭔가 특별한 여수旅愁가 그곳을 향해 발걸음을 내딛는 이들을 기다리고 있는 건 아닐까.

일정과 계획이 다하여 멈추는 게 아니라, 더이상 나아갈 수 없어 멈춰설 수밖에 없는 곳. 그곳을 걸어서 당도한다.

땅끝길은 멈추기 위해 향하는 길이다. 누구나 그곳에서는 멈춰야 하기 때문이다. 인생으로 비유되는 길이란, 생명이 다하는 날까지 멈출 수 없다는 뜻을 포함한다. 살아 있는 한 멈춤을 경험할 수 없는 게 인생이라는 말이기도 하다. 그러나 우리는 땅끝에서 멈춰야 한다. 살아 있으면서도 멈춤다운 멈춤을 경험할 수 있는 곳. 그곳이 땅끝길의 마지막 지점인 땅끝마을이다. 걷는 길로서의 땅끝길이 다른 길들과 구별되는 까닭이다.

걷는 이로 하여금 기꺼이 걷는 마음을 낼 수 있게 하는 것도 어쩌면 백리 길 저 끝에서 기다리고 있을 '멈춤'의 소슬한 정경, 혹은 각별한 기운 때문인지도 모른다.

▌ 그것은 동백길

북일의 장수마을에서 운전마을과 흥촌마을에 이르기 위해서는 굽은 논밭길을 지나야 한다. 앞으로 만나고 만나고 또 만날 정겨운 논밭길의 시작이기도 하다.

첫 출발의 이 작은 구간은 어쩌면 만월의 좌일5일장에 이르기 위한 길처럼 보인다. 만월은 사람들이 모이는 장소이기 때문이다. 그곳엔 큰 장이 닷새 만에 한 번씩 선다. 워낙 일찍 장이 열려서 여간 부지런을 떨지 않고는 제대로 구경할 수 없다. 해 뜨기 전부터 장은 이미 성황을 이룬다. 맛있는 감태를 판다. 파래도 아닌 것이 매생이도 아닌 것이 파래와 매생이 맛을 고루 내고 모양도 그 둘을 닮았다. 땅끝길을 걷는 동안 거의 모든 식탁에서 내내 맛보게 될 이 감태를 눈여겨보시라.

전복, 김, 그리고 많은 조개류를 구입할 수 있으나 정작 여행객의 눈을 끄는 것은 따로 있다. 줄지어 선 많은 장옥長屋들의 장관이 그것이다. 조선시대 서울 큰 거리에서나 볼 수 있었던 장옥이 처음 세워졌던 모습 그대로 남아 아직도 3일, 8일이면 와자하게 장판을 벌인다.

그곳에서 눈여겨보지 않을 수 없는 것 또하나, 너른 장터를 마당 삼아 서 있는 작고 붉은 2층 건물이다. 이름 하여 북일치안센터. 경찰지구대다. 미안하지만 눈여겨볼 만한 건 이 건물이 아니다. 그 건물 앞의 동백나무. 정말 일품이다. 경찰지구대 창밖이지만 훔쳐가고 싶을 만큼 예쁘다.

그러나 그럴 필요까진 없다. 어딜 가든 행인을 맞아주는 게 동백나무일 테니까. 그래서 삼성마을로 가기 전에, 그다지 멀지 않으니 북일면사무소도 한번 들르길 권한다. 그곳 뜰에도 예쁜 동백나무가 있다. 그뿐 아니다. 앞으로 들르게 될 동해마을에도 여기저기 동백나무다. 건물 주변의 것들이 잘 가꾸어진 탐스럽고 예쁜 동백이라면, 저 두륜산 대흥사와 달마산 미흥사의 동백나무들은 야생의 것이며 숲을 이룬다. 줄기가 미려하고 이파리마다 건강한 윤기가 흐른다. 눈 속에 핀 꽃도 가련한데, 조매화鳥媒花라 그 떨어지는 모양은 사뭇 처절하다.

겨울을 나는 동백의 보랏빛 이파리를 본다면, 이미자의 노래가 아니더라도 아픔에 겨워 멍든 누군가의 가슴이 절로 떠오를 것이다. 동백 또한 상징어로서의 인동초忍冬草라 아니할 수 없을 터인데 과연 동백뿐일까. 겨울 땅끝길을 걷는 사람은 볼 수 있을 것이다. 밭 여기저기에서 겨우 짚 한 가닥으로 허리를 꽁꽁 두르고 겨울을 견디는 숱한 배추들을. 이름하여 올똥(월동)배추. 곁에는 모종한 어린 마늘들이 함께 겨

울을 난다. 추위를 견딘 배추는 너무도 고소하여, 인근에서 생산되는 천일염, 젓갈, 석화로 담근 김치 맛에 대해서는 말을 말란다. 동해마을이 김치마을로 지정된 까닭이다.

동백은 땅끝까지 이어진다. 이어지는 길 위에 여름에는 배롱나무가 돋보인다. 가을은 어떨까. 갈대와 억새가 지천으로 나부낀다. 갈대와 억새를 늘 혼동하는 사람이라면 이 길에서 비로소 확실해질 것이다. 겨울엔 소철과 후박이 푸르다. 걷는 이들의 벗이 되어주는 그 모든 것들을 그냥 다 동백이라 한들 어떠리.

동백을 본다는 것은 동백을 심고 동백을 기르고 동백을 벗하는 사람들을 본다는 것이다. 배추와 마늘과 배롱나무와 후박, 그리고 억새와 갈대와 함께 살아가는 이곳 사람들을 본다는 것이다. 장터에서 밭에서 논에서 바다에서 염전에서 볼 수 있는 그들. 나무들, 사람들. 탈것이 없던 시절 수없이 걷고 넘고 쉬었던 길, 밭품 팔고 땀 흘리고 찬바람 가르며 평생을 오가던 길, 그 길에 함께했던 나무며 풀이며 바람과 사람들. 그 모든 게 여기선 인동의 동백이다. 그 길을 걷는다.

북일면사무소까지 갔다면 그로부터 동남방향으로 1.5km쯤에 있는 장고봉 고분을 그냥 두고 발을 떼기는 어렵다. 우리나라에서 가장 큰 전방후원형 고분이기 때문이다. 전방후원형 고분은 전통적인 일본 고대 고분 형태로 한일고대사 연구에 중요한 사료적 가치가 있는 분묘이다.

옛말의 정취가 듬뿍 묻어나는 북일면 운전리 지명에는 이런 것들이 있다. 한새까끔 : 수동 동쪽에 있는 산. 통꼭지 : 장밭 앞에 있는 논. 장구배미 : 개정지에 있는 논. 장구처럼 생김. 딱밭골 : 장수 동북쪽에 있는 들.

모국어가 미치는 마지막 땅

처녀림을 걷는 기분으로 쇄노재를 넘는다. 오른쪽 뒤로 올려다보이는 높고 뾰족한 투구봉은 아닌게 아니라 광화문광장 이순신장군의 투구를 뒤에서 올려다보는 것 같다. 어깨와 등과 투구의 모양, 그리고 그 기울기가 영락없다. 해남은 이순신 장군의 자취가 적지 않은 곳이다.

재라고는 하지만 길지도 가파르지도 않아 넘기 수월하다. 연인과 함께라면 재를 다 넘을 때까지 손을 놓지 않을 수 있을 정도. 영어회화 시간에 자주 등장하는 문장이 있다. This trail in the woods is ideal for hiking. '이 숲길은 하이킹을 하기에 좋은 코스다.' 쇄노재에 딱 들어맞는 문장이다. 등산도 산책도 아닌 그 중간쯤의 하이킹은 영국 지형에 어울리는 말이라는데 땅끝길에도 어울린다. 땅끝길의 재들은 모두 이처럼 착하고 온순하고 정겹다.

재의 정상에서 잠깐 55번 도로와 만난다. 그곳에 쇄노재주유소가 있다. 재를 넘던 바람들이 간판 속 몇 개 자음과 모음을 떼어갔다. 그래도 환갑을 넘겼음 직한 주유원의 자음과 모음은 활기차다. 잠시 다리를 쉬면서 그의 목소리를 들어보자. 주유구를 열 때마다 그는 크게 소리친다.

"얼마 너까라?"

이른바 표준어 지역에서 가장 멀리 떨어진 까닭에 얼른 알아들을 수 없지만 곧 말의 뜻이 전해져온다. 아직은 모국어의 영토인 것이다. 몇 개의 자음과 모음이 떨어져나갔어도 주유소 간판을 읽는 데도 어려움이 없다.

땅끝을 토말土末이라고도 한다. 토말을 직역하면 땅끝이 아닌 흙끝이다. 흙토니까. 그러니 땅끝을 한자로 옮기려면 땅지를 쓴 지말地末이 마땅한 것처럼 보인다. 그런데 땅끝을 토말이라 부른다. 왜 그럴까.

소설 속 한 여인이 그런 의문을 던진다. 단편소설 「카프카를 읽는 밤」에서. 물론 내 소설이다. 나는 그 단편을 쓰기 위해 1993년 땅끝길을 걸었다. 그로부터 몇 년 뒤 그 소설의 시네마투르기를 위해 EBS 카메라와 다시 걸었다. 내겐 각별한 길이 아닐 수 없다.

토말이라고 쓰는 것에 대한 의문은, 토가 '영토領土'를 뜻하기 때문이라는 추론에서 풀린다. 국제법상의 영토란 국가의 통치권이 미치는 구역을 말한다. 그러나 소설가에게 영토란 모국어가 미치는 구역을 말한다. 모국어가 미치는 마지막 땅을 향해 걷는다는 건 소설가에게 색다른 의미일 수밖에 없다. 하물며 일본에서 일본어로 활동하고 있는 재일한국인 2세 소설가에게 있어서랴. 소설 속 여인이 바로 재일한국인 2세 소설가인 것이다. 그녀의 소설은 모국도 모국어의 영토도 갖지 못했다. 한때 우리를 지배했고 강압했던 식민종주국에서 그들의 언어로 소설을 쓸 수밖에 없는 그녀의 속내는 어떤 것일까. 한국 소설가인 화자와 재일한국인 2세 소설가가 땅끝마을에서 영토와 모국어를 얘기하는 장면에서 소설은 고즈넉해진다.

소설가가 자신의 언어적 영토를 자신의 민족과 국적 안에서 확보하고 실현한다는 사실. 저 유태인 카프카나 재외한국인 작가들에겐 어떻게든 사무치는 일일 것이다. 내가 다시 땅끝길을 걷는 이유다. 언어의 영토를 손으로 쓰다듬듯 걷고 싶은 이유다.

그러니 쇄노재 아랫마을 와룡리의 지명들도 사뭇 정겨울 수밖에 없다. 봇들:아룻말 서북쪽에 있는 들. 활쌀배미:봇들에 있는 논. 썸매:신용 서쪽에 있는 마을. 새박등:새바우가 있는 등성이.

▌산의 모양으로 다시 일어서는 돌길

동해마을은 행정안전부에서 지정한 정보화마을이며 해남의 김치마을로 지정된 곳이기도 하다. 하지만 걷는 이의 눈을 끄는 것은 단연 이 마을의 돌이다. 돌담, 돌무더기, 돌샘, 너럭돌이다. 이 마을에만 유독 돌이 많은 건 아니다. 지나온 마을과 지나갈 마을들에서도 돌과 돌담을 얼마든지 볼 수 있다.

가는 곳마다 어째서 이토록 돌이 많은 걸까. 잠깐만 눈을 들어보면 쉽게 그 까닭을 알 수 있다. 멀리는 월출산, 가까이는 주작산과 두륜산, 그리고 달마산이라는 돌산이 있는 것이다. 무수겁의 세월 동안 그 높은 산들이 깎이고 파여 흐르다가 사람들의 손길에 의해 마을에서 다시 산의 모양으로 일어서는 것. 그것이 해남의 돌담이며 돌무더기다.

'삼천리 화려강산'의 3천 리는 땅끝에서 서울까지의 1천 리와 서울에서 함북 온성까지의 2천 리를 더한 계산이다. 그리고 백두산으로부터 벋어내린 백두대간의 끝도 땅끝에 이른다. 동해마을을 비롯한 많은 땅끝길 마을들에서 볼 수 있는 돌담과 돌무더기가 예사롭지 않은 까닭이다. 그 모든 돌에는 이 강토 뼈대의 기운이 속속 서려 있다. 돌 하나하나를 쌓는 일은, 그 서린 기운을 다시금 매만지며 뜨겁게 느끼는 일이었을 것이다.

그 많던 돌담들이 한때 '농촌근대화'라는 이름으로 무너지거나, 복원되지 않은 채 시멘트 벽돌담으로 대체됐다. 시멘트 벽돌담에는 철문을 달고 페인트를 칠했다. 이제 다시 시멘트 벽돌담을 치우고 돌담을 쌓는다. 그리하여 동해마을에는 당초부터 있었던 오래된 돌담과, 시멘트 벽돌담과, 새로 쌓은 돌담이 공존한다. 어떤 가옥의 담벼락은 그 세 부분을 골고루 담고 있으면서 지나는 행인에게 말없이 돌담의 역사와 성쇠를 보여준다.

북평면 이진리에도 돌담이 많다. 담이 아니라 성이다. 마을이 성터였기에 마을 담장들도 돌담이 되었을 것이다. 무너진 성의 돌을 깨 담을 쌓았을 것이라는 추측을 그곳에 가면 어렵지 않게 할 수 있다.

이진은 본래 '이진梨津'이라 쓰고 '배나루'라 읽혔을 것이라 본다. 마을이 배船의 형국을 띠고 있기 때문이다. 이두吏讀의 흔적이다. 이 마을 담장에서는 심심찮게 제주의 현무암을 볼 수 있다. 제주에서 말을 싣고 올 때 균형을 잡기 위해 배 밑에 깔았던 돌인데, 돌아갈 때는 곡식을 배 밑창에 실을 수 있어서 두고 갔던 돌들이란다. 제주와 활발히 왕래했던 흔적이다.

제주뿐 아니었다. 이진은 널리 바깥으로 통했다. 일본 중국과 삼각무역을 했던 장보고의 활동 지역이었고 이순신 장군의 순시 지역이기도 했다. 장군이 마셨다는 우물이 원형 그대로 마을 안에 있다. 아무런 표시도 돼 있지 않지만 그 모양새를 보면 그냥 지나칠 수 없다. 우물정井자로 놓인 곰보돌이 인상적이다.

이진성은 부분적으로 민가의 담장으로 쓰이고 있다. 이곳에도 동해마을처럼, 석성과 시멘트벽돌담이 수백 년의 시차를 뛰어넘어 사이좋

바람 잔 날, 잔물결에 반짝이는 햇살이 파도처럼
밀려나가는 석해바다. 이런히 마음수에서야 파동을
일으키는 그런 바다.

게 붙어 있다. 축성 연도조차 알 수 없는 오래된 석성을 담으로 에두르고 사는 이진리 사람들이라 그런지 그 옛날 조상들의 모습과 그다지 달라 보이지 않는다.

동해마을에는 다른 마을에 없는 것이 하나 있다. 바위 틈새에서 흘러나오는 샘을 모으기 위해 깎아놓은 커다란 자연석 돌그릇이다. 그것을 깎기 위한 마을 사람들의 울력이 어떠했을지, 돌에 새겨진 명문銘文을 가만히 읽어보는 것도 재밌다. 바로 옆, 풍성한 팽나무 그늘 아래엔 너럭바위가 있다. 누군가 장난처럼 새겨놓은 네 개의 구멍과 붕어빵을 닮은 물고기 그림. 언제쯤 누가 새긴 걸까 고개를 갸웃해보는 것도 이곳을 지나는 사람들이 한 번쯤 지어보는 표정이다.

▌ 모든 게 손에 닿을 듯 가까운 길

동해마을에서 차경까지는 도롱목골이다. 모든 길이 계절 따라 새로운 정경을 선사하지만 도롱목골은 언제 걸어도 봄을 느낀다.

이름에서도 알 수 있듯이 이 길은 골짜기이다. 그러나 사전적인 뜻의 '산과 산 사이에 움푹 패어 들어간 곳'은 아니다. 야트막한 산을 넘는다. 산자락의 고샅을 걸으며 평화로운 밭들과 저 멀리 난 큰길을 본다. 샛길을 걸으며 새소리를 들으면 계절이 언제이든 봄을 느낀다. 한겨울에도 등과 어깨가 따뜻해지는 길이다.

산골짜기란 그런 곳이다. 흔히 산골이라 할 때 골은 '움푹 파인 지형'만은 아닌 것이다. 햇볕과 바람, 새소리와 동무의 다정한 음성이 모여 고이는 '맘속 깊이 포근한 곳'이란 뜻이기도 하다.

도롱목골이 바로 그러한 곳이다. 소원해졌던 사람과 다시 가까워지
길 바란다면 이 길을 걸어야 한다. 버드나무와 오리나무에 물오르는 봄
이라면 더할 나위 없다. 호드기를 만들어 불 수 있기 때문이다.

호드기를 만들 양이면 반드시 하나는 좀 짧게 하나는 길게 만들어
야 한다. 그리고 불 때는 함께 분다. 두 개의 다른 음이 화음을 이루며
봄 골짜기에 울려퍼지는 소리를 듣는다면 다시 가까워지지 않을 수 없
다. 호드기를 만들어 분다고 아무 데서나 좋아지는 건 아니다. 그에 어
울리는 '골짜기'여야 한다. 도롱목골이야말로 그러기엔 제격이다.

다람쥐가 도토리 점심 가지고 소풍가는 곳이 도롱목 산골짜기라면,
묵동리에는 저녁바다 갈매기가 금빛을 싣고 고기잡이배들을 뒤따르는
십리해변길이 있다. 사람이 갈 수 있어 길이라 칭하지만 길다운 길이
있는 건 아니다. 천연해변의 바위와 모래톱 사이를 그저 사람이 걸을
뿐이다.

밀물이라도 그득히 들어차면 잠시 쪼그려앉아 바다에 손을 담글 수
있다. 가까이는 남태평양, 멀리는 인도양 대서양과도 통하는 물이다.
그러나 손 뻗으면 얼른 닿고 발끝에 와 찰랑이는 십리해변의 바다는 강
아지처럼 정겹기만 하다.

걷는 이의 발치에 그토록 가까이 닿아오는 건 바다뿐 아니다. 지금껏
걸으며 만나온 이진리 서홍리 신홍리의 논밭들도 걷는 이의 발치에서
하냥 속살거린다. 남도의 길은 들녘의 논밭보다 높지도 낮지도 않다. 높
낮이 구분이 없는 것이다. 땅끝길도 예외가 아니다. 논이 길이고 길이 밭
이다. 저 북일부터 이어져오는 모든 길은 논밭과 수평을 이룬다.

가다 앉아 손을 내밀면 계절 따라 배추와 무가 잡힌다. 고구마와 감자와 호박과 마늘과 고추가, 굳이 걸어가 손 내밀지 않아도 그 자리에서 그냥 만져진다. 이것이 남도길이며 땅끝길의 정감이다.

곧 이르게 되는 안평과 영전의 땅들도 마찬가지다. 게다가 가는 곳마다 드러나는 저 붉디붉은 흙이라니. 오윤의 〈통일대원도〉 동학전쟁 연작과 밥 연작 판화에서 보이는 농부들의 투박한 피부가 바로 저 땅빛이 아니었던가. 땅의 속살에 서린 숱한 땀과 노동의 세월들은 쟁기를 깊게 갈 것도 없이 붉은빛으로 다시 화르르 피어난다.

또한 남도의 등성이를 흐르는 저 붉은 흙빛이야말로 민초의 흰옷빛과 가장 강렬한 대비를 이루는 색이 아니던가. 낮고 굽은 길들과 나란히 누운 붉은 흙밭에 대한 감회는 숙연하다. 함께 겪지도 보지도 못했던, 나와는 아주 먼, 한 세월 지난 얘기 속 치열한 삶들이지만, 내처 느낄 수 있는 것이다. 붉은 흙과, 그 땅 위를 흐르는 바람과 햇빛이 아직 찬란하다면.

그 땅의 이름들을 불러본다. 감사나골 : 영전 서호정 서쪽에 있는 골짜기. 강대잔등 : 서호정 동쪽에 있는 등성이. 베락바우밭께 : 서홍리 베락바우가 있는 들. 솔땟걸 : 서진 동쪽, 길가에 있는 들.

끝이 시작이 되는 사색의 길

점재를 넘노라면 들리는 듯하다. 바람소리 새소리 아닌 사람들의 소리. 저 아래 사구미해변의 나른한 파도소리에 묻어 들려오는, 부지런히 장보러 나선 이들과 등굣길 어린 학생들의 웅성거림.

해변도로가 나기 전, 윤도산 북쪽 자락인 점재는 주민의 왕래가 빈번했던 곳이다. 어른들은 고개를 넘어 월성장에 이르렀고 아이들은 학교를 오갔다. 품을 팔고 사기 위해, 논과 밭을 돌보기 위해 부단히 오갔던 점재에는 행인을 위한 점방이 있었고, 이름도 그로부터 유래했을 것으로 본다.

걷기 위해 걷는 사람이 아니라면 지금은 아무도 넘지 않을 고개. 제멋에 겨운 새들의 울음과 솔바람만 이 호젓한 고개를 넘는다. 장보러 나선 사람과 어린 학생들의 바쁜 수선은 이제 사색으로만 재생할 수 있다. 보이지 않고 들리지 않게 되었을 때 비로소 보고 듣게 하는 것이 사색이다. 사색 없이 그 길 그 고개를 넘을 수 없는 까닭이다.

그리 말하자니 지금까지 걸어온 모든 길들이 그렇다. 길을 걷는다는 건 사색한다는 것일 테니, 사색이라는 연료 없이 무턱대고 걷기만 한다는 건 불가능할지도 모른다. 동해마을 너럭바위의 물고기 그림을 보며 고개 갸웃거리는 일, 점재를 넘으며 옛사람들의 바지런한 기척을 듣는 일, 이름도 예쁜 모래미(사구미의 옛 명칭이다) 해변숲길을 천천히 걷다가 고운 모래에 찍힌 바닷새의 발자국을 오랫동안 바라보는 일 모두, 한 걸음 한 걸음 더 걸어나아가기 위한 사색이 아니고 무어랴.

그렇게 걷고 걷는다. 마침내 땅끝에 이른다. 문득 내 소설 속 재일한국인 2세 여성작가를 만날 것 같기도 하다. 그녀가 이 땅의 끝에서 본 것은 무엇이었을까. 그녀는 지금 저 바다 건너 일본 땅에서 어떤 소설을 쓰고 있을까. 한때 적성국이었던 나라의 언어를 모어로 가질 수밖에 없었던 그녀. 그리하여 그 언어로 사유하고 표현하고 살아갈 수밖에 없는 한국 국적의 일본 소설가. 민족과 국적에 해당하는 언어적 영토를 갖지 못한 문학가의 꿈은 어떤 것일까.

겉으로 보이는 것과 다르게 땅끝의 물살은 거칠다. 유명한 우수영 울돌목 물살이 사돈을 맺자고 했을 정도란다. 땅끝지명 가운데 '사자봉' '작은사재끝' '큰사재끝' '사재끝샘' '사자포구' 등의 '사자'가 사자獅子가 아닌 사지死地를 뜻한다니 몸이 절로 움츠러든다.

땅끝 해벽에는 난대식물인 돈나무가 자라고 온대지방이 원산지인 꾸지뽕나무가 숲을 이룬다. 온실에서나 볼 수 있는 러브체인이 야생의 덩굴을 이루며 나무줄기를 타고 오른다. 그렇듯 따뜻한 바다의 거칠음은 어디서 오는 걸까. 자이니치在日 소설가가 본 것이 바로 저, 제 몸처럼 뒤채는 깊은 바다가 아니었을까.

그러나 다시 보면 그곳에는 뒤챔뿐 아니라 설렘이 있다. 막힘과 함께 열림이 있다는 말처럼 들린다. 바다의 몸부림은 달리 말해 용트림일 테니까. 끝이 시작일 수 있듯이.

문득 출발지 북일에서 봤던 장고봉 고분이 떠오른다. 그와 같은 묘가 일본 최초의 고대국가가 자리했던 나라奈良 지역에도 분포되어 있다. 한반도 도래인들이 세운 나라라 하여 이름도 '나라'라는 학설이 있다. 바다로 막혔어도 뭔가는 그렇게 열려 오고갔던 것이다. 삶과 죽음, 그리고 말言까지.

다시금 지나온 땅의 이름과 말들을 떠올려본다. 운전리의 한새까끔, 와룡리의 활쌀배미, 서홍리의 베락바우밭께. 쇄노재주유소 아재의 '얼마 너까라?'. 그리고 소설 속 자이니치 소설가가 어눌하게 이어가던 한국어.

그것들은 바다를 마주하고 멈춘 여행자의 등뒤에 아련한 기억으로만 존재하는 게 아니었다. 설렘과 용트림, 열림과 시작의 의미 앞에 놓여 있는 것이기도 하다. 그러기는 해도 등뒤의 오랜 여정 없이 설렘과 용트림, 열림과 시작의 의미를 저 바다에서 읽는다는 건 쉽지 않다. 길을 걸어 끝에 다다라 멈춘 자에게만 제 내밀한 속내를 마침내 드러내는 것이 땅끝바다니까.

끝은, 끝까지 오는 과정이 있음으로 의미를 지닌다는 말이겠다. 하나하나의 발디딤판 없이 사다리 끝에 당도할 수 없는 것이듯. 그러니 걷는 이유나 사는 이유는 결국 멈추기 위해서라는 것. 땅끝길은 멈추기 위해 향하는 길이었다는 말이다. 멈춤 없이, 걷고 사는 것의 자기동일적 움직임만으로는 스스로 아무 의미를 갖지 못한다는 것. 그것을 알 때 비로소 끝은 끝이 아니라 또다른 시작일 것이다.

바다를 향하고 서자. 등뒤에도 눈이 생겨 지나온 길과 땅 들이 저 바다처럼 환해지는 순간을 맞이하자. 길이란 결국 앞뒤가 없거나 앞뒤 그 모든 것이며, 인생도 앞만 보며 걷는 게 아니라는 사실에 설레며 안도하자. 시작이란 그런 것이려니와, 그것은 끝에서 멈춰보지 않으면 영영 모를지도 모를 시작이다. 이런 시작은 땅끝길의 끝이라야 마땅해진다.

예나 지금이나 머리에 짐을 이고 걷는 어머니들이 있다. 눈에 보이진 않지만, 어깨마다 주렁주렁 짐이 가득할 어머니들. 자식 앞에선 이 세상 가장 가벼운 몸인 듯 웃기만 하시는 어머니들이 아직까지는 우리들 옆에 계신다.

평야지대에서 가장 눈에 띄는 것이 전봇대다. 도심에 비해 전봇대가 많은 것이 아니라 어디 하나 걸리는 데 없는, 툭 터진 곳이 평야지대라서 그만큼 전봇대가 도드라지게 보이기 때문이다. 땅이 끝나는 것인지 땅이 시작되는 것인지 잘 모르겠지만, 여하튼 해남 땅끝길을 걷다보면 자연스럽게 전봇대와 친해질 것임은 분명하다.

북일 5일장터엔 스물한 채 장옥이 서 있다. 불과 10여년 전만 해도 우리나라 곳곳엔 크고 작은 장옥으로 가득한 5일장이 많았지만 지금은 손에 꼽을 정도다. 북일, 좌일에서 땅끝마을로 이어지는 36킬로미터 구간에는 이처럼 이름난 5일장들이 많다. 운이 좋다면 땅끝길 걷다가 시끌벅적한 5일장, 그 축제 같은 풍경에 취할 수도 있겠다.

바위에도 따스한 심장이 있어 가녀린 나무 한 그루 품 안에 보듬었다. 꽃 피는 봄이 오면 저 바위 얼굴에도 꽃 그림자 활짝 피어나겠네.

자연은 언제나 받는 것 없이 주기만 하는 바보다. 갯벌은 새나 사람 구별하지 않고 모든 것을 내주건만 갯벌을 없애는 데 혈안이 된 사람들이 많다. 그들은 갯벌 근처에 살지도 않을뿐더러, 갯벌에 한 번도 발을 담그지 않은 도시 사람들이다.

바람 잔 날, 잔물결에 반짝이는 햇살이 파도처럼 퍼져나가는 서해바다. 아련히, 마음속에서야 파동을 일으키는 고요한 땅끝 바다.

16

강제윤

1988년 『문학과 비평』 시 부문을 통해 등단했다. 2006년 가을부터 한국의 유인도 500여 개를 모두 걷겠다는 서원을 세우고 섬 순례 길에 올랐고, 그동안 200여 개의 섬을 걸었다. 저서로 『보길도에서 온 편지』 『숨어 사는 즐거움』 『부처가 있어도 부처가 오지 않는 나라』 『섬을 걷다』 『올레, 사랑을 만나다』 『자발적 가난의 행복』 『그 별이 나에게 길을 물었다』 등이 있다.

청산
여수길

청산도,
섬을 걷다

강제윤

"추와서 못 가것네. 올 때는 모르고 왔
는디 갈라고 보께 못 가것네. 추와라, 아이
고 추와라."

청산도 도청리 선창가, 마실 나왔던 노
인은 찬바람 맞으며 고갯길 넘어갈 걱정에
발길이 떨어지지 않는다. 큰 바람이 불고
다시 파도는 잠잠해졌다. 한 차례 결항했
던 여객선이 운항을 재개한다. 밀린 차량
들로 완도행 막배는 금세 만선이다. 차례
를 기다리던 사내의 트럭은 자리를 얻을
수 없다. 여객선 터미널 앞에서 사내는 안
타까움에 발을 구른다. 사내를 가둔 것은

바다가 아니다. 바람이다. 일렁이며 막배는 떠나고 완도에서 들어오는 여객선은 청산도 부두에서 하룻밤을 정박한다. 사내도 청산도 뱃머리에 닻을 내린다. 청산도에 어둠이 깃든다.

　나그네는 저녁을 먹으러 들어간 식당에서 트럭의 사내와 조우한다. 어떤 장소에 가는 것만이 여행이 아니다. 사람을 만나는 일 또한 여행이다. 잠깐 사이 구면이 된 나그네와 사내는 돌멍게 한 접시를 놓고 소주를 마신다. 옆자리에서는 섬 사람들 몇이 삶은 문어를 안주로 술판을 벌이고 있다. 사내는 목포 전자제품대리점에서 일한다. 청산도에 전기 히터를 설치하러 왔다 돌아가는 길이었다. 오랫동안 사내는 부산에 살았다. 낯선 목포 땅에 살게 된 것은 순전히 사랑하는 여자 때문이었다. 사내는 예천이 고향이지만 조실부모하고 부산으로 이주해 동생들을 키웠다. 열한 살 때 전포동에서 재봉일을 시작했다. 열여덟 살부터 스무 살까지는 멸치잡이배를 탔다. '조직' 생활도 했다. 뱃일을 그만두고 놀던 때였다.

　어느 날 여자친구와 부산 백악관나이트클럽엘 갔다가 '스카웃'됐다. 옆좌석의 일행 중 한 사람이 자꾸 여자친구에게 집적거렸다. 일행은 모두 일곱 명. 세 번쯤 경고했지만 숫자가 많은 취객들 눈에 사내의 말은 씨알도 먹히지 않았다. 일곱 명과 맞짱을 떴다. 셋을 쓰러뜨린 뒤 나중에는 맥주병을 깨 들고 위협하니 그들도 더이상 덤비지 못했다. 싸움이 수습되자 나이트클럽 매니저가 사내를 부르더니 대뜸 "너 내일부터 일해라. 안 하면 죽는다" 했다.

　나이트클럽은 부산 지역 최대 폭력조직이 운영하는 곳이었다. 나이트클럽에서 심부름하다가 한 달 뒤에 사내는 정식 조직원이 됐다.

또 한 달이 지난 후 조직의 명령으로 경쟁조직의 조직원을 칼로 '담그고' 감옥에 갔다. 초범이라 1년 남짓 살았다. 출소 뒤에도 5년쯤 더 조직생활을 했다. 인천으로 파견근무를 가기도 했다. 인천 구터미널 근처의 나이트클럽을 맡아서 운영했다. 부산으로 복귀해 남포동의 나이트클럽을 운영하기도 했다. 그사이 번 돈으로 여동생 둘을 결혼시켰다.

하지만 여자친구의 간곡한 청으로 사내는 조직생활을 청산하고 목포로 왔다. 목포는 여자의 고향. 3년을 함께 살았다. 그러다 여자와 헤어졌다. 가진 돈과 집 모두를 여자에게 남겨주고 몸만 나왔다. 그가 집을 나온 일주일 뒤부터 여자는 그 집에서 다른 남자와 동거를 시작했다. 여자는 영영 떠났지만 사내는 목포에 정이 들어 끝내 목포를 떠나지 못하고 있다.

▌ 홍등가로 술렁이던 청산도 파시

도청리 어선 선착장 물량장에는 어민들 몇이 다시마 양식 준비에 한창이다. 미역 양식을 했던 밧줄을 건져내 손질한 뒤 거기에 다시 다시마 종묘를 붙인다. 양식되는 청산도의 미역과 다시마는 대부분 전복의 밥으로 쓰인다. 자연산에 목마른 도시인들은 전복 또한 자연산이 최고인 줄 알고 양식보다 몇 배의 높은 가격에 자연산 전복을 사먹는다. 하지만 알고 보면 양식 전복도 자연산과 별 차이가 없다. 가공사료가 아니라 미역, 다시마 등의 해초만 먹고 크기 때문이다. 먹이가 같고 같은 바다에서 자라는데 자연산과 양식이 다를 까닭이 없다. 실상 패류는 자연산이냐 양식이냐가 크게 중요치 않다. 얼마나 깨끗한 물에서 자랐는지가 관건이다. 오염된 물에서 자랐다면 자연산이라 해서 좋을 까닭이 어디 있겠는가.

과거 도청리는 파시로 유명세를 떨치던 곳이다. 서해에 연평도 조기 파시가 있었다면 남해에는 청산도 고등어 파시가 있었다. 교과서에도 실렸을 정도로 중요한 파시였다. 바다 위의 시장, 파시波市는 본래 어류를 거래하기 위해 열리던 해상시장이다. 『세종실록지리지』에 영광 '파시평波市坪'이 등장할 정도로 파시의 역사는 유구하다. 성어기가 되면 고기잡이배들이 조업하는 어장에 상선들이 몰려들었다. 어선들은 생선을 팔고 상선들은 식량이나 땔감 따위를 팔았다. 어선과 상선 들이 뒤엉켜 서로 사고파는 해상시장이 파시의 출발이었다. 하지만 어선과 상선이 많아지고 어획량이 늘어나면서 시장이 차츰 어장 근처의 섬이나 포구 등으로 옮겨갔다. 파시는 어판장과 선구점, 음식점, 술집, 잡화점, 숙박시설, 각종 기관 등까지 갖추어진 임시 촌락으로 발전했고 어업 전진기지 역할을 겸했다. 파시는 조기, 민어, 고등어, 삼치 등 무리를 지어 이동하는 회유回游성 어류들로 인해 번성했다. 어선들은 산란장과 먹이를 찾아 회유하는 어군漁群을 쫓아다녔고 상인들은 어선들을 쫓아가며 장사를 했다.

청산도 고등어 파시는 일제강점기인 1930년대부터 시작됐다. 해마다 6월부터 8월까지 고등어 군단이 몰려오면 청산도 도청리 포구에 파시가 섰다. 부산이나 일본의 대형 선단과 소형 어선들 수백 척이 드나들고 수천의 사람들이 북적거렸다. 한적하던 도청리는 일시에 해상도시로 변모했다. 텅 빈 해수욕장에 여름이면 피서객들이 구름떼처럼 몰

려들고 상가들이 번성하는 것과 같았다. 선구점과 술집, 식당, 여관, 이발소, 목욕탕, 시계점 등의 임시 점포가 생겨 선원들을 상대로 장사를 했다. 외지에서 온 상인들은 주민들에게 세를 주고 점포를 빌렸다. 그중 가장 많은 것이 색시집이었다. 술을 파는 색시집에는 조선 기생뿐 아니라 일본 게이샤들까지 있었다. 고등어 선단은 한 번 출어로 수십만 마리의 고등어를 잡아왔다. 운반선으로 다 처리하지 못할 정도로 많이 잡히면 일부는 바다에 버렸다. 도청리 앞바다는 고등어 썩는 냄새에 골머리를 앓았다. 주민들은 고등어를 얻어다 소금 간을 해서 간독에 절였다. 그래도 남는 고등어들은 어비(퇴비)로 만들어 쓰기도 했다. 지금처럼 생선이 귀한 시절에 고등어 퇴비는 전설 같은 이야기다.

일제 패망 후에도 계속되던 고등어 파시는 1960년대 중반 고등어가 고갈되면서 막을 내렸다. 하지만 삼치들이 몰려오면서 삼치 파시가 맥을 이었다. 삼치는 잡히는 대로 일본으로 수출됐다. 청산도 앞바다에는 운반선 20여 척이 늘 대기중이었다. 당시 청산도는 완도보다 더 중요한 해상교통의 요지였다. 청산도를 기점으로 한 여객선이 목포로 2척, 부산으로 3척이나 다녔다. 대부분의 섬들이 하루 1척도 제대로 배가 다니지 않던 시절이었다. 더 큰 섬인 완도 사람들도 청산도로 술을 마시러 오곤 했다. 지금은 채 3,000명도 못 되지만 1973년 청산도 인구는 13,500명이나 됐다. 그러나 지나친 남획으로 삼치 또한 씨가 말랐고 1980년대 중반 청산도 파시는 막을 내렸다. 물고기떼가 사라지자 어선도, 사람도 함께 떠나가버렸다. 다시 청산도는 한적한 섬이 됐다. 청산도 근해에서는 더이상 물고기들이 잡히지 않는다. 요즈음은 큰 배들이 제주도 부근 바다에서 싹쓸이해버리니 살아남아 청산도까지 올라오는 물고기도 드물다. 잡는 어업은 초어단지를 이용한 문어잡이 정도만 명맥을 잇고 있다. 이제 섬 사람들은 전복이나 김, 미역 등 양식에 기대 살아간다.

▋ 겨울에도 얼지 않는 샘물

도락리 동구정길을 걷는다. 오늘도 섬은 칼바람에 바짝 얼어붙었다. 온 나라가 한파에 갇혔으니 남쪽 섬이라고 다르지 않다. 추위에 대한 방비가 허술한 남쪽 지방이라 뜻밖의 한파에 얼어붙은 수도관이 많다. 그래도 동구정 샘물은 철철 넘쳐흐른다. 동구정은 17세기에 처음 이 마을에 들어왔던 이들이 파서 식수로 사용했던 샘이다. 수백 년을 이어온 샘의 물맛은 역사의 맛이다. 샘 하나로 온 마을 사람들이 살았으니 저 샘은 또한 생명의 샘이다. 겨울인데도 산은 온통 푸르고 물맛은 빼어나다. 그래서 청산여수靑山麗水라 했을까. 바다만 아름다워서 여수라 하지는 않았을 터다.

한파 때문인지 오늘은 길을 걷는 사람이 거의 없다. 나그네는 내내 혼자 청산도길을 걷는다. 꽃 피는 시절 청산도길을 걷는 것도 좋겠지만 진정 고요하게 걷기에는 인적 드문 이 겨울보다 나은 때가 없다. 걷다 보면 몸의 열기로 추위쯤이야 금방 물러간다. 누구의 방해도 받지 않고 오롯이 걷기에만 몰두할 수 있는 시간. 청산도는 온전히 나만의 섬이 된다. 나는 오직 내면의 나와 동행하면서 깊은 교감을 나눌 수 있다. 내가 듣지 못했던 내 안의 이야기가 들려온다. 비로소 사유가 시작되는

것이다. 사유야말로 걷기가 주는 가장 귀한 선물이 아닌가. 들판에는 겨울을 뚫고 돋아난 청보리가 푸르다.

청산도의 신전, 당리 당집

언덕을 오르면 영화 〈서편제〉 속의 그 구불구불한 길이 나타난다. 하지만 이 길에서 가장 아름다운 풍경은 시멘트로 포장돼버린 서편제 길이 아니다. 보리밭 가운데 서 있는 드라마 세트장도 아니다. 당리 당 집이다. 서편제길 초입 솔숲, 돌담에 싸여 있는 낡은 건물이 당리마을 의 당집이다. 하지만 서편제 촬영지에 대한 안내판은 대문짝만하게 서 있는데 당집에 대한 안내판은 어디에도 없다. 오랜 세월 섬 사람들의 신앙의 성소였고 섬을 지키는 수호신을 모셨던 신전이 지금은 영화나 드라마 세트장만큼도 대접을 못 받고 있다. 저 당집이야말로 살아 있는 문화재가 아닌가. 지나는 사람들 또한 영화 〈서편제〉나 드라마 〈봄의 왈츠〉 세트장만 찾을 뿐 당집에는 눈길조차 주지 않는다. 저 당집은 본 래 한내구韓乃九 장군을 신으로 모셨던 신전이다. 구전에 따르면 한장 군은 신라시대 청해진 장보고 대사의 부하였다. 한장군은 청산도를 지 켰고 주민들의 신망이 높았다. 한장군이 노령으로 죽자 섬 주민들은 돌 무덤을 만들어주고 그 옆에 당집을 지어 수호신으로 모셨다. 청산면사 무소 최민교 계장은 솔밭 당집 아래 돌무덤에서 옛날 동전이나 칼자루 같은 것을 줍기도 했던 어린 시절을 증언한다. 무덤은 이미 일제 때 도 굴되어버렸다. 본래 당집에는 한장군 신뿐만 아니라 부인 신까지 영정을 그려 함께 모셨더랬다. 그러나 지금 영정은 사라지고 없다. 봄 농사를 위해 논을 태우던 당리마을 할머니로부터 그 사연을 듣는다.

"한압씨 함마이가 있었는디 어떤 놈이 불 처질러부렀소. 아주 기분 나뻐서 죽을 뻔했어요. 교회 다닌 놈이 그랬소."

과거 당집은 신성한 장소였다. 당집 앞으로는 상여 같은 부정한 것이 지나다니지 못했다. 말이나 가마를 타고 가던 이들도 당집 앞에서는 내려야 했다. 당리마을 주민들은 지금도 해마다 정월 초사흗날이면 정성껏 당제를 지낸다. 예전에는 한 해 동안 가장 정결하게 살았던 사람을 제주로 뽑았지만 지금은 이장님이 제주를 겸한다. 제관은 제주인 이장님 포함 5명 정도가 맡는다. 제관으로 뽑히면 보름 전부터는 상가를 가거나 부부관계 등의 부정 타는 행위를 일절 삼가야 한다. 제를 지내러 가는 날 길에서 다른 사람을 만나면 다시 집으로 돌아가서 목욕을 하고 올 정도로 금기가 철저하다. 많은 섬들을 다녔지만 청산도 당리 당처럼 아직껏 당제가 지내지는 곳은 희귀하다. 참으로 소중한 문화유산이 아닌가.

▌왜구의 안마당이던 청산도

읍리의 고인돌이 증거하듯이 청산도의 사람살이는 선사시대부터 고려 때까지 계속됐다. 하지만 조선왕조의 공도정책으로 버려진 이 나라 대부분의 섬들처럼 청산도에서도 한동안 사람이 살 수 없었다. 이 섬에 사람살이의 역사가 다시 시작된 것은 임진왜란 직후다. 선조 41년(1608)경

부터 주민 거주가 허락됐다. 숙종 7년(1681)에는 수군 만호진이 설치돼 왜구와 해적 들의 침략을 방어하는 군사요충지가 됐다. 주민 거주가 금지된 청산도, 추자도를 비롯한 서남해안의 섬들은 임진왜란 전부터 왜구나 해적 들의 소굴이었다.

> 왜선 수척이 달량·청산도에 이르러 상선을 약탈하고, 무명 50필, 미곡 30여 석을 빼앗아갔으며, 세 사람을 죽이고 일곱 사람에게 부상을 입혔습니다. ─『조선왕조실록』 성종 14년(1483) 기사

성종 21년(1490)에도 청산도와 추자도에 왜구가 나타났다.

> 추자도·청산도에 들어가서 고기잡이와 해물채취를 하며, 왜인들도 거기에서 고기잡이와 해물채취를 하는데, 부근 제도에 정박하고 있는 배는 고기잡이배가 아니고 왜적이며……

중종 27년 실록 기사는 왜구들이 청산도나 달량도(소안도), 추자도뿐만 아니라 보길도, 노화도 등까지 드나들며 수산물을 채취해갔다고 전한다. 전란 전부터 서남해 섬들은 이미 왜구들의 수중에서 농락당했으니 임진왜란은 예고된 전쟁이었다.

조선 후기에 들어서 섬들은 왜구보다는 양반 관료와 아전 들의 수탈에 시달렸다. 청산도라고 다르지 않았다. 장한철의 『표해록』에는 영조시대의 청산도 모습이 생생하다. 『표해록』은 제주도 유생 장한철이 향시에 합격한 뒤 과거를 보기 위해 육지로 향하던 중 표류 경험을 기

록한 책이다. 청산도에 표류한 장한철은 박중무란 사람 집에 머문다. 당시 청산도는 이웃 섬 신지도진에 부속되어 있었다.

이 섬은 멀리 떨어져 있어서 왕화王化를 입지 못하고 있습니다. 그래서 북륙北陸에 사는 사람들이 이 섬에 들어와 작폐하는 일이 많습니다. 이진진의 아전 하나가 신은(新恩:새로 문과에 급제한 사람) 한 사람을 거느리고 어제저녁 이 섬에 들어와 혹은 이정理正을 몽둥이로 때려 주식酒食을 억지로 달라 하여 먹으며 혹은 남자 광대를 족쳐서 전재錢財를 빼앗기도 하는데 심지어 사람들의 농우農牛를 빼앗기까지 합니다.

장한철은 청산도 사람들이 가장 소중히 여기는 소를 빼앗기고도 보복이 두려워 감히 송사를 벌일 생각을 못한다고 안타까워했다. 양반들의 수탈을 피해 섬으로 왔으나 수탈이 섬이라고 비켜가지 않았다. 왕화를 입은 육지의 땅들도 다를 것은 없었겠지만 최소한의 감시마저 미치지 못하는 섬은 그 정도가 더했을 것은 불을 보듯 환하다. 육지 사람들이 상상하는 유토피아는 섬에서도 이루어질 수 없는 꿈에 불과했다. 사람이 삶으로부터 피할 수 있는 곳은 어디에도 없다. 고통 또한 그러하다. 섬으로, 산속으로 숨는다 해서 삶의 고통이 소멸되는 것은 아니다.

청산도 큰애기 쌀 서 말도 못 먹고 시집간다

이 들길의 마을들, 청계리와 원동리에는 다른 지역에서는 찾아볼 수 없는 희귀한 논들이 남아 있다. 농경사회가 시작된 이래 이보다 더 절박한 농사의 유물이 또 있을까. 구들장 논. 옛날에는 섬이나 뭍이나 귀한 것이 쌀이고 논이었다. 삿갓 놓을 땅만 있어도 논을 만든 것이 산간지방의 '삿갓배미'고 비탈진 언덕에도 층층이 논을 만든 것이 남해 등지의 다랑이 논이다. 청산도 또한 비탈진 땅이 많아 논을 만들기 쉽지 않았다. 그래서 생긴 것이 저 구들장 논이다. 축대를 쌓아 평지를 만들고 논바닥에 구들돌같이 넓적한 돌을 깔고 개흙칠을 해서 방수처리를 한 뒤 흙을 덮어 물을 가두고 논을 만들었다. 그토록 척박한 섬이었으니 '청산도 큰애기 쌀 서 말도 못 먹어보고 시집간다'는 속담도 생겼을 것이다.

지금이야 쌀값이 라면 값보다 못한 세상이 됐지만 여전히 청산도에서 논은 귀하고 소중하다. 논은 섬사람들을 먹이고 입힌다. 청산도 겨울 들녘에는 볏단과 두엄더미 들이 움막처럼 쌓였다. 두엄, 저 냄새나는 똥거름을 쌀과 마늘, 유자와 꽃으로 바꾸어주는 것은 땅이다. 오로지 땅만이 똥냄새를 향기로 바꿀 수 있는 마법을 지녔다. 땅은 그 자체로 하나의 발전소다. 육체를 살찌우고 영혼을 고양시키는 생명의 발전소.

청산도는 돌과 바람의 나라. 상서리와 동촌리는 청산도에서도 돌담의 원형이 가장 잘 보존되어 있는 마을들이다. 얼마나 다행인가. 새마을운동이란 명목으로 초가집들이 불태워지고 수많은 돌담들이 헐렸다. 오래된 전통은 싸구려 근대화의 이름으로 철저히 짓밟혔다. 새마을운동 때 돌담을 헐어내고 세웠던 시멘트블록담은 불과 40년 세월을 못 버티고 시커멓게 썩어간다. 고흥 득량만의 섬들에서 나그네는 썩어 허물어져가는 시멘트 담들을 목격한 바 있다. 하지만 청산도의 돌담들은 수백 년 세월에도 여전히 견고하다. 바람이 거센 섬의 돌담은 육지 내륙과 달리 흙을 넣지 않고 돌만으로 쌓은 강담이다. 섬이나 해안가 집들은 모두 이런 강담이다. 이 돌담은 바람을 차단하는 바람의 방어벽이 아니다. 아무리 견고한 돌담도 오랜 세월 큰 바람을 막아내기는 불가능하다. 그래서 섬 사람들은 바람을 막기 위해 돌담을 쌓지 않았다. 바람을 분산 통과시켜주기 위해 돌담을 쌓았다. 허술해 보이는 돌담 사이에 흙을 채우지 않고 틈을 둔 것은 그 때문이다. 바람과 섬 사람들 사이에 생긴 평화협정의 산물. 청산도 돌담은 바람의 통로다.

초분, 바람의 장례

노인 한 분이 천변의 논가에서 작년 여름 물난리에 무너진 축대를 다시 쌓고 있다. 겨울 청산도의 논에는 온통 마늘이 심어져 있다. 나그네의 눈에는 다 같은 마늘처럼 보이는데 노인은 논과 밭에 심는 마늘의 종자가 다르다고 말한다. 청산도의 밭에는 주로 대만산 마늘을 심는다. 논에는 대부분 '멍청이 마늘'을 심는다. 멍청이는 욕이 아니다.

스페인산 마늘은 아무 데나 심어도 잘 자란다 해서 섬 사람들이 붙여준 애칭이다.

오늘, 섬의 땅 절반은 사자의 영토다. 밭에도 산중턱에도 양지바른 곳이면 어김없이 무덤들이 들어서 있다. 저 묘의 주인 중 누군가는 표류해온 제주 유생 장한철에게 밥과 술을 주기도 했을 것이다. 구장리마을 앞산, 어느 집안의 선산일까. 초분 한 기가 땅 위에 떠 있다. 풍장, 초분은 마치 풀로 지붕을 덮은 배 같다. 이승을 떠났지만 초분의 주인은 땅속에 묻히지 못하고 땅 위에 모셔져 있다. 초분은 볏짚으로 이엉을 엮어 망자의 관을 덮었다. 볏짚은 삭을 대로 삭았다. 초분 주인의 후손들은 이엉을 푸른 그물로 씌우고 나일론 줄로 다시 묶었다.

지붕에는 솔가지가 드문드문 얹혀 있다. 솔가지를 꺾어다 올린 것은 무슨 연유일까. 잘 썩지 않는 솔잎의 기운으로 부정한 것을 방지하기 위함일까. 임시 주거지에서의 거주기간이 끝나면 초분의 주인도 이 선산의 어느 땅 한 모퉁이에 아주 터를 잡게 될 것이다. 솔바람에 솔숲이 일렁인다. 서로 멀지 않은 완도의 섬들도 초분을 쓰는 이유는 제각각이다. 초분을 쓰는 것은 금기 때문이다. 사람은 물론 소나 개의 산달에 초상집을 가지 않는 것도 같은 이유다. 나그네의 고향 섬 보길도에서는 집안의 큰 행사가 있는 해에 초상이 나면 초분을 썼다. 자녀의 결혼식 날짜를 받아놨는데 초상이 나는 경우가 그런 때다. 자식이 군대에 가 있을 때 초상이 나도 초분을 썼다. 하지만 청산도에서는 주로 설 명절을 전후해 초상이 나면 어김없이 초분을 쓴다. 몇몇 사람만 참가해서 임시 장례를 하는 것이다. 정식 장례는 매장 때 다시 치른다.

매장은 초분을 쓰고 3년이 지나야만 가능하다. 풍수에게 길일을 받

아서 매장을 하지만 그해 길일이 없다고 판명나면 또 3년을 기다린다. 그래서 과거 어떤 초분의 주인은 십몇 년씩이나 땅에 묻히지 못하는 경우도 있었다. 초분은 풍장이다. 풍장은 살이 풍화되고 남은 뼈만 추려내 매장을 하는 이중 장례 풍습이다. 하지만 축대를 쌓는 노인이 들려주는 청산도의 풍장은 그것과 조금 다른 듯하다.

"바람에 말라 수분이 쪽 빠지면 마른 장작같이 되는디, 그 시신을 수습해 땅에 묻어라우."

여름철 습기 많은 섬에서 방부처리도 하지 않은 시신이 썩지 않는다는 건 쉽게 납득이 가지 않지만 노인이 없는 이야기를 지어내지는 않았을 것이다. 풍화되지 않고 육신이 마르는, 그런 경우도 더러 있었던 것일까, 이 섬에서는.

지금은 청산도를 제외하고는 섬 지방에서도 더이상 초분을 보기 어렵게 됐지만 근자까지도 서남해의 섬에서는 초분이 흔했다. 뭍에서는 옛날에 사라진 이중 장제가 섬 지방에서 유달리 오랫동안 이어져온 것은 섬이라는 폐쇄적 공간의 신앙행위와 무관하지 않을 것이다. 세계의 많은 지역에서는 여전히 이승과 저승 사이 강을 건너 죽은 자들이 저승으로 간다고 믿는다. 아프리카 요루바 족의 원로들은 저승으로 가는 강을 건너기 위해 카누에 매장되기도 한다.

섬사람들에게 바다란 현세 삶의 공간으로만 기능하는 것이 아니다. 어제는 섬을 집어삼킬듯 풍랑 거세던 바다가 오늘은 또 간데없이 평화롭다. 바다란 늘 삶을 이어주는 생명의 바다인 동시에 삶을 끊어버리는 죽음의 바다이기도 하다. 삶을 건너는 일만이 아니라 죽음을 건너는 데도 배가 필요하다. 삶과 죽음을 가르는 생사의 바다. 섬사람들은 그 바

다를 건너게 해주는 연락선으로 초분을 만들어 이용했던 것은 혹시 아
닐까.

청산도 사람이 아니라면 무조건 완도여객 터미널에서 청산도행 카페리에 올라야 청산여수길을 걸을 수 있다. 바다와 하늘이 모두 푸른 섬이라 해서 청산도란 이름을 얻게 된 만큼 배를 타고 바다를 걸어 청산도 이르는 길조차 푸르고 또 푸르다.

대개 섬이 그러하듯, 물이 귀하고 돌이 많은 청산도에 구들장 논이 보편화된 것은 필연이었을지도 모른다. 구들장 논은 구들장 놓듯이 돌을 깔고 그 위에 흙을 깔아 물 빠짐이 적도록 만든 것이다. 신흥리를 제외하고는 모두 구들장 논으로 만들어져 있다.

구장리 해변을 출발해 당리 화랑포까지 이어지는 2코스 이름은 연애바탕길이다. 아찔한 해안절벽길인지라 이성끼리 걸으면 자연스럽게 손을 잡고 걷게 된다고 해서 붙여진 이름이란다. 글쎄, 혼자 걷는 사람은 당최 어쩌란 것인지 잘 모르겠지만 해안절벽 따라 실금처럼 이어진 읍리앞개길을 따라 걸으며 바라보는 경치는 연애는 못할망정 충분히 행복하게 만들어준다. 이윽고 화랑포가 지척인 둔막골 정상에 올라서면 청산도 속살이 파노라마처럼 눈앞에 펼쳐지는데 이쯤 되면 청산도 매력이 어디까지인지 종잡을 수 없게 된다.

영화 「서편제」에서 가장 인상적이었던 것은 무엇보다도 롱테이크 기법으로 촬영한, 유봉 일행이 〈아리랑〉을 부르며 길을 걷는 장면이다. 아쉽게도 그 아름다웠던 흙길은 이제 포장이 되어 영화에서 느꼈던 감흥은 더이상 일지 않는다. 그러나 벗이여, 실망하지 마시라. 눈앞에 펼쳐지는 화랑포가 있지 않은가!

아무런 말도, 미사여구도 불필요한 시간.
청산도서 만날 수 있는 완전한 시간.

요금은 육지와 같을지언정 바다 향기는 보
너스다. 이보다 더 아름다운 버스정류장을 그 어디에
서 볼 수 있을까?

도청항으로 카페리가 들어오는 이른 아침,
그때서야 무심했던 안개가 걷히고 천지에 햇살이 쏟
아진다. 어제와 또다른 청산도, 풍경을 재발견하다.

봄이면 황금빛 보리밭 사이로 풋마늘 수확
이 한창인 동촌리 논밭을 바라보며 해풍이 불어오는
곳으로 걸어가면 너른 모래사장이 펼쳐지는 신흥해수
욕장이 나온다. 썰물 때가 되면 모래사장은 그만큼 더
넓어지고 갖가지 해산물을 채취할 수도 있다. 항도로
이어지는 길은 해마다 가을이 되면 샛노랗게 변하는
들국화길이다. 이처럼 청산도는 사계절 내내 저마다
다른 정취와 풍광을 간직하고 있는 아름다운 섬이다.
욕심이겠지만, 부디 더도 말고 덜도 말고 지금만 같으
면 바랄 것이 없겠다.

이야기가 있는 문화생태탐방로 홈페이지
http://korean.visitkorea.or.kr
코스 정보는 현지 사정에 따라 다소 변경이 있을 수 있습니다.

이야기가 있는
문화생태탐방로 가이드북

토성산성 어울길

둘러보기 ▶ 총 거리 19.6km, 걷는 시간 7시간 30분

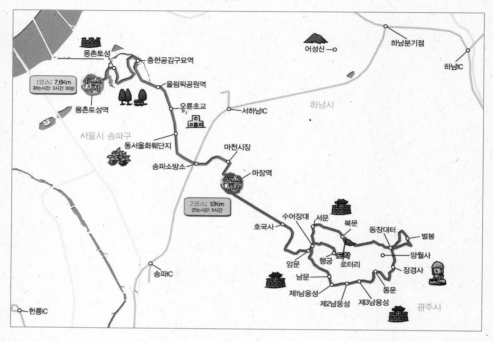

→ 찾아가기
← 돌아오기

1코스
7.6km
2시간 30분

몽촌토성(성내천)길
몽촌토성역(8호선) 1번 출구→평화의문→곰말다리→움집터→몽촌역
사관→만남의광장(올림픽공원)→성내천→마천시장→마천역(5호선)

→ 몽촌토성역(8호선) 1번 출구
   시내버스 : 340, 341, 342, 3318, 3319, 3411, 3412,
          3413, 4318(이상 서울버스)
          16, 30, 30-1, 30-3, 30-5, 30-6, 70, 88,
          88-1(이상 경기버스)
← 자가용 : 올림픽공원 주차장 이용
   마천역(5호선)
   시내버스 : 214, 3315, 3316, 3317, 3318, 3416 종점 하차

2코스
12km
5시간

남한산성 가는 길
마천역(5호선) → 만남의광장 → 호국사 방향 → 유일천약수터 → 남한천
약수터→남한산성 암문→수어장대→우익문(서문)→전승문(북문)→벌
봉→좌익문(동문)→지화문(남문)→남한산성 로터리→남한산성 행궁

남한산성 방면
→ 마천역(5호선)
   3214, 3315, 3316, 3317, 3318, 3416 종점 하차
← 산성역(8호선) 2번 출구 하차 후 버스 이용
   9, 52, 9-1(주말만 운행) 종점 하차
   남한산성 일대 주차장 이용

유용한 정보

남한산성 문화관광사업단 031)777-7500
서울 송파구 문화관광 02)2147-2000

숙박시설

몽촌토성(성내천)의 경우 송파구 소재 숙박시설 이용.
남한산성 지역의 경우 자연공원법에 의거하여 숙박시설이
없으니 성남시나 광주시 소재 숙박시설 이용.

맛집

남한산성

고구려 한방백숙
경기 광주시 중부면 산성리 907 | 031)746-1513

유진사댁 잔칫날 흑돼지 고추장구이
경기 광주시 중부면 산성리 696 | 031)743-6563

산성커피집 경기 각종 차류, 단팥죽, 샌드위치
광주시 중부면 산성리 631 | 031)746-5457

남문관 간장쩜닭, 청국장
경기 광주시 중부면 산성리 517-1 | 031)743-6560

반월정 산채정식
경기 광주시 중부면 산성리 607 | 031)743-6562

몽촌토성(송파구)

방이맛골 먹자골목 메뉴 다양.
올림픽공원 평화의문에서 석촌호수 방향 도로 건너편

마천시장 일대

마천시장 내 곱창, 족발, 순대

체험거리

체험 내용 정보

역사체험, 명상강좌, 탐방 프로그램
장소 : 남한산성 일대
시기 : 4~11월(홈페이지 참고)
전화번호 : 031)777-7516
홈페이지 : http://www.ggnhss.or.kr
남한산성과 관련된 역사체험, 명상강좌, 탐방 프로그램,
학교연계 프로그램 운영중.

탁주 빚기 및 전통소주 내리기
장소 : 남한산성소주문화원
시기 : 매주 화~일요일(사전 예약)
전화번호 : 031)741-2100
홈페이지 : http://www.nsjm.kr
남한산성 전통의 소주, 막걸리와 관련된 전시공간으로
직접 술을 빚는 체험 프로그램을 운영중.

교육·탐방 프로그램
장소 : 만해기념관
시기 : 3월~10월(홈페이지 참고)
전화번호 : 031)744-3100
홈페이지 : http://www.manhae.or.kr
만해 한용운 선생을 기리는 기념관으로서 각종 문화행사와
교육 프로그램을 운영중.

역사교실, 가족체험, 문화행사 운영
장소 : 몽촌역사관
시기 : 연중(홈페이지 참고)
전화번호 : 02)424-5138
홈페이지 : http://www.museum.seoul.kr/dreamvillage
몽촌토성과 옛 서울의 역사와 관련된 전시관으로서
역사교실과 문화행사 운영중.

문화·공연 행사 및 생태 프로그램 운영
장소 : 올림픽공원
시기 : 연중(홈페이지 참고)
전화번호 : 02)410-1114
홈페이지 : http://www.kspo.or.kr/olpark
몽촌토성의 역사와 올림픽공원의 자연을 느낄 수 있는
다양한 프로그램 운영중.

도자체험
장소 : 남한산성 주차장
시기 : 봄, 가을(홈페이지 참고)
홈페이지 : http://www.ggnhss.or.kr
광주왕실도자조합에서 진행하는 도자장터로서
직접 도자기를 빚는 물레체험을 할 수 있다.

축제

남한산성문화제

장소 : 남한산성 일대
시기 : 매년 9월경
전화번호 : 031)760-2056
홈페이지 : http://namhansansung.gjcity.go.kr
남한산성 일대에서 매년 가을에 펼쳐지는 문화축제로서
남한산성의 역사적 의미를 되새기는 재현행사를 비롯해
무용제와 음악회 등 다양한 문화행사를 진행한다.

한성백제문화제

장소 : 올림픽공원 일대
시기 : 매년 9월경
전화번호 : 02)2147-2832
홈페이지 : http://www.baekjefest.com
서울 지역 유일의 국가지정 문화관광축제로서 거리 퍼레이드,
대동제, 유물 전시회 등 백제 당시의 생활상을 재현하는
축제이다.

영월제

장소 : 남한산성 주차장
시기 : 정월대보름
전화번호 : 031)777-7500
정월대보름날 한 해의 안녕을 비는, 지역 주민이 주관하는 문
화행사로서 달맞이 행사와 각종 대보름맞이 공연·놀이를 진
행한다.

특산품

효종갱

효종갱은 '새벽종이 울릴 때 서울에서 받아먹는 국'이라는 뜻
으로 우리나라 최초의 배달음식이다. 서울 양반들의 아침상에
올린 해장국으로서 쇠갈비, 전복, 해삼, 배춧속, 콩나물, 표고
버섯 등을 넣고 종일 끓인 해장국이다. 현재 효종갱을 복원하
고 대표메뉴로 개발하기 위해 연구중이다.

남한산성소주

경기도 무형문화재로 지정되었으며, 최초로 빚은 시기는 선조
(재위 1567~1608) 때로 추정되며, 그후 임금께도 진상되었다
한다. 술을 빚을 때 반드시 우리 재래식 엿을 사용한다는 것이
특징이다.

여주 여강길

둘러보기 ▶ 총 거리 55km, 걷는 시간 18시간

→ 찾아가기
← 돌아오기

1코스
15.4km
5시간

옛나루터길
여주버스터미널 → 영월루 → 은모래금모래(강변유원지) → 수생야생화단지 → 부라우나루터 → 우만리나루터 → 흔암리선사주거지 → 흔암리나루터 → 아홉사리과거길 → 도리마을회관

→ 동서울터미널에서 여주행 버스 이용(여주터미널)
← 도리마을회관에서 남쪽으로 200m 떨어진 정류장에서 버스 (50-10번) 이용(도리마을회관)

2코스
17.4km
6시간

세물머리길
도리마을회관 → 중군이봉(한지체험학교) → 삼합교 → 삼합리 → 개치나루터 → 법천사지 → 흥원창

→ 여주버스터미널 맞은편에서 도리행 버스(50-5번) 이용, 점동면사무소에서 택시로 약 10분 소요(도리마을회관)
← 강천마을회관(보건진료소) 앞에서 여주터미널행 버스 (61-1, 61-3) 이용(강천마을회관)

3코스
22.2km
7시간

바위늪구비길
흥원창 → 섬강교 → 자산 → 닷둔리 해돋이산길 → 강천마을회관 → 여성생활사박물관 → 오감도토리마을 → 대순진리회 → 목아불교박물관 → 금당천교 → 신륵사

→ 여주버스터미널 앞에서 강천리행 버스(61-1외, 강천리행 명시) 이용, 여주버스터미널에서 택시로 약 20분 소요
← 신륵사에서 천송2리 방면으로 200m 이동하면 여주터미널행 버스를 이용(수시 운행)(신륵사)

유용한 정보

여강길 사무실 031)884-9089
http://www.rivertrail.net

여주군 문화관광안내소 031)887-2868
http://www.yj21.net

교통편 정보

여주종합터미널 031)882-9597
http://www.yjterm.co.kr

(주)대원고속 031)884-9286
http://www.buspia.co.kr

(주)금강운수 031)885-3014

백성운수(주) 031)886-3454

대일운수 031)885-4713

거광택시(합) 031)883-3513

여주택시(주) 031)884-4197

개인택시운송사업조합 031)885-6488

숙박시설

도리마을체험관 시골마을 민박
경기도 여주군 점동면 도리 60-2 ㅣ 010-9353-0977

황학산유스호스텔
경기도 여주군 여주읍 교리 45-13 ㅣ 031)884-8890

회복의집
경기도 여주군 여주읍 단현리 69-3 ㅣ 031)885-6262

미네르바모텔
경기도 여주군 여주읍 상리 37-4 ㅣ 031)886-8444

리치빌리지 청소년수련원
경기도 여주군 여주읍 흔암리 66-4 ㅣ 031)883-8451

부론장여관
강원도 원주시 부론면 법천리 1542-1 ㅣ 033)732-6132~3

남강호텔
경기도 여주군 여주읍 천송리 565-6 ㅣ 031)886-0303

일성콘도
경기도 여주군 여주읍 천송리 561-1 ㅣ 031)883-1199

강천민박
경기도 여주군 강천면 강천리 601-5 ㅣ 031)882-5191

신륵사 템플스테이
경기도 여주군 여주읍 천송리 282 ㅣ 031)885-2505

맛집

시골집가든 청국장 된장찌개
경기도 여주군 여주읍 우만리 129-1 ㅣ 031)886-0844

시골맛집 두부정식
경기도 여주군 점동면 사곡리 371 ㅣ 031)882-8905

남한강매운탕 민물매운탕
강원도 원주시 부론면 법천1리 1584 ㅣ 033)731-6663

연일식당 중식
강원도 원주시 부론면 법천1리 1449-48 ㅣ 033)731-8881

해남식당 칼국수
강원도 원주시 부론면 법천1리 1533 ㅣ 031)731-6364

강천매운탕 민물매운탕
경기도 여주군 강천면 강천리 601-5 ㅣ 031)882-5191

옹심이 감자옹심이 보리밥
경기도 여주군 강천면 이호리 477-3 ㅣ 031)885-9959

홍원막국수 막국수
경기도 여주군 여주읍 오학리 85-4 ㅣ 031)885-0559

남한강풍경 곤드레나물밥
경기도 여주군 천송리 289-7 ㅣ 031)885-3176

굴뚝집 두부전골
경기도 여주군 천송리 534 ㅣ 031)886-7096

체험거리

신륵사 템플 스테이

장소 : 신륵사
시기 : 사계절
전화번호 : 031)885-9024
홈페이지 : http://www.silleuksa.org
사찰에서 수행자의 일상을 체험하며, 참된 나를 찾아 떠나는 여행! 생활에 쫓겨 사는 현대인들에게 마음을 쉴 수 있는 공간과 조용히 자신을 돌아보는 휴식과 명상의 시간을 갖게 해준다.

풍등 날리기

장소 : 여강길
시기 : 사계절
전화번호 : 031)884-9208
홈페이지 : http://cafe.daum.net/minyechongyj (여주민예총)
신륵사 옆 남한강에서 소원지를 붙인 풍등(등 안에 심지로 불을 밝혀 열기구처럼 하늘로 날아감)을 야간에 날리는 체험이 상시 가능하다.

여주 5일 장터

장소 : 여주 중앙로
시기 : 5, 10, 15 (5일 간격)
전화번호 : 010-7533-8389
여주는 크고 작은 마트와 대형 쇼핑몰이 많이 들어섰다. 그런데도 어김없이 여주장에는 사람이 붐빈다. 여주재래시장에는 전통먹을거리와, 잔막걸리, 여주 토종상품이 나온다. 여주 5일장은 달라는 만큼 주는 인심과 시골의 풍요로움이 있다.

황포돛배 체험

장소 : 신륵사 앞 조포나루터
시기 : 사계절
전화번호 : 031)882-2139
누런 포를 돛에 달고 바람의 힘으로 물자를 수송하던 배인 황포돛배는 한양과 중부권을 이어주던 수상교통수단이었으며, 여강 일부 구간을 오가는 황포돛배를 체험할 수 있다.

축제

세종문화큰잔치

장소 : 세종대왕릉 외
시기 : 10월
전화번호 : 031)883-3450
홈페이지 : http://www.yj21.net/kor/culture
세종대왕의 능묘를 모신 영릉이 여주에 위치한 점에 착안하여, 세종대왕의 성덕과 위업을 기리고, 한글의 우수성을 알리며, 대왕이 이룩한 찬란한 민족문화를 국내외에 선양하기 위한 축제이다. 많은 문화공연과, 백일장, 우리말 활용능력 왕중왕대회 등 여러 프로그램이 진행된다.

여주도자기축제

장소 : 도자기엑스포행사장
시기 : 4~5월
전화번호 : 031)885-3937
홈페이지 : http://www.ceramicexpo.org
흙과 불의 조화라는 주제로 개최되는 축제는 신륵사 인근 도자기엑스포행사장에서 진행된다. 축제 기간은 4월 중순에서 5월 중순까지이며, 여주 지역의 특산품인 도자기를 알리는 행사로 전시, 판매, 체험, 공연 등이 이루어진다.

여주진상명품전

장소 : 10월
시기 : 신륵사관광지
전화번호 : 031)887-3711
홈페이지 : http://www.yeoju.or.kr
임금님 수라상에 오르던 진상미와 밤고구마의 고장인 여주군에서는 진상의 전통을 간직하고 우수한 여주농산물을 널리 알리는 축제이다. 추수가 끝나는 10월에 일주일간 진행된다.

특산품

여주쌀밥

여주는 남한강을 끼고 있어, 과거부터 지속적인 강의 범람으로 땅아 비옥해졌고, 땅에서 나는 작물이 맛이 좋다. 특히 2007년부터 쌀특구로 지정되어 여주쌀밥이 대표 음식이다. 따끈한 여주쌀밥 한입은 밥맛으로만 한 그릇을 뚝딱 비울 정도이다.

천서리막국수

천서리막국수는 꿩고기 끓인 물과 동치미국물을 차례로 섞어 만든 냉육수가 특징이다. 메밀은 경기도나 강원도 산간지방에서 많이 재배되는 작물로 예부터 영양이 좋은 것으로 알려져 산후음식으로 미역국보다 메밀국수를 먼저 먹기도 하였다. 메밀은 추운 곳이나 척박한 땅에서도 잘 자라며 생육기간이 짧아 구황식물의 하나로 재배되어왔다. 『본초강목』에 따르면 '메밀은 위를 실하게 하고 기운을 돋우며 정신을 맑게 하고 오장의 찌꺼기를 훑는다'고 기록한다.

도자기

여주는 예부터 싸리산을 중심으로 도자기의 원료인 고령토와 백토층이 출토되어 일찍부터 도자문화가 발달되었다. 여주는 현재 600여 개의 도요업체가 밀집되어 있으며 매년 새로운 디자인의 신상품을 선보이는 여주도자기는 우리나라 주요 도자갤러리를 비롯한 전국 도자기시장에 공급되고 있어 한국도자의 변화와 흐름에 큰 영향을 주고 있다.

특산물

여주쌀

여주는 남한강을 끼고 있다. 과거부터 지속적인 강의 범람으로 땅이 비옥해졌고, 땅에서 나는 작물이 맛이 좋다.

밤고구마

여주는 밤고구마 재배의 적지라고 할 수 있다. 땅이 모래질이라 장마철에도 침수가 되지 않는다. 또 고구마 비대기(8~9월)에 일교차가 크게 나므로 낮에 잎에서 광합성으로 만든 영양분이 밤에 뿌리로 잘 전달되어 달고 큰 고구마를 달게 된다. 이와 같은 여주의 토질과 기후로 인해 여주 고구마는 껍질의 색이 선명하고 전분 함량이 높아 삶은 밤 같은 질감이 있으며 당도도 높다. 특히 고구마의 모양이 둥글고 골이 깊지 않아 먹기 편하다는 장점이 있다.

강화 나들길

둘러보기 ▶ 총 거리 166.8km, 걷는 시간 54시간 10분

→ 찾아가기
← 돌아오기

1코스
18km
6시간

심도역사문화길
강화버스터미널 → 동문 → 성공회강화성당 → 용흥궁 → 고려궁지 →
북관제묘 → 강화향교 → 은수물 → 북문 → 북장대 → 오읍약수 → 연미
정 → 옥계방죽 → 갑곶성지 → 강화역사관

→ 강화행 버스 이용 후 강화버스터미널 하차
← 강화역사관에서 택시 타면 2,000원 소요,
　 또는 군내버스를 이용하여 강화버스터미널 도착

2코스
17km
5시간 50분

호국돈대길
강화역사관 → 용진진 → 용당돈대 → 화도돈대 → 오두돈대 → 광성보
→ 용두돈대 → 덕진진 → 초지진/온수사거리

→ 강화버스터미널에서 강화역사관으로 3km 이동
← 초지진에서 군내버스(1일 11회 운행) 이용하여
　 강화버스터미널 도착

3코스
19.8km
6시간 30분

능묘 가는 길
온수사거리 → 전등사 동문 → 삼랑성 북문 → 성공회온수성당 → 길정
저수지 → 이규보묘 → 곤릉 → 석릉 → 가릉

→ 강화버스터미널에서 온수버스터미널까지 군내버스
　 (1일 11회 운행) 이용
　 온수버스터미널에서 전등사 동문으로 0.6km 이동
← 가릉에서 택시콜(4,000~5,000원) 이용하여 온수버스터미널
　 도착, 온수버스터미널에서 군내버스(1일 6회운행)로
　 강화버스터미널 도착

4코스
11.5km
3시간 30분

해가 지는 마을길
가릉 → 정제두묘 → 하우약수터 → 건평나루 → 건평돈대 → 외포여객
터미널 → 외포어시장 → 망양돈대

→ 강화버스터미널에서 탑재삼거리로 이동
　 (1일 10회 운행, 화도재 방면)
　 탑재삼거리에서 강화허브향기로 1km 이동,
　 강화허브향기에서 가릉까지 2km 이동,
　 가릉에서 정제두묘 3.8km 이동
← 외포리선착장에서 강화버스터미널까지
　 (1일 11회 운행)

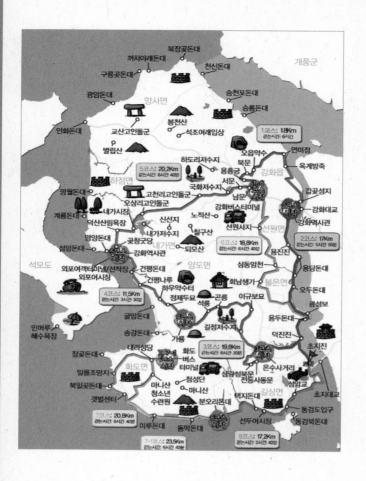

교통편 정보

강인택시 032)932-5775
신안운수 032)934-3131
선진버스 032)933-6801(인천 방면)
강화운수 032)934-4343(서울 방면)
개인택시(읍·내) 032)932-1818
　　　　　　 032)932-7878
　　　　　　 032)934-8585
　　　　　　 032)932-1779
개인택시(온수) 032)937-8282
　　　　　　 032)937-2244
콜택시(인천) 1577-5588

자가운전 정보

김포 IC에서 '국도번호 48번'

고비고개길

강화버스터미널 → 남문 → 서문 → 국화저수지 → 홍릉 → 오상리고인돌군 → 내가시장 → 덕산산림욕장 → 곶창굿당 → 망양돈대 → 외포선창작

→ 강화버스터미널에서 0.3km 동문으로 이동
← 외포리선착장에서 강화버스터미널까지
  (1일 11회 운행)

화남생가 가는 길

강화버스터미널 → 약수터 → 선원사지 → 삼동암천 → 밝은마을학교 → 화남 생가 → 능내촌 입구 → 광성보

→ 강화버스터미널에서 2.2km 약수터로 이동
← 광성보에서 강화버스터미널까지(1일 11회 운행)

갯벌 보러 가는 길

화도버스터미널 → 내리성당 → 일만보길 입구 → 일몰조망지 → 북일곶돈대 → 갯벌센터 → 마니산청소년수련원 → 화도버스터미널

→ 강화버스터미널에서 화도버스터미널까지
  (1일 15회 운행)
← 7코스를 완주하면 화도버스터미널에 도착, 화도버스
  터미널에서 강화버스터미널까지(1일 15회 운행)

동막해변 가는 길

화도버스터미널 → 내리성당 → 일만보길 입구 → 일몰조망지 → 북일곶돈대 → 갯벌센터 → 미루돈대 → 분오리돈대

→ 강화버스터미널에서 화도버스터미널까지
  (1일 15회 운행)
← 분오리돈대에서 강화버스터미널까지(1일 11회 운행)
  분오리돈대에서 초지진까지(1일 11회 운행, 해안순환버스)

철새 보러 가는 길

초지진 → 황산도 선착장 → 소황산 주차장 → 선암교 → 동검도 입구 → 선두어시장 → 택지돈대 → 분오리돈대

→ 강화버스터미널에서 초지진까지(1일 11회 운행)
  초지진에서 황산도선착장으로 2.2km 이동
← 분오리돈대에서 강화버스터미널까지(1일 11회 운행)
  분오리돈대에서 초지진까지(1일 11회 운행, 해안순환버스)

숙박시설

강화읍

성산청소년수련원
강화읍 남산리 032)934-0403

강화남산유스호스텔
강화읍 남산리 032)934-7777

길상면

세인관광호텔
길상면 온수리 032)937-6826

초록마당
길상면 초지리 032)937-4565

불은면

오마이스쿨
불은면 신현리 032)937-7430

내가면

강화유스호스텔
내가면 외포리 032)933-8891

바다의 별 청소년수련원
내가면 고천리 032)932-6318

양도면

계명원수련원
양도면 조산리 032)937-1755

화도면

해양탐구수련원
화도면 장화리 032)937-3782

하점면

서해유스호스텔
하점면 창후리 032)932-7602~3

양도면

물길바람길2호점
양도면 도장리 011-471-7818

맛집

편가네된장
7코스, 마니산 입구 | 032)937-6479

대선식당
8코스, 초지대교 부근 | 032)937-1907

농가왕갈비
강화버스터미널 부근 | 032)934-5780

예성강횟집
4, 5코스 외포항, 황청포구 입구 | 032)933-7167

콩세알밥집
강화읍 | 032)933-5520

동훈가삼계탕
강화읍 토산품 판매장 부근 | 032)934-9162

남문철판오리구이
강화읍 남문 근처 | 032)934-5292

성안정
4, 5코스 외포리 | 032)932-7818

신아리랑
강화읍 | 032)933-2025

연미정가든
1코스, 연미정 부근 | 032)932-0406

체험거리

화문석마을

장소 : 송해면 당산리
시기 : 연중
전화번호 : 032)934-2290
홈페이지 : http://hwamunseok.go2vil.org
전통 화문석 제조 체험마을, 두부 만들기 및 농악,
농촌체험, 숙식 가능.

용두레마을

장소 : 내가면 황청리
시기 : 연중
전화번호 : 010-5447-2130
홈페이지 : http://youngdure.go2vil.org
낮은 곳의 물을 높은 곳까지 올리기 위해 고안된 물푸기
용두레질, 전통놀이, 숙식 가능.

달빛동화마을
장소 : 양도면 상흥리
시기 : 연중
전화번호 : 032)937-9960
홈페이지 : http://moon.go2vil.org
전통혼례체험, 순무김치 만들기, 달빛쪽배체험, 달빛산책,
숙식 가능.

강화갯벌센터
장소 : 화도면 여차리
시기 : 연중
전화번호 : 032)937-5057
홈페이지 : http://tidalflat.ganghea.incheon.kr
갯벌체험 및 조류관찰.

축제

고려산진달래축제
장소 : 고려산 일원
시기 : 4월
전화번호 : 032)930-3624~5(문화예술과)
공연, 장터, 전시회.

개천대축제
장소 : 마니산 일원
시기 : 10월
전화번호 : 032)930-3624~5(문화예술과)
공개방송, 타악경연.

삼랑성역사문화축제
장소 : 전등사
시기 : 10월
전화번호 : 032)937-0125
다례제, 산사음악회, 영상회상, 전시회, 세미나.

새우젓축제
장소 : 내가면 외포리 물양장
시기 : 10월
강화새우젓의 우수성 홍보, 농·축·수산물의 판매 촉진을
위한 다양한 이벤트 진행.

특산품

인삼막걸리
강화인삼 중에서도 효능이 탁월하다고 알려진 6년근 인삼만
을 사용한다고 한다. 인삼은 원기를 회복하고 신체허약, 권태,
피로, 구토, 식욕부진, 설사에 효험이 있고 면역기능 향상, 해
독 작용 등의 효능이 높은 것으로 알려져 있다.

순무김치
순무의 잎에는 시금치보다 비타민C가 많으며, 순무잎주스는
기미, 주근깨를 없애 여성미용식품으로 통한다. 『동의보감』
에 순무는 오장을 이롭게 하고 몸을 가볍게 하며 기를 늘려준
다 되어 있다. 순무는 소갈(당뇨), 적취(양성, 악성종양)를 다
스리는 데도 사용이 되었고 간염, 위염, 설사, 숙취에도 잘 듣
는 약용식물이다.

특산물

강화약쑥
강화도 특유의 해양성 기후에서 자란 강화약쑥은 위암, 위궤
양, 위염에 효과가 좋은 유타틸린(eupatilin)과 자세오시딘
(jaceosidin) 성분이, 다른 지역에서 자생하는 쑥에 비해 아주
많은 양이 함유 되어 있다고 한다.

강화인삼
고려인삼의 전통과 맥을 이어온 강화인삼은 효능 및 효과 면
에서 타지방의 인삼보다 탁월하고, 원기를 보호하고 혈액 생
성을 왕성하게 하며 폐 기능을 강화시키고 체내의 독을 제거
하는 신비의 영약으로 알려져 있다.

속노란고구마
강화도 해변가 지역에서 주로 생산되는데 소화가 잘되고 부
드러운데다가 건강식, 미용식, 무공해 식품으로 각광받는다.

강화섬포도
해풍을 맞으며 성장하여 조직이 치밀하고 단단하며 운반과
저장과정에서도 신선도가 오랫동안 유지되는 고품질의 포도
로서 해양성 기후의 영향으로 높은 당도와 달콤하고 싱그러
운 맛과 향이 으뜸이다.

갯벌장어
강화도는 북쪽으로는 한강, 임진강 하류에서 흐르는 강물과
남쪽으로는 인천 앞바다를 향해 흐르는 민물과 짠물이 합류
하는 곳으로, 예부터 뱀장어가 많이 서식하는 곳이다. 장어는
피부미용뿐만 아니라, 정력 강화와 부스럼 치료 등에 효력이
있다고 잘 알려져 있어, 먹는 내내 잘 달인 보약을 들이키는
기분을 느낄 수 있다.

쇠둘레 평화누리길

둘러보기 ▶ 총 거리 27km, 걷는 시간 8시간

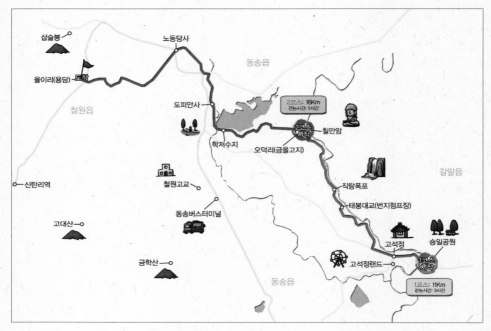

→ 찾아가기
← 돌아오기

1코스
11km
3시간

승일공원 → 승일교 → 고석정 → 마당바위 → 송대소 → 태봉대교(번지
점프장) → 직탕폭포 → 무당소 → 오덕7리(취수장) → 칠만암

→ 서울 동서울터미널이나 수유터미널에서 시외버스 신철원행
승차, 신철원 시외버스터미널 하차, 신철원 시내버스터미널
에서 동송행 시내버스를 타고 승일공원에서 하차(대중교통,
시외버스)
← 전철 1호선으로 동두천역까지 이동, 경원선 갈아타고 신탄
리역까지 이동, 오덕리(금을고지) 버스정류장에서 동송행
시내버스를 타고 동송에서 신철원 시외버스터미널로 이동
(대중교통, 전철)

2코스
16km
5시간

오덕리(금을고지) → 학저수지 → 도피안사 → 노동당사 → 새우젓고개
→ 일제강점기 수도국지 → 피바위(6·25전쟁 처형 장소) → 상허 이태
준 생가터 → 금강산 철교 → 율이리(용담)

→ 전철 1호선으로 동두천역까지 이동, 경원선 갈아타고 신탄
리역까지 이동, 신탄리역에서 동송행 시내버스 타고 동송에
서 오덕리(금을고지)행 시내버스로 환승(대중교통)
← 전철 1호선으로 동두천역까지 이동, 경원선 갈아타고 신탄
리역까지 이동, 신탄리역에서 동송행 시내버스 타고 용담마
을 하차(대중교통, 전철)

유용한 정보

철원문화관광과 033)450-5151
철원군청 033)450-3131

숙박시설

철원군

박스도로시
갈말읍 지포리 165-8 | 033)452-4116

삼부연타운
갈말읍 신철원리 626 | 033)452-5884

X-파크
갈말읍 신철원리 955 | 033)452-5487

철원파크
갈말읍 지포리 155-1 | 033)452-5008

궁모텔
동송읍 이평리 852-17 | 033)455-3811

그린모텔
동송읍 장흥리 24-27 | 033)455-1138

사랑방모텔
동송읍 이평리 852-20 | 033)455-1376

삼성파크
동송읍 이평리 854-17 | 033)455-9508

서울파크
동송읍 이평리 851-15 | 033)455-6848

탄도모텔
동송읍 이평리 682-12 | 033)455-4200

맛집

철원군

대원본가 철원청정육
갈말읍 신철원리 902-1 | 033)452-2524

정일품 돼지갈비
갈말읍 신철원리 443-1 | 033)452-1410

진미옥 우거지해장국
갈말읍 군탄리 835-9 | 033)452-7315

대득봉 산채나물정식
갈말읍 문혜5리 271-2 | 033)452-3465

덕산방 돼지갈비
동송읍 오덕3리 | 033)455-0748

운정가든 갈비탕
동송읍 이평7리 855-2 | 033)455-8533

서울식당 오징어물회
동송읍 장흥리 663-1 | 033)455-7404

임꺽정식당 민물매운탕
동송읍 장흥4리 20-23 | 033)455-8779

외할머니순두부 순두부, 콩국수
갈말읍 신철원리 666-2 | 033)452-9030

원정가든 갈비전골
갈말읍 지포리 111-1 | 033)452-0015

체험거리

농촌체험마을

장소 : 철원군 전역
시기 : 상시 가능
전화번호 : 033)450-5534
홈페이지 : http://cwg.go.kr
버들골마을, 쉬리마을, 민들레마을, 천지인으뜸마을, 덕고개마을, 범마을, 무네미마을, 자누리마을, 오대미마을, 모래올마을 등

한탄강 래프팅

장소 : 한탄강 일원
시기 : 5월~9월
전화번호 : 033)450-5534
홈페이지 : http://cwg.go.kr
철원 한탄강의 기암절벽과 절벽 사이로 쏟아지는 작은 폭포들 그리고 기괴한 모양을 뽐내는 가지각색의 아름다운 주상절리는 8폭 병풍을 연상시키며, 그 속에서 펼쳐지는 래프팅 레이스는 자연에 도전하고 순응하는 호연지기를 기를 수 있다. 철원 한탄강 계곡의 풍부한 수량과 급류(여울)에서 즐기는 래프팅은 스피드와 스릴을 만끽할 수 있는 우리나라 수상레포츠의 꽃이기도 하다. 또한 서울에서 1시간 30분여 거리의 부담 없는 곳에 위치하고 있으며, 왕복 4차선 도로로 다른 어느 곳보다 교통이 원활하며 수시로 운행되고 있는 대중교통을 편리하게 이용할 수 있다.

번지점프

장소 : 태봉대교 번지점프대
시기 : 상시 가능
전화번호 : 033)452-8294
홈페이지 : http://www.bmt114.com
한국의 그랜드캐니언이라 불릴 만큼 신비로운 화강암과 현무암으로 이루어진 한탄강 협곡의 빼어난 자연경관과 어우러져 있는 번지점프장으로 철원군의 위탁을 받아 백마건설사업에서 운영하고 있다. 본 번지점프장은 52m의 국내 최초 상설 다리형 번지점프장으로 갈말읍 상사리와 동송읍 장흥리를 잇는 태봉대교상에 설치되어 있다. 한탄강 상류에 위치한 폭 80m, 높이 5m의, 한국의 나이아가라 폭포로 불릴 만큼 웅장하고 호쾌한 직탕폭포와 대철원평야는 일상생활에서 쌓였던 스트레스를 말끔히 씻어준다.

한탄강 겨울트레킹

장소 : 한탄강
시기 : 1월경
전화번호 : 033)450-5534
홈페이지 : http://cwg.go.kr
꽁꽁 얼어붙은 한탄강의 물줄기를 따라 하류에서 상류로 거

슬러 강 위로 걸으면서 보는 협곡의 풍경은 신비롭기만 하다. 거센 물살에 막혀 다른 계절에 보지 못했던 한탄강의 진면목을 볼 수 있는 기회는 오직 겨울트레킹에서 찾을 수 있다.

서바이벌 게임

장소 : 철원군 일원
시기 : 상시 가능
전화번호 : 033)450-5534
홈페이지 : http://cwg.go.kr
서바이벌 게임은 본래 유럽과 미국에서 2차대전을 기념하여 전쟁터를 재현해보자라는 참전용사들의 제안으로 시작되었다. 1970년 중반 이를 바탕으로 한 위(war)게임의 새로운 형태인 페인트볼 게임이 미국에서 시작되어 유럽은 물론 일본까지 전해져 정착되었다. 서바이벌 게임은 조직 구성원의 결속력 및 협동심을 배양하고, 어떠한 악조건에서도 대처할 수 있는 위기대처능력을 키워준다.

축제

한탄강 레포츠 제전

장소 : 고석정, 한탄강 일원
시기 : 매년 7~8월
전화번호 : 033)450-5534
홈페이지 : http://cwg.go.kr
레저스포츠대회 : 철인 3종경기(아쿠아슬론), 래프팅, 서바이벌, 번지점프 등

쉬리마을 다슬기축제

장소 : 김화읍 화강 일원
시기 : 매년 8월초
전화번호 : 033)450-5534
홈페이지 : http://www.daslgi.kr
공연행사 : 온가족 노래자랑, 어린이댄스경연, 비보이댄스 배틀, 태권무, 해오라기 밴드공연, 철원열린밴드, 밸리댄스, 색소폰 연주, 통기타 연주회, 7080 콘서트 등
참여행사 : 황금다슬기 잡기, 화강 꽃배 타기, 다슬기 멀리 뱉기, 다슬기 까기와 옮기기, 얼음 버티기, 꽃배 타기, 뗏목, 물자전거, 물풍선, 물총놀이, 메기 잡기, 대나무 물총 만들기, 우리악기체험, 깃발 만들기, 고무보트 체험 등

철원 DMZ 국제평화마라톤

장소 : 고석정 및 철원평야 코스 일원
시기 : 매년 9월초
전화번호 : 070-4113-5260
홈페이지 : http://www.dmzrun.kr
참가 부문 : 풀코스, 하프코스, 10km, 가족걷기
모집 인원 : 풀코스-2천명, 하프코스-3천명, 10km-3천명, 가족걷기 참가자 동행 1인 선착순 500명
참가비 : 풀코스-40,000원, 하프코스-30,000원, 10km-20,000원, 가족걷기-참가자 동행 1인 5,000원
참가 자격 : 풀코스-만 18세 이상 신체 건강한 남·녀, 하프 10km 코스는 신체 건강한 남·녀 누구나

태봉제

장소 : 철원공설운동장 등 철원군 일원
시기 : 매년 10월초
전화번호 : 033)450-5534
홈페이지 : http://cwg.go.kr
철원은 옛 태봉국의 왕도로서 산자수명하고 인심이 순후하며, 풍요롭고 광활한 농경지를 가진 중부 제1의 곡창지대로 이름난 곳이다. 이러한 고장의 전통을 오래도록 기리고 군민화합을 도모하며 향토문화의 계승발전과 풍년농사를 자축하는 뜻에서 매년 10월 21일 군민의 날을 기념하기 위해 태봉제를 개최하는데 2010년까지 27회를 개최하였다.
태봉제 행사는 문화/특별행사를 시작으로 전야행사로는 태봉제례 및 연예인 축하공연 등을, 본 행사 당일은 개막식 기념행사 및 각종 민속놀이, 군민장기자랑, 궁예왕 어가행차 퍼레이드 및 즉위식을 재연하는 등 다채롭고 볼 만한 행사들이 치러진다.

특산품

현무암 공예품

제주도를 제외한 전국 유일의 현무암지대인 철원의 현무암은 제주도 돌보다 무겁고 단단하며, 다공질 현무암을 자연색 무늬 색상 그대로 현대감각에 맞게 관상용 또는 식생활에 사용할 수 있도록 제작 판매하고 있다.
제품용도 : 관상용, 화분용, 건축자재
제작과정 : 원석 채취, 선별 및 절단 → 세공 절단 후 구멍 뚫기 → 마감제작 및 표면처리

특산물

철원오대쌀

전국 최고 밥맛을 자랑하는 철원오대쌀은 맑은 물, 청량한 공기, 기름진 황토흙 등 청정환경에서 생산되어 안정성이 매우 우수하다. 미질과 밥맛을 결정짓는 천혜의 기후 여건에서 생산된 철원오대쌀은 병해충 발생이 적어 농약 살포 횟수도 적은 저농약 쌀이자 우수한 품질관리를 정부가 인정하는 "품질인증" 쌀이다. 2004 고품질 쌀 생산평가 대통령상, 2005 전국쌀축제 평가 최우수 대통령상(대상)을 수상했다.

삼지구엽초

음양곽이라고도 불리는 삼지구엽초는 철원지역 중 깊은 산속 음지에서만 자라는 약초로 한 나무에 3개의 가지와 9개의 잎(1가지 3잎)이 나는 독특한 약초로 옛날 중국의 진시황이 먹었다고 전해지며 약간 쓴맛을 띠는 건강식 차로 널리 알려져 있다.

토마토

철원 북방 민통선 청정지역에서 생산되는 토마토는 최상급의 품질을 자랑한다.

대관령 너머길

둘러보기 ▶ 총 거리 48km, 걷는 시간 15시간 30분

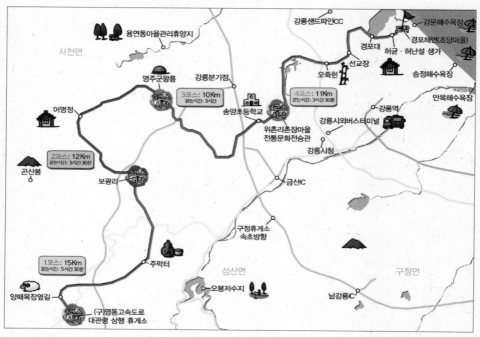

→ 찾아가기
← 돌아오기

대관령옛길
㈜영동고속도로 대관령 상행휴게소→선자령 등산로 입구→양떼목장 옆길→풍해조림지→산신각과 국사성황당→대관령반정→옛길 주막 →어흘리→보광리

1코스
15km
5시간 30분

→ 강릉시외버스터미널→대관령 정상행(503-1) 버스 탑승 승용차 : 영동고속로로 횡계나들목 →횡계 지나 ㈜영동고 속도로 진입→대관령 휴게소(양떼목장 주차장) 하차
← 대관령유스호스텔에서 강릉시외버스터미널행 버스(502번) 이용

어명을 받은 소나무길
보광리→보현사 앞 임도갈림길→어명정→술잔바위→송이움막→임 도삼거리→명주군왕릉

2코스
12km
3시간 30분

→ 강릉시외버스터미널→동진버스(502번) 이용(보광리 방면) 대관령유스호스텔에서 하차
← 명주군왕릉에서 보광2리 마을회관으로 약 500m 도보로 이동 후 강릉시외버스터미널행 버스(502, 214번) 이용

심스테파노길
명주군왕릉→무일동→멍에재→경암동 골아우(심스테파노 마을)→ 위촌리 촌장마을→촌장마을 전통문화전승관

3코스
10km
3시간

→ 강릉시외버스터미널→동진버스(502번) 이용(보광리 방면) 대관령유스호스텔에서 하차
← 위촌리경로당 앞에서 강릉시외버스터미널행 버스 (512,512-1번)이용

신사임당길
위촌리 촌장마을 전통문화전승관→죽헌저수지→오죽헌→선교장→ 시루봉→경포대→허균, 허난설헌 생가→경포해변(초당마을)

4코스
11km
3시간 30분

→ 강릉시외버스터미널에서 버스번호 512, 512-1, 512-2번 이용하여 위촌리에서 하차
← 초당동주민센터에서 강릉시외버스터미널, 강릉역행 버스 (230, 230-1번) 이용

유용한 정보

(사)바우길 033)645-0990
강릉시청 관광과 033)640-5152 http://www.gntour.go.kr

교통편 정보

강릉시외버스터미널 033)643-6092
강릉고속버스터미널 033)641-3184
강릉콜택시 033)652-0054

숙박시설

보광리(4개 구간 인근 숙박지)

바우길 게스트하우스
강릉시 성산면 보광1리 403번지 | 033)645-0990

대궁산장
강릉시 성산면 보광2리 삼왕길 170 | 033)647-2221

대관령 유스호스텔
강릉시 성산면 보광리 1014-1 | 033)748-4001~2

대관령 알프스 펜션
강릉시 성상면 보광리 888-2

맛집

강릉시

초당순두부마을 두부전골, 두부전골정식
초당동 일대

성산메밀막국수 막국수, 수육, 왕만두
성산면 구산리 275 | 033)655-2757

테라로사 카페 직접 볶는 각종 커피
구정면 어단리 973-1 | 033)648-2760

보헤미안 카페 아카데미 행사, 각종 커피
연곡면 영진리 181 | 033)662-5365

강문 해양회센터 물회, 활어회, 우럭 미역탕
강문동 183 | 033)652-1331

심곡 미선이네집 옹심이, 전병, 칼국수
강동면 심곡리 83-0 | 033)644-5883

시골식당 망치매운탕
심곡마을 | 033)644-5312

가마솥부산식당 국밥류
성남동 중앙시장 53-12 | 033)648-3422

체험거리

단오문화관

장소 : 강릉시 단오장길 32(노암동 722-2번지)
시기 : 09:00~18:00, 연중무휴(단, 1월 1일, 설날, 추석은 제외)
전화번호 : 033)640-4951
홈페이지 : http://danojefestival.or.kr
체험교실
- 종류별 : 관노탈가면 써보기, 동해안 무속음악, 퍼즐, 단오
부적 찍어보기 ,홍보전시실, 기획전시실 등
- 민속놀이 : 널뛰기, 윷놀이, 투호, 기타 민속놀이
- 참가비 : 무료

선교장 전통문화체험

장소 : 강릉시 운정동 431번지 전통음식문화체험관
시기 : 1. 하절기(3월~10월) : 오전9시 ~ 오후6시
　　　 2. 동절기(11월~2월) : 오전9시 ~ 오후5시
　　　 3. 휴관 : 구정/추석 당일
전화번호 : 033)646-3270
홈페이지 : http://www.강릉선교장.net
민속놀이체험, 예절체험, 서예학교, 신부학교 개설, 공연체험.

어촌체험

장소 : 강릉시 주문리 799-1
시기 : 연중무휴
전화번호 : 033)641-9002
홈페이지 : http://www.wabadada.com
국내 최초 바다 위를 훨훨 날아가는 Sky 어촌체험 '아라나비'.

템플 스테이

홈페이지 : http://www.hyundeoksa.or.kr
식물들의 영혼을 천도해주는 천도재를 지내는 유일한 절. 다
양한 프로그램의 불교학교 체험.
장소 : 강릉시 연곡면 삼산리 569-1
시기 : 연중
전화번호 : 033)642-5878

축제

경포, 정동진 해돋이축제

장소 : 경포대해수욕장, 정동진역
시기 : 12월31일~1월1일
전화번호 : 033)640-5128
홈페이지 : http://www.gntour.go.kr
희망찬 새해 아침을 맞이하는 일출의 고장 강릉시에서는 경포와 정동진을 찾는 해돋이 관광객과 시민들에게 새해에도 변함없는 성원으로 희망이 넘쳐나는 소원의 일출을 선물하고 있다.

청정해변축제

장소 : 강릉시 주문진읍 장덕2리(복사꽃정보화마을)
시기 : 매년 4월
전화번호 : 033)661-5208
홈페이지 : http://www.gntour.go.kr
복사꽃마을의 봄은 온통 분홍빛이다. 복숭아꽃들이 화사하게 피어나 온 마을을 물들이기 때문이다. 주민의 대다수가 복숭아농사를 짓기 때문에 마을에는 화사한 복숭아꽃이 앞 다투어 꽃을 피우고 그 광경이 탄성을 자아내게 만든다.

소금강 청학제

장소 : 국립공원 소금강 야영장
시기 : 매년 10월 둘째주 주말 이틀간
전화번호 : 033)661-4161
홈페이지 : http://www.gntour.go.kr
소금강 청학제는 예부터 수려한 경관에 산신제를 지내오던 중 1975년 오대산국립공원으로 지정됨에 따라 그 이듬해부터 소금강 번영회에서 주관하여 행사를 거행해오다 2001년 제25회 소금강 청학제부터는 면 단위 행사로 승화시켜 전 면민이 참여하는 문화예술행사로 운영하고 있다. 소금강 매표소를 지나 금강사 아래에 있는 광장에서 지역민의 안녕과 풍작을 기원하며, 이곳을 찾는 관광객들의 안전을 기원하기 위하여 제례를 올린다.

강릉단오제

장소 : 강릉시 노암동 남대천 단오장
시기 : 매년 음력 5월1일(8일간)
전화번호 : 033)641-1593
홈페이지 : http://www.danojefestival.or.kr
강릉은 옛 동예(東濊)의 땅으로 예국(濊國)에서는 오월이 되어 밭갈기가 끝나면 "신에게 제사를 드리고, 술을 마시며, 춤을 춘다"고 하였다. 『고려사』(1454)에 의하면 "대관령 승사에 기도하였다"고 전하는 한국 최고의 축제이다.
강릉의 역사를 기록한 『임영지』에 "해마다 음력 4월15일 호장과 무녀가 대관령에 올라가 신목으로 국사성황신을 모셔와서 봉안하였다가 음력 5월5일에 굿과 탈놀이 등으로 신을 즐겁게 하였다"고 기록되어 있다.
강릉단오제는 한국에서 그 규모가 가장 크고 성대하게 열리는 민속축제이다.

특산품

초당순두부, 모두부

동해 바닷물로 간수를 하여 옛 방식 그대로 만들어 내어주는 자연 그대로의 식품이다. 맑고도 고소한 맛이 일품이다.

한과

강릉의 명품으로서 한과마을 갈골, 사천 등 전통마을에서 직접 만들어 판매되고 있는 전통식품이다.

옹심이

감자를 으깨어 빚어 만든 독특한 맛의 전통방식 감자요리다.

곶감

직접 재배한 감을 정성껏 깎아 전통방식으로 건조시킨 곶감을 달고 맛이 좋아 강릉의 새로운 명품 특산품이 되었다.

특산물

황태

영하 20도를 오르내리는 대관령 고지대에서 4~5개월간 생산하여 부드러우며 맛이 깨끗한 자연식품

문어

영동지역 제사상에도 올라가는 문어는 강릉의 대표적인 특산물 | 다. 오징어와 함께 어시장에서 쉽게 볼 수 있다.

오징어

동해안의 오징어는 직접 잡아 자연건조시켜 맛과 질감이 뛰어나다.

고랭지 채소

해발 700m 고랭지에서 재배한 무공해 배추, 무, 치커리 등 다양 채소들이 재배되고 있다. 또한 겨울에 자연건조시킨 시래기 등과 같은 채소가 웰빙식품으로 각광받고 있다.

영덕 블루로드

둘러보기 ▶ 총 거리 40km, 걷는 시간 10시간 30분

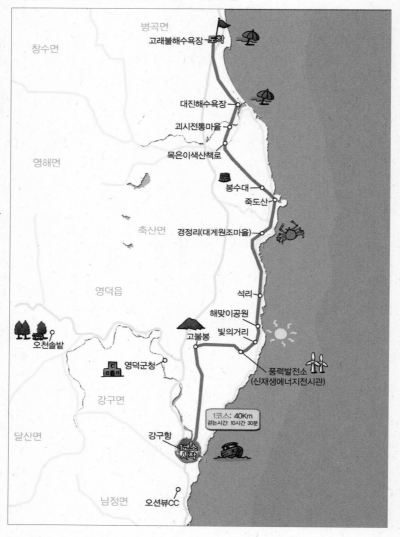

→ 찾아가기
← 돌아오기

1코스
40km
10시간 30분

강구항→고불봉→풍력발전소(신재생에너지전시관)→빛의거리
→해맞이공원→석리→경정리(대게원조마을)→죽도산→봉수대
→목은이색 산책로→괴시전통마을→대진해수욕장→고래불해수욕장

→ 강구터미널에서 강구교(구대교) 건너 강구농협까지 30m
  직진. 우측편으로 20m가량 걸어간 뒤 봉봉대게 어판장
  앞에서 좌회전 골목길 진입(해맞이등산로 강구면 입구).

→ 영덕터미널에서 남쪽으로 500m가량 걸어나와 영덕읍 내
  신세계아파트 앞쪽에서 진입(해맞이등산로 영덕읍 입구).

→ 영덕터미널 혹은 강구터미널에서 창포리로 가는 시내버스
  승차, 창포–대탄 구간 사이 '해맞이공원'에서 하차.
  영덕 기준 25분 소요, 강구 기준 15분 소요, 1일 8회 운행
  (영덕 해맞이공원)

← 도보로 괴시리마을에서 영해터미널로 이동(10분 정도)
  (괴시 전통마을)

← 병곡정류장에서 영해터미널 방면 시외버스를 타고 이동.
  10~15분 간격으로 운행(고래불해수욕장)

유용한 정보

영덕군청 문화관광과 054)730-6514
영덕군 관광진흥협의회 054)730-6996

교통편 정보

영덕터미널 054)732-7673
영덕시내버스 054)732-7374
강구터미널 054)733-9613
영해터미널 054)732-1565
영덕택시부 054)732-2447
강구택시부 054)733-5165
영해택시부 054)732-0358
축산택시부 054)732-0358
후포터미널(울진) 054)788-2383

숙박시설

칠보산자연휴양림
영덕군 병곡면 영리 | 054)732-1607

오션뷰호텔
영덕군 강구면 삼사리 | 054)732-0700

리베라호텔
영덕군 강구면 삼사리 | 054)734-6887

동해해상관광호텔
영덕군 강구면 삼사리 | 054)733-4466

바다풍경민박
영덕군 병곡면 병곡리 | 054)733-5536

대어도민박
강구면 삼사리 | 054)733-1719

최무수민박
축산면 경정리 | 054)732-4613

하저펜션
강구면 하저리 | 054)734-6654

바다가있는풍경펜션
강구면 하저리 | 054)734-3080

산호장여관
강구면 강구리 | 054)733-3116

맛집

영덕군

동해안횟집 대게회, 물회
남정면 남호리 140 | 054)733-4800

e-바다대게 대게
강구면 강구리 551 | 054)733-4675

대게종가
강구면 강구리 466 | 054)733-3838

유림식당
강구면 강구리 296-5 | 054)733-4924

산심가든
강구면 오포리 498 | 054)733-9190

백경횟집
덕곡리 202-22 | 054)733-9924

화림산가든
영덕읍 화개리 558 | 054)734-0945

복사꽃가든
영덕읍 화개리 506 | 054)734-4813

체험거리

어촌체험

문의 : 054)732-1240
홈페이지 : http://daejin.yd.go.kr
대진1리는 대진해수욕장 옆에 자리한 어촌체험마을. 맑은 앞바다에서 스킨스쿠버와 선상낚시체험, 멍게어장체험을 할 수 있으며, 송천천에서 나는 재첩을 잡는 프로그램도 마련되어 있다. 또한 해수욕장을 배경으로 모터보트나 바나나보트 등의 레저스포츠도 즐길 수 있다.

달맞이 야간산행

문의 : 054)730-6396(영덕군청 문화관광과)
풍력발전단지와 해맞이공원에서 열리는 야간 이벤트, 보름달이 뜨는 전후 토요일에 맞춰 매월 1회, 연 10회 정도 진행된다. 풍력발전단지 정상에 오르면 웅장한 바람소리와 함께 해맞이공원을 밝히는 조명을 감상할 수 있다. 참가자 전원에게 시원한 녹차를 제공한다.

축제

해맞이축제

시기 : 12월31일 ~1월1일
장소 : 삼사해상공원
전화번호 : 054)730-6393
'희망의 종소리, 밝아오는 온누리'란 주제로 매년 12월 마지막
날부터 새해 첫날까지 전야행사, 자정축원, 해맞이행사, 부대
행사 등 다양한 볼거리와 참여행사로 지난 한해를 마무리하
고 희망찬 새해를 맞이하는 자리를 마련하고 있다.

영덕대게축제

시기 : 3월중
장소 : 삼사해상공원 및 강구항 일원
전화번호 : 054)730-6756
대게원조마을 영덕의 이미지 고취와 체험형 관광축제를 통한
관광객 유치를 목적으로 대게잡이 낚시체험, 대게잡이 어선
승선체험, 깜짝 경매, 대게 수제비라면 시식회 등 직접 체험하
고 즐길 수 있는 각종 체험행사를 통해 영덕대게의 맛과 우수
성을 만날 수 있다.

영덕해변축제

시기 : 8월초
장소 : 대진해수욕장, 고래불해수욕장, 장사해수욕장
전화번호 : 054)730-6393
추억과 낭만이 넘치는 지역 청정해변에서의 이색적인 축제를
개최하여 피서객과 군민이 함께 참여, 체험할 수 있는 프로그
램을 운영한다.

특산품

대게찜

영덕대게를 별다른 양념 없이 찜통에 찐 것으로 배에서 금방
내린 대게를 살아 있을 때에 금방 쪄서 먹으면 싱싱한 맛이
일품이다.

가자미물회

3월에서 9월 영덕군 해안지역에서 많이 잡히는 가자미를 이
용해 가자미물회를 만든다. 주로 뼈째로 썰어 막회 또는 물회
로 먹는다. 양식이 되지 않는 자연산 물고기를 이용하지만 일
반인들이 부담 없이 먹을 수 있는 저렴한 음식이다.

영덕게장

영덕대게의 뚜껑 속에 있는 순수 게장만을 채취하여 40% 이
하로 농축시킨 후 가공한 것으로 게 고유의 맛과 향을 간직한
고급식품이다. DHA, EPA를 다량 함유하고 있다. 현대백화점
전 지점에서 판매중이다.

영덕 밥식해

필수아미노산과 유산균이 듬뿍 귀한 손님을 위한 전통적인
우리의 먹을거리이며 예전의 방법으로 만든 발효식품이다.

오천옹기

타제세종실록지리지에 "영덕현 성산리에 도기소가 있다"는 기
록이 있을 만큼 오천옹기는 예로부터 유명했다. 그 명맥을 백광
훈 선생이 지켜나가고 있는데, 도자기와는 달리 옹기는 집 뒷간
에 장과 김치를 담아두며 우리네 일상생활을 같이했다.

특산물

영덕물가자미

청정해역 동해바다에서 갓 잡아 신선하고 위생적으로 관리하
여 가자미의 탄력성이 그대로 유지되어 최고의 맛과 신선함
을 자랑한다.

영덕 해심 돌미역

청정해역에서 자생하는 돌미역을 직접 채취하여 해풍에 건조
한 풍부한 영양소의 보고! 아연, 요오드가 많아 신진대사, 산
후조리에 필수적인 건강식.

영덕대게

영덕대게는 대게 중에서도 바다 밑바닥에 개흙이 전혀 없고
깨끗한 모래로만 이루어진 영덕군 강구면과 축산면 사이 앞
바다에서 3~4월에 잡힌 것이 타 지역산보다 살이 차고 맛이
좋아 전국에 명성이 높다.

영덕송이

영덕송이는 독특한 맛과 향으로 식도락가들에게 각광을 받고
있으며, 솔밭에 자라난 무공해 버섯으로 소고기와 함께 구워
먹으면 그 맛이 정말 일품이다.

영주 소백산자락길

둘러보기 ▶ 총 거리 99.3km, 걷는 시간 31시간 50분

어상천면

영춘면

고씨굴랜드
태화산

김삿갓계곡

김삿갓묘역 도착

북벽
영춘면사무소
동대리

배틀재

7코스: 20.7Km
걷는시간 7시간

향산석탑
방터
의풍옛길

7코스
시작
온달관광지

온달산성

의풍마을

가곡면

6코스: 11.7Km
걷는시간: 4시간 30분

보발분교

6코스
시작
고드너머재

구인사
남천계곡

도담역

5코스: 13Km
걷는시간: 4시간 30분

석문
담삼봉

구만동

고수동굴

대대리(한드미마을연계)

소백산국립공원

단양공설운동장
단양군청

6코스
시작
금곡수련원

금곡교
천동동굴
주목군락

단양면

단양역 자전거길
노동동굴

천동관광지
비로봉

초암사
중계구곡

1코스: 12.6Km
걷는시간: 3시간 40분

수촌미륵이
다리안관광지

달밭골
비로사

선비촌
금성단

4코스: 13.2Km
걷는시간: 4시간 30분

마조리
장현문안골

제1연화봉

소백산천문대

1코스
시작

단성역

용부원리(단양)

제2연화봉

2코스
시작
삼가리

소수박물관

당동

4코스
시작

순흥읍내리벽화고분

소수서원

장림리(단양)

죽령폭포

희망폭포

금계호
순흥면

죽령옛길

풍기읍

금선정

동양대

사인암

죽령
죽령옛길

3코스
시작
풍기온천

2코스: 16.7Km
걷는시간: 4시간 20분

대강면

3코스: 11.4Km
걷는시간: 3시간 10분

소백산역

풍기역

안정역

사동유원지

풍기IC

안정면

→ 찾아가기
← 돌아오기

1코스
12.6km
3시간 40분

소수서원(영주) → 소수박물관 → 선비촌 → 금성단 → 죽계구곡 → 초암사
→ 달밭골 → 비로사 → 삼가리

→ 소수서원(영주시 순흥면 읍내리)
영주버스터미널에서 동천, 순흥, 청구리 방면 버스에 탑승하
여 소수서원에서 하차(소요 시간 약 20분)
← 삼가리(영주시 풍기읍 욱금리)
도보로 삼가교[북부초교삼가분교(폐교)]로 이동하여 영주시
외버스터미널행 버스를 이용

2코스
16.7km
4시간 30분

삼가리 → 금계호 → 금선정 → 정감록촌 → 희여골 → 새터 → 풍기온천 →
소백산역(희방사역)

→ 삼가리(영주시 풍기읍 욱금리)
영주버스터미널에서 삼가동행 버스에 탑승하여 삼가교(금계
호 다음역)에서 하차
← 소백산역(영주시 풍기읍 수철리)
소백산역에서 영주버스터미널행 방면 버스 이용(1일 13회
운행)

3코스
11.4km
3시간 10분

소백산역(희방사역) → 죽령옛길 → 죽령 → 용부원리(단양) → 장림리
(단양)

→ 소백산역
영주버스터미널에서 희방사행 버스에 탑승하여 소백산역에서
하차(1일 13회 운행), 청량리(서울)에서 기차를 이용해 소백산
역에서 하차
← 가리점마을옛길(단양군 대강면 당동리)
소백산역에서 영주버스터미널행 버스 이용
(1일 13회 운행)

4코스
13.2km
4시간 30분

당동리→장현리문안골→가리점마을(마조리)→수촌미륵이→수촌본
동→금곡→기촌

→ 당동(단양군 대강면 당동리)
  단양시외버스터미널에서 고수대교로 300m가량 이동하여
  대강행 시내버스 탑승. 종점에 하차 후 당동 방면으로 도보
  5분이동. 단성 경유시 소요 시간 30분 정도
  (1일 30회 운행)

← 종점(단양읍 기촌리)에서 단양시외버스터미널로 돌아오기
  기촌리 국제장애인문화예술원 앞에서 단양행 시내버스 탑
  승. 고수대교 지나 하차. 단양시외버스터미널로 도보 300m
  이동. 1일 10회 정도 운행. 소요 시간 10~15분

5코스
13km
4시간 30분

기촌리→대대리→샛터→구만동→보발분교→고드너머재

→ 기촌(단양군 단양읍 기촌리)
  단양시외버스터미널에서 고수대교로 300m가량 이동. 보림
  상가 아래쪽 택시승강장 쪽에서 천동다리안행 버스 탑승
  후 고수동굴을 지나 기촌리(국제장애인문화예술원 앞)에서
  하차. 국제장애인문화예술원 옆길에서 5코스 시작. 버스 소
  요 시간 10~15분(1일 10회 정도 운행)

← 고드너머재(가곡면 보발리)에서 단양시외버스터미널로 돌아
  오기 보발리로 도보로 이동 후 단양행 버스(1일 3회 운행)를
  타고 고수대교 지나 하차. 도보로 300m 단양시외버스터미널
  로 이동. 30분 정도 소요. 택시 이용시 18,000원 정도

→ 찾아가기
← 돌아오기

6코스
11.7km
4시간 30분

고드너머재→화전체험 테마숲길→방터→온달산성→온달관광지→
영춘면사무소

→ 고드너머재(단양군 가곡면)
단양시외버스터미널에서 구인사행 시외버스(1시간에 1회 운
행)를 타고 구인사 하차(버스 소요 시간 30분 정도) 후 도보
로 보발재(고드너머재) 정상 방향으로 3km 정도 이동. 구인
사에서 보발재까지 택시 이용 가능
← 영춘면사무소(영춘면 온달관광지)에서 단양시외버스터미널
로 돌아오기
시내버스 이용시 : 영춘면사무소(온달관광지)에서 단양행 버
스를 타고 고수대교 지나 하차. 도보로 300m 단양시외버스
터미널로 이동. 40분 정도 소요(1일 9회 운행)
시외버스 이용시 : 단양행 버스를 타고 단양시외버스터미널
에 하차. 25분 정도 소요(1시간 1회 운행)

7코스
20.7km
7시간

영춘면사무소→느릅실→동대리→의풍옛길→베틀재→의풍마을→
김삿갓 묘역

→ 영춘면사무소(단양군 영춘면)
단양시외버스터미널에서 구인사행 시외버스(1시간에 1회 운
행)를 타고 영춘면(25분 정도 소요)에서 하차 후 영춘면사무
소로 도보 이동. 영춘면사무소 앞에서 7코스 시작
← 김삿갓 묘역(영월군 김삿갓면)에서 단양시외버스터미널로
돌아오기. 김삿갓 묘역에서 도보로 25분 정도(2.4km)의
풍리로 이동 후 시내버스로 영춘면으로 이동. 1일 2회 운행.
20분 정도 소요. 영춘면에서 단양행 시외버스를 타고 단양시
외버스터미널에서 하차. 25분 정도 소요. 택시 이용시 김삿
갓 묘역에서 영춘면까지 15,000원 정도

유용한 정보

단양군청 관광도시개발단 관광기획팀 043)420-2902~4
단양관광안내소 043)420-3035
단양관광관리공단 043)421-7883~4
영주관광안내소 054)639-6788
(사)영주문화연구회 054)633-5636

교통편 정보

영주시시외버스터미널 1577-5844, 054)631-1006
영주역(철도공사) 054)639-2256
영주시내버스터미널 054)633-0011, 13
개인택시 영주시지부 054)638-6777~8
영주택시 054)631-2412
평창운수 054)635-0022
천우택시 054)635-8190
풍기택시 054)636-3133
경원렌터카 054)638-8883
창희렌터카 054)633-8818
단양시외버스터미널 043)421-8800
단양시내버스 043)422-2866
단양콜택시 043)423-6666
단양택시 043)422-0412
그린택시 043)421-2789
단양동굴택시 043)422-6666
삼봉택시 043)421-3033
제일동굴택시 043)422-0114

숙박시설

영주시

괴현고택
이산면 두월리 877 | 054)637-1755

단양군

단양관광호텔
단양읍 | 043)423-9911

대명단양리조트
단양읍 | 043)420-8311

호텔럭셔리
단양읍 | 043)421-9911

소선암자연휴양림
단성면 | 043)422-7839

이화파크텔
단양읍 | 043)422-2080

오페라하우스(모텔)
단양읍 | 043)423-5751

장승파크모텔
영춘면 | 043)423-1962

서울가든여관
대강면 | 043)421-1135

백문장여관
영춘면 | 043)423-7259

흐르는강물처럼(펜션)
가곡면 | 043)421-0868

맛집

단양군

돌집식당 곤드레돌솥밥
단양읍 별곡리 | 043)422-2842

왕릉숯불돼지갈비 돼지갈비
단양읍 별곡리 | 043)423-9292

장다리식당 한정식
단양읍 별곡리 | 043)423-3960

박쏘가리 쏘가리회
단양읍 별곡리 | 043)421-8825

갈매기식당 염소탕, 수육
대강면 당동리 | 043)422-7378

영남식당 산채정식
단양읍 고수리 | 043)423-1039

전원회관 갈비탕, 한정식
단양읍 별곡리 | 043)423-3131

고향집두부 두부전골
대강면 당동리 | 043)421-0150

한일맛집 해장국, 찜닭
매포읍 평동리 | 043)422-6998

두진정육식당 한우, 삼겹살
단양읍 상진리 | 043)423-4742

체험거리

가리점마을 농촌체험

장소 : 단양읍 마조리 169-1
전화번호 : 043)423-2690
소백산 자락에 위치한 마을로 오미자 수확 체험, 생산된 약초
를 이용한 각종 체험을 하며 소중한 추억을 만들 수 있다.

한드미마을 농촌·생태체험

장소 : 가곡면 어의곡리 298-1
전화번호 : 043)422-2831
농사체험, 산촌체험, 생태체험, 음식체험을 즐기고 배울 수 있
어 가족 단위로 방문하기 좋다.

축제

선비문화축제
장소 : (영주시) 소백산, 선비촌, 서천
시기 : 5월말
전통선비문화체험, 소백산철쭉제, 초군청줄다리기, 선비복장
거리퍼포먼스 등을 통해 사라져가는 한국 전통문화 예술의
우수성을 알림.

풍기인삼축제
장소 : 풍기 남원천, 소백산
시기 : 10월 중순
인삼캐기체험, 인삼전통음식, 인삼관련산업 홍보 등.

전국쏘가리루어낚시대회
장소 : (단양읍) 남한강
시기 : 4월
홈페이지 : http://www.danyang.chungbuk.kr(단양군청)
매년 4월 단양팔경이 어우러진 남한강의 멋진 풍광 속에서 풍
류를 느끼며 손맛 좋기로 소문난 루어낚시를 즐길 수 있다.

소백산철쭉제
장소 : 단양읍, 소백산 일원
시기 : 5월말
전화번호 : 043)423-0700
홈페이지 : http://www.danyang.kccf.or.kr(단양문화원)
철쭉여왕선발대회, 꽃길걷기대회, 야생화전시회, 전국서예대
회, 향토음식 특별전 등 다채로운 행사가 펼쳐지는 단양의 대
표적인 축제이다.

어상천 수박축제
장소 : 어상천면
시기 : 8월
홈페이지 : http://www.danyang.chungbuk.kr(단양군청)
당도와 맛이 뛰어난 어상천 수박을 널리 홍보하기 위해 매년
수박축제를 열고 있다. 수박품평회, 시식회, 수박조각시연 등
다양한 행사가 준비되어 있다.

온달문화축제
장소 : 단양읍, 영춘면
시기 : 10월
홈페이지 : http://www.danyang.chungbuk.kr(단양군청)
온달장군 승전행렬을 비롯하여 고구려전통음식 시식체험, 윷
놀이대회, 온달장군 진혼제, 온달장군 선발대회 등 다채로운
행사가 펼쳐진다.

특산품

영주한우불고기
천혜의 환경을 자랑하는 소백산 맑은 물과 깨끗한 공기에서
사육된 영주한우.

인삼전통음식
인삼 산지로 유명한 풍산인삼의 고장에서 맛볼 수 있는 다양
한 인삼 음식.

쏘가리, 민물매운탕
남한강에서 잡아 신선하고 최고의 육질을 자랑.

올갱이해장국
남한강과 계곡에서 잡은 신선한 올갱이로 요리.

마늘솥밥
단양의 특산물인 육쪽마늘로 넣어 만든 솥밥.

도토리묵밥
여름엔 시원하게 즐기는 묵맛이 일품.

풍기인견
천연섬유라서 가볍고 시원하며 몸에 붙지 않고 통풍이 잘되
며 착용 시 촉감이 아주 상쾌하다.

특산물

풍기인삼
영주는 소백기슭의 풍부한 유기물과 대륙성 한랭기후와 배수
가 잘되는 사질양토라는, 인삼이 생육하기 좋은 천혜의 자연
조건을 갖추었다.
풍기인삼협동조합 054)636-2714

영주사과
풍부한 일조량과 깨끗한 공기, 오염되지 않은 맑은 물 덕택에
맛과 향이 뛰어나며 성숙기 일교차가 커서 사과의 당도가 높다.
경북능금조합 영주지소 054) 636-2037

육쪽마늘
단양 육쪽마늘은 단단하고 저장성이 우수하며 톡 쏘는 맛과
특유의 향이 있다. 살균·혈액순환이 원활하도록 도와주는 건
강식품으로 알리신 성분이 다량 함유되어 있다.
단양마늘영농조합 043)421-2084

새재넘어 소조령길

둘러보기 ▶ 총 거리 36km, 걷는 시간 9시간 30분

단국대 충주캠퍼스
남산
충렬사
대림산성
황학산
등곡산
이류면
살미면
사과탑
중앙경찰학교
살미면
송계계곡
수회리
괴산IC
수안보면
감물면
3코스: 15Km
걷는시간 4시간
3코스
시작
온천길
(서낭당복원길)
인공암벽장
수안보스키장
박달산
장연면
안보리
소조령
2코스: 11Km
걷는시간: 3시간
2코스
시작
제3관문
(문경새재)
고사리마을
교귀정
(용추폭포)
연풍면
조령산
1코스
시작
문경읍
옛길박물관
칠성면
연풍IC
1코스: 10Km
걷는시간: 2시간 30분
칠보산

→ 찾아가기
← 돌아오기

1코스
10km
2시간 30분

문경새재길

옛길박물관→제1관문→제2관문→제3관문(문경새재 도립공원)→괴산군 연풍면(레포츠공원)→이화여대수련원→고사리마을

→ 점촌시외버스터미널에서 문경새재 방면 버스 이용하여 종점(문경새재)에서 하차(1일 12회 운행).
← 도보로 신혜원 버스정류장으로 이동하여 수안보행 버스 탑승(1일1회 운행).

2코스
11km
3시간

소조령길

고사리마을→소조령→수안보면 화천리(사시마을)→발화마을→안보리→온천리(서낭당 복원길)

→ 수안보에서 괴산 방면 버스 이용하여 신혜원(소조령)에서 하차(1일7회 운행).
← 수안보시외버스터미널 이용하여 목적지로 이동.

3코스
15km
4시간

장고개길

수안보 온천리→오산마을→수회리(갈마고개)→용천리(용당마을)→설운리→장고개→문강리(문산마을)→달천→ 단월정수장→유주막마을→충렬사

→ 수안보시외버스터미널에서 하차하여 3코스 도보 시작.
← 도보로 건국대 충주캠퍼스로 이동하여 충주역, 충주시외버스터미널행 버스 이용(수시 운행).

유용한 정보

수안보 관광안내소 043)845-7829
수안보 관광통역안내소 043)848-4826
(사)예성문화연구회 016-468-5701

교통편 정보

충주시외버스터미널 043)856-7000
충주역 기차역 043)844-7788
점촌시외버스터미널 054)553-7741
수안보시외버스터미널 043)846-0483
문경여객 054)553-2231
충주콜택시 043)854-5858
일광택시(수안보) 043)854-1881
충주개인택시 043)842-4747
문경택시 054)571-7300
문경개인택시 054)571-4320

숙박시설

문경새재 입구(1코스 시작 지점)
문경새재유스호스텔
문경읍 상초리 355-2 | 054) 571-5533

새재스머프마을
문경읍 하초리 365 | 054) 572-3762

문경관광호텔
문경읍 상초리 288-5 | 054) 571-8001

연풍면 원풍리(고사리,신혜원)(2코스)
가나안호텔
연풍면 원풍리 41 | 043) 833-8814

조령산휴양림
연풍면 원풍리 산 1-1 | 043) 833-7994

산그림호텔
연풍면 원풍리 41 | 043) 833-5506

폭포민박
연풍면 원풍리 275-1 | 043) 833-8060

수안보면 온천리(3코스)
수안보상록호텔
온천리 292 | 043) 845-3500

수안보파크호텔
온천리 838-1 | 043) 846-2331

수안보조선관광호텔
온천리 109-1 | 043) 848-8833

사조리조트
온천리 642-1 | 043) 846-0750

일양유스호스텔
온천리 730 | 043) 846-9200

충주시내 (3코스 종점)
충주그랜드관광호텔
봉방동 855 | 043) 848-6423

후렌드리가족호텔
호암동 540-10 | 043) 848-9900

영빈관파크
봉방동 408-11 | 043) 854-4900

맛집

문경새재 입구 (1코스 시작 지점)
새재할매집 약돌돼지양념석쇠구이
상초리 288-60 | 054)571-5600

목련가든 순두부전골
상초리 288-15 | 054)572-1940

새재수라관 돼지석쇠고추장불고기
상초리 288-59 | 054)571-5756

하초동 약초한우오미자떡갈비
하초리 | 054)571-7977

동화원휴게소 도토리묵, 파전
상초리 산 42-6 | 054)571-9009

연풍면 원풍리(고사리 신혜원, 2코스)
조령산휴양림식당 산채비빔밥, 닭볶음탕
원풍리 산 1-1 | 043)833-5689

암행어사가든 청국장, 산채비빔밥
원풍리 54 | 043)833-5695

고사리쉼터 산채비빔밥, 청국장
원풍리 52 | 043)833-5945

조령산묵밥 묵밥, 산채비빔밥
원풍리 57 | 043)833-4687

수안보 일원(3코스)
대장군식당 꿩전통요리
안보리 74-55 | 043)846-1757

영화식당 산채정식
온천리 281-1 | 043)846-4500

소라가든 꿩요리
온천리 693-35 | 043)846-7819

국화식당 산채정식
온천리 289 | 043)846-2100

오미가 산채, 꿩요리
온천리 286-2 | 043)846-9674

충주 시내 일원(3코스 종점)

운정식당 올갱이해장국
문화동 445 | 043)847-2800

충주우렁이쌈밥 우렁이쌈밥정식
칠금동 716 | 043)843-3599

장수촌 누룽지닭백숙
단월동 110 | 043)851-9380

체험거리

문경새재 일원
녹색체험마을
장소 : 가은읍 수예리
시기 : 상시
전화번호 : 054)571-6674
홈페이지 : http://www.suyeri.com
수예리마을에서는 손기술을 이용한 각종 수공예품 만들기 체험을 비롯하여 더덕, 두릅, 무공해 미나리, 친환경사과 등 다양한 농사체험을 할 수 있다.

오미자체험마을
장소 : 동로면 생달리
시기 : 상시
전화번호 : 054)553-5244
홈페이지 : http://www.mgomj.co.kr
문경오미자체험마을에 와서는 오미자를 이용한 염색체험, 오미자차·청·음식·반찬 만들기 체험, 오미자 수확체험(9월 중순~10월 중순)을 할 수 있다.

문경새재 과거길 달빛사랑 여행
장소 : 문경새재 야외공연장
시기 : 5~10월, 2,4째주 토요일
전화번호 : 054)550-6392
홈페이지 : http://tour.gbmg.go.kr
기쁜 소식을 듣는 고장 문경(聞慶)에서 과거길과 달빛 그리고 사랑을 주제로 한 달빛사랑 걷기대회를 매월 넷째주 토요일 개최한다.

축제

문경새재 일원
문경전통찻사발축제
장소 : 문경새재 야외공연장
시기 : 매년 5월중
전화번호 : 054)550-6395
홈페이지 : http://www.sabal21.com
전통찻사발의 본향인 문경에서 전통도자기의 모든 것을 만나볼 수 있다. 우리나라에서 가장 오래된 망댕이가마를 바탕으로 한 문경 전통도자기의 정체성을 되새기고 근대 차 문화의 발상지인 문경의 명성을 전국으로 알리기 위해 다양한 체험과 참여행사를 펼쳐 볼거리가 풍성하다.

문경오미자축제
장소 : 동로면 노은리
시기 : 매년 9월
전화번호 : 054)554-7555
홈페이지 : http://www.5mija.kr
자연이 살아 숨쉬는 문경 오미자 페스티벌. 오미자는 단맛, 신맛, 쓴맛, 짠맛, 매운맛의 5가지 맛이 난다. 청정지역 문경에서 생산되는 오미자를 전국적으로 알리기 위해 다양한 볼거리와 먹을거리를 마련하는 등 다채로운 행사가 펼쳐진다.

문경사과축제
장소 : 문경새재 도립공원 일원
시기 : 매년 10월
전화번호 : 054)550-8266
홈페이지 : http://mgapp.com
문경은 지리적으로 중산간지역에 속하며 분지형 산악기후로 밤낮의 일교차가 커 사과 재배에 천혜의 조건을 갖추고 있다. 이를 바탕으로 재배된 문경사과는 육질이 단단하고 향이 질며, 당도가 높아 일명 '꿀사과'라고도 불린다. 문경사과를 알리기 위해 다양한 먹을거리와 알찬 프로그램으로 축제가 펼쳐진다.

충주 일원
수안보온천제
장소 : 물탕공원
시기 : 매년 4월
전화번호 : 043)846-3605
홈페이지 : http://www.suanbo.or.kr
고려 현종(1018년) 대에는 유온천(有溫泉)이라는 기록이 남아 있고 『조선왕조실록』과 『온정동규절목』에는 세종대왕의 부마였던 연창위 안맹담과 권람, 권상하 등 여러 선비들과, 전국에서 운집한 욕객들로 사철 붐비었다는 기록이 있으며, 특히 병원이 없었던 당시의 각종 질병 환자들이 전국에서 몰려들었다고 한다. 이러한 온천을 전국적으로 알리기 위해 다양한 먹을거리와 알찬 프로그램으로 축제가 펼쳐진다.

이순신 백의종군로

둘러보기 ▶ 총 거리 18km, 걷는 시간 4시간

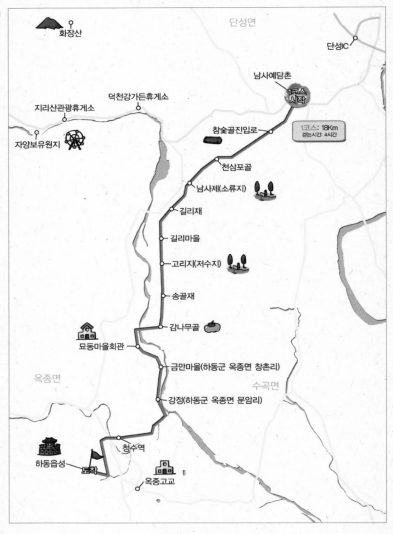

→ 찾아가기
← 돌아오기

1코스
18km
4시간

남사예담촌(산청군 단성면 남사리)→참숯골 진입로→천삼포골→남사제(소류지)→길리재→길리마을→고리지(저수지)→송골재→감나무골→묘동마을회관→금만마을(산청군 단성면 창촌리)→강정(하동군 옥종면 문암리)→청수역→하동읍성

→ 각 지역 시군 단위 종합터미널과 기차역 기준
    제1코스(산청 남사예담촌)
    남서울터미널 출발(3시간 30분 정도)→산청원지→지리산 시천 방면(5분 정도)→산청 남사예담촌 하차
    진주시외버스터미널→중살리시천 방면(30분 정도)→산청 남사예담촌 하차
    단성IC→산청 남사예담촌 방면으로 우회전→2km 정도 (5분가량 소요)
← 제1코스(하동읍성) : 도보로 옥종면 사무소로 이동하여 진주 버스터미널행 버스 이용(1일 16회 운행)

유용한 정보

하동군청 문화관광과/녹색관광 055)880-2379
산청군청 문화관광과/관광홍보 055)970-6421
한국역사문화관광개발원 016-786-7822

교통편 정보

산청군 원지 시외버스터미널 055)973-0547
진주시외버스터미널 055)741-6039
하동군 시외버스터미널 055)883-2662
경호택시(산청) 055)972-0037
신흥택시(산청) 055)973-0788
개인택시(산청) 055)972-7755
개인택시(하동) 011-871-8273
개인택시(하동) 011-850-8364
개인택시(하동) 011-593-3322

숙박시설

산청군

남사예담촌 민박
단성면 남사리 281-1 | 010-2987-9984

예담참숯랜드(찜질방)
단성면 남사리 411-5 | 055)973-5959

지리산석대원
단성면 방목리 912-7 | 055)973-5322

지리산참숯골(찜질방)
단성면 길리 26-1 | 055)974-0177

청계운리 통나무집 향토펜션
단성면 운리 88-2 | 055)973-8705

하동군

두양관광농원 옥종면 두양리 63-1 | 055)882-7355
유황천여관 옥종면 정수리 34-7 | 055)884-5950

맛집

산청군

목화식육식당 추어탕, 산청돼지
단성면 성내리 80-3 | 055)973-8800

남사예담촌 전통음식체험장 산채비빔밥 등
단성면 남사리 남사예담촌 | 010-2987-9984

성화식당 불고기석쇠정식
단성면 성내리 683-6 | 055)972-0040

동제국가든 한우불고기
신안면 하정리 903 | 055)974-0059

연화식당 오리백숙
단성면 목곡리 241-12 | 055)972-2255

우정식당 어탕국수
생초면 어서리 264-1 | 055)972-2259

하동군

여여식당 재첩국
하동읍 경성대로 92 | 055)884-0080

혜성식당 참게탕
화개면 탑리 626-5 | 055)883-2140

수정숯불갈비 갈비
옥종면 청용 24-3 | 055)882-1990

진주시

제일식당 비빔밥
대안동 8-291 | 055)741-5591

통영시

이순신밥상
용남면 화삼리 945-23 | 055)645-6336

체험거리

전통놀이체험, 농심체험, 전통배움체험, 약초체험

장소 : 산청군 남사예담촌
시기 : 3~11월
전화번호 : 010-2987-9984
홈페이지 : http://yedam.go2vil.org
전통물레방아 방앗간체험, 1일 농사꾼, 삼곶놀이, 고가, 서당
체험, 혼례체험, 다도체험, 종이한옷줍기, 선비나무염색 등

농촌체험

장소 : 산청군 대포리 160
시기 : 3~11월
전화번호 : 055)973-9739
홈페이지 : http://scgreentour.co.kr
산청군 농촌관광연구회에서 진행

한방약초체험

장소 : 산청군 산엔청로 1
시기 : 5~8월
전화번호 : 055) 970-6000
홈페이지 : http://jiriherb.net
지리산 한방약초체험과 산청 한방약초축제행사 관람

불교문화체험

장소 : 산청군 유평리 2
시기 : 매주 토, 일
전화번호 : 055)972-8068
홈페이지 : http://www.daewonsa.net
울창한 숲과 아름다운 계곡의 지리산 대원사에서 개최

산청한의약박물관

장소 : 산청군 금서리 특리 1300-25
시기 : 매일 관람(09:00~18:00)
전화번호 : 055) 970-6431
홈페이지 : http://museum.sancheong.ne.kr
하늘이 내린 동의보감의 고장.
제1전시관 전통의약관(역사 소개, 요법, 우수성, 체험실)
제2전시관 약초전시관(역사 분류, 약초 알아보기,
약초고장 소개)
요금 : 어른-2,000원(65세이상무료) / 청소년-1,500원
어린이-1,000원(6세이하무료) / 단체-1,500원

하동녹차마을체험

장소 : 하동군 화개면 심신리 261-3
시기 : 5~10월
전화번호 : 055)880-2767
홈페이지 : http://samsin.invil.org
친환경 녹차밭에서 재미있는 녹차만들기 체험

섬진강재첩체험마을

장소 : 하동군 송림공원
시기 : 4~10월
전화번호 : 055)880-2454
홈페이지 : http://seomjinfarm.co.kr
지리산 자락과 맑은 섬진강이 흐르는 재첩체험마을

옥종딸기정보화마을

장소 : 옥종면 북방리 256-3
전화번호 : 055)880-6409
홈페이지 : http://okjong.invil.org
딸기따기, 연날리기, 얼음썰매타기, 짚공예 등 체험

축제

산청한방축제

장소 : 전통한방휴양관광지
시기 : 5/1~5/30
전화번호 : 055)970-7702
홈페이지 : http://www.scherb.or.kr
문화체육관광부 최우수축제 지정.
한방약초체험, 무료진찰, 의료기체험, 약초재배단지체험 등

하동고로쇠축제

장소 : 화개면, 청암면
시기 : 3월
전화번호 : 055)880-2114
성인병, 관절염, 신경통, 위장병에 좋은 고로쇠 체험

특산품

한방오리백숙

인삼, 당귀, 오가피, 녹각, 구기자, 오미자, 흑임자 등 10여 가
지 넘는 재료를 사용. 오리 특유의 잡냄새들도 없고 쫄깃하고
담백하다.

어탕국수

피리, 붕어, 미꾸라지 등의 민물고기를 뼈째로 푹 고은 국물을
이용하여 단백질과 지방이 풍부할 뿐 아니라 맛이 정갈하고
담백하다.

재첩국

모래가 많은 진흙 바닥에 서식하는 백합목 재첩과의 민물조
개. 현재는 대부분이 섬진강 유역에서 채취되며 껍질째 삶아
만든 국이 유명하다. 6~8월이 산란기.

참게탕

절지동물 십각목(十脚目) 바위게과의 갑각류. 바다 가까운 하
천유역에 산다.

지리산 곶감 055)973-0085

감의 모양이 많이 수축되지 않으며 당도 높고 색깔 좋은 곶감
을 생산한다.

이순신막걸리 055)251-4517/ 016-786-7822

임진왜란 조선수군 공식 막걸리 1592이순신막걸리는 쌀과 보
리, 옥수수 모두 국내산을 사용했다. 특이하게 보리와 옥수수
를 사용해서 만들었고, 밀을 섞으면 묵직해지고 옥수수를 섞
으면 달고 가벼워지는데 그 2가지를 절묘하게 발효시켰다. 가
볍지도 무겁지도 아니한 맛은 충무공 이순신 장군이 지휘하는
조선수군의 행보와 닮았다. 한 잔만 마셔도 잊지 못할 맛이다.

특산물

지리산 뽕소금 055)972-9688/011-885-0006

건강식, 구강양치, 피부마사지, 음식조리용 등 다양하게 이용
된다. 먹으면 약이 되는 고품격 웰빙 소금.
http://www.salt.pe.kr

대봉감 055)972-9688/011-885-0006

충분한 일조량으로 생산된 악양골 대봉감은 감칠맛과 아름다
운 색깔, 모양으로 유명하고, 옛날 임금님의 진상품으로 이름
난 지리적 표시 등록품이다.
055)883-3014/883-3289

하동녹차 055)880-2114

지리산 화개동에는 차나무가 4,50리에 뻗어 자라고 있는데 우
리나라에서 이보다 넓은 차밭은 없다. 『다경』에 이르기를 차
나무는 바위틈에서 자란 것이 으뜸인데 화개동 차밭은 모두
골짜기와 바위틈이다.

하동매실 055)880-2379

세포를 튼튼히 하고 혈액을 정상으로 만든다. 주독, 종기, 담,
냉을 없애고, 토사곽란과 설사를 멈추는 효능이 있다.

진주수곡딸기 055)758-3791/011-499-7121

산골 딸기, 친환경 딸기로 당도가 높고, 신선하다. 품종은 장
희, 매향이고, 수확 시기는 11월초~5월말까지이다.

박경리 토지길

둘러보기 ▶ 총 거리 31km, 걷는 시간 9시간

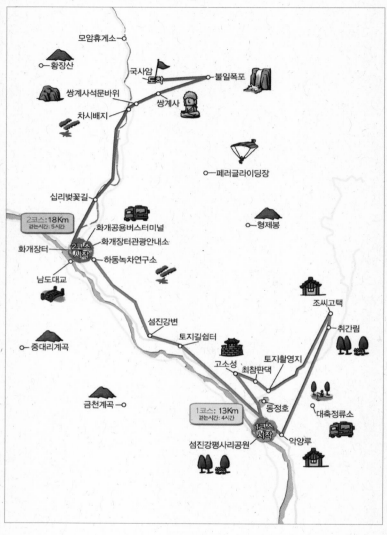

모암휴게소

황장산

국사암 도착

쌍계사석문바위

불일폭포

차시배지

쌍계사

페러글라이딩장

십리벚꽃길

형제봉

2코스: 18Km
걷는시간: 5시간

화개공용버스터미널

화개장터관광안내소

화개장터

2코스
시작

하동녹차연구소

남도대교

조씨고택

취간림

중대리계곡

섬진강변

토지길쉼터

고소성

최참판댁

토지촬영지

금천계곡

동정호

대축정류소

1코스: 13Km
걷는시간: 4시간

1코스
시작

섬진강평사리공원

악양루

→ 찾아가기
← 돌아오기

1코스
13km
4시간

소설 『토지』의 무대 따라 걷기
섬진강 평사리공원(하동)→평사리들판→동정호→고소성→최참판댁 →조씨고택→취간림→악양루→섬진강변→화개장터

→ 평사리공원 : 하동시외버스터미널에서 화개(쌍계사)행 군내
버스 이용(08:00부터 20:30까지 1일 10여 회 운행), 택시
로 약 20분 소요. 택시비는 15,000원 안팎.
* 수도권에서 버스를 이용할 경우 화개(화개버스터미널)에
서 하차 후 하동읍(하동시외버스터미널) 방향으로 가는
군내버스 이용하여 최참판댁 혹은 평사리공원에서 하차하면
더 편리함(1일 10여 회 운행). 화개에서 택시로 약 10분
소요. 택시비는 7,000원 안팎.

← 화개장터 : 화개(쌍계사)에서 하동읍(하동시외버스터미널)
으로 가는 군내버스 이용(1일 10여 회 운행), 택시로 약 30
분 소요. 택시비는 20,000원 안팎.
* 수도권으로 가는 시외버스를 타야 할 경우 화개버스터미널
을 이용하면 더 편리함. 화개에서 택시로 약 10분 소요.
택시비는 7,000원 안팎.

2코스
18km
5시간

산과 강, 인간이 만든 '눈 속에 꽃이 핀 고장' 화개 길 걷기
화개장터→십리벛꽃길(혼례길)→차 시배지(녹차체험)→쌍계사 문바 위→쌍계사→불일폭포→국사암

→ 화개장터 : 하동시외버스터미널에서 화개(쌍계사)행 군내
버스 이용(08:00부터 20:30까지 1일 10여 회 운행), 택시
로 약 30분 소요. 택시비는 20,000원 안팎.
* 수도권에서 버스를 이용할 경우 화개(화개버스터미널)에서
하차하면 더 편리함.

← 국사암 : 도보로 쌍계사버스터미널로 이동하여 하동읍(하동
시외버스터미널)으로 가는 군내버스 이용(1일 10여 회 운행)
* 수도권으로 가는 시외버스를 타야 할 경우 쌍계사버스터미
널을 이용하면 더 편리함
* 읍내를 제외하고 택시는 콜택시를 이용한다.

교통편 정보

하동시외버스터미널 055)883-2663
화개버스터미널 055)883-2793
화개장터 관광안내소(2코스 방면) 055)883-5722
최참판댁 관광안내소(1코스 방면) 055)880-2950
화개 개인택시(화개면, 2코스 방면) 055)883-2332, -2240
악양 개인택시(악양면, 1코스 방면) 055)883-3009

숙박시설

악양면(1코스)

평사드레
악양면 평사리 220-2 | 055)883-6640

작은 영토
악양면 정서리 772 | 055)882-6263

평사리황토방
악양면 정서리 775 | 055)882-5554

지리산 시골집
악양면 입석리 193-1 | 055)883-0692

별장민박
악양면 중대리 447-4 | 010-4455-7727

화개면(2코스)

지리산 팔베개
화개면 탑리 565 | 055)883-7779

들꽃산방
화개면 범왕리 1509-1 | 055)882-2344

쉬어가는 누각
화개면 용강리 822 | 055)884-0151

그랜드모텔
화개면 운수리 706-23 | 055)884-3778

화개랑모텔
화개면 탑리 584 | 055)883-0485

맛집

악양면(1코스)

솔봉식당 한정식
악양 정서리 266-3 | 055-883-3337

토지사랑 한정식
악양 평사리 448-2 | 055-882-7111

고소성식당 한정식, 재첩국
악양 평사리 1145 | 055-883-6642

화개면(2코스)

단야식당 사찰음식
화개 운수리 101-1 | 055)883-1667

부산식당 산채비빔밥 등
화개 운수리 135 | 055)882-1709

동백식당 참게탕 등
화개 탑리 669-3 | 055)883-2439

풍경속으로 산채정식 등
화개 범왕리 105-2 | 055)883-6504

늘봄 참게탕 등
화개 삼신리 166-7 | 055)883-8411

체험거리

한옥체험

장소 : 악양면 평사리 한옥체험관
시기 : 연중
전화번호 : 055)882-2675
전통 기와집에서 우리 조상들의 주생활을 직접 경험해보고
우리 한옥의 우수성을 체험해볼 수 있는 기회를 제공.

재첩잡이체험

장소 : 송림공원
시기 : 7월~9월
전화번호 : 055)880-2337
홈페이지 : http://www.hadong.go.kr
천혜의 아름다움을 간직한 맑은 섬진강에서 자라는 재첩잡기
체험과 함께 생생체험 프로그램 제공.

소나무 배우기 생생체험

장소 : 송림공원
시기 : 7월~9월
전화번호 : 055)880-2337
홈페이지 : http://www.hadong.go.kr
소나무 배우기, 송림 자연놀이, 송림 슬로 워킹, 소나무에 대한
이야기, 내 나무 정하기 등.

녹차만들기 체험

장소 : 하동차문화센터
시기 : 연중
전화번호 : 055)880-2402
전통 수제차를 직접 덖고 만들어보면서 시음까지 해볼 수 있는
체험 프로그램 제공.

녹차체험

장소 : 하동삼신녹차마을
시기 : 연중
전화번호 : 055)880-2767
홈페이지 : http://samsin.invil.org
전통 수제차를 직접 덖고 만들어보면서 시음까지 해볼 수 있는
체험 프로그램 제공.

축제

하동 고로쇠축제

장소 : 화개면, 청암면
시기 : 3월 초
전화번호 : 055)880-2114
홈페이지 : http://tour.hadong.go.kr

지리산 깊은 자락에서 채취하는 신비의 생명수 고로쇠수액이 많이 나오기를 기원하는 염원을 담아 산신께 약수제향을 지내는 것으로 매년 경칩 전후에 열린다.

화개장터 벚꽃축제
장소 : 화개면
시기 : 4월 초
전화번호 : 055)883-5715
홈페이지 : http://www.hwagae.or.kr
하얀 눈처럼 피어난 벚꽃은 섬진청류와 화개동천 25km 구간을 아름답게 수놓아 새봄의 정취를 즐길 수 있는 화사한 볼거리를 제공하며 다채로운 문화행사도 펼쳐진다.

하동 야생차문화축제
장소 : 화개면, 악양면
시기 : 5월 4일~8일
전화번호 : 055)880-2377
홈페이지 : http://festival.hadong.go.kr
우리나라 최초의 차 시배지인 지리산 야생녹차의 우수성을 널리 알리기 위해 개최s되는 축제로, 대한민국 최우수축제로 선정되어 세계적인 주목을 받고 있는 축제.

토지문학제
장소 : 악양면
시기 : 10월 중
전화번호 : 055)880-2363
대한민국 최고의 문학테마 관광지로 2001년부터 개최한 토지문학제는 박경리 대하소설 『토지』의 업적을 기리고 전국 문인·문청들이 참여하는 문학한마당.

악양 대봉감축제
장소 : 악양면
시기 : 11월중
전화번호 : 055)883-5530
홈페이지 : http://akyang.or.kr
옛날 임금님의 진상품으로 유명한 대봉감의 수확기를 맞아 풍성한 대봉감의 진가를 보여주는 축제.

특산품

재첩국, 재첩회
재첩은 예로부터 간장병, 황달 등에 좋고 병후 쇠약한 사람을 보호하는 데 좋다고 전해오는데 이는 오늘날 영양학적으로 증명되고 있다. 비타민B와 베타인, 메치오닌 등의 아미노산이 풍부하고, 타우린이나 아미노산은 담즙산과 결합되어 해독작용을 함으로써 간장의 기능을 촉진시키고 황달 치료 효과를 나타낸다.

녹차 음식
녹차를 이용한 여러 가지 음식은 차잎에서 채취한 원액을 사용하므로 차향이 우러나 담백하다. 녹차 특유의 효능이 있어 방부제를 첨가하지 않아도 된다. 여기에 섬진강 재첩으로 육수를 내고 삶은 고기와 고명을 얹어 먹는 담백한 맛이 특징이다.

은어회, 은어튀김
민물고기 가운데 가장 깨끗한 고기가 은어다. 그래서 은어는 날로 먹어도 아무런 탈이 없다. 특히 6~8월 은어 회맛은 진미다. 입에 무는 순간 주체할 수 없을 만큼 샘솟는 침과 코끝을 오랫동안 자극하는 수박 향기는 감동 그 자체다.

참게탕
참게는 예로부터 섬진강과 임진강 주변을 제일로 쳐주고 있다. 우리나라에서 가장 참게로 유명한 곳은 섬진강 주변. 섬진강 줄기 따라 이어지는 참게 요릿집은 수십 군데. 섬진강변에는 봄엔 은어가, 가을에는 참게가 부각된다. 섬진강 주변에서 많이 잡히는 민물참게는 단풍이 드는 가을철이 살이 통통하게 올라 제철이다.

대롱밥
지리산 일대에 흔하게 자라는 대나무를 이용한 '대롱밥'은 지리산 청학동을 대표하는 별미다. '대롱밥'이란 3년 이상 자라난 왕대를 대통(대롱)으로 잘라내어 그 대통 속에다 그대로 잡곡을 넣고 압력솥에 넣어 쪄낸 밥을 말한다.

하동한정식
우리나라 최고의 드라이브 코스 섬진강을 따라 펼쳐져 있는 하동포구 80리에서 잡은 재첩으로 만든 재첩국·회, 투명한 화개동천에서 잡은 참게·은어 요리, 금남 앞바다 남해에서 잡은 신선한 해산물 요리, 지리산과 오염되지 않은 들에서 생산된 잡곡으로 지은 영양가 높은 밥과 갖가지 나물, 그 풍부한 먹을거리가 한상 가득 차려진 하동한정식은 투박하지만 정갈하고, 감칠맛과 멋스러움이 담겨 있다.

특산물

고로쇠수액
지리산 무공해지역에서 위생적으로 채취한 고로쇠수액은 자당, 무기물을 다량 함유하고 있으며, 혈당 조절, 피로회복, 건위, 이뇨, 체력증진에 좋은 건강음료다.

하동매실
하동은 매실 재배에 가장 적합한 기후와 토양 조건을 갖추고 있어 옛날부터 각광받아왔으며, 하동매실은 단단하고, 향이 독특하여 전국적으로 지명도가 높아 소비자로부터 큰 인기를 얻고 있다.

대봉감
기후가 온화하고 토질이 비옥한 재배 적지를 찾아 심어진 하동 악양이 대봉감의 시배지로 전해지고 있으며 한때는 왜감, 하치야로 유명했으나 현재는 순수한 우리말 대봉감으로 이름하여 원, 근 타지역 대봉 맛과 향을 비교할 수 없는 특유의 감미를 자랑하면서 악양 명품으로 전해지고 있다.

취나물
청정지역 지리산 자락 산야에서 자란 무공해 자연식품으로 맛이 좋고 영양이 풍부하며 철저한 선별로 품질이 우수하다. 취나물에는 참취, 곰취, 개미취 등이 있는데 우리가 주로 먹는 종류는 참취의 어린잎으로 산나물의 왕이라 불릴 만큼 봄철 미각을 살려주는 먹을거리다.

남해 바래길

둘러보기 ▶ 총 거리 55km, 걷는 시간 16.3시간

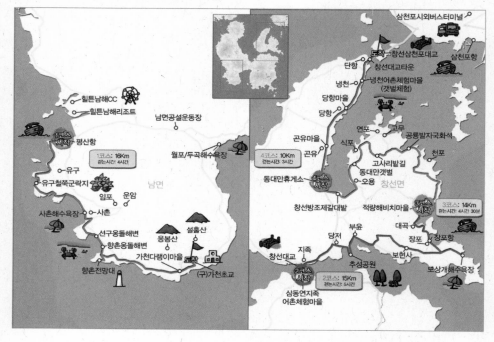

교통편 정보

(바래길 2, 3, 4코스~창선면 방면)(남해읍 출발~창선 경유)
남해읍에서 출발~지족에서 하차(2코스 출발 지점), 남해읍에서
출발~적량마을에서 하차
(3코스 출발지점), 남해읍에서 출발~수산에서 하차~동대만휴게소
까지 도보로(5분 거리) 이동
(4코스 출발 지점)/버스 기사님께 하차 지점을 반드시 문의할 것.

→ 찾아가기
← 돌아오기

1코스
16km
4시간

다랭이지겟길
남해군 남면 평산항→유구 철쭉군락지→사촌해수욕장→보물섬 캠핑
장→선구 몽돌해안→가천다랭이마을→(구)가천초교

→ 평산항 : 남해시외버스터미널에서 가천선으로 승차하여
　남면 평산마을에서 하차(1일 10회 운행)
← (구)가천초교 : 도보로 가천다랭이마을 주차장으로 이동 후
　남해버스터미널행 버스 이용(1일 17회 운행)

2코스
15km
5시간

말발굽길
지족어촌체험마을→창선교→추섬공원→보현사→모상개해수욕장
→장포항→적량성(적량해비치체험마을)

→ 지족마을 : 남해터미널에서 삼동선 승차하여 삼동면
　지족마을에서 하차(1일 12회운행)
← 적량해비치마을 : 수산행 버스를 이용하여 하차 후 남해터미
　널행 버스를 이용. 또는 어시장(삼천포)행 버스를 이용하여
　삼천포터미널로 이동

3코스
14km
4시간 30분

고사리밭길
적량성(적량해비치체험마을)→공룡발자국 화석→고사리밭→동대만
갯벌→창선방조제 갈대밭→동대만휴게소

→ 적량해비치마을 : 창선면 수산리(면소재지)에서 환승하여
　적량해비치마을행 버스를 탑승하여 적량해비치마을에서
　하차(적량해비치마을 문의 : 김상권 011-565-0147)
← 동대만휴게소 : 동대만휴게소 버스정류장에서 어시장
　(삼천포)방면 버스를 이용하여 삼천포터미널로 이동. 또는
　지족행 버스를 탑승 후 지족에서 하차 후 남해터미널행
　버스를 이용

4코스
10km
3시간

동대만 진지리길
동대만휴게소→곤유마을→당항항(당항마을)→냉천어촌체험마을→
창선대교타운창선~삼천포대교

→ 동대만휴게소 : 남해터미널에서 지족으로 이동 후 수산행
　버스에 승차하여 동대만휴게소에서 하차
← 삼천포대교 : 삼천포대교에서 어시장(삼천포) 방면 버스를
　이용하여 삼천포터미널로 이동. 또는 지족행 버스를 탑승 후
　지족에서 하차 후 남해터미널행 버스를 이용

유용한 정보

남해군청 문화관광과 055)860-8601
남해 바래길 사무국 055)863-8778
창선-삼천포 관광안내소 055)867-5238
이락사 관광안내소 055)863-4025
남해터미널 055)864-7101
남해경찰서 055)862-7000
남해병원 055)863-2201

숙박시설

남면(1코스)

힐튼남해골프&스파리조트
남해군 남면 덕월산 35-5 | 055)860-0555

보물섬 캠핑장
남해군 남면 선구 1060-1 | 055)864-7367

청소년수련원
남해군 남면 석교 254 | 055)862-1383

홍현 황토 휴양촌
남해군 남면 홍현 208-2 | 055)863-0020

씨&드림
남해군 남면 덕월 1288 | 055)863-5701

남해 평산 펜션
남해군 남면 평산 1835 | 055)862-8511

마루와 아라
남해군 남면 홍현 1428-1 | 055)862-4100

가천 테마 콘도
남해군 남면 홍현 1010-5 | 055)863-2080

하늘빛 풍경 펜션
남해군 남면 홍현 1485 | 010-3850-4279

창선면(2,3,4코스)

갯마루 펜션
남해군 창선면 지족 516-5 | 055)867-3887

펜션 민박
남해군 창선면 당항산 85-1 | 055)867-4683

연화장
남해군 창선면 대벽 22-5 | 055)867-7757

유정 펜션 관광 농원
남해군 창선면 진동 7 | 055)867-4464

시아도 펜션 관광 농원
남해군 창선면 서대 477-2 | 055)867-7977

비치 하우스
남해군 창선면 당항 328-2 | 055)867-3006

남해 관광 펜션
남해군 창선면 동대 244-1 | 055)867-8488

바다가 머무는 집 펜션
남해군 창선면 동대 114-15 | 055)867-8848

맛집

남해군·남면(1코스)

남해자연맛집 전복죽
남면 홍현리 385 | 055)863-0863

선구횟집 생선회, 정식
남면 선구리 1320 | 055)863-2330

해녀횟집 생선회, 생선찌개
남면 평산리 1738-5 | 055)862-7838

갈매기횟집 생선회, 생선찌개
남면 평산리 1658-2 | 055)863-5151

남해군 창선면(2, 3, 4코스)

단학횟집 생선회, 회덮밥
창선면 대벽 리 6-31 | 055)867-7220

보물섬횟집 생선회, 회덮밥
창선면 대벽 리 6-33 | 055)867-0646

우리식당 멸치쌈밥정식
삼동면 지족리 288-5 | 055)867-0074

배가네해물뚝배기 멸치쌈밥, 해물뚝배기
삼동면 금송리 1400-1 | 055)867-7337

체험거리

다랭이마을

장소 : 가천다랭이마을
시기 : 연중
전화번호 : 055)860-3945
홈페이지 : http://darangyi.go2vil.org
산비탈을 깎아 곧추 석축을 쌓고 계단식 다랭이논을 만들어
토양의 소중함과 고단한 조상들의 삶의 애환을 느낄 수 있게
한다.

냉천마을체험

장소 : 냉천마을
전화번호 : 055)867-5220
홈페이지 : http://www.getbeol.com
갯벌체험(쏙잡기, 키조개, 바지락, 고동, 낙지, 게잡기), 후리
그물 체험을 할 수 있다.

축제

충무공 노량해전 승첩제
장소 : 남해군 남해대교 일원
시기 : 매년 10월 중
전화번호 : 055)860-8601
홈페이지 : http://tour.namhae.go.kr
400년 전 노량에서 벌어진 조, 명, 일 동북아 삼국의 최초 전쟁인 임진왜란에서의 승전을 기념하는 축제로 노량마을과 차면마을에서 10월 중에 다양한 이벤트와 체험(총통 발사, 군함 견학)행사를 진행한다.

보물섬 마늘축제
장소 : 남해군 보물섬 마늘나라 일원
시기 : 매년 5~6월 중
전화번호 : 055)860-8605
홈페이지 : http://tour.namhae.go.kr
명품 남해 마늘의 우수성을 알리고 친환경 남해 농산물의 홍보의 장을 마련하고자 건강, 장수 이미지에 적합한 각종 대회 및 풍성하고 차별화된 볼거리, 체험거리, 즐길거리를 제공한다.

해맞이축제 및 상주 물메기축제
장소 : 남해군 상주면 은모래비치
시기 : 매년 1월 1일
전화번호 : 055)860-8601
홈페이지 : http://tour.namhae.go.kr
남해군 상주면에서 겨울철에 가장 많이 잡히는 어종인 물메기를 홍보하고 저렴한 가격으로 판매, 새해의 해맞이를 함께 하는 축제이다.

상주 서머 페스티벌
장소 : 남해군 상주면 은모래비치
시기 : 매년 7~8월
전화번호 : 055)860-8601
홈페이지 : http://tour.namhae.go.kr
여름밤의 상주 은모래비치는 관광객과 피서철의 휴가 인파로 넘쳐나 그 열기를 식혀주는 서머 페스티벌이 8월 중에 개최된다.

미조 해산물 축제
장소 : 남해군 미조면 미조항 일원
시기 : 매년 10월 중
전화번호 : 055)860-8201
홈페이지 : http://tour.namhae.go.kr
남해안 어업 전진항인 미조항을 중심으로 청정한 바다에서 잡아올린 맛있는 해산물을 맛볼 수 있는 축제로 매년 10월 중에 개최된다. 미조면 전역에서 갖가지 체험을 할 수 있으며 저렴한 가격으로 해산물을 구입할 수 있다.

특산품

멸치회
멸치 뼈를 발라낸 후 갖은 양념을 넣어 초고추장에 버무려 먹으면 부드럽고 톡 쏘는 맛이 일품이다.

갈치회
은빛 비늘을 벗겨내고 살을 발라내어 물기를 제거한 후 얇게 썬 것에 갖은 양념을 넣어 초고추장에 버무려 먹는다. 식초는 2년 정도 숙성된 막걸리 식초를 쓰면 아릿하면서도 감칠맛이 난다.

멸치쌈밥
남해에서 나는 멸치를 내장만 떼어내고 얼큰하게 끓인 멸치조림은 잃어버린 입맛을 돋군다.

전복회
청정해역에서 자라는 패류의 왕, 전복은 단백질이 풍부한 영양식품이다. 참소라 등과 함께 먹으면 만점이다.

화전한우
수소를 거세하여 특별한 프로그램에 따라 2년간 사육한 1등급 한우 고급육으로 지방산과 아미노산이 풍부하며 맛이 일품이다.

우리밀국수
재래종 우리밀로 생산하는 제품으로 섬유질이 다량 함유되어 있으며, 면발이 쫄깃하고 고소하다.

특산물

마늘
청정해역의 해풍을 받고 자란 마늘로, 고유의 향이 강하여 알이 굵고 저장성이 좋다.

유자
과피가 두껍고 고유의 향이 깊으며 배꼽이 매우 볼록하고 쓴맛이 없는 것이 특징이다.

멸치
청정해역에서 갓 잡아 삶은 후 햇볕에서 건조시킨 제품으로 칼슘이 풍부하다.

전복
남해 전복은 싱싱한 해초를 먹고 자라 바다의 영양분을 그대로 담고 있다.

멸치액젓
남해의 싱싱한 봄멸치를 원료로 장기 저온숙성한 발효식품으로 깔끔하고 깊은 맛을 느낄 수 있다.

고사리
남해 고사리는 섬유질이 적고 부드러워 맛이 월등하여, 수입산과 구별되는 품질을 자랑한다.

토영이야길

둘러보기 ▶ 총 거리 25km, 걷는 시간 9시간

운주당

서문고개

충렬사

문화마당

1코스: 10Km
걷는시간: 4시간

1코스
시작

동파랑벽화마을
시인
김춘수생가

옛 통영군청

새터시장

남망산조각공원

경상대통영캠퍼스

윤이상공원

이순신광장
(조성중)

양과학대

해저터널

2코스
시작

통영여객터미널

김춘수유품전시관

통영대교

해평열녀비

전혁림미술관

2코스: 15Km
걷는시간: 5시간

미수게이트볼장

미수체육공원

관음암

현금산

도솔암

용화사

미륵치

산양읍

미륵산정상

박경리묘소

산양읍사무소

박경리기념관

→ 찾아가기
← 돌아오기

1코스
10km
4시간

예술의 향기길

문화마당(출발지)→김춘수 선생 꽃시비→초정거리(김상옥)→청마거리→돌벅수→향토역사관→세병관→운주당→간창골우물→통영문화원→서문고개→박경리 생가→두석장 김덕룡 살았던 곳→공덕귀 여사 살았던 곳→충렬사→정당샘→함안조씨 정문→전기불터→통제사 순찰길→오미사꿀빵→페스티벌하우스→도천테마공원→해저터널→착량묘→서호시장→병선마당→이중섭 작품 활동 하던 곳→남망산공원→김춘수 살았던 곳→통새미→동피랑 벽화골목→김용주 살았던 곳→김용익 살았던 곳→청마생가→중앙시장→문화마당(거북선, 도착지)

→ 문화마당 : 통영종합버스터미널 도착 후 터미널 바로 옆 버스정류장에서 모든 버스 이용 가능, 문화마당 정류장에서 하차. 버스로 약 20분 소요, 택시로 약 10분 소요
← 문화마당 : 하차 지점(맞은편)에서 통영종합버스터미널행 시내버스 이용

2코스
15km
5시간

미륵도길

해저터널(출발지)→김춘수유품전시관→해평열녀비→전혁림미술관→용화사→관음암→도솔암→미륵치→미륵산 정상→ 박경리 묘소→박경리기념관→산양읍사무소→현금산→미수체육공원→미수게이트볼장→통영대교→해양과학대→ 해저터널

→ 해저터널 : 통영종합버스터미널에서 터미널 바로 옆 버스정류장에서 모든 버스 이용 가능, 도천동 KT 정류장에서 하차. 버스로 약 25분 소요, 택시로 약 15분 소요
← 해저터널 : 하차 지점(맞은편)에서 통영종합버스터미널행 시내버스 이용

유용한 정보

통영시청 관광과 055)650-4612~3
통영관광안내소 055)650-4681
도남관광안내소 055)644-7200

교통편 정보

통영종합버스터미널 055)644-0017
통영항여객선터미널 055)642-0116~7
한려수도 콜택시 055)644-8000
금강 천사 콜택시 055)643-1400
개인택시 통영지부 055)642-5944

숙박시설

통영 시내

충무비치호텔
통영시 서호동 177-15 | 055)642-8181

한산호텔
통영시 항남동 151-86 | 055)642-3374

나폴리모텔
통영시 동호동 160-3 | 055)646-0202

소라모텔
통영시 항남동 239-8 | 055)646-9985

미륵도충무 마리나 콘도
통영시 도남동 645 | 055)646-7001

통영청소년수련관
통영시 도남동 340-5 | 055)646-7925

수국작가촌
통영시 인평동 산 51 | 055)643-4000

양지펜션
통영시 산양읍 신전리1429-1 | 055)641-2590

통영마리나 펜션
통영시 도남동 116 | 055)648-8000

맛집

통영 시내

똥보할매김밥 충무김밥
중앙동 129-3 | 055)645-2619

명촌실비식당 생선구이
항남동 151-19 | 055)641-2280

통영맛집 멍게비빔밥
항남동 139-17 | 055)641-0109

만성복집 복국
서호동 54-11 | 055)645-2140

장어 잡는 날 장어구이, 장어국
도천동 1021 | 055)643-2758

미륵도

충무식당 대구찜, 메기찜
항남동 1-1 | 055)643-3765

통영다찌 다찌
미수동 8-2 | 055)649-5051

장보고해물탕 해물탕
미수동 21-7 | 055)646-6363

장방식당 멍게비빔밥
봉평동 4-6 | 055)641-4753

도남식당 굴국밥
도남동 198-13 | 055)643-5888

체험거리

나전칠기체험
장소 : 통영전통공예전수관
시기 : 상시
전화번호 : 055)643-0491
옻칠한 칠기에 무지개빛 자개무늬를 상감해 치장하는 우리나라
전통공예품으로 무형문화재 송방웅 선생님에게 직접 배운다.

요트체험
장소 : 통영시 도남동 요트학교
시기 : 상시
전화번호 : 055)641-5051
홈페이지 : http://www.tyyacht.com
요트와 함께 대자연의 품에서 자유를 만끽, 휴식을 즐기고 스
트레스를 한 방에 해소할 수 있는 자연친화적이고 특별한 체
험활동. 딩기요트체험, 윈드서핑체험, 한산섬 세일링, 낚시체
험 세일링, 섬 탐방 세일링 등.

한산대첩축제 통제영 체험
장소 : 통영시 일원
시기 : 매년 8월 중
전화번호 : 055)644-5222
홈페이지 : http://www.hsdf.or.kr
서막식 및 군점, 삼도수군통제사 이순신 행렬, 한산해전 재현
등 다양한 체험.

어촌체험마을
궁항어촌마을 : 055)642-1791
연명어촌마을 : 055)642-1530
낚시, 갯벌체험 등 자연생태학습을 통한 자연친화적 정서 함양.

축제

통영 한산대첩축제
장소 : 통영시 일원
시기 : 매년 8월 중
전화번호 : 055)644-5222
홈페이지 : http://www.hsdf.or.kr

세계 해전사상 유래가 없는 대승첩인 한산대첩과 충무공 이순신 장군의 우국충정을 기리기 위해 서막식 및 군점, 삼도수군 통제사 이순신 행렬, 한산해전 재현 등 다양한 체험, 참여행사가 펼쳐지는 흥미로운 볼거리가 풍성하다.

사량도 옥녀봉 전국등반축제

장소 : 사량면 금평 진촌마을
시기 : 매년 5~6월 중
전화번호 : 055)650-3620
홈페이지 : http://www.tongyeong.go.kr

사량도 일원에서 어촌체험과 어우러진 전국 규모의 등반축제로 다채로운 전야제 행사와 더불어 산과 바다, 모험과 낭만을 동시에 즐길 수 있는 한국의 100대 명산으로 지정된 사량도 지리산 옥녀봉 등반은 어린 시절 아련한 기억 속에 남아 있는 후리끌기, 조개잡이 등의 체험 및 굴 시식 코너 등 통영의 특산물로 준비된 다양한 먹을거리와 즉석노래자랑 등 알찬 프로그램으로 펼쳐진다.

통영국제음악제

장소 : 통영시민문화회관
시기 : 매년 3월부터 시즌제로 운영
전화번호 : 055)645-2137
홈페이지 : http://www.timf.org

통영이 낳은 세계적인 작곡가 윤이상 선생의 음악세계를 재조명함으로써 통영이 세계적인 음악도시로 성장할 수 있는 계기를 마련하는 명실상부한 국제적 음악축제.

윤이상 국제음악콩쿠르

장소 : 통영시민문화회관
시기 : 매년 11월 중
전화번호 : 645-2137
홈페이지 : http://www.timf.org

경상남도, 통영시, 창원MBC가 주최하고 (재)통영국제음악제가 주관하는 윤이상 국제음악콩쿠르는 경남 통영 출신의 세계적인 작곡가 윤이상의 업적을 기리고 이를 통한 국제문화교류와 전 세계의 재능 있는 음악인을 발굴, 육성하기 위해 2003년에 창설되었으며, 2006년 국내 콩쿠르로는 최초로 유네스코 산하 국제음악콩쿠르세계연맹(WFIMC)에 가입하여 그 공신력을 인정받았다. 첼로, 피아노, 바이올린 3개 부문을 대상으로 매년 돌아가며 1개 부문씩 개최된다.

통영예술제

장소 : 통영시 일원
시기 : 매년 10월 중
전화번호 : 055)645-9975(통영예총)

통영예총 산하 문협, 미협, 음협, 사협, 연극협회, 서예협회, 연예인협회, 7개 단위지부별로 예술문화의 진흥, 발전을 위하고 창작의욕을 고취시키는 통영종합예술축제이다.

특산품

충무김밥

오랫동안 변질되지 않도록 하기 위해 김 속에 밥만 넣어 마는 것이 특징이며, 김밥과 같이 나오는 무김치와 주꾸미, 오징어무침과 같이 먹으면 그 맛이 일품이다. 무김치는 잘 삭은 멸치젓갈에 갖은 양념을 넣어 여름철에는 하루, 겨울철에는 일주일 이상 익혔다가 먹는다.

오미사 꿀빵

노랗고 폭신한 빵반죽으로 팥고물을 얇게 감싸고 기름에 노릇노릇하게 튀긴 다음, 소쿠리에 담아 기름을 빼고 시럽에 잘 버무려 당을 입힌 후 깨를 뿌려 만드는 오미사 꿀빵은 달콤한 맛으로 널리 알려져 있는, 오랜 전통을 자랑하는 통영의 먹을거리이다.

굴요리

미국 FDA가 인정한 청정해역 통영 앞바다에서 갓 건져올린 싱싱함 그대로, 비타민 A, B, C, D, 철분, 미네랄 등이 다량으로 들어 있는 최고의 건강식품인 굴을 이용한 굴밥, 굴죽, 굴젓, 굴구이, 굴회 등 다양한 굴요리의 진수를 맛볼 수 있다.

복국

청정해역에서 생산되는 복어에 미나리, 콩나물 등을 넣어 끓인 복국은 단백질과 비타민 등이 풍부하고 유지방이 전혀 없어 고혈압, 신경통, 당뇨병 예방에 좋고, 간장 해독 작용이 뛰어나 숙취 제거, 알코올중독 예방에 특별한 효과가 있다.

장어구이

고열량 고단백질 식품으로 남해안 앞바다에서 갓 잡아올린 신선한 바닷장어구이는 예로부터 보혈, 보신을 상징하는 강장식품으로 비타민이 풍부하다.

생선매운탕

볼락, 놀래미, 우럭 등 통영이 자랑하는 청정해역의 풍부한 수산물에 각종 양념을 다져넣어 만든 매운탕은 잃었던 입맛을 되찾을 수 있을 뿐 아니라 그 맛이 얼큰하여 건강식품으로 손꼽힌다.

특산물

건멸치

단백질과 칼슘 등 무기질이 풍부하고, 맛과 빛깔이 특이해서 세계 시장에 많은 양을 수출하고 있으며 생산량도 전국의 76%를 차지한다.

돌미역

미역에는 다량의 칼슘이 포함되어 있다. 칼슘은 치아와 골격 형성에 뛰어난 무기질이다. 특히 매물도의 돌미역은 독특한 윤기와 함께 피를 맑게 하는 청혈제로 널리 알려져 있다.

굴

인체에 활력을 주고 피부미용에 좋은 '아연'이 여러 식품 중에서 가장 많이 함유된 영양식품으로 청정해역에서 생산되는 이곳 굴은 세계 제일로 꼽는다.

바닷장어

고열량 단백질 식품으로 통발어업에 의하여 어획되고 있으며, 이중 70%는 활어선 또는 냉동품으로 가공하여 수출하고 있다. 회나 구이로도 즐겨 먹는다.

욕지도 고구마

고구마 생육에 아주 좋은 욕지도의 황토질 토양과 온화한 날씨 속에서 해풍을 맞고 자란 우량종 타박고구마로 그 맛이 탁월하다.

고창 질마재길

둘러보기 ▶ 총 거리 43.9km, 걷는 시간 14시간

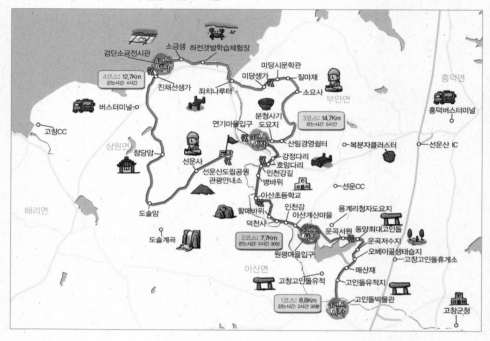

교통편 정보

☞ 고속버스 : 서울↔고창, 07:00~19:00 까지 1일 16회,
40분 간격 운행
3시간 10분 소요(문의 063-563-3388)

☞ 기차 : 용산↔정읍, 05:20~23:10 까지 1일 27회,
30분~1시간 간격 운행
문의 1544-7788, 정읍역 063-531-0283,
http://www.korail.go.kr

☞ 군내버스 (주황색) : 고창↔선운사↔심원 : 06:00~20:15까지
1일 23회, 30~40분 간격 운행
고창↔고인돌 박물관 입구 : 06:05~21:40까지,
10~15분 간격 운행

→ 찾아가기
← 돌아오기

1코스
8.8km
2시간 30분

고인돌길
고인돌박물관(고창)→고인돌유적지→매산재→오베이골 생태습지→
운곡저수지→동양 최대 고인돌→용계리 청자도요지→원평마을 입구

→ 고인돌박물관 : 고창버스터미널에서 무장, 해리행 또는
　선운사행 군내버스 이용, 고인돌박물관 입구에서 하차하여
　300m 걸어서 고인돌박물관 도착(15분 간격으로 운행)
← 원평마을 입구 : 원평마을 입구(원평교차로)에서 고창버스터
　미널행 버스 이용

2코스
7.7km
2시간 30분

복분자 풍천장어길
원평마을 입구→아산계산마을→인천강→덕천사→할매바위→아산초
등학교→병바위→인천강길→호암다리→강정다리→연기마을 입구

→ 원평마을 입구 : 고창버스터미널에서 선운사행 버스 이용,
　원평에서 하차
← 연기마을 입구 : 연기마을에서 연기교를 건너 삼인교차로
　에서 고창버스터미널행 버스 이용

3코스
14.7km
5시간

질마재길
연기마을 입구→분청사기요지→산림경영숲쉼터→소요사→질마재
→국화마을→미당시문학관→미당생가→좌치나루터→하전갯벌 학
습체험장→소금샘→검단소금전시관

→ 연기마을 입구 : 고창버스터미널에서 선운사행 버스 이용.
　선운사 입구 하차
← 검단소금전시관 : 동전마을 입구에서 도보로 선운대로
　이동하여 고창버스터미널행 버스 이용

4코스
12.7km
4시간

보은길
검단소금전시관→진채선 생가→참당암→도솔암→선운사→선운산
관광안내소

→ 검단소금전시관 : 고창버스터미널에서 선운사, 만돌, 심원
　행버스 이용. 동전(하전리)에서 하차(1일 23회 운행)
← 선운산 관광안내소 : 선운산 관광안내소에서 고창버스터미
　널행 버스 이용.

유용한 정보

한국문화원연합회 고창문화원 010-5650-6145
고창군청 문화관광과 063)560-2457
http://culture.gochang.go.kr

교통편 정보

고창시외버스터미널 063)563-3388
고창시내버스 063)564-3943
고창택시 063)561-0001
신흥택시 063)564-3822
고인돌택시 063)563-3300
아리랑택시 063)564-7800
모양택시 063)563-7200
아산개인택시 063)562-4800

숙박시설

고창읍

그랜드 모텔 고창읍 석정리 26 | 063)561-0037
모양성 모텔 고창읍 월곡리 701 | 063)561-5009

아산면

산새도 호텔 아산면 삼인리 287-5 | 063)561-0204
선운산 유스호스텔 아산면 삼인리 334 | 063)561-3333

부안면

동원 모텔 부안면 선운리 721 | 063)561-3372

상하면

구시포 해수찜월드 상하면 자룡리 524 | 063)561-3323~4

맛집

고창읍

미향 전복요리 고창읍 교촌리 285 | 063)564-8762
동백관 한정식 고창읍 읍내리 250 | 063)563-4141
태흥갈비 갈비 고창읍 교촌리 25 | 063)563-1054
중앙관 자장면 고창읍 읍내리 232 | 063)561-1034

아산면

우리회관 풍천장어, 순두부 아산면 삼인리 101 | 063)564-4279
참좋은집 풍천장어 아산면 삼인리 105 | 063)562-3322
아산가든 풍천장어 아산면 삼인리 135 | 063)564-3200
인천장가든 민물매운탕 아산면 용계리 372 | 063)564-8643

부안면

강나루집 풍천장어 부안면 용산리 536 | 063)561-5592
전주회관 참게 부안면 중흥리 141 | 063)562-5638

심원면

우정식당 꽃게장 심원면 연화리 729 | 063)561-2481

체험거리

갯벌체험

장소 : 고창군 심원면 만돌리
시기 : 연중
전화번호 : 063)561-0705
홈페이지 : http://mandol.seantour.org
해양수산부가 지정한 "아름다운 어촌 100"에 선정된 독특한
아름다움을 자랑하는 마을로 바다, 갯벌, 바위섬이 어우러진
갯벌에서 조개캐기, 생선잡이 등의 체험을 할 수 있고 해변 공
원을 걷는 기쁨도 크다.

복분자 따기

장소 : 고창군 아산면 성산리
시기 : 6월
전화번호 : 063)564-2799
홈페이지 : http://sg.invil.org
지리적표시제 제3호로 등록된 복분자를 주요 특산물로 생산
하는 마을로 마을 단위로는 전국 최대 재배지인 성산마을에
서 복분자 따기, 복분자 주스 만들기, 복분자주 담그기 등을
체험 할 수 있다.

안현마을

장소 : 고창군 부안면 송현리
시기 : 연중
전화번호 : 063)562-1417
홈페이지 : http://www.anhyun.com
마을 전체 담장, 지붕에 국화 벽화가 이어지고 미당 서정주 선
생의 시문학관이 위치하며 선운산 도립공원과 소요산이 인접
해 있다. 서해바다 건너 변산반도가 한눈에 펼쳐지는 이곳은
천혜의 관광지로 메주, 청국장, 두부 만들기, 자염(소금) 굽기,
밤줍기, 감따기 등의 체험을 할 수 있다.

축제

고창청보리밭축제

장소 : 고창군 공음면 학원농장
시기 : 4월
전화번호 : 063)560-2599
홈페이지 : http://www.gochang.go.kr
30만 평의 광활한 면적의 보리밭에서 개최되는 고창청보리밭
축제는 초록 물결 가득한 보리밭을 배경으로 보리피리 불기,
보리밭 샛길 걷기, 보리음식 먹기, 고창농악, 전통민속놀이 등
다양한 체험행사를 제공한다.

동학농민혁명 무장기념제

장소 : 고창군 무장면 무장읍성
시기 : 4월 25일
전화번호 : 063)560-2599
홈페이지 : http://www.gochang.go.kr
기념제에서 축제로 전환하여 추진하고 있으며 진격로 걷기,
무혈입성 재현 등 다채로운 행사가 시행된다.

고창복분자축제

장소 : 고창군 아산면 선운사
시기 : 6월
전화번호 : 063)560-2599
홈페이지 : http://www.gochang.go.kr
고창은 복분자 최대 생산지이자 복분자 산업의 원조로, 수확
기인 6월에 복분자 생과 따기, 주제 전시관, 푸드 스튜디오, 야
간 참여 프로그램, 500여 가지 복분자 단품 음식 판매 등 복
분자 관련 제품들이 직거래 판매된다.

고창수박축제

장소 : 고창군 대산면
시기 : 7월
전화번호 : 063)560-2599
홈페이지 : http://www.gochang.go.kr
전국 최고의 맛을 자랑하는 고창수박의 생산 시기인 7월에 열
리는 축제로 고창수박의 우수성을 널리 알리고 판로를 넓히기
위한 행사이다. 왕수박 선발대회, 수박 이고 달리기, 수박 많이
먹기, 관광객 노래자랑 등이 펼쳐지고, 시식코너를 통해 마음
껏 맛볼 수 있는 기회가 제공되며 저렴하게 구입 가능하다.

고창해풍고추축제

장소 : 고창군 대산면
시기 : 8월
전화 : 063)560-2599
홈페이지 : http://www.gochang.go.kr
해풍고추의 우수성을 알리기 위한 축제로 고추 품평회, 고추
음식 만들기, 고추 먹기 등의 행사가 열린다.

고창수산물축제

장소 : 고창군 아산면
시기 : 9월
전화번호 : 063)560-2599
홈페이지 : http://www.gochang.go.kr
매년 9월 개최되는 축제로 풍어 기원 한마당잔치는 풍성한 볼
거리, 먹을거리로 생동감이 넘친다. 장어 잡기, 바지락 캐기,
꽃무릇 꽃길 걷기 등 행사가 다양하다. 특히 특산물인 풍천장
어 잡기 행사는 체험의 즐거움을 주고 9월에 만개하는 선운
사 꽃무릇은 가을의 정취와 화려함으로 최고의 볼거리를 제
공한다.

고창모양성제(고창읍성)

장소 : 고창읍 고창읍성 일원
시기 : 10월
전화번호 : 063)560-2599
홈페이지 : http://www.gochang.go.kr
고창모양성제는 유비무환의 호국정신으로 축성한 고창읍성
(모양성)의 얼을 계승하고 향토문화의 우수성을 선양하고자
1973년부터 음력 9월 9일(중양절) 전후에 열리는 행사로 전
국 유일의 답성놀이, 전통 혼례식, 수령 부임행차 재현, 성 쌓
기 재현, 각종 전시 및 공연, 난장 등이 펼쳐진다.

특산품

고창자수

고창 전통자수는 1대 강지산, 2대 최인순, 3대 박봉희 및 다섯
남매가 함께 맥을 이어오면서 사명감을 가지고 병풍, 가리개
액자, 생활자수, 한복자수, 전통혼례용품, 전통노리개 등 예술
작품 재현에 혼신을 다하고 있다.

고창도자기

고창도자기는 고려조에 이 고장에서 크게 번성했던 고려청자
를 비롯한 조선조 말의 술병, 사발에 이르는 우리나라 도자기
기술이 천여 년을 전승되어온 자기이다. 자기를 만드는 재료
면에서 그 산출도를 보면 주원료가 되는 세사, 백토 등과 장
석, 석회석이 이곳에서 산출되고 있어 옛날 자기소의 입지조
건이 잘 갖추어져 있다. 고수요, 선운요, 동곡요, 세곡요지에
서 옛 청자와 백자를 재현하고 있다.

특산물

풍천장어

선운산 어귀 바닷물과 민물이 합쳐지는 인천강 지역을 풍천
이라 한다. 풍천장어는 고창을 대표하는 특산물 중 하나로 유
달리 담백하고 구수하며 고창지방의 특산물인 복분자술과 곁
들이면 콜레스테롤 대사를 촉진시켜주고 풍천장어에 함유된
비타민E와 혼합되어 동맥경화와 암, 노화를 억제하고, 피로회
복 등에 탁월한 효과가 있다고 한다.

복분자

『동의보감』에 '성질은 평(平)하며 맛은 달고 시며 독이 없다.
남자의 신기(腎氣)가 허하고 정(精)이 고갈된 것과 여자가 임
신되지 않는 것을 치료한다. 또한 간을 보호하며 눈을 밝게 하
고 기운을 도와 몸을 가뿐하게 하며 머리털이 희어지지 않게
한다'라고 기록되어 있다.

고창수박

고창수박이 당도가 높고 맛이 좋은 것은 토질 면에서 경토가
깊고 통기성이 좋은 사질 양토로서 배수가 되는 좋은 여건
의 황토에서 자라기 때문이다. 고창은 70년대 후반 본격적으
로 수박을 재배하기 시작해 전북의 65%, 전국의 15% 수박 생
산량을 점유하며 74,000여 톤을 생산, 전국 각 지역으로 출하
하고 있다.

작설차

다성(茶聖)이라 불리는 초의선사와 추사와의 기록도 전해지
는 선운사 작설차는 선운사 명물 중 제일로 꼽는 귀한 식품이
다. 선운사에 오면 작설차를 음미해야 하고 작설차 맛을 보지
않는 선운사 여행은 어딘지 모를 공허함을 느낀다 할 정도로
유명하다.

바지락

이곳 갯벌은 스펀지처럼 약간 폭신폭신할 뿐 전혀 발이 빠지
지 않아 마치 넓은 운동장을 떠올리게 한다. 그래서 하전마을
앞 갯벌에는 썰물 때 드러나는 갯벌 끝까지 약 2km에 이르는
드라이브 길이 나 있다. 이곳에서 캔 바지락으로 만든 바지락
죽과 칼국수 등은 고창의 또 다른 별미이다.

정약용 남도유배길

둘러보기 ▶ 총 거리 61km, 걷는 시간 20시간

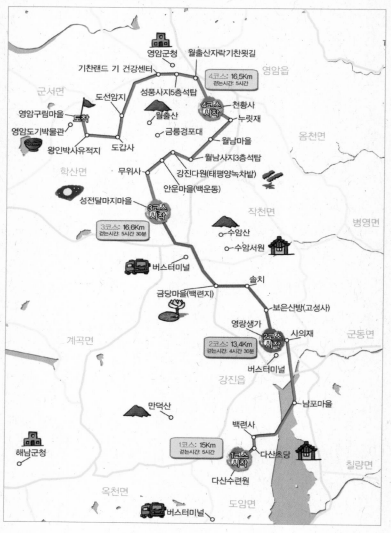

→ 찾아가기
← 돌아오기

1코스
15km
5시간

사색과 명상의 다산오솔길
다산수련원→다산초당→백련사→신평마을→철새도래지→남포마을
→목리마을(이학래의 집)→강진 5일장→사의재→금서당→영랑 생가

→ 다산수련원 : 강진버스터미널에서 다산초당(귤동~만덕리)행
군내버스 이용(1일 10회 운행), 택시로 약 15분 소요
← 영랑생가 : 영랑생가 남쪽 200m 전방에 강진버스터미널
도보로 이동

2코스
13.4km
4시간 30분

시인의 마을길
영랑 생가→돌샘→보은산방(고성사)→솔치→금당마을(백련지)→
성전 5일시장→성전달마지마을

→ 영랑 생가 : 강진버스터미널에서 북쪽으로 200m 정도 거리
← 달마지마을 : 먼저 성전면버스터미널로 이동. 20분 정도
걸어서 가거나 택시(약 5분 소요)로 이동한 뒤 강진버스터미
널행 시내버스 이용(강진버스터미널행 버스는 수시 운행)

3코스
16.6km
5시간 30분

그리움 짙은 녹색향기길
성전달마지마을→월송마을→무위사→안운마을(백운동)→강진다원
(태평양녹차밭)→월남사지 3층석탑→월남마을→신월마을→누릿재
→천황사

→ 달마지마을 : 영암버스터미널에서 성전버스터미널행 버스
이용(1일 10회 운행)
← 천황사 : 천황사버스정류장에서 영암버스터미널행 버스
이용(1일 10회 운행). 택시 약 10분 소요

4코스
16.5km
5시간

월출산 자락, 기(氣)충전길
천황사→월출산 기못도로(영암)→월출산기찬랜드(기건강센타)→
월암마을→도선암지→도갑사→군서 5일시장→왕인 박사 유적지
→구림마을(도기박물관)

→ 천황사 : 영암버스터미널에서 군서버스터미널로 가는 버스
이용(수시 운행). 천황사버스정류장에서 하차
← 구림마을 : 도갑사 방면으로 300m 이동하면 군서버스터미
널에 도착, 영암버스터미널행 버스를 이용(수시 운행)

교통편 정보

강진시외버스터미널 061)432-9666
영암시외버스터미널 061)473-3355
광신택시(강진읍) 061)434-3141~2
신진택시(강진읍) 061)433-9100
성전택시(성전면) 061)432-5858
영암택시(영암읍) 061)473-1234
군서택시(군서면) 061)472-1234

숙박시설

강진 도암 다산초당지구(1~2코스)
다산수련원
도암면 만덕리 369 | 061)430-3786

다향소축
도암면 만덕리 324 | 061)432-0360

다산촌명가
도암면 만덕리 337 | 061)433-5555

강진 성전 무위사지구(1~2코스)
가영민박
성전면 송월리 971-1 | 061)432-5232

허브정원
성전면 월남리 905 | 061)433-0606

월각민박
성전면 송월리 1081 | 061)432-5614

강진읍(1~2코스)
TOP 모텔
강진읍 남성리 50-26 | 061)434-8816

프린스 모텔
강진읍 남성리 24-11 | 061)433-7300

영암 천황사지구(3~4코스)
월출콘도
영암읍 개신리 319-4 | 061)473-0662

르네상스
영암읍 회문리 197-5 | 061)471-5335

월출산 펜션
영암읍 교동리 130-1 | 061)473-5877

월출산 고인돌민박
영암읍 개신리 471-15 | 061)471-5599

왕인박사 유적지지구(3~4코스)
월출산장
군서면 도갑리 64 | 061)472-0405

화이트 모텔
군서면 도갑리 205 | 061)471-4998

구림민박마을
군서면 동구림리 | 061)470-2656

월인당
군서면 모정리 | 061)471-7675

대동계사
군서면 서구림리 329 | 010-5054-3680

벽오동민박
군서면 동구림리 76 | 017-721-0151

월출산관광호텔
군서면 해창리 6-10 | 061)473-6311

맛집

강진군
다산명가 산채비빔밥
도암면 만덕리 337 | 061)433-5555

목리장어센타 장어구이, 장어죽
강진읍 목리 31-1 | 061)432-9292

사의재 추어탕, 새싹비빔밥
강진읍 동성리 475 | 061)433-3223

흥춘이보리밥 보리밥
강진읍 동성리 327-3 | 061)434-3301

탐진음식점 돼지머리고기
강진군 강진읍 동성리 156-15 | 061)434-5634

동해회관 짱뚱어탕, 전골
강진읍 남성리 24-25 | 061)433-1180

부성회관 바지락회, 한정식
강진읍 남성리 77-7 | 061)434-3816

삼희회관 한정식, 백반
강진읍 동성리 376-1 | 061)434-3533

가을걷이 모시잎 바지락수제비
성전면 송계로 850-4 | 061)433-2532

자연이 좋은 사람들 녹차수제비, 방목돼지바베큐
성전면 월남리 725-1 | 061)433-4445

영암군
월출산민물장어 장어구이
영암읍 개신리 484-48 | 061)472-4466

기찬랜드 한우판매장 한우
영암읍 회문리 35 | 061)473-7788

우정회관 한우
영암읍 춘양리 499 | 061)473-5400

월출산장 짱뚱어탕, 낙지구이
군서면 도갑리 64 | 061)472-0405

체험거리

다산실학체험(다도체험)
장소 : 다산수련원
시기 : 상시
전화번호 : 061)430-3786
다산 정약용의 실학과 애민사상을 다양한 프로그램으로 체험한다. 다산학당체험, 다산목판체험, 목민심서체험, 청자물레성형체험, 짚공예체험, 천일염색체험 등을 할 수 있다. 차 우리는 법, 마시는 법, 자세, 효능을 배우며 선조들의 정신세계를 이해한다.

템플 스테이(제다체험)
장소 : 백련사
시기 : 상시/봄(녹차 채취시기)
전화번호 : 061)432-0837
천년고찰 백련사에서 숙식을 하며 불교사상을 배우고 예불, 산책을 한다. 백련사가 있는 만덕산의 야생녹차를 채취하여 구증구포 전통방식으로 녹차를 직접 만든다. 주지스님이 직접 손질한 차를 마실 수 있다.

농촌체험
장소 : 달마지마을
시기 : 상시
전화번호 : 010-3666-2476(이윤배)
달마지 농촌체험마을에서 숙식을 하며 텃밭 가꾸기, 계절별 농사체험, 전통식품 만들기, 민속놀이를 즐길 수 있다.

축제

다산제
장소 : 다산기념관
시기 : 5월 초
전화번호 : 061)430-3780
다산 정약용 선생의 실학사상과 애민정신을 선양 계승하기 위하여 다산골든벨, 다산유배길 순례, 서적 전시, 야생차 품평회 등이 열린다.

백련사 동백축제
장소 : 백련사
시기 : 4월 말(동백꽃 필 무렵)
전화번호 : 061)432-0837
동백꽃이 아름다운 백련사에서 8국사를 기리는 다례제와 함께 사찰음식체험, 음악회, 들차회 등이 열린다.

영랑문학제
장소 : 영랑.생가
시기 : 4월 말(모란꽃 필 무렵)
전화번호 : 061)430-3185
모란의 시인 영랑 김윤식 선생의 문학정신을 계승하고자 문학상 시상, 백일장, 음악회, 강연회 등이 열린다.

달마지마을 축제
장소 : 달마지마을
시기 : 10월 말
전화번호 : 010-3666-2476
전통체험마을인 달마지마을에서 1년 농사를 마무리하며 추수의 기쁨을 함께 나누는 전통놀이마당, 전통음식 만들기, 작은 음악회 등이 펼쳐진다.

특산품

남도한정식
산과 들, 강, 바다가 어우러진 강진에서 생산되는 먹을거리에 남도인의 정성과 솜씨가 더해진 계절음식, 나물, 무침, 소고기 육회, 숯불고기, 젓갈, 부침개 등 30여 가지의 반찬이 나온다.

양탕
월출산 기슭에서 자라는 염소를 한약재와 함께 고아낸 육수로 맛을 낸다. 함께 먹는 산나물이 일품이다.

짱뚱어탕
청정갯벌에서만 사는 짱뚱어를 맨손으로 잡아 시래기와 함께 끓여 바다의 깊은 맛이 난다. 짱뚱어구이, 찜, 전골도 별미다.

새싹비빔밥
자연의 기운이 샘솟는 각종 새싹을 이용한 비빔밥으로 강진산 참기름과 나물, 젓갈이 곁들여진다.

보리밥정식
다섯 가지 잡곡 보리밥에 다섯 가지 나물, 다섯 가지 젓갈, 다섯 가지 야채, 된장국, 회무침, 연탄구이 돼지고기 등이 나온다.

강진된장
강진에서 나는 콩을 이용하여 맑은 물과 전통방식으로 만든 메주를 옹기에 보관하여 옛날 고향의 맛을 전한다.

토하젓
청정 1급수에서만 서식하는 토하는 조선시대 임금님에게 진상되던 것으로 그 양이 많지 않아 선택받은 사람들만 맛볼 수 있는 진귀한 것이다.

특산물

야생녹차
강진은 우리나라 최대의 야생녹차 군락지가 있는 고장으로, 대나무와 동백나무 아래에서 나는 강진녹차를 구증구포의 전통방식으로 덖어 맛이 깊고 은은하다.

친환경쌀
고려청자를 만든 고령토 탐진강의 맑은 물, 전국 최대 일조량을 자랑하는 강진에서 친환경적으로 지은 쌀로 전국쌀품평대회에서 매년 10대 브랜드에 드는 질 좋은 쌀이다.

해남 땅끝길

둘러보기 ▶ 총 거리 48km, 걷는 시간 12시간

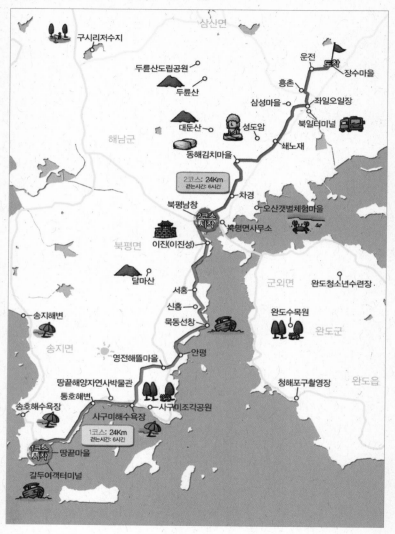

삼산면

구시리저수지

두륜산도립공원

두륜산

해남군

대둔산

성도암

동해김치마을

운전

도착

장수마을

흥촌

삼성마을

좌일오일장

북일터미널

쇄노재

2코스: 24Km
걷는시간: 6시간

차경

오산갯벌체험마을

북평남창

2코스
시작

북평면사무소

북평면

이진(이진성)

달마산

서홍

군외면

완도청소년수련장

신홍

묵동선창

완도수목원

송지해변

완도군

송지면

명전해뜰마을

안평

땅끝해양자연사박물관

통호해변

사구미조각공원

청해포구촬영장

완도읍

송호해수욕장

사구미해수욕장

1코스: 24Km
걷는시간: 6시간

1코스
시작

땅끝마을

갈두여객터미널

→ 찾아가기
← 돌아오기

1코스
24km
6시간

땅끝마을→사구미해변→땅끝 해양자연사 박물관→땅끝조각공원→
이진성지→북평 남창

→ 땅끝마을 : 해남버스터미널에서 땅끝 방면 버스로 이동
(땅끝마을은 직통버스 이용 가능). 1일 14회 운행
← 북평, 남창 : 북평중학교 인근 버스정류장으로 이동하여
해남터미널행 버스 이용

2코스
24km
6시간

북평 남창→북평 오산(어촌체험마을)→북평 동해(김치마을)→장고
봉고분→북일 내동→북일 좌일→강진 구간

→ 북평, 남창 : 해남버스터미널에서 남창, 영전행 버스를 이용
하여 남창에서 하차. 1일 14회 운행
← 장수마을 : 도보로 북일면소재지로 이동하여 해남버스터미
널행 버스를 이용

유용한 정보

해남문화원 061)533-5345
해남군청 문화관광과 061)530-5114
땅끝관광지 관리사무소 061)533-9324

교통편 정보

해남버스터미널 061)534-0881~2
해남교통(버스) 061)533-8826
해남택시 061)536-2412
북평개인택시 061)534-3469
송지택시 061)533-2055

숙박시설

송지면

해오름 펜션
송지면 송호리 1210 | 061)532-2778

비치 모텔
송지면 송호리 1178 | 061)534-1002

에덴파크 모텔
송지면 송호리 1174 | 061)533-9611

바다향기
송지면 송호리 | 061)533-2787

북평면

바다의 향기
북평면 서홍리 135 | 061)533-1758

바다끝 민박하우스
평암리 132-1 | 061)534-7391

땅끝 남도의 향기
북평면 동해리 521 | 061)533-3133

누룩바위민박
북평면 동해리 747 | 061)533-1569

동해 황토민박
북평면 동해리 837 | 061)535-0553

북일면

설아다원
북일면 삼성리 | 061)533-3083

맛집

송지면

다도해 회, 매운탕
송지면 송호리 1193 | 061)532-0005

동산회관 매생이국
송지면 송호리 1185 | 061)532-3004

초록물고기 백반
송지면 송호리 382 | 061)532-3451

등대회집 매운탕, 해물찜
송지면 송호리 1128-2 | 061)532-8564

찬일회집 회, 매운탕
송지면 통호리 151-7 | 061)533-2611

북평면 북일면

남창기사식당 백반
북평면 남창리 10 | 061)535-0089

진미식당 돼지주물럭
북평면 남창리 312-2 | 061)533-0818

쇄노재휴게소 백반
북평면 동해리 1-1 | 061)534-0774

북일기사식당 백반
북일면 신월리 185 | 061)535-2558

사거리식당 짱뚱어탕(여름), 제철해물
북일면 신월리 174-3 | 061)533-0348

체험거리

오산어촌체험마을

장소 : 북평면 오산리 1174-4
시기 : 연중
전화번호 : 070-7759-5047
홈페이지 : http://osan.seantour.org
갯벌체험이 가능하고 숙박도 가능하다.

땅끝해양자연사박물관

장소 : 송지면 통호리 195-4
시기 : 하절기 08:00~19:00
　　　 동절기 08:00~18:00
　　　 매월 둘째주, 넷째주 화요일 휴관
전화번호 : 061)535-2110
홈페이지 : http://tmnhm.com
바다생물과 육지생물의 실물표본 4만여 점을 전시하고 있다.
입장료는 어른 3,000원, 어린이 1,000원이다.

설아다원

장소 : 북일면 흥촌리 1256-3
시기 : 연중
전화번호 : 061)533-3083
홈페이지 : http://www.seoladawon.co.kr
다도체험과 남도민요, 판소리체험, 녹차피자 만들기 등 다양한 체험거리가 있다. 녹차 덖기는 5월 이후.

축제

해넘이 해맞이 축제

장소 : 송지면 송호리 땅끝관광지 일원
시기 : 12월 31일~1월 1일
전화번호 : 061)530-5544, 061)530-5114
홈페이지 : http://tour.haenam.go.kr
매해의 끝자락에서 해가 넘어가는 것을 보며 한 해를 정리하고 해가 뜨는 것을 보며 해맞이 소원을 비는 축제가 땅끝에서 열린다.

명량대첩축제

장소 : 문내면 우수영관광지 일원
시기 : 매년 10월 중
전화번호 : 061)530-5114
홈페이지 : http://www.mldc.kr
약무호남제례를 볼 수 있고 수병체험, 난장콘서트, 거북선 유람(연중 가능)이 가능하다. 강강술래 경연대회를 통해 소중한 문화를 체험할 기회도 제공된다.

미황사 괘불재

장소 : 송지면 서정리 247
시기 : 매년 10월 중
전화번호 : 061)533-5321
홈페이지 : http://www.mihwangsa.com
미황사에서는 매년 10월 괘불재를 연다. 괘불이운, 만물공양을 드리고 각종 전시회와 산사음악회를 개최한다.

고산문학축전

장소 : 해남읍 연동리 고산유적지 일원
시기 : 매년 10월 중
전화번호 : 061)536-4002
홈페이지 : http://culture.haenam.info
해남 고산에서는 문학축전을 개최한다. 청소년백일장, 고산 시가낭송대회, 고산 문학의 밤을 통해 문학을 창작하는 기쁨을 배우는 시간을 갖고 고산문학대상 시상식으로 마무리를 한다.

특산품

매생이국

파래와 비슷하게 생겼으나 머리카락보다 가늘고 더 부들거린다. 겨울철에만 나는 해초로 국을 끓여 먹거나 부침을 해 먹는다.

비자강정, 감단자

고산윤씨 가문에 내려오는 음식으로 비자 열매로 만든 강정 비자는 천연 구충제 역할을 한다. 감을 고아서 만든 감떡도 유명하다.

진양주

찹쌀을 발효시켜 만든 전통주로 맛이 일품이다.

무형문화재

해남 강강술래
세계무형유산으로 등재된 강강술래는 문내면 동외리에서 전승되어온 고유의 민속놀이다. 우수영 강강술래 전수관에서는 강강술래를 배울 수 있다. http://www.ggsr.kr

5일장

남창장
매달 2일, 7일에 장이 열린다. 북평면 남창리 장터에서 해산물이 주로 많이 거래된다. 각 계절에 맞는 신선한 해산물을 바로 맛볼 수 있다.

좌일장
북일면 신월리 좌일장터에서 매달 3일과 8일에 장이 열린다. 장시의 형태가 잘 보존되어 있다. 주변 지역에서 생산되는 굴, 파래, 감태 등이 많이 나온다.

특산물

땅끝고구마

황토흙에서 자라 영양이 풍부하고 맛이 좋다.

세발나물

염생식물로 갯벌 주변에서 잘 자란다. 미네랄이 많이 함유되어 있어 건강에 좋다.

함초

갯벌식물로 염기성분이 많아 소금 대용으로 이용되며 샐러드로 생식이 가능하다. 미네랄이 풍부하다.

청산 여수길

둘러보기 ▶ 총 거리 21km, 걷는 시간 6시간 30분

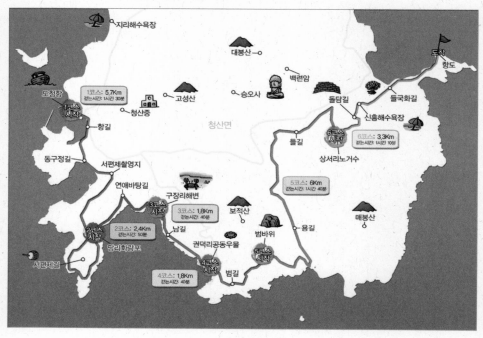

교통편 정보

☞ 완도~청산도(도청항) 고속페리호 운항은 성수기(3월21일~9월 15일) 8회,
비수기(9월16일~3월20일) 4회 운행
☞ 버스 이용객은 도청항에서 버스시간표 확인이 필요

1코스
5.7km
1시간 30분

항(港)길 / 동구정길 / 서편제길

도청항→도청리 쉼터→갤러리길→도락리(동구정)→해변솔밭→
「서편제」,「봄의 왈츠」촬영장→당리 화랑포

→ 도청항 : 완도~청산도 여객선을 타고 청산도여객터미널로
이동하여 도보 시작.
← 당리 화랑포 : 완도~청산도 여객선을 타고 청산도여객터미
널로 이동하여 도보 시작.

→ 찾아가기
← 돌아오기

2코스
2.4km
1시간

연애바탕길
당리 화랑포→연애바위→당리제→읍리앞개→구장리 해변교→삼합리→개치나루터→법천사지→홍원창

→ 당리 화랑포 : 도청항에서 버스를 타고 「서편제」 촬영지 주차장에서 하차하여 도보로 「서편제」 촬영지 방향으로 900m 이동.
← 구장리 해변 : 도보로 「서편제」촬영지 주차장으로 이동 후 버스 이용.

3코스
1.8km
40분

낭길
구장리 해변→바람구멍→따순기미→권덕리 해변→권덕리 공동우물

→ 구장리 해변 : 도청항에서 버스를 타고 「서편제」 촬영지 다음 역에서 하차 후 구장리 해변 방향으로 1km 이동.
← 권덕리 공동우물 : 권덕리 마을회관으로 이동 후 버스 이용.

4코스
1.8km
40분

범길
권덕리 공동우물→낚시터 입구→말탄바위→범바위

→ 권덕리 공동우물 : 도청항에서 권덕행 마을버스 승차 후 권덕리에서 하차(1일 4회 운행).
← 범바위 : 도보로 권덕리로 이동하여 도청항행 버스 이용. 콜택시 이용.

5코스
6km
1시간 40분

용길
범바위→칼바위→장기미→해녀바위→매봉산 등산로 입구→청계리(구들장논)→동부→들녁→하천뚝방길→원동리(구들장논)→상서리 노거수

→ 범바위 : 도청항에서 택시로 이동(약 10분 소요).
← 상서리 노거수 : 도보로 중흥리로 이동 후 도청항행 버스 이용.

6코스
3.3km
1시간 10분

들길
들길→상서리 노거수→돌담길→신흥해수욕장→들국화길→항도

→ 상서리 노거수 : 도청항에서 순환버스를 타고 중흥리에서 하차 후 상서리로 1km 이동.
← 항도 : 도보로 신흥해수욕장으로 이동하여 도청항행 버스 이용.

유용한 정보

완도군 청산면사무소 061)550-6491
완도군청 061)550-5114
슬로시티 청산도 http://www.chungsando.co.kr

교통편 정보

완도항만터미널 061)552-0116
청산농협(청산도 운항시간) 061)552-9388~9
청산나드리 마을버스 061)552-8747
청산버스 061)552-8546
청산택시 061)552-8519
청산 개인택시 061)552-8747

숙박시설

청산도

황토펜션 섬이랑나랑
청산면 동촌리 271번지 | 010-5385-1561

보적산장
청산면 읍리 44-2 | 061)555-5210

솔바다펜션
청산면 지리 646-1 | 019-225-5114

모래동민박
청산면 지리 1075 | 011-9728-9378

청일민박
청산면 신흥리 492 | 061)552-0574

상산포민박
청산면 신흥리 608-3 | 061)552-4802

서편제민박
청산면 도락리 | 061)552-8665

유자향펜션 민박
청산면 읍리 93-3 | 061)554-7550

청솔민박
청산면 신흥리 4 | 061)552-8875

사계절펜션민박
청산면 국산리 440-1 | 010-6215-6984

맛집

청산도

함평식당 장어구이, 매운탕
061)554-0773

막끌리네 생김전복뚝배기
도청리 | 061)555-8572

청산도식당 백반
도청리 930-38 | 061)552-8600

청산도실비식당 한식
도청리 943-23 | 010-9060-7891

청해반점 백짬뽕
도청리 | 061)554-6332

자연식당 회
도청리 1078 | 061)552-8863

섬마을식당 전복죽
도청리 930-13 | 061)552-8672

보적산장 회, 육류
읍리 44-3 | 061)555-5210

체험거리

슬로푸드체험

장소 : 슬로푸드 체험장
문의 : 061)554-6969(슬로시티 사무국)
청산동중학교가 폐교된 이후 리모델링하여 슬로푸드체험관
으로 사용되고 있다. 청산도 고유음식을 복원하고 청산도를
방문하는 관광객에게 음식을 소개하고 있다.

조개공예체험

장소 : 「봄의 왈츠」 세트장
문의 : 061)554-6969(슬로시티 사무국)
「서편제」 「봄의 왈츠」 세트장 근처 조개공예 체험장이 있어
다양한 조개예술품을 감상하고 나만의 작품 만들기 가능.

독살체험

담을 쌓아 썰물 때 빠져나가지 못한 물고기를 잡는 체험으로
도락리와 목섬 방파제 해변에서 가능.

전통어구체험

문의 : 061)554-6969(슬로시티 사무국)
작은 선박을 타고 체험장으로 이동 후 간단한 설명을 듣고 개
별로 직접 어구를 사용하여 고기잡이를 진행하고 현장에서
시식을 할 수 있다.

축제

슬로걷기축제
시기 : 4월
전화번호 : 061)554-6969(슬로시티 사무국)
홈페이지 : http://www.slowcitywando.com
2009년 전남 완도군에서 제1회 세계슬로걷기축제를 시작한 이래로 매년 4월 청산도슬로걷기축제를 개최하고 있다. 청산도 천혜의 풍광과 역사문화자원 및 아시아 최초 슬로시티 청산도의 슬로푸드, 슬로라이프를 체험할 수 있다.

특산물

전복죽
청산도 앞바다에서 잡은 전복을 이용해 끓인 죽은 그 맛이 일품이다.

청산도탕
쌀가루, 들깻가루와 함께 안에 넣는 내용물은 청산도 해산물을 사용하게 되는데 계절에 따라 달라진다.

톳밥
먹을거리가 부족하던 시절 배고픔을 해결하기 위해 먹던 음식이었던 톳밥이 지금은 담백한 맛의 건강식으로 알려져 있다.

떡국
청산도 멸치로 육수를 내어 깔끔하고 시원한 맛을 자랑한다.

특산물

멸치
서해안의 한류와 남해안의 난류가 합쳐져 플랑크톤이 풍부한 청정바다에서 잡은 멸치를 청정지역에서 건조해 그 맛이 일품이다.

완도전복
전국 생산량의 70%를 차지한 완도전복은 해조류(미역, 다시마)만을 먹고 자라므로 맛과 영양이 특별하다.

완도다시마
맑고 깨끗한 바다에서 자라 신선하고 맛이 좋은 것이 특징이다.

완도톳
알칼리성 자연식품 톳의 소비가 제일 높은 일본의 톳 수요 50% 이상을 차지하며, 철분, 나트륨, 칼륨, 아연 등의 영양분이 다량 함유되어 건강에 좋은 식품이다.

문학동네
지금, 이 길의 아름다움 — 이야기가 있는 문화생태탐방로

초판인쇄 2012년 4월 2일 | 초판발행 2012년 4월 10일

지은이 구효서 외 | 사진 임재천 | 펴낸이 강병선
책임편집 김민정 | 편집 정세랑
디자인 김이정 | 독자모니터 이민아
마케팅 신정민 서유경 정소영 강병주
온라인마케팅 이상혁 장선아
제작 안정숙 서동관 김애진
제작처 영신사

펴낸곳 (주)문학동네
출판등록 1993년 10월 22일 제406-2003-000045호
주소 413-756 경기도 파주시 문발동 파주출판도시 513-8
전자우편 editor@munhak.com | 대표전화 031) 955-8888 | 팩스 031) 955-8855
문의전화 031) 955-8890(마케팅) 031) 955-2656(편집)
문학동네카페 http://cafe.naver.com/mhdn

ISBN 978-89-546-1742-0 03810

*이 책은 이야기가 있는 문화생태탐방로 활성화를 위해
문화체육관광부와 (사)한국의길과문화가 공동기획하고 후원하여 제작되었습니다

*이 도서의 국립중앙도서관 출판시도서목록(CIP)은 e-CIP홈페이지(http://www.nl.go.kr/ecip)와
국가자료공동목록시스템(http://www.nl.go.kr/kolisnet)에서 이용하실 수 있습니다.
(CIP제어번호 : CIP2012000415)

www.munhak.com